KB162965

킵 더 라인

VOL. 2

킵 더 라인

VOL. 2

초판 1쇄 인쇄일 | 2020년 8월 20일
초판 1쇄 발행일 | 2020년 8월 27일

지은이 | 칠밤
펴낸이 | 박성면
펴낸곳 | (주)동아

출판등록 | 제406-2007-000071호
주소 | 경기도 파주시 문발로 115, 세종출판벤처타운 201-A호
전화 | (031)8071-5201
팩스 | (031)8071-5204
E-mail | bear6370@hanmail.net

정가 | 13,000원

ISBN 979-11-5641-169-7 (04810)
        979-11-5641-167-3 (set)

목차

5. 슬립다운

어두운 뒷골목에 하나 놓인 가로등이 깜빡거린다. 고작 열 살이 갓 넘어 보이는 아이는 골목 끝에 서서 어두운 반대편만 뚫어져라 보고 있었다. 분명히 아무것도 없는데 꼭 무언가가 있는 것만 같아서 소년은 그 짙은 어둠에서 눈을 떼지 못했다.

갑자기 무언가가 튀어나올 것 같기도 했고 누군가가 자신을 낚아챌 것 같기도 했으나 그 골목은 끝없이 고요하기만 했다. 몇 번이고 뒤를 돌아보던 소년이 빠르게 집으로 달렸다.

"오늘은 얼마나 벌었어?"

집 문을 열자 손바닥만 한 TV를 보던 중년의 남자가 인사처럼 물었다. 투박하게 지어 놓은 그 집은 사막 위에 지어졌다는 티라도 내듯 평평한 지붕에 모래색 외벽을 하고 있었다.

"여기요."

작은 손으로 내미는 돈의 절반을 가져간 남자는 얼른 저녁을 먹으라는 듯 부엌을 가리켰다. 네. 짧게 대답한 소년이 커다란 냄비에 담긴 야채수프를 그릇에 듬뿍 담았다.

이곳은 소년이 사는 집이었다. 가족이 함께 사는 평범한 집은 아니었다. 자신과 비슷한 처지의 아이들이 모여 사는 곳으로, 집주인 부부가 잠잘 곳과 식사를 제공해 주는 대신 아이들은 스스로 번 돈을 조금씩 나눠야 했다.

그나마 소년은 형편이 좋았다. 다른 아이들이 동전 몇 개를 버는 동안 지폐를 한두 장씩 벌었으니까. 아저씨가 절반을 가져가고도 다른 아이들보다 훨씬 더 많은 돈을 모을 수 있어서 소년은 돈을 꼭꼭 숨겨 두었다가 매일 밤 자기 전에 돈을 몇 번씩 세어 보곤 했다.

이미 식은 지 한참 된 수프를 금세 해치운 소년이 그릇을 씻어 엎어 놓고 2층으로 올라가는 계단을 밟았다. 얼마 전까지 함께 지내던 막내가 갑자기 집에 들어오지 않은 다음부터 그는 이 집 다락방을 혼자 쓰고 있었다.

집주인 아저씨는 손재주가 좋았다. 소년이 드러누운 침대는 아저씨가 쓰지 않는 책들을 꽁꽁 묶어 만든 가짜 매트리스였다. 그뿐만 아니라 이 다락방에 놓인 것들 대부분이 아저씨가 만들어 준 것들이었다.

물론 지폐 몇 장씩 그 값을 내긴 해야 했지만 소년은 아저씨가 만들어 주는 이런 것들이 마음에 들었다. 부잣집 아이들 것처럼 새 것 같지는 않아도 유일하게 내가 가졌다고 말할 수 있는 소유물이었으니까. 못이 빠져 삐걱거리는 나무 바닥 한 조각을 슬쩍 들어 올린 소년이 그 안으로 오늘 번 돈을 밀어 넣었다.

똑똑.

"희온, 아직 안 자?"

이 집에 사는 아이 중 노크하는 사람은 어차피 한 명밖에 없다. 소년이 작게 대답했다.

"응. 들어와도 돼."

오래된 경첩 소리 뒤로 모습을 드러낸 건 몇 살 터울이 나는 형인 올리버였다. 이 집에서 학교에 다니는 사람은 아무도 없었지만 올리버는 학교를 다니다가 그만두고 이 집에 들어왔다고 했다. 그는 집주인 내외를 제외하고 유일하게 어른 티가 나는 사람이었다.

"오늘도 부탁해도 돼?"

올리버의 조심스러운 말에 희온은 고개를 끄덕였다. 조심스럽게 방문을 닫은 그는 좁은 다락방 안으로 더 들어와 침대에 걸터앉았다. 어린 소년은 그저 그 옆에 따라가 앉을 뿐이었다.

"오늘은 얼마 벌었어?"

"음, 지폐 두 장."

"희온이 금방 부자 되겠다."

평소와 다름없는 말을 하던 올리버가 익숙하게 무릎을 베고 눕자 소년이 그의 이마에 가만히 손을 올려 두었다. 이것이 올리버가 말하는 부탁이었다. 불면증에 매일을 뒤척이며 잠을 자지 못하던 그는 이렇게만 있으면 금방 잠에 빠지곤 했다. 처음에는 기껏해야 몇 주에 한 번씩이었는데 최근에는 그 빈도가 점점 늘고 있었다.

"이렇게 10분만 있을게."

"응."

올리버는 가장 맏형이었지만 곧 열아홉 살이 되어 이 집에서 나가야 한다고 했다. 언젠가 희온이 우연히 듣기로는 올리버가 좀처럼 마음 둘 곳이 없다고 했는데, 마음 둘 곳이 없다는 그 말을 제대로 이해할 수 없었다. 그저 늘 슬픔에 잠겨 있는 얼굴을 한 올리버가 자신의 무릎을 베고 누우면 편하게 잠든다는 것이 신기할 뿐이었다.

"나 내일 여기서 나가."

벌써 그는 눈을 감고 있었다. 희온은 뭐라고 대답해야 할지 몰라 그의 이마에 올린 손만 꼼지락거릴 뿐이었다. 올리버는 눈을 감은 채 마저 말을 이었다.

"우리 어머니는 다운타운에 있는 큰 술집 사장 딸이었고 아버지는 거기서 일하는 직원이었어. 원래라면 늘 새벽 두 시쯤 같이 집에 돌아오시고는 했는데 그날은 세 시가 지나도 안 오시는 거야."

"응."

희온은 올리버의 뒷말을 기다렸지만 더는 들을 수가 없었다. 아마도 잠이 든 모양이었다. 잠이 안 오는 병이라더니 순 거짓말이라고 생각하면서 소년도 따라서 눈을 감았다.

올리버의 아버지는 올리버와 꼭 닮아 있었다. 약간 붉은 색을 띠는 머리카락도 그랬고 코와 뺨에 자국처럼 남은 주근깨도 그랬다. 다만 눈가에 주름이 깊게 남았고, 남들보다 빨리 온 노안 때문인지 두꺼운 안경을 끼고 있었다.

올리버가 몇 번 가 본 적 있는 가게의 뒷문을 밀어 열었다. 이미 장사를 마친 가게는 어두웠다. 설마 길이 엇갈렸나? 자신을 달가워하지 않는 외할아버지를 마주칠까 봐 목소리를 낮춘 채 부모님을 불러 봐도 조용하기만 했다.

"……세요."

문득 작게 소리가 새어 나온 곳은 술집의 부엌이 있는 곳이었다. 유일하게 불이 켜져 있는 곳. 그 작은 목소리가 어머니의 것이라는 걸 알아챈 올리버가 최대한 기척을 죽이며 그곳으로 향했다. 철로된 두꺼운 부엌의 문에는 동그란 유리창이 나 있었다. 평균보다 키가 작은 열다섯의 올리버에게 그 유리창은 너무 높아서 까치발을 들고서야 겨우 유리창에 얼굴을 디밀 수 있었다.

"엄마?"

부엌에는 부모님이 있었다. 그리고, 뒷모습만 보이는 남자들도 함께 있었다. 올리버가 엄마를 불렀지만 그 목소리는 두꺼운 부엌문에 막힌 듯했다. 그가 한 번 더 부르려는 찰나, 어머니가 아버지의 앞을 재빠르게 막아서자 남자 중 한 명이 올리버의 부모에게 팔을 뻗었다.

아니, 총을 겨누고 있었다. 남자가 들고 있는 것이 총이라는 것을 깨달은 올리버가 눈을 크게 뜬 순간 엄마의 뒤에서 울고 있던 아빠와 눈이 마주쳤다.

'도망쳐.'

아빠의 입술이 올리버에게 그렇게 말하고 있었다.

탕!

탕! 탕!

귀를 먹먹하게 만들 정도로 큰 소리에 까치발을 들고 있던 올리버의 몸이 굳었다. 평소에는 잘만 달렸던 다리가 그대로 뻣뻣하게 굳은 것만 같았다. 아빠가 도망치라고 했는데 도무지 뛸 수가 없었다. 주춤거릴 수조차 없었던 올리버가 그대로 뒤돌아 달린 건 총을 쏜 남자가 고개를 돌렸기 때문이었다. 이미 그가 어머니와 아버지에게 총을 몇 번씩 쏜 다음이었다.

울음은 터지지 않았다. 부모님의 몸이 그대로 바닥으로 쓰러진 것까지 본 올리버는 도무지 이 현실을 믿을 수가 없었다. 그의 안식처인 부모님이 문 하나를 두고 쓰러져 있다.

할아버지. 번뜩 든 생각에 올리버가 방향을 바꿔 달렸다. 누군가에게 도움을 청해야만 하는데, 떠오른 어른이 외할아버지뿐이었다. 할아버지한테 가야 돼. 그러나 방향만 바뀌었을 뿐, 올리버는 길 잃은 아이처럼 같은 골목만 빙빙 돌고 있었다.

올리버는 할아버지의 집을 알지 못했다. 할아버지는 자신의 이름을 부른 적도, 얼굴을 보러 온 적도 없으니 당연한 일이었다. 그가 정신없이 내달리는 동안 머릿속에 부모님이 쓰러지던 모습이 무섭게 떠올랐다. 아니야. 안 죽었어. 지금 할아버지한테 가면 살려 주실 수 있을 거야. 할아버지의 돈이면 부모님을 살릴 수 있을지도 몰라, 늦지 않았어.

그러나 여전히 그는 외할아버지가 어디 있는지, 집은 어디인지조차 알지 못했다. 전속력으로 뛰어 거칠었던 숨 끝에 결국 울음이 터져 나왔다.

어떻게 무엇을 해야 하는지 알 수 없었다. 골목을 지나가는 어른이라면 아무나 붙잡고 도움을 청하고 싶었지만 골목은 유독 한산했다.

기껏해야 어린아이 하나만 멍하게 서 있을 뿐이어서 결국 올리버는 다시 가게로 달려올 수밖에 없었다.

그 남자들이 돌아갔기를. 엄마 아빠가 아직 살아 있기를. 올리버는 소매로 눈가를 훔치며 다시 가게의 뒷문으로 조심스럽게 걸음을 옮겼다. 가게 안에서 조금씩 들리는 목소리. 분명 외할아버지의 것. 아마도 골목을 뛰는 사이에 할아버지가 가게로 돌아온 모양이었다. 안도감에 다시 터질 것 같은 울음을 억지로 삼켜 냈으나 그 뒤로 들린 커다란 외침에 문을 열던 손이 우뚝 멎었다.

"네가, 네가 감히 내 딸을 쏴?!"

할아버지의 외침 소리. 분노와 경악에 찬 목소리에 올리버의 눈에서 눈물이 뚝뚝 떨어지기 시작했다. 패닉에 갇혀 정처 없이 달릴 수밖에 없었던 아이의 마음이 순식간에 녹아 턱에 맺혀 아래로 떨어졌다. 할아버지가 누군가에게 화를 내고 있었다. 잡은 거야. 엄마 아빠에게 총을 쏜 사람을, 할아버지가 잡은 거야. 이제 부모님만 살리면 돼. 할아버지에게 달려가 큰 소리로 울고 싶었다.

"내가 분명, 남자만 죽이랬잖아!"

그러나 이어지는 할아버지의 목소리에 올리버는 그럴 수 없었다. 하룻밤 사이에 부모를 모두 잃은 소년을 달래 줄 어른은 이 세상에 없었다.

도망쳐.

아버지의 마지막 말대로 그는 곧장 그곳을 빠져나왔다.

아직 동이 트지 않은 새벽, 올리버가 먼저 눈을 떴다. 언제 잠이 들었는지 자신은 몸을 웅크린 채 희온의 무릎을 베고 있었고, 희온은 옆으로 누워 잠에 빠져 있었다. 꾸고 싶지 않았던 꿈. 자꾸만 악몽으로 되살아나는 과거가 두려워 잠을 자지 않았던 게 불면증이 되어 있었다.

아직 한참 어린 이 아이와 함께 잠이 들면 그나마 꿈 없이 잠을 자는 것 같았는데, 아마 그것도 이제 힘이 다한 모양이었다. 마지막 날이라 정 떼고 마음껏 떠나라 이건가? 잠시 멍한 얼굴로 허공을 바라보던 올리버가 팔을 뻗어 희온의 어깨를 흔들었다.

"희온아."

속삭이는 올리버의 말에 희온이 눈을 떴다. 끔찍했던 자신의 밤처럼 이 어린 소년 역시 잠자리가 불편했던 모양이었다. 어린 소년의 눈가에 피로가 가득 담겨 있었다. 사실은 그럴 만했다. 자신 때문에 이 좁은 침대 한편에 구겨지듯 잠들어야 했을 테니까.

"나 이제 갈게, 편하게 자."

소년의 담요를 대충 정리해 준 뒤 침대에서 몸을 일으켰다. 엄마와 아빠의 죽음을 목격한 후 지금은 키도 성인만큼 자랐지만 아직 제대로 잠을 잔 적이 드물었다. 적어도 희온을 만나기 전까지는 그랬다. 언젠가 우연히 희온과 함께 심부름을 하다가 새벽에 머리를 맞대고 잠들었을 때, 올리버는 몇 년 만에 처음으로 단잠을 잘 수 있었다.

자신보다 까마득히 어린 이 소년의 어디가 자신을 위로해 주는지는 알 수 없었지만 적어도 마음이 평온해진다는 건 알 수 있었다. 며칠을 간격으로 이 방에 들어올 수밖에 없었던 이유이기도 했다. 그것도 오늘이 마지막이지만.

"잘 지내고."

올리버가 방을 나서기 위해 몇 걸음을 옮겼을 때 문득 소년에게서 아무런 대답도 듣지 못했다는 것을 깨달았다. 똑같은 부탁을 매일 해도 거절하는 법이 없고 작은 부름에도 어떻게든 대답하던 아이가. 아직 잠에 취해 있어서 그런가. 얼른 나가 주기 위해 다락방의 문고 리를 잡았다.

"올리버."

그제야 들리는 부름에 고개를 돌리자 희온의 표정 없는 얼굴 이 보였다. 대답 대신 눈썹을 조금 올리니 소년은 마저 입을 열 었다.

"그래서, 할아버지는 다시 만났어?"

갑자기 자신의 과거를 묻는 소년의 의도가 궁금했지만 올리버는 의심 없이 대답했다.

"아니. 그 뒤로 도망쳐 나온 다음엔 그 동네 근처에 간 적도 없어."

전부 과거고 이젠 악몽일 뿐이야. 매일 그렇게 주문처럼 외운 덕분에 이제 저런 질문에 대한 대답 정도는 할 수 있었다. 그 뒤 로 또 무언가를 물어보는가 싶어 가만히 있었더니 더는 묻지 않고 담요 안으로 들어갔다.

올리버는 잠시 소년의 뒤통수를 보다가 조용히 방을 빠져나와 문을 닫았다. 새벽어둠을 가르고 자신의 침대가 있는 방으로 향 하던 올리버는, 문득 몇 년 전 이 집에 들어온 뒤 단 한 번도, 그 누구에게도 자신의 과거에 대해 말한 적이 없다는 것을 떠올 렸다.

그날은 희온이 처음으로 다른 이의 기억을 엿본 날이었다. 올리버는 그곳에서 떠나고도 새벽만 되면 희온의 방으로 몰래 들어와 자신의 꿈에 또다시 들어올 것을 강요했다. 며칠을 함께 잠들며 시도한 뒤에야 또다시 그의 악몽을 엿볼 수 있었지만, 예전에 비해 현저히 짧은 부분이었다. 그러나 올리버는 마치 희망을 엿본 사람처럼 기뻐했다. 그가 평생 바라던 일에 가까워졌기 때문이었다.

　"할아버지를 죽여."

　올리버는 희온에게 자신의 꿈에 들어와 할아버지를 죽일 것을 요구했다. 꿈에 개입할 수 있는 방법은커녕 사람을 죽인다는 것에 대한 개념조차 희박했던 소년은 번번이 거절했으나 그때마다 올리버는 미친 사람처럼 눈을 빛내며 무섭게 요구해 왔다.

　안 돼. 못 해. 희온이 기어이 울음을 터뜨리며 고개를 저었지만, 성인의 체격을 가진 올리버는 희온에게 위협적이었다. 하지 마. 무서워. 눈물을 뚝뚝 떨어뜨리느라 떨리는 희온의 어깨를 붙들어 잡은 올리버가 눈을 매섭게 떴다.

　"아저씨한테 다 말할 거야. 아마 너보고 소름 끼친다고 할걸? 더 이상 재워 주거나 일자리를 주지 않을 수도 있어. 네 엄마 아빠가 그랬던 것처럼 또 버려지는 거야."

　이 집에서 사는 아이 중 몇 명은 자신의 부모를 또렷이 기억하기도 했지만 희온은 자신의 태생에 대해 알지 못했다. 그저, 어렴풋이 녹색 눈동자로 자신을 보며 '아들'이라고 말하던 목소리. 그 짧은 찰나가 전부였다. 잘못 기억하고 있다기엔 희온은 여태껏 살면서 그런 맑은 빛의 녹색 눈동자를 본 적이 없었다.

그러나 그런 기억을 가지고 있다고 해서 자신이 버려지지 않은 건 아니었다. 올리버의 말대로 자신은 부모의 손에서 크지 못하고 고아원에서 자랐다. 또 버려지는 거라고. 올리버가 재차 위협하자 희온이 여린 입술을 파르르 떨었다. 정말 버려지면 어떡하지? 그 공포심이 어린 마음을 분별없이 뒤흔들기 시작했다.

그날 이후 희온은 그에게 싫다는 말을 하지 않았다. 그저 하루하루 빌었다. 제발 오늘은 올리버가 오지 않게 해 달라고. 그러다가 여지없이 그가 창문을 열고 안으로 들어오면 그의 꿈에 들어가기 위해 억지로 노력해야 했다.

여기서도 버려지고 싶지 않았다. 쥐들이 득실거리는 길바닥에서 잘 수는 없었다. 그러니까, 꿈에 들어가서 올리버의 할아버지를 죽여야 돼. 희온은 밤마다 타인의 꿈을 바라면서도 저항했다.

희온의 몸이 수면을 거부하기 시작한 건 그날 밤부터였다.

"……못 하겠어."

"그래? 그럼 하는 수 없지."

올리버의 꿈을 보기는커녕 함께 누워도 잠을 잘 수 없게 된 희온은 차츰차츰 말라 갔다. 아무리 협박하고 회유해 봐도 도무지 가망이 보이지 않자, 올리버가 희온의 침실을 찾는 횟수가 점점 줄었다.

그러나 그가 찾아오지 않는다고 해서 희온이 마음 편히 잠을 잘 수 있는 건 아니었다. 언제든 다시 찾아와 자신을 협박할 수 있다는 걸 알고 있는 희온은 매일 밤 다락방의 창문을 바라보며 잠이 들었다.

그 무렵의 희온은 다른 그 어떤 때보다 부모님을 그리워했다. 그들이 자신을 버린 게 아니라 서로를 잃은 게 아닐까. 지금쯤이면 사라진 아들을 찾아 돌아다니지 않을까. 어디가 아프거나, 찾아올 수 없는 환경인 건 아닐까. 심부름을 하고 지폐를 한 장씩 벌기 시작하면서 묻어 둔 상실감이 들이닥쳤다.

이 도시는 유독 희온의 또래가 많은 편이었지만, 보통은 이 집에 사는 고아들끼리만 몰려다녔다. 딱히 다른 아이들이 따돌려서가 아니라, 아무도 찾지 않는 사람들끼리 어울리는 게 더 마음 편했기 때문이었다.

희온은 평범한 아이들처럼 부모님이 자신을 찾아와 주기를 바랐다. 더 이상 그 어떤 강요도 협박도 듣지 않아도 된다는 다정한 말을 듣고 싶었다. 따뜻한 품이 그리웠다.

"희온. 누가 찾아왔는데."

그래서 집주인 아저씨가 이른 아침 다락방을 찾아와 그 말을 전했을 때, 희온은 세수도 하지 않고 현관으로 달려 나갔다. 그러나 현관문 앞에 서 있는 사람 중 맑은 녹색 눈을 가진 사람은 없었다. 지역 복지부에서 나왔다던 남자들이 희온을 데려간 건 바로 그날이었다.

"오늘 컨디션은 어때?"

청진기를 몸에서 떼어 낸 맥의 질문에 희온이 고개를 끄덕였다. 괜찮아요. 머리는 하나도 안 아프고요, 잠도 조금 잤어요. 새하얀 침대에 걸터앉은 채 다리를 흔들었다. 목에 걸린 목걸이가 따라 움직였다. 오늘은 몇 시에 산책 갈 수 있어요? 반짝거리는 눈을 바라보던 맥이 마주 웃었다.

"친구가 생기는 게 그렇게 좋아?"

"네, 좋아요."

희온이 연구소에 들어오고 수 번의 계절이 지나갔다. 이곳에서는 하루가 멀다 하고 매일 검사를 해야 했지만 희온은 이곳을 좋아했다. 침대는 넓고 푹신했으며 음식도 맛있었고 검사도 아프지 않았다.

그 연구소에는 희온과 같은 능력을 가진 아이들이 여러 명 있었지만 다들 기억을 엿보는 정도가 각기 달랐다. 누군가는 굳이 잠들지 않아도 눈만 감으면 상대방의 조각난 기억을 볼 수 있었고, 또 누군가는 소리만 들을 수 있었다. 가장 많은 부류는, 희온처럼 누군가의 꿈을 엿보는 아이들이었다.

그러나 모두 엇갈렸던 스케줄 때문에 희온은 그들을 한 번도 만나 본 적이 없었다. 모든 이야기는 맥이 들려준 것들이었다. 어떤 아이는 머리가 길고 눈이 동그랗단다. 어제 새로 온 친구는 주근깨가 아주 사랑스럽단다. 호기심이 강한 나이인 희온에게 맥의 그런 말들은 동화가 따로 없었다.

그리고 곧 그 동화를 직접 눈으로 볼 수 있었다. 맥이 희온에게 새 친구를 소개시켜 주겠다고 약속한 게 바로 오늘이었다.

"맥, 그 친구 이름은 뭐예요?"

이곳에 있는 모든 사람은 이름 대신 숫자로 불렸다. 공부를 알려 주는 선생님들은 물론이고 이곳에 있는 모두가 희온을 38이라는 숫자로 불렀다. 맥을 제외하고. 맥은 희온과 단둘이 있을 때에는 이름을 불러 주었다. 이름을 잊지 말라고도 했다.

"글쎄, 직접 물어볼래?"

"네, 그럴게요. 빨리 만나고 싶다."

희온의 심장이 기대감으로 빠르게 뛰었다. 얼른 만나고 싶어. 산책 가고 싶어요.

이곳에 온 뒤로 희온은 눈에 띄게 밝아지고 있었다. 처음 왔을 때 종일 겁먹은 채 침실에만 있었던 소년은 해가 지나고 맥에게 낯가림이 풀리면서 지금은 완전히 그 나이 또래 같은 모습을 보이고 있었다. 책과 운동을 좋아하는 십 대 아이. 희온을 보던 맥이 문 쪽을 가리켰다.

"지금 갈까?"

맥의 제안에 희온이 미소를 지으며 연신 고개를 끄덕였다.

"여기서 잠깐 쉬고 있어."

날씨 진짜 좋다. 희온은 지금 자신이 있는 이 연구소가 어느 지역에 있는지 알지 못했다. 그러나 이곳은 일 년 동안 덥기도 했고 춥기도 했다. 지금 머릿속에는 새 친구를 만난다는 생각으로 가득 차 있었지만 사실 그게 아니더라도 이렇게 밖에 나와 구경을 하는 것만으로도 충분히 기뻤다.

어린 희온에게 연구소의 건물은 굉장히 컸다. 가장 큰 본관 건물을 감싸고 있는 건물이 세 개가 있었으며, 강당이 따로 세워져 있고 그 앞에는 넓은 운동장이 있었다. 살면서 학교를 다녀 보지 못한 희온은 이곳을 학교라고 불렀다. 희온은 그곳에서 모든 걸 배우고 있었으므로 틀린 말은 아니었다.

하루하루가 바빴다. 수학도 배우고 언어도 배웠으며 운동도 하고 역사도 배웠다. 수업마다 전부 다른 선생님들이 희온을 가르쳤고,

소년은 습득력이 빨랐다. 친구는 만날 수 없었지만 희온에겐 선생님들이 있었다. 비록 다들 맥만큼 친절하고 친밀하게 대해 주지는 않았지만 사람들을 만난다는 것만으로도 희온은 기뻐했다.

연구소에서 허락하지 않는 공간으로는 갈 수 없었지만 그래도 희온은 이렇게 밖에 나와 있는 시간을 좋아했다. 보통 검사가 길어지면 며칠을 바깥 공기를 쐴 수 없을 때도 있었기 때문이었다.

숨을 크게 들이마시자 숲의 냄새가 난다. 머릿속을 개운한 물로 헹구는 느낌. 이 상쾌함이 좋아서 희온이 절로 노래를 흥얼거렸다.

"어?"

그런 희온이 또래 아이를 발견한 건 노래 한 곡을 다 불렀을 때였다. 고개를 들어 올리자 그곳에는 예쁜 아이가 다소 먼 곳에 서서 이쪽을 바라보고 있었다. 금발의 머리카락과 새하얀 얼굴. 동그란 눈과 긴 속눈썹. 희온의 얼굴이 붉어졌다. 우와, 진짜 예쁘다. 햇빛을 받아 반짝거리는 머리카락은 꼭 눈부신 태양 같아서 괜히 재채기가 나올 것 같았다.

"안녕?"

희온이 먼저 인사를 건넸지만 그 아이는 대답 없이 고개를 돌릴 뿐이었다. 너도 낯을 가리는구나. 사실 그래도 괜찮아, 예쁘니까. 희온이 웃으며 옆자리를 톡톡 두드렸다.

희온의 말과 인사를 무시하기는 했지만 그래도 아이는 희온의 옆에 자리 잡고 앉았다. 나무로 만들어진 벤치 위에는 바람이 불 때마다 나뭇잎들이 떨어져 내렸다.

"있잖아."

아이는 자신을 보고 있지 않았지만 희온은 개의치 않고 괜히 다리를 흔들며 물었다.

"내 이름은 희온이야. 너는 이름이 뭐야?"

선생님들은 나를 38번이라고 불러. 희온이 조잘대며 자신의 목에 걸린 은목걸이를 꺼내 아이에게 보여 주었다. 작은 초승달 모양의 목걸이 가운데에는 38이라고 새겨져 있었다. 이건 이곳에서 이름표나 다름없는 표식이었으므로 역시나 아이의 목에도 목걸이가 걸려 있었다. 희온의 초승달과는 달리 나뭇잎 모양이었다.

이번에도 대답은 돌아오지 않았지만 대신 소년이 희온을 향해 고개를 돌렸다. 처음으로 가까이에서 두 눈이 마주쳤고, 희온은 넋을 잃었다.

소년이 가진 눈동자는 부모님 것이라고 유일하게 기억하는 바로 그 색이었다. 기억 속의 것보다 채도가 낮지도, 밝거나 어둡지도 않았다. 그저, 알고 있는 그대로였다.

순간 머리카락이 쭈뼛 서면서 알지 못하는 새 눈앞이 뿌옇게 흐려졌지만 울지는 않았다. 울 수 없었다. 하나밖에 없는 부모님에 대한 기억은 연구소에 들어오기 전 열심히 되감아 이젠 낡을 만도 한데, 똑같은 녹안을 보자마자 선명히 되살아나고 있었다. 희온은 그의 맑은 눈동자에서 눈을 떼지 않았다. 조금 더 또렷하게, 오래 보고 싶었다.

희온이 저도 모르게 몸을 바짝 붙이자 아이가 흠칫 놀란 듯 몸을 뒤로 물린다. 그제야 자신의 실수를 깨달은 희온이 얼떨떨한 얼굴로 상체를 물리며 고개를 푹 숙였다.

"미안. 나는 그냥…… 너무 예뻐서."

"……너도."

"응?"

희온이 화들짝 놀라며 다시 고개를 들자 숲을 닮은 아이의 눈동자가 다시 뚜렷이 보였다.

"너도 예뻐."

"……내가? 그치만 나는 남잔데?"

예쁘단 소리를 듣는 게 싫지는 않지만 괜히 부끄러워서 귀를 문질렀다. 아이는 뭐가 문제냐는 듯 고개를 갸웃했다.

"나돈데."

"어?"

진짜? 믿지 못하겠다는 듯 혼돈으로 흔들리는 희온의 눈을 본 소년은 다시 입을 다물었다. 마침 뒤에서 희온을 찾는 맥의 목소리가 들려와서 더는 말을 걸지 못하고 몸을 일으켜야 했지만, 계속 고개가 미련을 담고 소년에게 돌아갔다.

가슴께가 찡하게 울고 손끝이 저릿한, 희온과 소년의 첫 만남이었다.

"안녕!"

"응."

희온처럼 고아원에서 능력을 알았다던 소년에게는 이름이 없었다. 연구소 안에서는 271이라는 숫자로 불렸고, 맥은 소년에게 간단한 이름을 지어 불러 주었다.

희온은 그 이름이 소년과 잘 어울린다고 생각했다. 아직 낯을 많이 가려 희온에게 이렇다 할 말을 하지는 않았지만 그래도 희온은 그 소년이 좋았다. 그 눈을 보고 있으면 위로받는 기분이었다. 괜스레 눈물이 날 것도 같았고, 더 훌륭한 어른이 되고 싶기도 했다.

물론 이곳에서 자신보다 나이가 훨씬 많은 선생님들을 빼면 처음 만나는 또래라는 이유도 있었고, 예쁜 얼굴이라는 이유도 있었지만, 그보다 더 큰 건 풀잎과 올리브를 반반 섞어 둔 것 같은 눈 때문이었다.

희온은 가끔씩 소년을 만날 때마다 그 얼굴을 뚫어지게 보다가 눈이 마주치면 쑥스러운 웃음을 지었다. 그러나 쉽게 얼굴을 볼 수 있는 사정은 아니었다. 희온은 매번 소년을 보기 위해 산책 시간마다 운동장을 거닐며 이곳저곳을 기웃거렸지만 그 예쁜 금발을 보기는 힘들었다. 기껏해야 열흘에 두어 번 볼까 말까 한 게 전부였다.

"노아."

"응?"

소년의 새 이름을 부르자 녹색 눈동자가 희온을 향한다. 희온이 수줍게 웃으며 고개를 저었다.

"아니야."

희온은 오늘이 유독 반가웠다. 밖도 아니고 연구실에서 소년과 함께 앉아 있었다. 그것만으로도 벌써 설레는 기분이라 희온이 괜히 옆을 흘끔거렸다.

달칵.

"와 있었네?"

맥이 문을 열고 들어오며 두 아이에게 인사했다. 안녕하세요. 희온이 생글거리며 인사하자 맥이 다가와 희온의 머리를 헝클었다.

아, 열심히 빗은 건데. 손으로 얼른 머리카락을 정리하자 맥이 한 번 더 웃음 지었다.

"음. 오늘 너희를 같이 부른 이유가 있어."

맥이 의자를 끌고 와 맞은편에 앉으며 설명을 시작했다.

"사실 다른 테이커들은 지난주부터 새로운 훈련에 들어갔단다."

너희가 가장 마지막 순번으로 정해졌어. 자상한 목소리에 희온이 고개를 살짝 기울였다.

"무슨 훈련이요?"

맥이 이번에는 곤란한 표정을 하며 어떻게 설명해야 하는지 고민했다. 그 와중에도 노아의 얼굴을 슬쩍 훔쳐보는 희온의 천진함에 씁쓸한 미소가 번졌다.

"이제 단순히 기억을 보는 데서 끝나는 게 아니라, 누군가의 꿈에 직접 영향을 줘 보려고 해."

그 말에 희온의 얼굴이 굳었다. 해 본 적 있었다.

"그건…… 할 수 없는 일이잖아요."

이곳에 들어오기 전 희온의 과거를 알고 있는 맥이 잠시 말을 멈췄다. 누군가와 얽혀 타인의 기억에 들어가는 것에 거부감을 가지고 있는 희온에게 좋지 않은 소식이라는 건 알고 있었다.

우리가 단순히 자선 사업을 위해서 애들을 끌어모으고 있는 건 아니잖아? 맥의 귓가에 상관의 목소리가 맴돌았다.

"되게 해야지."

일부러 단호하게 말하는 맥에 희온이 고개를 숙였다.

'할아버지를 죽여.'

괜히 목이 말랐다. 매일 밤 자신을 찾아온 올리버가 자신에게

요구했던 일이었으나 할 수 없었다. 아무리 해 보려 해도 할 수 없었다. 그런 일을 할 수 없을 리 없다. 그렇지만.

"……하지 않으면, 쫓겨나요?"

희온이 물었다. 이곳에서 쫓겨나기 싫었다. 공부를 가르쳐 주는 선생님들은 이 모든 게 정부에서 베풀어 주는 자선이라고 했고, 여기 오게 된 아이들은 엄청난 행운아라고도 했다. 희온은 그 말에 동의했다. 부모에게 버려지고 그 집에서도 버려졌다. 이곳은 침대도 넓었고 공부도 할 수 있었으며 산책도 가능했다. 그리고, 부모님의 눈을 닮은 노아가 여기 있었다.

"희온아."

"할 수 있어요."

그 부름에 희온이 먼저 대답하며 작은 주먹을 말아 쥐었다. 가치 있는 사람이고 싶었다. 살던 집에서도 다른 아이들보다 돈을 더 많이 벌었으니까 이곳에서도 남들보다 더 좋은 쓰임새가 될 수 있을 것이었다. 이번에는, 정말로 버려지고 싶지 않았다. 옆에서 노아의 시선이 느껴졌다.

"……그럼, 시작할까? 희온은 잠시 여기서 기다리고 노아는 나를 따라오렴."

방을 나서는 두 사람을 보면서 희온이 손바닥을 펴 무릎을 꼭 쥐었다. 이번 실험이 어떻게 진행되는 건지는 알 수 없었지만 희온은 자신의 쓸모를 증명해야 했다. 이곳에 와서 아프거나 힘들었던 기억은 하나도 없으니까 아마도 이번에도 그럴 수 있을 것이라고 믿었다.

그러나 그건 어디까지나 어린 소년의 섣부른 생각일 뿐이었다.

"오늘은 여기까지."

"흐아, 하……."

희온이 얼굴 가득한 땀을 손바닥으로 문지르며 지친 몸을 웅크렸다. 그 움직임에 머리와 기계를 연결하고 있던 선들이 전부 바닥으로 떨어졌지만 고통마저 떨어져 나간 건 아니어서, 괴로움에 몸부림치던 희온이 기어이 참지 못하고 스스로의 머리를 내려쳤다.

"희온아! 희온아, 하지 마. 참아. 견뎌야 돼."

맥이 희온의 양손을 잡아 누르자 멋대로 머리를 때릴 수도 없게 된 희온이 비명 같은 울음을 터뜨렸다.

끔찍했다. 누군가가 머릿속을 칼로 조각내는 느낌이었다. 약에 의해 억지로 잠이 든 상황에서도 그 고통은 선명해서 어쩔 줄 모르고 울부짖는 희온의 얼굴은 퉁퉁 부어 있었다.

"아파, 너무, 아파요. 맥."

헐떡이는 숨과 울음이 서럽게 토해졌다. 희온이 젖은 얼굴을 좌우로 흔들며 소리 질렀지만 맥은 희온을 누르며 참으라는 말만 되풀이할 뿐이었다. 맥의 그 대답에서 이건 시작일 뿐이라는 것을 직감한 희온이 결국 까무러치듯 정신을 잃었다. 자리 잡은 온기조차 금세 식을 것 같은 새하얀 침대 위, 아직 덜 자란 몸이 잘게 떨렸다.

그리고 희온의 예감처럼, 그날은 첫걸음에 불과했다. 희온은 매일 정해진 시간에 그 연구실로 향했다. 떨어지지 않는 발걸음을 겨우 옮겨 복도를 걸었고, 지옥이나 다름없는 문턱을 넘었다.

첫날에는 기절했고, 일주일간은 먹었던 모든 것을 토해 냈으며

열흘째 되는 날에는 지혈제를 맞을 정도로 끝없이 코피를 쏟아
냈다. 한 달이 되는 지금, 손과 발은 감각이 무딜 정도로 붓고
눈은 실핏줄이 터져 충혈되어 있었다. 그럼에도 누군가가 두개골
을 가르고 뇌를 칼로 쑤시는 기분은 조금도 익숙해지질 않았다.

"맥…… 끝, 났어요?"

희온이 잔뜩 말라 갈라진 입술로 그렇게 물었다. 희온에게 그나
마 다행인 건 그 훈련이 시작되고 나서 노아를 좀 더 자주 만날 수
있다는 것이었다. 비록 복도에서 스치듯이 얼굴만 볼 뿐이어서 긴
대화를 나눌 수는 없었지만 혼자가 아니라는 사실은 희온에게 큰
위로였다.

"방으로 돌아가 있으렴. 수고했다."

그 외에 달라진 건, 사람들의 반응이었다. 원래 희온을 보러 오
는 건 맥뿐이었다. 하얀 방에 누워 있을 때 그곳의 문을 열고 들어
오는 건 한 사람밖에 없었는데 훈련을 하는 시간이 늘어나면서부
터 맥이 다른 사람을 데리고 함께 들어왔다.

희온이 이렇게 살 수 있도록 도와주는 정부 사람들이라고 했다.
그들은 희온을 호기심 넘치는 시선으로 보거나 혹은 경멸하는 표정
을 했다.

그러나 그 사람들은 하루하루 이어지는 훈련을 버텨 내는 희온을
기특해하기 시작했다. 처음에는 짐승을 보는 듯했던 시선도 언젠가부
터는 기대로 바뀌어 있었다. 어린 희온도 느낄 수 있을 정도였다.

'뭐 필요한 건 없니?'

그 사람들이 돌아가고 나면 연구 실장이 들어와 희온에게 필
요한 것을 물었다. 맥과 비슷한 나이로 보였지만 어째선지 맥은

그의 앞에서 유독 약했다. 아니면, 그의 권력이 생각보다 큰 것일지도 몰랐다.

연구 실장의 제의에 맨 처음 고개를 젓기만 하던 희온이 두꺼운 겉옷이 필요하다고 했을 때, 바로 다음 날 희온의 방에는 털옷이 전달되었다. 그다음에는 푹신푹신한 양말이 필요하다고 했고, 장갑과 목도리도 요구했다. 점점 희온의 방에는 겨울옷들이 늘어나기 시작했다.

인자한 얼굴을 한 연구 실장이 부탁을 전부 들어주자 희온은 노아보다 먼저 실험실에 들어가게 해 달라고 요구했다. 잠시 그 의도를 파악하는 것 같던 연구 실장은 이내 그런 것쯤은 얼마든지 들어주겠다며 미소를 지었다. 연구 실장 덕분에 희온은 이제 언제나 두꺼운 옷을 입을 수 있게 됐지만 그게 통증을 줄여 줄수는 없었다.

오늘도 끔찍한 아픔을 견디느라 이를 악물었더니 턱이 아프다 못해 얼굴 근육이 통째로 아팠다. 그러나 실험할 때 느껴야 했던 고통에 비하면 이건 아무것도 아니었다. 소매를 바짝 당겨 이마에 땀을 훔친 희온이 연구실을 빠져나와 그 문 앞에 주저앉았다.

한참 숨을 고르던 희온이 몸을 일으킨 건 복도의 코너를 돌아 걸어오는 노아의 모습을 보고 나서였다. 노아는 맥과 함께 이쪽으로 오는 중이었다.

얼른 식은땀을 마저 닦아 낸 희온이 마중 나가듯 노아의 앞에 섰다. 아직도 낯을 가리는지 노아는 아무 말도 하지 않았지만 희온은 그가 두려울 수도 있을 거라고 생각했다. 희온이 땀에 젖은 얼굴로 해맑게 웃었다.

"별로 안 아팠어. 내가 해 봤는데, 정말 괜찮았어."

"······괜찮았어?"

"응."

희온의 얼굴을 보던 노아가 고개를 한 번 끄덕이며 맥의 손에 이끌려 연구실 안으로 들어섰다. 매번 스치듯이 지나가기만 했던 것에 비해 이제는 이 정도 대화를 할 만한 시간은 있었다.

노아가 들어가고 나서 닫히는 문을 본 희온이 그제야 바닥에 풀썩 주저앉았다. 몸에 힘이 하나도 들어가지 않는데도, 고개를 끄덕일 때마다 흔들리던 금발과 사람을 평온하게 만들어 주는 눈동자가 떠올라 희온이 미소를 지었다. 어쩐지, 그 눈동자가 계속 자신에게 닿기만 한다면 뭐든 해 줄 수 있을 것 같았다.

지난주에는 이 연구실에 살던 누군가가 처음으로 다른 이의 꿈에 들어가 기억을 직접 불러냈다고 했다. 그리고 그들을 '맨더'라고 부른다고 했다.

희온과 노아는 맨더가 되기 위한 훈련을 하는 중이었다. 사람들마다 그 과정을 부르는 이름들이 달랐다. 맥은 훈련이라고 했고 연구 실장은 실험이라고 했다. 어떻게 부르는지는 조금도 중요하지 않았다. 문제는 그 과정이 살점이 다 뜯어져 나갈 것 같은 괴로움이라는 데 있었다.

"괜찮았어."

그다음 날부터 희온은 자신의 실험이 끝나고 나면 지친 몸을 추스르며 복도에 앉아 노아가 오기를 기다렸다. 그리고 노아가 오면 희온은 소년에게 오늘의 훈련이 어땠는지 말해 주곤 했다. 그러나 힘들고 아프다는 말은 하지 않았다. 자신보다 키가 반 뼘은 작은 노아의 앞에

선 희온은 언제나 오늘은 어제보다 견딜 만하다고 이야기했다.

"진짜 별거 아니더라. 오늘도 괜찮았어."

희온이 씩씩하게 웃었다. 작은 몸을 꼭 끌어안아 주는 건 지난주부터 더해진 응원 방법이었다. 포옹으로 체온을 나눠 주는 건 상대방에게 힘을 실어 주기 좋은 방법이라는 말을 책에서 읽었기 때문이었다.

눈동자 색깔 때문에 마음이 더 가기는 했지만 노아는 희온이 이곳에 와서 처음 만날 수 있었던 친구였다. 노아가 힘들지 않았으면 했다. 지쳐서 떠나지 않기를 바랐다. 괴롭지 않았으면 했고 자신과 계속 있어 주기를 바랐다.

그래서 희온은 매일 노아보다 먼저 실험실에 들어가 오늘은 어떤 걸 했는지 말해 주었다. 새로운 기계가 들어오면 노아가 놀라지 않도록 설명했다. 이번에는 손목을 묶더라고. 처음에 내가 너무 움직여서 그런가 봐. 근데 또 나는 그게 더 나은 것 같더라. 더 마음껏 몸부림쳐도 괜찮을 것 같아서 무섭진 않았어. 그러니까 너도 괜찮을 거야.

"응."

그렇게 이야기하는 날이 늘어가자 어느 날부터 노아가 대답을 해 왔다. 희온이 끌어안으면 작은 손을 천천히 올려 마주 안아 주기도 했다.

"괜찮았어, 힘들지 않았어."

"다행이다."

늘 같은 하루, 늘 같은 실험실 앞. 그렇게 대답한 노아가 처음으로 미소를 지었을 때 희온은 세상을 다 얻은 것만 같았다. 고작해야 다행이라는 말이었지만 희온은 기쁘게 마주 웃으며 노아가 실험실에 들어가는 걸 보고 나서야 방으로 돌아갔다. 우리 둘만 할 수 있는 대화가 생긴 것 같아서 머리가 아픈 것도 다 잊히는 기분이었다.

그 무렵 희온이 바깥바람을 쐬기 위해 운동장에 나올 때면 사람들은 종종 들것을 들고 연구실에서 나와 그것을 차에 싣곤 했다. 그 들것 위에 무언가 있는 듯 볼록했지만 정작 흰 천으로 덮여 있어서 희온은 그게 무엇인지 알지 못했다. 맥에게 물어봐도 그는 대답해 주지 않았다. 그냥, 연구실에서 쓰고 남은 폐기물들을 가져다 버린다고 할 뿐이었다.

오늘의 산책 시간 때도 마찬가지였다. 사람들은 커다란 나무 아래 벤치에 앉아 있는 희온을 못 봤는지 손에 든 들것을 밖으로 나르는 중이었다. 궁금한 얼굴로 차에 실리는 그것을 보던 희온이 고개를 들어 올렸다.

그림자가 길어지고 바람이 시원하게 불어 식은땀을 말린다. 바스락거리는 잎 소리가 희온을 차츰차츰 안정되게 만들어 주는 것 같았다.

사그락.

자신을 평온하게 만들어 주는 소리에 집중하던 희온이 바로 근처에서 들리는 기척에 눈을 떴다. 노아였다. 방금 막 실험을 막 끝마치고 나온 듯, 입고 있는 하얀색 티셔츠부터 금발의 머리카락까지 전부 땀에 젖어 있었다.

안녕. 작게 인사하며 희온의 맞은편 벤치에 누운 노아가 눈을 감았다.

"아팠어?"

희온이 물었다.

"……아니."

노아는 금발이 온통 다 젖을 정도로 땀을 흘렸으면서도 아니라고 대답했다.

"나도."

둘 사이에 바람이 불었다. 희온은 맨더가 되어야 하는 정확한 이유를 알지 못했다. 선생님들은 여전히 희온에게 입버릇처럼 국가에 고마워해야 한다고 말했지만, 끔찍한 고통을 마주하고 나서는 이것이 왜 감사해야 할 일인지 의아해하고 있었다. 희온은 열여섯이었다.

나도 이렇게 아픈데 자신보다 키가 작은 노아는 얼마나 아플까 싶었다. 고개를 그쪽으로 돌리자 노아는 눈을 감은 채 손을 이마 위에 올리고 있었다. 그의 손끝도 자신의 손처럼 붉게 부어 있었다.

"웃차."

희온이 몸을 일으켰다. 희온은 노아가 좋았다. 눈을 처음 봤을 때부터 가슴이 찡했던 것도 있었지만 낯을 가리는 것도 어쩐지 귀여웠다. 키도 자신보다 작았고, 체구도 자신보다 작았다. 눈이 부시게 빛이 나는 금발과 초록색 눈동자. 희온은 노아의 모든 것이 예뻤다.

"고개 들어 봐."

어느새 노아의 머리맡에 앉은 희온이 노아의 코끝을 검지로 톡톡 건드렸다. 노아가 눈을 뜨자 또다시 희온이 좋아하는 색이 보였다.

그가 도무지 고개를 들 생각을 않자 희온이 자신의 허벅지를 탁탁 두드렸다. 베고 누우라는 뜻이었다.

"……."

그러나 아무 말도 없이 희온을 바라보기만 하는 그 시선에 어쩐지 부끄러워진 희온이 확 달아오른 얼굴로 헛숨을 삼킨다.

"싫, 싫으면 말고."

민망해져서 몸을 일으키려고 했지만 그때 몸을 위로 올린 노아가 희온의 무릎을 베고 누웠다. 그럴 거면서. 괜히 빨개진 귀를 주무른 희온이 고개를 숙였다. 노아는 다시 눈을 감은 상태였다. 머리 색보다 조금 짙은 소년의 속눈썹이 그림자를 길게 만들었다. 그 아래 보인 나뭇잎 모양의 목걸이에는 271이라고 새겨져 있었다.

"있잖아."

노아가 먼저 말을 꺼내는 건 처음이었다. 아직 눈을 감고 있는 그 얼굴에서 희온의 눈이 떨어지지 않았다. 응, 왜? 무슨 말이 하고 싶은데? 나도 너한테 궁금한 거 많으니까 말해 봐, 우리 대화하자. 희온이 눈이 초롱초롱 빛나고 있다는 걸 아는지 모르는지 노아의 말은 조금 느리게 나왔다.

"여기서 사람이 죽어 나간대."

맥에게 듣기로는 노아가 희온보다 한두 살 어리다고 했다. 한눈에 봐도 어려 보이긴 했다. 그런 소년이 말하는 죽음이라는 단어는 어울리지 않았다. 그러나 평범한 대화라고 느껴진 건 소년이 지나치게 담담하게 말했기 때문이었다.

"죽어 나가? 누가?"

소년이 눈을 떠올렸다. 두 시선이 오차 없이 마주 닿는 동안 붉게 물들었던 하늘은 점점 더 어두워지는 중이었다.

"우리처럼 이곳에 들어왔던 애들."

……말도 안 돼. 누가 죽어? 왜?

희온이 부정하고 싶었으나 선뜻 그럴 수 없었다. 노아의 녹색 눈동자 옆 흰자에도 붉은 핏줄이 올라 있었다. 자신과 똑같은 증상이었다. 얼마 전에는 피를 흘리며 토했고 또 얼마 전에는 어지럼증이 심해져 하루 종일 침대에서 일어나지 못한 적도 있었다. 희온이 아무 말도 못하자 노아가 다시 눈을 감는다.

"그냥, 그런 말을 들었어. 아닐 수도 있고."

희온이 멍하게 굳은 자신의 뺨을 문질렀다. 죽었다고? 우리처럼 여기서 사는 애들이 죽어? 죽음에 대한 개념이 뚜렷하진 않았지만 처음 침대에 누웠을 때 느낀 고통을 생각하면 어렴풋이 짐작할 수 있긴 했다.

왜 죽었을까. 아파서 죽었을까? 병에 걸려서 죽었을까? 나도 병에 걸린 거 아닐까? 희온이 아무 대답도 하지 못하자 노아가 턱을 조금 올리며 재차 말을 덧붙였다.

"희온. 맞지?"

"내 이름? 응, 맞아."

죽음에 대해 생각해 보던 희온이 다시 고개를 숙였다. 평소의 노아는 자신과 눈을 잘 마주쳐 주지 않았기 때문에 희온은 단순히 지금이 기뻤다. 방금까지 무슨 생각을 했는지도 잊어버리고 자신의 이름을 부르는 노아를 보며 미소 지었다. 희온이 노아의 이어질 말을 기다렸으나 그게 끝이었다.

왜? 왜 물어봤어? 내 이름이 궁금했어? 분명히 처음 만났을 때

내가 말해 줬는데. 희온이 말을 덧붙이며 채근했으나 노아는 눈을 감을 뿐이었다.

"희온아."

멀리서 들려온 맥의 목소리에 희온이 반응하기 전, 노아가 먼저 몸을 벌떡 일으켰다. 그 빠른 움직임에 눈이 커진 희온이 노아를 불렀지만 노아는 뒤 한 번 돌아보지 않고 건물 안으로 걸음을 옮길 뿐이었다.

그날부터 실험이 유난히 길어지지 않는 날이면 희온은 저녁을 먹은 뒤 늘 산책을 나섰다. 노아도 같은 시간에 밖을 나왔기 때문이었다. 방엔 창문이 없었다. 훈련실이나 실험실에도 밖을 내다볼 수 있는 곳은 어디에도 없었다. 희온이 생각하는 자유 시간은 그때뿐이었지만 그것도 맥이 특별히 허락해 준 덕분이라는 걸 알고 있었다.

모든 기억 능력자들은 서로를 볼 수 없도록 제각기 다른 시간표를 가지고 있었고 희온의 저녁 7시는 수학 문제를 푸는 시간이었다. 그러나 맥은 희온이 가볍게 산책을 나갈 수 있도록 그 시간에 문의 잠금을 풀어 두곤 했다. 덕분에 희온은 노아와 함께 몇 개월 동안 꾸준히 산책할 수 있었다. 어느새 희온은 노아의 눈동자가 아닌, 그의 모습 전부를 보고 있었다.

달칵.

저녁 7시, 오늘도 조심스럽게 문을 연 희온이 최대한 발소리를 내지 않으며 건물 밖으로 향했다. 나 말곤 아무에게도 들키면 안 돼, 희온아. 맥의 당부가 들리는 듯해 걸음의 속도를 높이자,

벤치에 노란 금발의 뒤통수가 눈에 들어왔다.

처음 만났던 곳이 아닌, 가장 구석진 곳에 놓인 허름한 벤치였다. 벤치의 위에 있는 커다란 나무는 긴 잎들을 아래로 치렁치렁 내리고 있어서, 밤에는 사람이 있는지조차 쉽게 구분할 수 없었다.

"노아."

희온의 부름에 뒤를 돌아본 소년의 눈동자 색은 평소보다 짙었다. 날이 어두워지고 있어서였다. 희온은 때에 따라, 시간에 따라 분위기가 바뀌는 노아의 눈동자에 꼭 하늘이 전부 반사되어 보이는 듯했다.

"이거."

희온이 내민 건 가죽으로 만들어진 장갑이었다. 맥은 주말마다 시내에 나갔다 오면서 추위에 약한 희온을 위해 얇은 겉옷이나 장갑 등을 사다 주었다. 여름에도 해가 지고 나면 추위하는 희온에게는 더없이 좋은 것들이었으므로 희온은 그것들을 꽁꽁 숨겼다가 노아에게도 하나씩 선물했다.

"조금 있으면 겨울이 올 거야. 그때는 진짜 얼마나 추운데."

가지고 있는 것 중 가장 두꺼운 겉옷은 지난번 연구 실장이 주었던 털옷이었지만 하도 입어서 소매가 낡았기 때문에 노아에게 줄 수 없었다. 그 대신 맥이 새로 가져다주는 것들은 대부분 노아에게 주었다.

어느 날은 노란색 털양말이었고 어느 날은 갈색 스웨터였다. 녹색 목도리일 때도 있었다.

"나 하나도 안 추운데."

"넌 나보다 추위 안 타는 거 알아. 그래도 챙겨 가."

선물을 줄 때마다 노아는 지금처럼 하나도 춥지 않다고 대답했지만 희온은 단호하게 고개를 저었다. 감기 걸리면 힘들 거야. 이제 곧 날씨도 추워질 텐데. 결국 희온이 장갑을 재차 눈앞에 대고 흔들고 나서야 노아가 그 선물을 가져가 챙겼다.

만족스럽게 고개를 끄덕인 희온이 벤치 뒤에 숨어 앉았다. 어린아이 몇 명이 기둥 뒤로 숨을 수 있을 만큼 커다란 나무 덕분에 본관 건물에서는 그 벤치가 잘 보이지도 않을 것 같기는 했지만 그래도 혹시나 하는 마음에서였다.

"노아, 우리가 하는 훈련이 정말 우리를 강하게 만들어 주는 걸까?"

내가 할 수 있을까. 희온이 세워 앉은 무릎에 턱을 올렸다. 그 바로 앞에 희온과 똑같이 숙여 앉은 노아가 부스럭거리며 사탕 껍질을 까더니 희온에게 내밀었다.

"어디서 났어? 이거 나 주는 거야?"

"응, 선생님이 줬어."

"그럼 네가 먹어야지 나를 왜 줘?"

희온이 노아의 손에서 막대 사탕을 가져와 노아의 입에 쏙 밀어 넣었다. 사탕을 문 노아의 볼이 볼록하게 솟자 희온이 개구쟁이처럼 웃었다. 예쁘다. 아무 말도 없이 희온의 얼굴을 열심히 보던 노아가 '너도.' 하고 대답하며 반대쪽으로 고개를 돌렸다.

"어? 비 온다."

방금까지 맑았던 게 거짓말인 것처럼 한두 방울씩 떨어진 빗방울은 금방 땅을 흠뻑 적셨다. 소나기인가 봐. 희온이 팔을 들어 노아의 이마 아래 손으로 차양을 만들어 주었다.

어떻게 하지? 돌아갈까? 희온이 제안했으나 노아는 고개를 저었다.

사실 나도 가기 싫어. 머리부터 어깨까지 젖기 시작하자 희온이 노아의 손목을 잡아끌어 큰 나무 아래로 비를 피해 숨었다.

순식간에 앞이 제대로 보이지 않을 정도로 쏟아지는 비에 희온이 머리카락을 털며 넓은 나무 기둥에 등을 기댔다.

"이렇게 비가 갑자기 내릴 때, 세상이라는 책이 한 장씩 뒤로 넘어가는 것 같아."

희온의 감상적인 말에 노아가 돌아보며 물었다.

"책 읽는 거 좋아해?"

"응, 좋아해."

쏴아. 내리치는 비에 노아가 감기에 걸리지는 않을까 보던 희온이 입고 있던 큰 카디건을 벗어 노아의 어깨에 둘러주었다. 감기 걸리면 안 되니까 조금만 더 있다가 들어가자. 빗소리에 조금 묻힌 목소리가 명랑했다.

"노아, 있잖아. 이 건물 뒤에 언덕 본 적 있어?"

"언덕?"

"응. 이리 와 봐."

주변을 두리번거리던 희온이 노아를 이끌어 나무 그늘에서 벗어났다. 이때다 싶어 옷을 적시는 빗물에도 찰박거리는 웅덩이를 밟아 가며 걸음을 옮겼다. 맥이 어디에도 들키지 말라고 하면서 알려준 감시 카메라의 위치를 기억하고 있던 희온이 벽에 바짝 붙은 채 이리저리 고개를 돌려 가며 건물 뒤쪽으로 향했다. 노아는 열심히 희온의 뒤를 쫓을 뿐이었다.

"이거 봐."

빗물을 머금은 청량한 바람이 불 때면 머리카락이 흩날린다.

여기야. 비에 홀딱 젖은 희온이 가리키고 있는 건 철조망 너머의 높지 않은 언덕이었다. 운동장 쪽에는 오래되고 큰 나무가 많았는데 이곳에는 가느다랗고 나뭇잎도 별로 없는 나무들만 듬성듬성 심어져 있었다.

그 대신 건물 앞에서는 볼 수 없었던 잔디가 푸르게 깔려 있었다. 노아의 시선이 그 언덕에서 떨어질 줄을 모르자 희온이 자랑스럽게 어깨를 으쓱였다. 철조망 쪽으로 조금 더 다가갈 때마다 발밑에서는 젖은 잎이 밟혀 바스락거렸다.

찰박.

걸음을 멈춘 건 철조망에 붙어 있는 경고 팻말 때문이었다. 그 너머를 더 보고 싶어서 발뒤꿈치를 들어 올린 희온이 노아를 불렀다. 비가 오고 있었음에도 뚜렷이 보이는 해는 그 언덕 너머로 기울어 가고 있었다.

"있잖아. 저기 언덕으로 갈 수 있다면 얼마나 좋을까?"

희온은 오늘도 비명을 내질렀다. 뇌를 송곳으로 들쑤시는 것 같은 감각에 눈물을 흘리며 이불을 쥐어뜯었다. 손목에는 침대에 달린 구속구의 자국이 선명했다. 희온은 그런 몸으로도 희망을 꿈꿨다. 노아는 알 수 없는 표정을 하며 희온과 언덕 너머를 번갈아 바라보고 있었다. 달그락. 노아의 입 안에서 사탕이 구르는 소리가 들렸다.

"여기서 나가고 싶어?"

드문 노아의 질문이었다. 희온은 잠시 생각해 보는 듯하다가 고개를 저었다.

"……아니. 나는 갈 곳이 없거든. 근데 구경은 하고 싶어."

맥이 말해 줬는데 저 언덕 너머 아래에는 마을이 있대. 그리고 그 마을은 다른 나라랑 붙어 있대. 나가고 싶지 않다면서 철조망 너머를 설명하는 희온은 조금 들떠 보였다. 노아는 희온의 시선 끝을 가만히 응시했다.

붉은 해가 그 뒤로 완전히 넘어가자 하늘이 빠르게 어두워지며 비가 멎기 시작했다. 들어갈 시간이 되었다는 뜻이었다. 카디건을 벗어 주려는 노아에게 손사래를 친 희온이 조심스럽게 건물의 문을 열고 복도로 들어섰다.

"우리 앞으로 매일 만나자. 난 너를 만나서 너무 좋아."

희온의 머리카락에서는 빗물이 뚝뚝 떨어지고 있었다. 원래 추위를 많이 타는 데다 비까지 맞는 바람에 이가 딱딱 맞물릴 정도였으나 그래도 희온은 노아를 만나 좋다는 말을 하기 바빴다.

"응. 나도 좋아."

진짜? 너도 나 만나서 좋아? 희온이 해사하게 짓는 웃음을 바라보던 노아의 귓가가 살짝 붉어졌다.

"너 열나는 거 아니야? 얼른 들어가서 씻고 자. 감기 걸리면 키가 잘 안 자란대."

희온이 짐짓 형다운 모습을 보이며 노아를 방 안으로 들여보냈다. 그제야 희온도 질척거리는 운동화로 뻑뻑 소리를 내며 방으로 향했다. 그래 봤자 철조망 안에서 본 게 전부면서 좋은 곳을 구경시켜 준 것 같은 마음에 발걸음이 더없이 가벼웠다.

"오늘도 예쁘다."

맥이 준 지역 신문에서는 몇 주 동안 우기에 접어든다며 소나기가 자주 퍼부을 것을 예고했다. 그러나 희온과 노아는 약속이라도 한 듯 늘 같은 시간에 나와 시답지 않은 대화를 나누다가 노을을 본 뒤 방으로 돌아갔다.

그날도 마찬가지였다. 철조망의 그림자가 길어지기 시작할 때쯤 만난 두 사람은 비를 피해 또다시 건물 뒤편으로 달려와 고작해야 한 뼘 정도 되는 처마 아래에 서 있었다.

"우리 선생님 진짜 짜증 나."

희온의 말에 노아가 고개를 끄덕였다.

"나도."

"너는 왜?"

"네가 짜증 나 하니까."

그게 뭐야? 웃음을 터뜨린 희온이 젖은 옷을 들어 빗물을 꾹 짜냈다. 조로록, 소년의 마음속에서는 물소리가 연주곡 같았다. 희온이 몸을 숙여 앉자 노아가 그 옆에 따라 앉는다. 처마가 너무 짧아서 앉는 순간 얼굴과 발치에도 물이 튀기 시작했지만 두 사람 다 그런 건 신경 쓰지 않았다.

"비 냄새 너무 좋다."

"나도."

"너도? 왜?"

"네가 좋아하니까."

너 왜 자꾸 나 따라 해? 희온이 즐겁게 웃었다. 희온은 이 비 냄새가 좋았다. 사막에서 자랄 때는 단 한 번도 볼 수 없었던, 세상이 젖는 풍경. 마음이 다 평온해지는 소리. 모든 게 다 깨끗해지는 것 같은 냄새.

숨을 크게 들이마신 희온이 노아의 소매를 꽉 눌러 짜 주며 형 노릇을 했다. 희온이 이런 식으로 그를 돌볼 때마다 가만히 그 손 길을 받는 노아를 보는 게 즐거웠다. 그러다가 미소를 한 번씩 지 을 때면 세상이 다 눈부셔지는 것 같기도 했다.

말도 안 되는 생각이지만, 희온은 멀리 있는 부모님이 노아를 자신에게 보내 준 거 아닐까 하는 생각을 했다. 그러니까 부모님 은 날 버린 게 아니야. 억지로 그렇게 생각하기 위함이기도 했지 만 희온은 정말로 노아의 눈을 보고 있으면 자신이 얼마나 잘 살고 있는지 보여 주고 싶어졌다. 예쁜 것만, 좋은 것만 보여 주 고 싶기도 했다.

며칠에 한 번씩 희온의 훈련이 길어질 때가 있었다. 아침부터 저 녁까지 연구실에 있는 동안 희온은 다른 사람의 꿈에 들어가 기억 을 불러내는 데 성공했다. 그러나 거기까지였다. 그들의 꿈에 완전 히 녹아들어 움직일 수 없었던 희온은 하루에도 몇 번씩 다시 약에 취해 잠들어야 했다.

그 부작용으로 원래도 없던 밤잠은 점점 더 줄고 있었다. 실험할 때 억지로 잠이 드는데 평소에 잠이 들 수 있을 리가 없었다. 수면 시간은 줄어들다 못해 어떨 때는 날이 밝아올 때까지 한숨도 자지 못할 때도 있었다.

"노아, 너는 어제 얼마나 잤어?"

질문하는 목소리에는 힘이 하나도 들어가 있지 않았다. 오늘 건 넨 초록색 목도리를 칭칭 감고 있던 노아가 핏기 하나 없는 희온의 얼굴을 돌아보았다. 그 눈이 걱정하는 것 같아서 희온이 부드럽게 웃었다.

"다섯 시간."

와. 진짜 부럽다. 나는 어제 삼십 분 잤는데. 늘어가는 희온의 실험 시간에 비해 노아의 실험 시간은 줄고 있었다. 맥에게 슬쩍 물어보니 노아는 빠르게 적응하고 있다고 했다. 그래서 자신보다 잠을 더 잘 잘 수 있는 걸까. 내가 정말 뒤떨어지는 걸까.

희온이 처마에 가려 덜 젖은 바닥에 주저앉으며 건물 벽에 머리를 기댔다. 이제 추운 날이 다가와서 그런지 해가 지는 속도가 조금씩 빨라지고 있었다. 조금만 더 있으면 이제 저녁 7시에 노을을 볼 수 없을지도 몰랐다.

툭.

노아가 팔을 뻗어 희온의 고개를 자신의 어깨에 기대게 만들었다. 언제 이렇게 자랐지? 분명히 자신보다 키가 작았었는데 이제는 두 어깨의 높이가 얼추 비슷한 정도였다.

"……이상하다."

진짜 나 하나도 안 졸렸는데 지금은 졸려. 희온이 작은 목소리로 말했다. 기운이 없는 건가, 졸음이 오는 건가. 구분할 수 없었다. 노아는 아무 말도 없었지만 그게 더 희온을 편안하게 만들어 주고 있었다.

근데 애는 왜 내가 준 옷들을 잘 안 입고 다니는 걸까. 누구한테 뺏기는 건 아닐까. 추울 텐데. 맥이 언제 온다고 했더라. 희온은 맥이 이번에는 더 두꺼운 옷을 들고 오면 좋겠다고 생각하면서 눈을 감았다. 오늘도 혼자 두꺼운 카디건을 입고 있는 희온이었지만 그것보다 옆에서 느껴지는 온기가 더 따스했다.

"……아. 희온아."

작은 목소리와 어깨를 흔드는 손길에 희온이 눈을 떴다. 비는 여전히 내리고 있었지만 세상이 어두웠다. 한눈에 봐도 해가 떨어진 지 한참은 지난 듯했다. 그사이에 노아도 잠들었었는지 조금 긴장한 얼굴이었다.

큰일 났다. 희온이 벌떡 몸을 일으켰다. 평소보다 오래 밖에 있었다. 맥이 몇 시까지 방문의 잠금을 풀어 놨는지 알지 못했다. 그사이 방문이 잠겼다면 꼼짝없이 아침까지 복도에 있어야 했고, 그러다 다른 연구원을 만나면 자신은 물론이고 맥까지 곤란해질 게 분명했다.

주변을 둘러본 희온이 노아의 손목을 답싹 붙잡고 건물 안으로 뛰어 들어갔다. 물을 머금어 젖은 걸음 소리가 빗소리에 묻히기를 바라는 마음이 초조했다.

아무도 없나? 주변을 둘러보며 가쁜 숨을 내쉰 희온이 노아의 방문 앞에서 손을 흔들었다.

"얼른 가."

노아의 말에 희온이 걱정스럽게 고개를 끄덕였다. 나는 바로 위층이니까 올라가기만 하면 돼. 방에 들어가서도 자꾸만 뒤를 돌아보는 노아의 방문이 완전히 닫히자 희온이 그제야 다시 달렸다.

어떡하지? 많이 늦었으면 어떡하지? 방이 있는 층에 도착한 희온이 조심스럽게 문고리를 열었다. 다행히 문은 잠기지 않은 모양이었다. 그러나 불을 켜는 순간 희온은 자지러지듯 놀랄 수밖에 없었다.

누군가 희온의 침대에 앉아 있었다.

"어디 다녀오니?"

언제나 희온에게 인자한 연구 실장이었다. 그러나 지금의 그는 웃고 있지 않았다. 주춤거리는 희온을 본 그가 침대에서 일어서자 삐걱거리는 소리가 들려왔다. 잠깐, 밖에요. 그렇게 대답하려고 입을 열었지만, 그건 애초에 대답을 바라고 한 질문이 아니었다. 희온의 몸을 다 덮을 정도로 커다란 그림자가 가까워지자 남자는 머뭇거림 없이 팔을 들어 올렸다.

철썩.

"아!"

그는 다짜고짜 뺨을 내려쳤다. 변명을 하기도 전에 얻어맞은 희온이 눈을 동그랗게 뜨자 남자가 또다시 손을 들었다. 희온의 어깨가 흠칫 굳는다.

"잘, 못…… 했어요."

한 대를 더 맞은 다음에야 상황 파악을 할 수 있었던 희온이 잘못을 빌었지만 연구 실장은 물러서지 않았다. 두려움에 떠는 여린 뺨이 붉게 부푼 것을 보고도 기세는 여전히 형형했다. 몸을 웅크리기 위해 허리를 굽히는 희온의 멱살을 틀어쥔 연구 실장은 이번에는 아예 작정이라도 한 듯 여린 얼굴을 매섭게 때리기 시작했다.

철썩.

쿵!

"아! 흐으, 아, 파요. 잘못, 죄송해요."

희온이 바닥을 뒹굴면서도 흐느끼며 빌었으나 그 마른 몸을 발로 걸어찬 실장은 화가 난 듯 분에 찬 말을 쏟아 냈다.

"아직 맨더도 못 된 주제에, 이젠 여기가 놀이터인 줄 알지."

국가에서 네게 베푸는 게 얼만데 감사한 줄 모르고. 발길질 한 번, 주먹질 한 번에 이를 악문 남자의 욕설이 더해졌다. 서너 번을 더 손찌검한 남자가 그제야 후욱, 하고 숨을 가다듬었다.

"여태 271하고 같이 있었니?"

제 분을 참지 못한 남자가 하얀 가운을 벗더니 문으로 향했다. 바닥에 쓰러져 있던 희온이 그 목소리를 듣자마자 화들짝 놀라 그의 다리에 매달렸다.

"아니에요. 저 혼자 나가 놀았어요. 그냥 산책 갔다가 잠들었어요."

그게 다예요. 정말이에요. 희온이 울먹이며 대답하자 남자가 희온에게로 시선을 내렸다. 그러나 문 앞까지 간 남자는 방을 나가지 않았다. 노아에게 가서 자신에게 했던 대로 똑같이 때릴 것 같아서 무서웠지만 그건 아닌 모양이었다. 대신 그는 문 옆에 있던 스위치를 내렸다. 방은 순식간에 어둠에 잠겼다.

"그래? 혼자 놀았다는 거지?"

그럼 벌도 혼자 받아야지. 어린 소년의 필사적인 우정을 한껏 비웃은 남자는 아직 덜 자란 소년의 팔을 우악스럽게 잡아 일으켰고, 매서운 손찌검은 또다시 희온에게 향했다. 잘못했어요. 안 그럴게요. 죄송해요. 아파요. 실험실 안에서 고통에 몸부림을 칠 때도 하지 않았던 애원이 두려움을 품고 줄줄 쏟아져 나왔다.

그는 희온이 아파하는 걸 조금도 신경 쓰지 않았다. 희온이 아무리 매달려도, 아무리 사정해도 그는 눈 하나 깜빡하지 않고 손을 휘둘렀다. 희온의 마음과 바람을 하나하나 깎아내려 빈껍데기만 남길 것처럼 굴었다. 희온은 거기서, 남자가 자신에게 모든 것을 베풀 것처럼 굴었던 건 전부 조건이 붙어 있었다는 것을 깨우쳤다. 연구소에서 명령하는 모든 것을 제대로 수행했을 때, 그의 말을 거역하지 않았을 때.

쾅!

"흐, 욱…… 아."

희온에게 욕을 퍼부은 남자가 거친 소리를 내며 방에서 나가고 나서도 희온은 한참을 움직이지 않았다. 몸을 웅크린 채 코피에 젖은 얼굴을 손등으로 문질렀다. 맥이 그 누구에게도 들키지 말라고 했던 건 이런 이유인 듯했다.

해가 뜰 때까지 잠을 잘 수 없었던 희온의 온몸에는 푸른 멍이 가득했다. 아팠다. 실험을 할 때보다 더 아팠다. 아니, 똑같이 아팠다. 노아에게는 괜찮다고 했지만 희온은 매일 조금도 괜찮지 않았다. 실험실에서 받는 모든 주사와 실험들은 희온을 아프게 했다. 고통스러웠고, 괴로웠다. 사실은, 정말 괜찮지 않았다. 둥글게 만 작은 몸이 한참을 가늘게 들썩였다.

그날부터 오후 늦은 시간으로 옮겨진 희온의 실험 시간 덕분에 희온은 더 이상 저녁 7시에 건물 밖으로 나갈 수 없었다. 대신 희온은 방에 처박혀 실장이 틀어 놓은 국가 안보에 대한 라디오를 밤새 들어야만 했다.

국가가 군인들을 얼마나 훌륭히 키우는지, 하프록스가 얼마나 거대한 곳인지에 대한 내용이 똑같은 억양으로 쏟아지고 있었다. 그럼에도 희온은 밖에 나가고 싶었고 여전히 노아가 보고 싶었다.

연구 실장에게는 다시는 그러지 않겠다고 했지만 희온은 조금도 그럴 생각이 없었다.

"희온아."

"맥?"

며칠 뒤, 수도에서 돌아온 맥이 희온의 얼굴을 보고 눈을 크게 떴다. 남들보다 훨씬 어려 보여 이제야 청소년티가 나기 시작한 아이의 얼굴과 몸에는 검붉고 파랗게 변한 멍이 가득했다.

"이야기는 들었는데……. 내가 미안하구나."

맥의 사과에 책을 읽던 희온이 고개를 저었다. 맥은 자신에게 충분히 당부를 했으므로 그가 사과할 필요는 없었다. 그 대신 바라는 게 있었다. 머리를 움직일 때마다 뇌가 흔들리는 기분이었지만 굳이 침대에서 일어난 희온이 맥에게 가까이 가서 섰다.

"맥, 저 밖에 나가고 싶어요."

그런 희온을 애써 무시하듯 등을 진 맥이 들고 온 선물을 내려놓았다.

"희온, 더 이상 노아는 만나지 않는 게 좋아."

"왜요?"

"노아는 이제 맨더가 되었단다. 이제 너랑 같은 훈련도 하지 않을 거야."

맥을 따라 졸졸 쫓아다니던 희온이 우뚝 섰다.

노아가 맨더가 되었다고. 그렇다는 건, 노아도 이제 다른 사람의 기억에 개입할 수 있게 되었다는 걸까. 정말, 그게 되는 일이었나.

그동안에도 이야기를 듣기는 했지만 노아가 맨더가 되었다니 불쑥 와닿는 실감에 잠시 멍한 얼굴을 한 희온이 얼른 정신을 차리며 다시 맥의 뒤를 쫓았다.

"그거랑은 상관없어요. 저도 열심히 할게요."

맥의 곤란하다는 표정에 희온이 눈을 빛냈다. 노아가 보고 싶었다. 유일한 친구를 만나고 싶었다. 마음을 달래 주는 것 같은 녹색 눈동자가 벌써 그리웠다. 괜찮을까? 연구 실장이 나를 때리고 나서 노아에게 간 건 아닐까? 아직 어린 그 친구를 보살펴 주고 싶었다. 그리고 그 금색과 녹색이 안겨 주는 평온함을 느끼고 싶었다.

"일주일에 한 번만이라도요. 네?"

진짜 더 열심히 할게요. 얼른 맨더가 돼서 나라에 도움이 될게요. 정말이에요. 애원하는 희온의 말에 맥이 한숨을 내쉬었다.

"안녕, 노아! 나 왔어."

결국 맥은 희온의 부탁을 들어주었다. 몇 가지 조건이 붙기는 했다. 일주일에 한 번, 딱 삼십 분. 그것도 운동장으로 나갈 수 있기는커녕 맥이 희온을 데리고 노아의 방으로 직접 가야 했다. 하지만 그것만으로도 즐거웠다. 다른 모든 수업은 재미없었다. 수학도, 역사도, 언어도 재미없었다. 그냥 노아의 눈을 보며 대화하는 게 가장 즐거웠다.

노아가 걱정할지도 모르니까 멍이 다 사라질 때까지 기다릴까 했지만 희온의 마음이 급했다. 결국 삼 일이 지나는 날 희온은 맥과 함께 노아의 방으로 향했다.

아직 사라지지 않은 구타의 흔적을 보고 노아는 놀란 것 같았으나, 희온은 훈련 도중 사고가 있었다고 설명했다. 처음에는 믿지 않는 것 같았지만 희온이 조른 대로 맥이 맞장구를 쳐 주었기 때문에 나중에 가서는 노아도 결국 고개를 끄덕였다. 맥이 자리를 비워 주는 삼십 분이 희온에게는 꿈만 같았다.

보고 싶었어. 그렇게 말하는 대신 희온은 노아의 녹색 눈동자에 자신이 비춰질 때마다 웃었다. 단순히 부모님이 가진 눈동자와 똑같은 색이어서가 아니라, 그럴 때마다 따라 웃는 노아의 미소가 기분을 들뜨게 만들어 주기 때문이었다.

"괜찮았어."

노아는 이제 맨더가 되어 자신과 같은 훈련을 하지 않는다고 했지만, 어쩐지 맨더가 되어도 다른 무서운 게 또 기다리고 있을 것 같았다. 그래서 희온은 노아를 볼 때마다 오늘 아팠냐고 물었고, 노아는 늘 괜찮다고 대답했다. 가끔씩은 노아가 먼저 희온에게 괜찮냐고 물었다. 희온의 말도 늘 똑같았다.

그 대답이 바뀐 적은 단 한 번도 없었다. 아프다고, 괜찮지 않다고 대답하면 모든 것들이 아프고 괴로운 일이 될 것만 같아서 두 소년은 매주 만날 때마다 그렇게 대화했다.

일주일에 한 번 만나는 그날이 희온과 노아에게는 휴일이나 다름없었다. 매일 아프고 고통스럽기만 한 나날들 속 유일한 쉼이었다. 노아라는 이름의 뜻은 평안이었고, 노아가 희온에게 그랬다.

오늘도 희온은 자신을 데려다준 맥이 방을 나가자마자 노아의 침대에 걸터앉았고, 노아는 희온의 무릎을 베고 누웠다. 방의 구조는 자신의 것과 다를 것 하나 없는 데다 매주 오는 곳이면서도 올 때마다 주변을 두리번거렸다. 그러다 자신이 준 겨울옷이 한쪽에 걸려 있는 걸 보고서야 슬그머니 미소를 짓는다.

"희온아, 너는 괜찮아?"

희온이 자신의 무릎을 베고 누운 노아의 귓바퀴를 손가락으로 따라 그렸다. 오목하고 볼록한 모양을 더듬듯이 매만지면 금방 루프를 그리면서 끊임없이 이어진다. 괜찮아. 그 대답도 마찬가지였다.

"노아."

"응?"

"온이라고 불러. 친구끼리는 그렇게 불러도 되는 거랬어."

한 번 해봐. 진지한 표정으로 으름장을 놓는 희온을 가만히 보던 노아가 입을 열었다.

"온아."

희온의 얼굴이 금방 퍼지며 미소가 피어올랐다. 봐, 우리 진짜 친구 된 거 같지. 옴폭 들어간 희온의 보조개를 보며 노아가 따라 웃었다. 그 웃음이 어찌나 보기 좋은지, 희온이 절로 마른침을 삼켰다.

"……노아, 있잖아. 너 진짜 요정같이 웃는다. 아닌가? 천사인가? 모르겠다. 그냥."

"아니야."

요정 싫어? 왜? 희온의 장난스러운 말에 노아가 언제 웃었냐는 듯이 입술을 내리자 희온이 노아의 뺨을 아프지 않게 꼬집어 위로 올렸다. 우스꽝스럽게 구겨진 얼굴인데도 예뻐서 희온이 웃음을 터뜨렸다.

"정말이야. 웃는 거 진짜 예뻐. 나는 네 눈이 너무 좋아."

내 눈? 노아의 되물음에 희온이 머리를 주억거렸다.

"그러니까 나한테는 맨날 웃어 줘."

희온의 순수한 감탄 섞인 부탁에 이번에는 노아가 얼떨떨한 얼굴로 대답했다.

"응. 알았어."

"좋아. 나 이제 가야겠다."

맥과 약속한 시간이 살짝 넘어가고 있었다. 희온이 시계를 확인하고 노아의 어깨를 톡톡 두드리자 노아가 먼저 몸을 일으켰다. 희온은 침대에서 내려와 노아의 손을 잡고 문으로 향했다. 배웅이라고 해 봤자 이 문까지가 전부였지만 그래도 희온은 노아가 자신을 보고 손을 흔들어 주기를 바랐다.

"벌써 가?"

아쉬움이 묻어나는 노아의 말에 희온이 뒤를 돌며 고개를 갸웃 기울였다.

"너 키 얼마나 컸어?"

작작 좀 커. 우리 똑같은 밥 먹는 거 맞아? 왜 너만 이렇게 빨리 자라는 거야? 사실은 부러워서 그러는 거야. 나도 더 크고 싶어. 희온이 팔을 뻗어 손바닥으로 노아의 머리 위를 톡 덮었다.

"진짜 가야 돼. 오늘은 맥이 바쁘대서 혼자 오라고 했단 말이야."

"그럼 다음 주에 또 와야 돼. 알았지?"

"응, 당연하지."

언제 낯을 가렸냐는 듯 강아지처럼 구는 노아의 행동에 희온이 괜히 쑥스러워서 빨리 고개를 끄덕였다. 알았어. 진짜 나중에 보자. 손을 흔든 희온이 문고리를 잡았다. 오늘은 뛰어가야겠다. 괜히 초조해진 마음에 시계를 한 번 더 확인했다.

달칵.

"여기 있었구나."

그러나 희온이 당긴 문이 채 열리기도 전, 누군가의 목소리가 들려왔다. 반대편에서도 이제 막 문을 열려고 했던 듯 손잡이를 잡고 있는 건, 연구 실장이었다. 그 남자의 옆에는 맥이 고개를 푹 숙인 채 서 있었다. 맥의 이마에서 시작된 가느다란 핏줄기가 뺨을 타고 내려와 아래로 떨어졌다. 희온의 심장이 빠르게 솟구쳤다.

* * *

얼룩 하나 없이 하얀 노아의 방은 방금 전까지의 분위기와 사뭇 달랐다. 희온과 노아는 다른 의자에 앉아 마주 보고 있었다. 노아는 지금 이 상황이 잘 이해가 안 가는 듯 어리둥절한 표정을 했고, 희온은 몰아치는 두려움에 마른침을 삼키고 있었다.

희온은 차마 노아를 바라보지 못하고 고개를 숙였다. 내가 늦는 바람에 연구 실장이 나를 찾은 걸까. 맥도 나처럼 저 사람에게 맞은 걸까. 기껏해야 5분도 안 늦었는데. 희온이 자책하는 사이 맥을 내보내고 돌아온 실장은 노아를 등진 채 서서 희온을 바라보고 있었다.

"맨더라는 건, 국가에 무조건적인 충성을 해야 하는 존재야. 그럴 만하지 않아? 길바닥에 버려진 돈이나 주워 가면서 살던 고아 새끼를 이렇게까지 잘 키워 놨는데."

머리가 희끗하고 깡마른 연구 실장은 폭이 좁은 안경을 쓰고 있었다. 그는 목 끝까지 꽉 채운 셔츠의 소매를 걷어 올렸다. 언제 맞을지 몰라 희온이 눈을 꽉 감았지만 오늘은 유달리 훈계가 길었다.

"너희에게는 친구도 가족도 있어서는 안 된다."

실장의 목소리에는 높낮이가 없는 것같이 들렸다. 평온한 목소리인 듯도 했으나 희온은 그 뒤에 숨겨진 분노를 어렴풋이 알고 있었다. 지난번의 폭력을 떠올린 희온이 손끝을 가늘게 떨었다. 노아의 시선이 희온의 손가락에 닿았다.

"약점을 만드는 순간 너희는 국가의 반역자가 될 수도 있기 때문이지."

철썩!

대비할 새도 없이 성인 남성의 주먹에 얻어맞은 희온의 고개가 돌아갔다. 턱뼈가 울리는 엄청난 고통에 곧장 눈물이 터질 만큼 아팠지만 희온은 울 수 없었다. 노아의 녹색 눈동자가 이쪽을 향해 있었다. 노아가 더 놀랐을 게 분명한데 아픈 티를 낼 순 없었다. 두려움에 심장이 빠르게 뛰기 시작했다.

"움직이지 마."

노아에게 하는 말이었다. 아마도 희온이 맞자마자 노아가 의자에서 일어선 모양이었다. 실장은 노아를 흘끔 보더니 다시 희온에게 손을 휘둘렀다. 짝, 짝. 뼈마디가 다 튀어나온 마른 손이 보잘것없는 것을 다루듯 희온의 뺨을 두들긴다.

"지금부터 누가 움직일 때마다 서로가 대신 맞는 거야."

괜찮아. 희온이 고개를 숙인 채 입 모양으로 말했다. 희온은 그를 보지 않았지만 어쩐지 노아는 자신을 보고 있을 것 같다는 느낌에 서였다. 삐걱거리던 의자는 더 이상 소리를 내지 않았고, 실장도 더는 뒤를 돌아보지 않았다. 마치 지금부터는 노아가 움직이지 않을 거라는 걸 알고 있기라도 한 듯 완전히 희온을 향해 선 채였다.

연구 실장은 그날, 노아가 보는 앞에서 희온을 때렸다. 걷어차는 발길질에 몸이 뒤로 넘어지자 그제야 시야에 들어온 노아는 정말 조금도 움직이고 있지 않았지만 그럼에도 실장은 희온에게만 주먹을 휘둘렀다.

노아가 이미 맨더가 되어서 그랬을지도 모르고 그것이 둘의 사이를 더 가를 수 있을 거라고 생각해서 그랬을지도 몰랐다. 희온이 양손으로 머리를 감싸며 그렇게 생각했다. 그러나 이번에는 빌지 않았다. 살려 달라고 잘못했다고 애원하지도 않았다.

노아가 아직 맞은편에 있었다. 자신이 무슨 말이라도 하면 그 핑계로 노아를 때릴 것만 같았다. 이 아픈 매질이 그에게 향할 것만 같았다. 아직은 제가 노아보다 몇 센티미터 더 컸다. 나이도 더 많았다. 무엇보다 노아의 눈에는 웃음만 맺히기를 바랐으므로 차라리 자신이 맞는 게 나았다. 물론 고통을 수치로 따진다면 침대에 누워서 받는 실험이 훨씬 아팠지만, 누군가에게 구타를 당한다는 건 단순히 통증만으로 잴 수 없었다.

몸이 아픈 게 전부가 아니었다. 마음도 같이 아팠다. 코에서 피가 나면 마음에도 피가 났다. 살을 터뜨리고 나오는 피는 금방 멎었지만 마음에 나는 상처는 쉽게 낫지 않는다. 엊그제 혼자 방에서 간신히 잠이 든 자신을 위해 맥이 방의 불을 껐을 때, 바로 이 폭력을 떠올린 이유가 그것이었다.

노아의 방에서 희온이 맥에게 업혀 나온 건 밤이 다 된 시간이었다. 온몸에 멍이 들 정도로 얻어맞은 희온은 그로부터 이틀이 지나서야 침대에서 일어날 수 있었다.

"오늘 이기면 만나게 해 주세요."

그러나 희온은 눈에 주먹만 한 멍을 달고 있으면서도 맥에게 고집을 부렸다. 맥은 도무지 이해가 가지 않는다는 얼굴을 했지만 희온은 끄떡도 하지 않았다. 시선을 피하지도 고집을 꺾지도 않았다. 그날 맥도 실장에게 맞은 게 분명했지만 그래도 조금만 더 욕심을 부리고 싶었다.

'괜찮아.'

다 그 미소 때문이었다.

노아의 앞에서 실장에게 맞은 그날 이후 희온은 울지 않았다. 실험실에서 온몸에 수십 개의 선을 달고 끔찍한 고통을 마주하면서도 울지 않기 위해 이를 악물었다. 침대에서 나온 다음날부터 시작된 체력 훈련에서 얻어맞을 때도 마찬가지였다.

맨더가 되기 위해서는 체력 훈련을 반드시 거쳐야 한다고 했다. 아직 십 대인 데다 마른 편인 희온에 비해 덩치가 산만 한 성인 남성 셋이 희온을 둘러싸고 있었다. 이 훈련의 첫날부터 희온은 고집을 부렸다. 이기면, 노아를 만나게 해 주시는 거예요. 물론 맥은 거절했다.

'노아랑은 이제 아예 시간이 맞지 않을 거야.'

'그럼 지난번처럼 노아는 방에 있으라고 하세요. 제가 가서 기다리면 되잖아요.'

몇 번의 폭력을 겪으면서 희온이 깨달은 게 있었다. 이곳에 있는 사람들은 자신을 절대 죽일 수 없었다. 이 사람들은 내가 필요했다.

알 수 없는 능력을 가진 나를, 이 수많은 실험을 하고도 아직 살아 남아 있는 나를.

그들은 적어도 자신을 쉽게 죽일 수는 없다. 희온이 몸을 숙여 키가 두 배는 큰 것 같은 남자의 주먹을 피했다.

"아, 내 팔."

희온이 그 남자들을 이기는 데까지는 꼬박 한 달이 걸렸다. 팔이 부러지긴 했지만 희온은 그 남자의 다리 사이를 무릎으로 쳐 급소를 터뜨리는 것으로 되갚아 주었기 때문에 오히려 깁스를 차고도 의기양양했다. 그래서 지금, 하늘까지 솟을 것 같은 어깨를 으쓱이며 노아에게 가는 중이었다.

한 달 만이었다. 한 달이 넘는 시간 동안 희온은 노아를 만나지 못하고 있었다. 그동안 희온은 틈만 나면 노아를 걱정했다. 내가 간 다음에 노아도 맞은 거 아닐까. 아니면 어디 갇힌 건 아닐까. 그래서 우리가 만나지 못한 거 아닐까.

"여기는 어디예요?"

그런데, 앞장서는 맥이 향하는 곳은 다른 건물이었다. 원래는 아래층의 방을 사용했는데 지금은 아예 건물끼리 이어진 통로를 이용해 옆 건물로 가고 있는 중이었다. 다른 건물로 들어가는 건 처음이라 동그랗게 눈이 커진 희온이 주변을 이리저리 둘러보았다.

"여기는 맨더들이 사용하는 건물이야. 이번에도 딱 30분이야."

"네. 맥, ……죄송해요."

맥은 희온이 왜 사과하는지 알고 있었지만 이 모든 것에 희온의 잘못은 하나도 없다는 것 또한 잘 알고 있어서, 그냥 마주 웃어 줄 수밖에 없었다.

맥과 나란히 복도를 걸으면 걸을수록 희온의 눈이 동그랗게 커졌다. 분명히 자신이 사용하는 건물이 가장 큰 건물인데 이곳이 훨씬 좋아 보였다. 투박한 건물일 뿐인 본관에 비해 이곳은 장식도 있었고, 세련된 타일도 깔려 있었다. 이질적인 느낌을 받은 희온이 주춤거리며 걸음 속도를 늦추자, 맥이 한 방문 앞에 섰다.

똑똑.

이상하다. 원래 문 앞에 서면 맥이 가지고 있는 카드로 문을 열었는데 이곳에서는 노크를 했다. 그 노크 끝에 문을 연 건, 노아였다.

"온아……?"

"노아!"

희온이 올 거라는 이야기를 듣지 못했는지 놀란 얼굴을 한 노아를 향해 희온이 웃었다. 방금까지 느껴지던 이상한 생각은 어느새 싹 사라져 있었다.

"아."

그런데, 노아의 반응이 이상했다. 깜짝 방문에 놀랄 거 다 놀랐으면 이제 반가워하면서 웃어 줄 때도 됐는데 이어진 표정은 조금 떨떠름해 보였다. 묘한 얼굴로 상처 가득한 희온의 얼굴과 깁스를 한 팔을 훑을 뿐이었다. 오랜만에 봐서 그런가?

"노아, 잘 지냈어?"

"응."

평소처럼 안부를 물어보긴 했지만 걱정하며 밤을 지냈던 희온에 비해 노아는 한눈에 봐도 꽤 잘 지낸 것 같아 보였다. 그가 지내는 방은 자신의 것보다 훨씬 컸고, TV도 있었으며, 그는 자신이 준 옷을 입고 있지도 않았다. 짧은 사이 바뀐 것 같은 분위기에 희온이 어정쩡하게 그 방 안으로 걸음을 옮겼다. 30분 뒤에 데리러 올게. 맥이 등 뒤에서 문을 닫았다.

"……어, 맨더들은 이런 곳에서 지내는구나."

이곳은 꼭 정말 사람이 살 만한 집 같은 곳이었다. 그 공간에 서 있는 노아를 보는데, 어쩐지 어색해진 기분이었다. 처음 만났을 때 자신보다 작았던 노아는 확실히 꽤 자라 있었다.

이 건물로 들어올 때까지만 해도 오늘 체력 훈련에서 처음 이겼다는 걸 자랑하고 싶었지만 별안간 상처투성이인 자신의 얼굴이 부끄러워져서 희온이 깁스 끝에 튀어나온 손가락 끝을 괜히 꿈지럭거렸다.

"왜 왔어?"

"……"

그래도 평소처럼 대화하기 위해 입을 뗐으나 그보다 먼저 나온 노아의 말에 희온이 입을 다물었다.

왜 왔냐고 이유를 묻는 그 질문이 섭섭했다. 섭섭하다 못해 서운함이 울컥 치밀어 올랐다. 왜 왔냐는 말이 어디 있어? 내가 어떻게 여기 왔는데. 주먹을 꽉 말아 쥐고 선 희온의 눈에 순식간에 눈물이 그렁그렁 차오르자 막상 더 당황한 건 노아였다.

"아, 그러니까…… 나랑 있으면 네가 혼나잖아. 지난번처럼."

노아가 무슨 말을 하고 있는지는 알았지만 치미는 이상한 마음에 서러움까지 더해져 입술이 움찔거렸다. 금방이라도 허물어 내리기 직전이었다. 당장이라도 떨어질 것처럼 눈물이 가득 맺히자 노아가 바짝 다가와서 어쩔 줄 몰라 했다. 차마 희온을 만지지는 못한 손이 허공에 어색하게 떴다.

"······울지, 마. 미안해."

"왜······ 한 번도 내 방에 안 왔어?"

"······어?"

나는 맨날 갔었잖아. 나는 네가 갇혀 있기라도 한 줄 알았는데, 아니었잖아. 그 말을 시작으로 눈을 깜빡인 희온의 흰 뺨이 눈물에 젖기 시작했다.

"그리고, 왜 왔냐고는 왜 물어봐?"

뚝뚝 서럽게 떨어지기 시작한 설움에 당황한 노아가 희온의 뺨을 손가락으로 부지런히 문질렀다. 입가와 눈썹 끝에 달린 상처에 눈물이 닿지 못하게 하는 게 노아의 목적인 듯했다.

미안해. 나는 우리가 만나면 또 네가 맞을까 봐. 그게 싫어서 그랬어. 내가 잘못했어. 노아가 어쩔 줄 몰라 하며 하염없이 희온의 눈물을 닦아 주자 희온이 기다렸다는 듯이 엉엉 울음을 터뜨리며 희온의 목을 끌어안았다.

앞으로는 네가 와. 나는 체력 훈련에서 이길 때만 올 수 있단 말이야. 헐떡이면서 말하느라 숨이 모자라 끅끅거리는 희온의 등을 노아가 부지런히 쓸어내리면서 고개를 끄덕였다. 응. 그렇게. 미안해. 미안해. 내가 잘못했어. 안 그렇게. 내가 갈게. 둘이 처음 만난 이후로 노아가 가장 말을 많이 한 날이라는 걸 깨달은 건 간신히 희온이 눈물을 멈춘 다음이었다.

그 뒤로 희온의 방을 찾아오는 건 노아의 몫이었다. 노아는 맨더가 되고 나서 꽤 여유가 생긴 듯, 계절이 바뀌고도 매일 찾아왔기 때문에 희온은 노아가 방에 오는 시간만 손꼽아 기다렸다.

그러나 불행하게도 실장의 폭력이 끝난 건 아니었다. 그는 노아가 희온을 만나러 온다는 걸 알고 있었다. 노아가 왔다 가는 날이면 늦은 밤이라도 희온의 방에 들러 불을 끄고 매질을 했다. 대외 선전용 라디오를 틀어 두는 건 일상이었다.

보통은 나무로 된 긴 매를 들고 와서 희온의 허벅지나 등을 내려쳤다. 그러나 그는 막상 노아에게는 아무런 말도 하지 않는 것 같았다. 노아가 알고 있다면 또 자신을 만나 줄 것 같지 않았으므로 희온에게는 차라리 다행인 일이었다.

이상한 점은, 그가 언제부턴가 희온의 얼굴을 피해서 때린다는 데 있었다. 그는 희온이 맨더로 완전히 올라가지 못한다는 점에 분노하는 것도 같았고, 무언가의 화풀이를 하는 것도 같았다.

정말 희온과 노아가 만나는 게 싫은 거라면 건물을 잠그거나 희온조차 열 수 없도록 방문에 잠금쇠를 달면 되는 문제였지만 그는 그렇게 하지 않았다. 그냥, 희온을 향해 폭력을 쏟아부었다. 가끔씩은 희온을 때릴 때 다른 사람을 욕하기도 해서 희온은 매일 밤 실장의 안녕을 빌었다. 그가 기분이 좋은 날에는 노아가 자신을 보러오는 날에도 오지 않았기 때문이었다.

"살이 더 빠진 거 같아."

이제 희온에게 무언가를 가져다주는 건 노아의 몫이었다. 희온이 물어보니 노아는 이제 종종 밖으로 나갈 수도 있다고 했다. 물론 감시인과 함께여야 했지만 이런저런 것들도 사 올 수 있다고 했다. 희온이 고개를 저었다.

"아닌데? 나 오늘 엄청 많이 먹었어."

노아는 종종 혹시 연구 실장이 찾아와 때리지는 않는지 물어봤지만 희온은 자신이 당한 구타 중 그 어떤 것도 털어놓지 않았다. 노아가 또다시 자신을 보러 오지 않을까 봐 겁이 났다. 맞는 것도 무서웠지만 유일한 친구를 만나지 못하는 게 더 싫었다. 희온은 그만큼 노아가 좋았다. 그냥, 노아가 그 눈으로 자신을 바라보면 그걸로 다 괜찮았다.

"밑에 있는 마을 이름이 뭐래?"

희온의 물음에도 얼굴을 유심히 더 살피고 나서야 노아가 대답했다.

"시드엘이래."

"시드엘? 이름 예쁘다."

희온이 점점 살이 빠질수록 노아는 그 끼니를 걱정했다. 오늘은 얼마나 먹었는지, 메뉴는 뭐였는지. 희온은 걱정 하지 말라는 듯 매번 먹은 양을 노아에게 보고했다. 그러나 조금도 귀찮지 않았다. 귀찮을 리가 없었다. 희온이 자신을 바라보는 노아를 열심히 구경했다.

"노아, 오늘도 운동장 나갔다 왔어?"

"응."

좋겠다. 희온이 부러워하며 아랫입술을 쭉 내밀었다. 언젠가부터 희온은 본관 밖으로의 외출이 불가능했다. 체력 훈련을 하지 않는 날에는 방에서 공부를 하다가 실험실로 가서 끔찍한 실험을 거친 후에 돌아와 노아를 만나고 실장에게 얻어맞는다. 희온의 하루는 그렇게 고착화되고 있었다.

"어제는 얼마나 잤어?"

노아가 물었다. 희온은 매일 괜찮다고 대답했지만 괜찮지 않다는 건 두 사람 다 알고 있었다. 희온은 오늘도 평소처럼 겨울용 겉옷과 긴 바지, 두툼한 양말까지 신은 채 온몸을 꽁꽁 싸매고 있었다. 날씨가 제법 추워지기는 했지만 워낙 남쪽이라서 한겨울이라고 해도 그렇게까지 춥지는 않은데, 희온은 혼자 추운 마을 사람처럼 옷을 챙겨 입었다.

"음, 한 시간?"

점점 줄어드는 시간에 한쪽 눈을 살짝 찌푸린 노아가 희온에게 손바닥만 한 종이봉투를 내밀었다.

"이거."

이게 뭐지? 바스락거리며 봉투를 열자 마른 꽃잎 냄새가 훅 끼쳐 올라왔다.

"어디서 들은 건데, 차를 마시면 잠이 잘 온대."

매일 마시고 자. 희온의 방에는 물을 데울 수 있을 만한 게 없었지만 희온은 기쁜 얼굴로 고개를 끄덕였다. 고마워. 매일 마실게. 그 미소에 노아의 귀가 살짝 붉어졌다.

"노아."

희온의 조용한 부름에 노아가 고개를 끄덕였다.

"나 너무 걱정하지 마."

"왜?"

"난 사실 엄청 강하거든."

아니, 지금 당장 강하지 않더라도 강해지고 싶었다. 앞으로 더 강해져서 고통 같은 건 아무것도 아닌 게 되고 싶었다. 한 대를 맞더라도 하나도 아프지 않은 사람이 되고 싶었다. 단단함을 가장한 희온의 말에 잠시 아무 말도 하지 않던 노아가 고개를 들었다.

"……하게 해 줘."

"응?"

"나는 너 걱정하고 싶어."

"음……."

잠시 고민하는 것처럼 고개를 기울이던 희온이 웃었다. 그래, 그럼 너는 특별히 내 걱정하게 해 줄게. 그제야 노아가 희온을 따라 웃었다.

"노아. 이 찻잎, 다 떨어지면 또 줘."

"응. 다 마시면 말해 줘."

희온은 노아가 부러웠다. 얼마 차이는 안 나도 분명히 자신보다 어리댔는데, 자신보다 먼저 맨더가 되었다. 나도 맨더가 되면 이런 고통을 겪지 않아도 되는 걸까. 실장에게 더는 맞지 않아도 되는 걸까. 매일 실험실에 들어갈 때마다, 실장이 방에 들어와 불을 끌 때마다 생각했다. 언제쯤 맨더가 될 수 있을까. 언제쯤 다른 사람의 기억에 들어가서 나라에 보답할 수 있을까.

"나 갈게."

"응, 오늘도 잘 자."

노아가 방을 나서자 희온이 침대 위로 올라가 이불을 끌어 올렸다. 노아가 돌아간 뒤 혼자 남겨지면 희온은 늘 귀를 막고 몸을 웅크렸다. 어젯밤에 맞은 등이 욱신거렸고, 귓가에는 밤새 실장이 틀어 놓았던 하프록스의 국가가 맴돌았다.

노아가 왔으니 연구 실장도 벌써 다녀갔어야 하는데 밤이 깊어 새벽이 될 때까지 방문은 열리지 않았다. 아무래도 오늘은 그의 하루가 기분 좋게 흘러간 모양이었다. 그런 날은 자신도 운이 좋았다. 희온이 베개를 몇 번 고쳐 베며 익숙하게 시름을 삼켰다.

달칵.

그러나 방문은 새벽을 지나 이른 아침에 열렸다. 옅은 선잠이 든 지 삼십 분도 안 돼 깨어난 희온은 방문을 열고 들어온 얼굴을 보자마자 벌떡 몸을 일으켰다.

연구 실장은 평소보다 화가 많이 나 있었다. 이미 목덜미와 뺨, 이마가 새빨갛게 붉어져 있었고 숨은 씩씩거리며 뱉어졌다. 평소보다 두껍고 긴 나무 막대를 들고 온 남자는 희온을 보자마자 소매를 걷었다. 침대에 앉아 있던 희온이 두려운 눈으로 그를 쳐다보자 그는 기분 나쁜 미소를 지어 보이며 희온에게 다가섰다.

지지직.

[하프록스의 철저한 훈련 하에 군인들은 그 어떤 전쟁에도 완벽히 대비⋯⋯.]

불이 꺼지고, 라디오가 켜졌다. 오늘도 평소처럼 조금만 더 참으면 끝나겠지 생각했다. 눈을 꼭 감고 허리를 굽힌 채 속으로 백까지만 세면 끝날 거라고 최면을 걸었다. 지옥 같은 시간이 빠르게 지나가기를 바라며 평소보다 일찍 눈을 감은 바람에, 희온은 그의 눈동자가 반쯤 풀려 있다는 것을 깨닫지 못했다.

쿠웅!

"히윽, 아⋯⋯!"

속으로 세던 숫자가 다섯을 채 지나가지 못했을 때, 강하게 느껴진 매질 한 번에 희온의 얼굴이 새파랗게 질렸다. 일순 온몸이 찢어지는 것 같은 감각을 느끼며 웅크렸던 허리가 뻣뻣하게 펴졌다. 손가락 끝부터 사지가 빠르게 굳더니 제대로 말을 듣지 않는 몸이 그대로 뒤로 넘어가며 어딘가에 머리를 처박았다.

쿵, 쿵.

둔탁한 고통이 온몸을 파고들며 손발에 감각이 사라졌다. 심장이 귓속에서 뛰는 것도 같았고 멈춘 것도 같았다. 억센 힘으로 긴장한 몸에서 모든 기운이 빠져나가고, 길어진 호흡만 남았다. 희온의 세상이 아득하게 멀어졌다.

희온이 무자비한 폭력을 감내하고 숨긴 이유가 대단한 건 아니었다. 노아가 아프지 않았으면 했고, 그 눈에는 자신이 늘 괜찮아 보이기를 바랐다. 정말로 대단한 건 아니었다.

그런데, 이런 걸 바란 것도 아니었다. 희온의 고개가 힘없이 옆으로 기울어 떨어지자 당황한 걸음걸이가 몇 번 주춤대더니 이내 멀어졌다. 방문은 열린 채였다.

"⋯⋯신 차려. 온아."

누군가 자신을 부른 목소리에 희온의 의식이 위로 반쯤 떠올랐다. 노아. 그를 부르고 싶었지만 말이 튀어나오지는 않는다. 다만 다 떠지지 않은 시야에서, 노아의 옷이 빨갛게 물드는 게 보였다. 지겨웠다. 너무 지겨웠다. 몸에서 피를 쏟아 내는 것도. 무릎이나 팔꿈치가 저릴 정도로 얻어맞는 것도.

노아. 나는 언제까지 괜찮은 척해야 돼? 괜찮다고 백번 천번 말하면 정말 괜찮을 줄 알았는데, 괜찮기는커녕 모든 게 점점 조여 오는 기분이었다. 이 모든 게 정말 내가 맨더가 되지 못해서 그런 걸까. 자신을 들쳐 업은 노아가 걸음을 뗄 때마다 몸도 따라서 흔들렸다. 알고 있다. 그런데도 움직일 수가 없다.

어떻게 맥이 아닌 노아가 자신의 방에 먼저 들어왔는지 알 수 없었다. 어딘가를 세게 맞은 순간부터 아무 기억도 나지 않았다. 노아의 어깨에 손을 두르고 싶었지만 그것조차 할 수 없어서, 맥없이 팔을 아래로 떨어뜨린 희온이 다시 눈을 감았다.

"······미······ 라서······."

소년의 울음 섞인 목소리가 언뜻 들리는 것도 같았다. 그날은 하프록스의 통치자가 바뀐 날이었다. 연구 실장이 등에 업고 있던 권력이 추락한 날이기도 했다.

희온은 그로부터 며칠이 지난 다음에야 눈을 떴다. 맥이 자신을 끌어안으며 괜찮냐고 물었지만 희온은 초점이 흐린 눈으로 천장을 가만히 보기만 할 뿐 대답하지 않았다. 대답할 수 없었다. 얻어맞은 곳이 너무 아파서, 아프고 서러워서 이번에는 괜찮다고 대답할 수도 없었다.

아니요, 하나도 안 괜찮아요. 이번엔 참아도 안 끝났어요. 죽을 거라고 생각했어요. 맥, 내가 왜 맞아야 해요? 그 질문과 서러움을 꾸역꾸역 삼켰다.

그날부터 희온은 노아를 보지 않았다. 자신이 괜찮지 않다는 것을 받아들이기로 했기 때문이었다.

"희온아, 노아가."

"맥, 저 잘래요."

노아는 이 주가 지난 지금까지 매일 희온의 새 방에 들렀다. 그러나 희온이 그를 만나지 않겠다고 해서, 노아는 방문 앞에서 발길을 돌릴 수밖에 없었다. 직전 정부의 먼 친척쯤 된다던 실장은 희온이 쓰러진 그날부로 더 이상 이곳에 나오지 않는다고 했다.

그럼에도 희온은 노아를 만나지 않았다. 그저, 맨더가 되기 위해 온 힘을 쏟았다. 자고 일어나고 밥을 먹는 시간을 제외하고는 늘 먼저 실험에 매달렸다. 그냥, 맨더가 되어서 이곳을 얼른 나가고 싶었다.

새로 옮긴 희온의 방에는 창문이 있어서, 운동장과 운동장 너머의 폐쇄된 정문, 그리고 높은 담과 울타리가 보였다. 그러나 희온은 창가에 가까이 가지 않았다. 두꺼운 커튼은 낮이든 밤이든 항상 닫혀 있었으며 가끔씩 맥이 커튼을 열려고 해도 희온이 고개를 저었다.

똑똑.

책을 읽고 있던 희온이 노크 소리를 무시했다. 노아가 종종 방에 들를 시간이었다.

똑똑.

"온아."

보통은 노크를 하며 부르다가 희온이 무시하면 금방 조용해지곤 했는데, 오늘따라 유독 노아의 목소리가 오래 들려왔다. 책 끄트머리를 꼭 쥐고 있던 희온의 시야에 예전 방에서 가져온 짐 꾸러미가 보였다. 아직 풀지도 않은 그 더미의 틈에 노란 종이봉투가 보였다. 그 안에는 노아가 주었던 찻잎이 들어 있었다.

탁.

결국 책을 덮은 희온이 방문으로 향했다.

"온아."

문을 조금 열자 희미하게 미소를 짓고 있던 노아의 얼굴이 보였다. 희온이 좋아하던 미소였다. 노아는 아직 환자복을 입고 있는 희온의 모습을 보며 아무 말도 하지 않고 있었다. 희온은 노아를 보며 웃지 않았다.

"왜 왔어?"

예전에 노아가 했던 말이 이번엔 희온의 입에서 나왔다. 기다림 끝에 노아가 입을 다물자 희온이 문을 닫으려고 했다. 그제야 목소리가 들려왔다.

"나가자."

희온이 안으로 들어가려던 몸을 다시 돌렸다.

"……뭐?"

"……나가자. 우리 같이, 도망치자."

노아의 눈 아래가 빨갛게 부어 있었다. 잠을 자지 못했거나 아니면 울었을지도 모른다. 그러나 희온은 더 이상 노아를 걱정하지 않기로 했다. 걱정할 수 없었다. 희온의 목소리가 무미건조함을 흉내 냈다.

"내가 왜."

희온의 시선에 노아의 손이 들어왔다. 예전의 언젠가처럼 그 손끝이 부어 있었다. 왜 부어 있는지 궁금했다. 맨더가 되었으면서, 더 이상 자신처럼 고통스럽지 않아도 되면서. 그러나 희온은 물어보지 않았다. 정말, 더 이상 걱정하지 않기로 했다. 그러고 싶었다.

"사실은, 있잖아. ……온아."

"도망을 왜 쳐, 갈 곳도 없는데."

노아의 말을 자르고 희온이 먼저 이야기를 했다. 문은 아까보다 조금 더 열려 있었지만 노아는 방 안으로 들어오지 않았다. 희온이 허락하지 않을 듯이 그 앞에 서 있었기 때문이었다.

"……나랑 같이 가면."

"나는."

노아의 말을 끊은 희온의 목소리가 조금 커졌다.

"나는 그냥 이렇게 살 거야. 나 이제 힘들어."

희온의 말에 노아가 무언가를 더 말하려고 했지만 희온이 마치 애원하는 것 같은 얼굴을 해서, 차마 입을 열 수 없었다.

"누구랑 친구 하는 거 너무 아파서 힘들어. 그러니까 제발 그냥 가. ……부탁이야."

희온의 시선은 노아에게 가 있지 않았다. 평소보다 부은 노아의 손에 가 있었다. 그러나 거기까지였다. 더 이상 무언가 할 수 있는 건 아무것도 없었다. 문을 다시 닫은 희온이 몸을 돌려 침대에 얼굴을 묻었다. 한참 꼼짝도 안 한 채 있다가 들리는 문소리에 고개를 들었지만 방에 들어오는 사람은 맥이었다.

"희온아."

"……네."

더 이상 희온은 웃지 않았고, 맥은 희온을 걱정했다. 이제 걱정이라면 신물이 날 지경이었지만 희온은 걱정 말라는 말도 하지 않았다. 바뀌고 싶지도 않았다. 그냥, 모든 게 지쳐서 얼른 맨더가 되어 이곳을 나가고 싶은 생각뿐이었다.

그 누구도 안에 들이고 싶지 않았다. 그 누구도 자신을 돌아보게 하고 싶지 않았다. 생각을 하려고 할 때마다 깨졌던 머리가 지끈거리면서 아파 오는 것만 같았다.

"우리 연구소가 위치를 옮길 것 같단다."

"그런가요."

희온이 다시 입을 다물었다. 엎드려 있던 몸을 일으켜 책을 가져온 희온의 시선은 종이에 가 있었다. 왜 맥이 그 얘기를 자신에게 해 주는지 모르겠다는 듯 흥미 없는 얼굴이었다. 어차피 연구소를 옮겨도 바뀔 건 아무것도 없었다.

언제든 다시 정권이 바뀌면 그때 그 연구 실장이 돌아올 것이었고, 그때까지 맨더가 되지 않으면 언제 어떻게 죽어도 이상하지 않았다.

희온은 전에 노아가 말했던 '죽어 나가는 사람'이 될 뻔했던 경험을 했다. 어두운 방에 있으면 자신을 때리는 손이 뻗어져 나올 것만 같았고, 선전용 라디오가 들리는 듯했다. 그래서, 이곳을 나갈 수 있는 유일한 방법인 맨더가 되는 데 집중하고 싶었다.

"너는 수도로 가고 맨더들은 여기 남을 거란다."

책을 보던 희온이 고개를 들었다. 너무 지쳐서, 내 몸을 돌보는 것도 힘들어서 노아에게 친구 하기 힘들다고 말한 건 자신이었다. 그렇지만.

"……언제 가는데요?"

"새벽에."

"그렇게 빨리요?"

"응, 그렇게 됐어."

희온이 눈을 깜빡였다. 자신이 노아에게 못되게 말하긴 했지만 진심은 아니었다. 사실은, 여전히 노아의 미소가 좋았다. 죽을 뻔했던 내가 너무 아파서 누군가를 돌아보기 싫었을 뿐이었다. 늘 그리웠던 올리브색 눈이 멀쩡하지 않은 자신을 보는 게 싫었을 뿐이었다. 노아의 얼굴을 더 이상 보지 못하게 될 거라는 건 생각하지 못했다. 이렇게 가 버리면.

희온이 벌떡 일어났다.

"……저, 저 그럼 10분만 나갔다 와도 돼요? 인사만 할게요."

"그래."

맥이 부드럽게 미소를 지었다. 희온이 곧장 방문을 열고 달렸다. 아직 완전히 낫지 않은 몸이었지만 조금도 아프지 않았다. 아까 노아가 도망가자고 했다. 내가 떠나는 걸 알았을까? 그래서 왔던 걸까? 그런데 내가, 친구 하지 말자고 한 건가? 희온이 옆 건물로 내달렸다.

숨이 가쁘게 찼다. 곧장 노아의 방문을 두들겼지만 아무도 없는 듯 기척이 없었다. 어디 갔지? 지금이면 훈련은 다 끝났을 시간인데. 불안하게 주변을 둘러보던 희온이 또다시 몸을 돌려 뛰기 시작했다. 발목이 시큰거렸지만 걸음은 늦어지지 않았다.

"아."

노아는 본관 뒤편에 있었다. 희온과 함께 앉아 있던 처마 아래 혼자 앉아 철조망 너머 언덕을 바라보고 있었다. 희온이 숨을 몰아쉬며 그 근처로 다가가 노아의 앞에 섰다. 희온을 올려다본 노아의 눈이 놀란 듯 커졌다.

"노아."

이제 입김이 나오기 시작한 날씨였다. 뿌옇게 번지는 희온의 입가를 바라본 노아가 얼른 몸을 일으켰다. 바람이 한 번 불자 이마에 떨어진 나뭇잎에 희온이 눈살을 찌푸렸고, 노아가 팔을 뻗어 잎을 떼어 주었다. 희온이 무슨 말을 하기도 전에 노아가 먼저 말했다.

"미안해."

"뭐가?"

"아프게 해서."

희온은 아무 말도 하지 않았다. 노아의 잘못이 아무것도 없다는 걸 알고 있었다. 모든 건 자신의 욕심이었다. 계속 노아를 만나러 간 것도 자신이었고 그 대가로 매를 맞으면서까지 그 결정을 무르지 않았다.

그러나 어쩐지 괜찮다는 말을 하기가 힘들었다. 아직 아팠다. 괜찮지 않았다. 목덜미에는 넓은 반창고를 붙이고 있었고, 누워 있던 3일은 기억이 나지 않았다. 이제 밤잠은 기대도 하지 않았으며 맨더가 되기 위한 실험은 여전히 자신을 괴롭혔다.

무엇보다, 아직도 머릿속은 매를 맞던 어두운 방에 있었다. 자신이 누군가를 가까이하면 밤새 불 꺼진 방에서 라디오 소리를 배경 삼아 죽을 때까지 맞을 것 같았다. 친구도 가족도 없어야 된다고 누군가 소리를 지를 것 같았다.

주먹을 꼭 쥔 희온의 손이 잘게 떨렸다.

"온아."

"……거짓말이야."

"응?"

"너랑 친구 하는 게 아파서 힘들다고 했잖아. 그거 거짓말이라고."

희온의 말에 노아의 눈가가 단번에 허물어졌다. 우는 거야? 괜히 이런 분위기가 쑥스러워진 희온이 놀리려고 했지만 노아는 울지 않았다. 그렇지만 꼭 울 것 같은 얼굴로 웃을 뿐이었다. 안도하는 것 같기도 했다. 희온이 우물쭈물 거리다가 마저 이야기를 꺼냈다.

"이제 거짓말 안 할게."

부끄러워하는 것 같은 희온의 목소리에 노아가 괜찮다고 대답했지만 마저 말을 이었다.

"다음에 또 거짓말이 하고 싶어지면, 곧 장마가 온다고 말할게. 그럼 너는 내가 거짓말을 하고 있다는 걸 알 수 있을 거야."

이번에 노아는 대답 없이 고개를 끄덕였다. 희온의 시선이 옷자락에 머물렀다.

"……노아, 나도 얼른 맨더가 될 거야."

"……온아."

"응."

그 다짐에 어쩐지 아까보다 더 슬퍼 보이는 얼굴을 한 노아가 희온의 손을 붙잡았다.

"맨더, 안 되면 안 돼?"

희온이 영문을 모르겠다는 듯이 고개를 살짝 기울였다. 자신의 손을 잡아 오는 노아의 손은 차가웠고, 아까 봤던 것보다 훨씬 부어오른 것 같기도 했다.

"왜?"

희온이 되묻는 동안 바람이 불어와 머리카락을 헝클였다. 머리카락을 정리하기 위해 맞잡은 손을 놓고 싶었지만 노아의 손에서 힘이 빠지지 않아서 그럴 수가 없었다.

"그냥, 조금 천천히 해도 되잖아."

"아니."

아마도 맨더가 되기 위해 계속해야 하는 실험을 걱정하는 듯했다. 그런 것쯤은 아무것도 아니라는 듯 희온이 고개를 절레절레 저었다.

"나 괜찮아."

아까는 하지 못했던 괜찮다는 말을 할 수 있었다. 그러나 이번에는 노아가 아무런 대답 없이 그저 희미한 미소만 지었다. 할 말이 많은 것도, 없는 것도 같았다. 아마도 노아는 자신이 떠난다는 걸 모르는 모양이었다. 다행이었다.

희온은 작별 인사를 어떻게 해야 하는지 몰랐다. 단 한 번도 좋아하는 사람과 헤어져 본 적이 없었다. 좋아하는 사람이 생긴 적도 없었다.

"노아."

"응."

"우리 나중에 둘 다 맨더가 되면, 여기 꼭 다시 오자. 저 언덕 너머도 가 보고, 마을 구경도 하고."

그렇게 말하긴 했지만 사실 굳이 저 너머를 보지 않아도 좋으니 한 번쯤은 노아를 만나면 좋겠다고 생각했다. 만날 수 있지 않을까? 맨더들은 여기 남는다고 했으니까, 나도 맨더가 되면 여기로 돌아올 수 있지 않을까. 막연한 바람이었다.

"그러자."

노아가 대답하며 미소를 지었다. 그것만으로도 희온의 속이 한결 편해진 기분이었다.

"진짜지?"

"응."

확답을 들으며 희온이 시간을 확인했다. 이제 다시 맥에게 가야 될 것 같아서, 노아에게 말을 건넸다. 평소와 똑같은 목소리였다.

"나 어디 잠깐 가."

"어디?"

"그냥. 다녀올게."

하늘은 푸른색이었다. 여름이 지나자마자 따뜻한 옷을 꺼내 입기 시작하던 희온은 오늘도 겨울옷을 챙겨 입고 있었다. 희온이 먼저 등을 돌렸다.

잠깐만 혼자 놀고 있어.

그게 희온의 작별 인사였다. 다르게 말하는 방법을 알지 못했다. 노아와의 헤어짐이 어떻게 다가올지 모르기도 했고, 헤어진다는 걸 인정하기 싫어서 그렇기도 했다. 또 만날 거니까. 뒤에서 부르는 목소리를 뒤로하고 희온이 곧장 내달렸다.

그날의 해가 다시 위로 오르기 직전에 희온은 맥과 함께 수도로 향했다. 수도에 있는 연구소는 다른 곳보다 훨씬 작았지만 희온에게 그런 건 아무래도 상관없었다. 장소를 옮기고 처음으로 누운 실험실에서 희온은 눈을 꾹 감은 채 생각했다. 맨더가 되면 노아를 만날 수 있을 거야. 할 수 있을 거야. 희온은 손바닥에 놓인 수면제와 희망을 함께 삼켰다.

그러나 시간이 흘러 희온이 그토록 바라던 맨더가 되었을 때, 그 곁에는 친구도, 가족도, 노아도 없었다.

6. 러닝던

"희온아, 정신이 좀 드니?"

희온이 눈을 뜨자마자 보인 건 맥이었다. 몇 번 더 눈을 깜빡이며 천천히 시선을 돌리자 높은 천장의 조명이 보였다. 바로 옆에는 다른 침대도 놓여 있었다. 아마도, 병원인 모양이었다. 흐렸던 초점이 생각의 조각들과 함께 서서히 맞춰져 갔다.

"……맥."

"괜찮니?"

홀로그램으로 본 것을 제외하면 맥을 정말 오랜만에 만나는 것이었지만 딱히 그렇게 오래된 것 같진 않았다. 말라서 갈라질 대로 갈라진 입술은 말을 할 때마다 찢어질 듯 아파 왔다.

"맥. 저 물 좀, 주시겠습니까."

"그래. 잠시만."

맥이 희온의 팔에 걸린 링거액을 보곤 몸을 일으켰다.

드르륵.

"아⋯⋯."

맥이 나간 병실 문이 닫힌 것까지 확인한 희온이 그제야 표정을 딱딱하게 굳히며 상체를 앞으로 기울였다. 눈앞이 빙빙 돌면서 간신히 참았던 감정의 소용돌이가 뒤늦게 몰아치기 시작했고, 숨이 가빠 왔다.

그동안 타인의 것을 훔쳐본다고 생각했던 꿈은 사실 전부 자신의 과거 조각이었다.

헤이븐이, 노아였다.

희온은 애써 침착하며 뒤죽박죽인 기억을 차근차근 정리하기 시작했다. 연구소를 옮긴다는 말에 맥과 함께 수도로 향한 지 몇 년 뒤, 갑자기 노선을 튼 정부에서는 더 이상의 맨더 발현을 막겠다며 테이커들을 공격했다. 마침 맨더가 된 희온은 맥의 도움으로 겨우 살아남았지만, 대신 희온은 모든 과거를 잃었다.

정신을 차렸을 때에는 지금처럼 맥이 근처에 있었다. 그때 맥조차 기억을 하지 못했던 희온은 그때부터 모든 것을 새로 배워야 했다. 거의 일 년을 병실에 누워 지냈던 몸은 걷는 것조차 쉽지 않았다.

맥은 희온에게 기억 공유자에 대해 설명했다. 연구소에서 지냈다는 것과 그전에는 고아였다는 이야기도 포함되어 있었지만 그 속에 노아에 관한 건 없었다. 그 연구소가 바로 여기, 시드엘에 있었다는 것조차 알지 못했다. 정말 모든 과거를 알지 못하게 할 것처럼 굴었다. 희온이 거의 헐떡이던 숨을 간신히 갈무리했다. 일단, 맥에게는 숨겨야 했다.

드르륵.

"여기."

맥이 돌아오는 틈에 열린 문을 보니 밖에는 군복을 입은 사내들이 서 있었다. 군 병원이 맞는 모양이었다. 맥이 건넨 물잔을 받아든 희온이 목을 축였다. 상황 파악이 필요했다. 그래야, 무슨 방도라도 생길 것이었다. 아직 혼란스러운 속내를 감추며 고개를 들었다.

"어떻게 된 겁니까?"

희온의 팔과 가슴에는 붕대가 감겨 있었다. 이마와 뒷목, 뺨에도 꽤 큼직한 반창고가 붙어 있어서 몸을 움직이는 것도 마음대로 할 수 없었다.

"꽤 큰 폭격이 터졌는데, 바시트록스의 짓 같지는 않아서 지금 원인을 찾는 중이야."

"저는 반역자로 감금되어 있는 겁니까?"

희온의 물음에 맥이 조금 곤란한 얼굴을 했다. 희온은 맥의 저 표정을 알고 있었다.

"제가 분명히 바시트록스 총리의 아들을 죽였는데요."

그 말을 하는 동안 손끝이 떨려 왔지만 희온은 최대한 아무렇지 않은 척 말했다. 이 말에 대한 대답으로 맥이 '그가 살아 있어'라고 대답하기를 바랐다. 숨처럼 빠르게 진정시키지 못한 심장은 여전히 빠르게 뛰고 있었다.

당장 헤이븐을 찾아 나서고 싶었다. 하얀 숲에서 만났을 때부터 내가 그때 그 아이라는 걸 알았냐고, 총리의 아들이라던 네가 그 어린 나이에 왜 그곳에 있었냐고. 그래서 계속 내 앞에 나타났던 거냐고, 나랑 뭐가 하고 싶었느냐고, 왜 말하지 않았냐고.

묻고 싶은 것이 많았다. 그러나 그는 자신이 쏜 총을 맞고 무너지는 건물 아래서 정신을 잃었다. 그는, 죽었을 확률이 높았다.

어떻게 못 알아볼 수 있었을까. 어떻게, 기억을 잃을 수 있었을까.

잠깐 다녀온다고 했던 건 자신이었다. 그에게 등을 돌린 것도 자신이었다. 그러나 정작 먼저 자신을 찾아온 건 헤이븐이었다. 노아가 아닌 헤이븐. 이름은 뭐든 상관없었다. 중요한 건 그 소년이 자신에게 다시 왔다는 것이었다.

'괜찮았어요. 힘들지 않았습니다.'

하얀 숲에서 적진 침투 작전을 했을 때 그 앞에서 자신을 기다리며 했던 헤이븐의 말이 떠올랐다. 연구소에 있을 때 자신이 했던 말과 똑같았다.

헤이븐은 자신이 추워할 때마다 겉옷을 건넸다. 수면에 좋다던 차를 매일같이 먹이려고 안달이었으며, 종종 알 수 없는 말과 표정을 했다.

왜 몰랐을까. 매일 그렇게 티를 냈는데. 왜 더 빨리 기억해 내지 못했을까. 희온의 눈가가 가늘게 떨려왔다. 이상한 감정이 계속 머릿속을 부유했다.

희온의 표정을 어떻게 해석했는지 맥은 상처투성이인 희온의 몸을 보며 안타까운 듯 눈썹을 찌푸렸다.

"일단 몸 회복에만 신경 쓰자. 수습은 그 뒤에도 할 수 있을 거야.

일단 네가 그 남자를 죽인 덕분에 의심을 벗긴 했어. 정부에서도 쉽게 너를 어떻게 못하겠지."

그가 살아 있다는 대답은 나오지 않는다. 맥은 자신에게 거짓말을 하지 않았다. 정부 일을 하기에는 지나치게 연구밖에 모르는 사람이었다. 잔정도 있었다. 말하는 동안 다른 동요가 없는 걸 보면 노아가 헤이븐이라는 걸 아직 모르는 듯했다. 그가 알고 있다면 희온에게 말하지 않았을 리가 없었다.

희온이 침착하기 위해 애썼다. 당장 그 남자가 살아 있는지도 모르겠지만 일단 찾아볼 시간이라도 있어야 했다. 아니면 적어도, 시신이 발견되었다는 말이라도 듣는다면. 지끈거리는 심장에 희온이 고개를 숙였다.

헤이븐은 쉐드 앞에서 자신을 바시트록스의 첩자로 몰았지만, 그건 손에 총을 쥐게 만들기 위함이었다. 자신이 헤이븐을 총으로 쏘게 되면서 희온은 정부의 의심을 반쯤 벗었다. 덕분에 무너지는 건물 아래에서 문을 열게 된 것도 있었다. 그는 자신에게 다시 돌아와서도 스스로가 노아라고 이야기하지 못하고 주변을 맴돌며 선을 넘나들기만 했다. 마지막까지 그랬다.

그가 죽었을지도 모른다는 생각에 희온의 손끝이 자꾸만 떨려왔다. 아니야, 아직 모르잖아. 아직 모르는 거야. 누구에게도 티를 내지 않기 위해선 스스로를 달래는 게 가장 중요했다.

달칵.

"캡틴!"

"윽."

순간 병실 문이 벌컥 열리더니 들이닥친 건 페트로프였다. 그 커다란 덩치로 붕대 감은 몸을 끌어안기에 앓는 소리를 했더니 또 금방 펄쩍 뛰며 멀어진다. 괜찮으십니까? 소리를 지르자 희온이 얼굴을 일그러뜨렸다.

"안 바쁘냐?"

"캡틴 보러 올 시간은 언제든 있습니다."

희온이 깨어났다는 소식을 듣자마자 곧장 뛰어왔는지 말을 제대로 하지도 못하고 헐떡이는 중이었다.

"오웬은."

"몸은 다 추슬렀고, 누명도 완전히 벗었습니다. 다음 주부터 재활하고 수도로 돌아간다는 것 같습니다."

오웬이 누명을 벗었다. 다른 맨더가 그의 기억에 들어갔다 나오기라도 했나 싶었지만 정부가 고작 군인 한 명에게 맨더를 활용할 리가 없었다.

"캡틴, 저 이제 매일 오겠습니다."

"안 와도 돼."

희온은 평소처럼 굴었으나 페트로프는 그것만으로도 기쁜지 실없이 웃고 있었다. 희온의 몸 상태를 체크한 맥이 잠시 자리를 비우자 페트로프가 의자를 끌어와 침대 가까이 앉았다.

"그땐 정말 죄송했습니다."

"뭐. 내가 탄 차 터뜨린 거? 아니면 죽이려고 한 거."

"죽이려고 한 게 아니라요!"

또다시 버럭 소리를 지르는 남자의 목소리에 희온이 얼굴을 찌푸렸다. 큰 소리를 들을 때 귀가 심하게 먹먹해지며 이명이 들리는 걸 보니 아무래도 후유증인 것 같았다. 페트로프가 또다시 어쩔 줄 몰라 하며 희온의 침대 시트를 괜히 매만졌다.

"저는, 그냥. 일단 캡틴을 얼른 데려가는 게 누명을 벗는 데 도움이 될 거라고 생각했어요."

"알아. 그러니까 사과할 일도 아니야."

페트로프가 희온의 능력을 알게 된 건 우연히 하얀 숲의 사무실에 들렀을 때 희온과 맥의 대화를 들었기 때문이었다. 그리고 희온은 페트로프의 부탁에 기꺼이 그의 꿈에 개입해 그의 트라우마 치료를 도왔다.

국가의 지시가 아니었으니 그러면 안 된다는 걸 알지만, 희온은 원래 아닌 척해도 팀원들에게 잔정이 많은 사람이었다. 사실, 페트로프 자신이 그런 희온의 성격을 이용한 거나 다를 바가 없긴 했다. 그래서 더 미안한 것도 있었다. 가장 따르는 사람이었으면서. 가장 좋아하는 사람이면서.

"캡틴."

"어."

"혹시, 얼마 전에……."

"맞아."

페트로프가 뭘 물어보려고 하는지 이미 알고 있었다. 얼마 전에 자신의 꿈에 들어왔었는지 그게 궁금할 것이었다. 들어갔었다. 정신없이 들러붙고 보는 짐승 덕분에 아무것도 못하고 돌아 나왔지만.

희온의 대답에 페트로프의 눈동자가 빠르게 흔들리더니 입을 다문다. 희온은 그가 왜 그러는지 알 것 같았다.

"캡틴."

재차 부르는 목소리에 희온이 질색했다.

"내일도 이럴 거면 그냥 오지 마."

"아니요! 안 그럴게요."

페트로프가 등을 바짝 세우며 대답했다. 그제야 희온이 조금 뜸을 들이다가 말을 건넸다.

"무너진 건물에서 시신은 나왔어?"

아까부터 물어보고 싶던 것을 이제야 물었다. 아무렇지 않게 구는 일은 생각보다 훨씬 힘들었다. 페트로프가 고개를 들어 희온의 의도를 파악하듯 굴다가 대답했다.

"아직 시신은 찾지 못했지만 거기 있었던 사람들은 다 죽었다고 보고 있습니다."

그렇구나. 희온이 고개를 끄덕였지만 아직 시신을 찾지 못했다는 사실에 희망이 싹트고 있었다. 자신이 헤이븐을 쐈다. 자신을 왜 찾아왔는지도 모르는, 왜 그렇게까지 해서 하얀 숲으로 와 자신과 관계를 맺었는지 모를 그 남자를 총으로 쏴서 무너진 건물에 갇히게 만들었다. 희온이 떨리는 손을 숨기기 위해 이불을 덮었다.

"안 가냐."

"이제, 갑니다. 캡틴. ……내일 또 올게요."

올 때 맛있는 것도 좀 사 와. 희온의 가벼운 말에 페트로프는 안도한 것 같았지만 여전히 할 말이 있는 듯 몇 번을 얼쩡거리다가 병실을 나섰다.

늦은 밤 병실, 기어이 혼자 남게 된 희온이 몸을 일으켜 창문을 열었다. 꽤 고층인 걸 보니 창밖으로 빠져나가긴 그른 모양이었다. 문밖에는 남자들도 진을 치고 있으니 정말 나갈 수 있는 방법이 없었다.

그대로 창틀에 걸터앉은 희온이 눈을 감았다. 머리가 복잡했다. 자신이 헤이븐을 기억하지 못했다. 그는 분명 노아였다. 자신이 희온이라는 이름을 숨기기 위해 노아라는 이름을 썼던 건 잃어버린 기억에서 떨어져 나온 하나의 조각이었다. 헤이븐의 올리브색 눈동자가 왜 그렇게 시선을 끌었는지 지금은 이해할 수 있었다.

딱 하나뿐인 장면, 부모님을 기억할 수 있는 그 색을 띤 눈. 같은 피를 받지는 않았어도 그 청량한 색이 주는 우연은 희온을 편하게 만들어 주곤 했다.

희온은 헤이븐에게 묻고 싶은 게 많았다. 분명히 맨더였던 네가 왜 블로커가 되었는지, 진짜 이름은 헤이븐이 맞는지. 내가 모든 이야기를 다 들을 때까지 제발 죽지만 마. 페트로프에게 평소처럼 굴던 희온은 없었다. 또다시 어두운 밤을 버텨 내는 한 사람만 있을 뿐이었다.

그날부터 페트로프와 맥은 매일같이 병실에 들렀다. 정말 작정이라도 한 듯 두 사람이 번갈아 가며 병실을 지켰기 때문에 희온은 혼자 있을 틈을 내지 못하고 괜찮은 척하는 데에 온 힘을 쏟아야 했다. 희온이 무너지는 건 오로지 혼자 남은 밤뿐이었다.

"맥, 제 소지품은 다 어디 있습니까?"

"따로 챙겨 놨는데, 내일 가져다줄게. 그 정돈 줄 수 있을 거야."

지난밤, 희온은 총을 맞은 헤이븐이 자신에게 준 팔찌를 기억해 냈다. 그가 자신에게 그것을 준 이유가 있을 거라고 생각했지만 그래 봤자 할 수 있는 일은 아무것도 없다.

헤이븐은 블로커였다. 맨더는 그의 꿈에는 들어갈 수 없었다. 분명히 자신과 함께 있었을 때는 맨더였는데 어떻게 블로커가 됐지. 아직 모르는 것투성이였다. 그러나 다른 말로 하자면, 시도는 해 봐야 한다는 뜻이었다.

"캡틴, 제가 이거 사 왔습니다."

페트로프가 가져온 바스락거리는 봉투 안에는 토마토가 들어 있었다. 어디서 씻어 왔는지 물기가 맺혀 있는 걸 꺼내 한 입 베어 물자 아삭한 식감과 새콤달콤한 맛이 입 안에 맴돌았다.

"이제 좀 가."

"어떻게 선물을 가져왔는데 이렇게 냉대해요?"

상처받았어. 페트로프가 불쌍한 표정을 지으며 가슴을 움켜쥔다. 미친놈 아니야? 희온이 헛웃음을 짓자 페트로프가 따라 웃는다. 그는 희온에게 부채감을 가지고 있는 듯했다.

그러나 희온은 그의 맘을 헤아리고 싶지 않았다. 진심으로 그가 지금 이 병실을 나가 줬으면 할 뿐이었다. 충분히 지쳐 있었고 괜찮은 척하고 있는 것만으로도 온몸의 힘을 다 쓰고 있는 기분이었다. 온종일 침대에 누워 있으면서도 한숨도 자지 못했다.

"페트로프."

"네, 캡틴."

"분향소는 어디야?"

희온의 물음에 페트로프가 입을 다물었다. 대답을 피하고 싶어

하는 것 같았으나 희온은 알아야 했다.

"아직, 입니다."

"어째서."

"……캡틴, 위에서는 함구하라고 했지만 저는 그때 그곳에 있었던 사람입니다. ……제가 본 걸 전부 다 말씀드려도 괜찮을까요."

들을 수밖에 없었다. 정부가 자신을 반역자로 몰아간 시점이 바로 그때부터였으니까. 희온이 고개를 끄덕이자 손끝을 꼼지락대던 페트로프가 어렵게 말을 시작했다.

"사실 그건, 알려진 것처럼 폭격이 아니었습니다."

페트로프와 쉐드 외에 몇 명이 더 탄 차가 선발대였고, 다른 팀원들은 엡실론 포스 팀과 섞여 수도로 향했다고 했다. 그 말을 하면서도 페트로프는 희온의 시선을 마주하지 않고 있었다.

"출발하고 몇 도시를 지나쳤을 때쯤, 뒤차에서 소음이 들린다는 얘기를 해 왔습니다. 결국 다 같이 멈춰서 차를 점검하는데, 그 과정에서 바시트록스 문양을 발견한 겁니다. 누군가의 소지품이었어요."

희온은 이야기만 전달받고 있음에도 덩달아 긴장하고 있었다.

"엡실론 포스 중 한 명의 물건으로 확인되어서 바로 격리시켰습니다. 그리고 심문하는 과정에서, 그가 헤이븐과 리암도 바시트록스 쪽 사람이라고 진술했습니다. 그리고 쉐드 소령님께서 사령관님과 통화를 하고 오시더니, 제게 막 도착했던 자료들을 보여 주셨죠."

그건 아마도 엡실론 포스의 바뀐 명단이었을 것이었다.

"……바로 짐 검사를 했습니다. 그리고, 몇 명에게서 의심되는 물건이 더 나왔는데 그중에는 우리 팀원도 있었습니다. 그리고, 총격전이었어요."

반역자로 끌려간 자의 최후를 아는 사람들은 그대로 있을 수만은 없었다. 그들은 결국 총을 들었고 좁은 도로 하나를 두고 대치했으며 쉐드는, 수류탄을 던졌다. 희온이 말없이 페트로프를 바라보자 그는 아직 그 기억에 사로잡혀 있는 듯 눈물을 글썽이고 있었다.

"소령님은 저희를 붙잡고 어차피 죽은 사람들은 전부 첩자들이니 상관없다고 하셨고, 저는 반박하고 싶었지만 그럴 수 없었습니다."

페트로프 역시 혼란스러웠을 것이다. 팀원들을 온전히 믿고 싶었으나 그러기엔 그중에서도 첩자가 있었으니까. 그러니까 헤이븐과 함께 떠나게 된 자신 역시 의심할 수밖에 없었던 거겠지. 당시 그의 머릿속을 읽을 수 있을 것 같아서 희온도 입을 다물었다.

특전사와 기억 공유자라는 직업을 가지고 국가의 무기로 살고 있던 희온은 이 모든 상황이 자신을 지치게 만들고 있는 거라고 생각했다. 전쟁, 군인, 그 사이의 첩자들과 죽어 나가는 사람들.

희온은 페트로프가 병실에서 나간 이후로도 아무 말도 할 수 없었다. 속이 복잡했다. 결과적으로 헤이븐은 죽어 나간 자신의 팀원들과는 직접적인 관계가 없었다. 시시비비를 가리는 과정에서 남는 건 시취밖에 없는 것. 그것이 전쟁의 어둠이었다.

"여기."

다음 날 맥이 건넨 소지품에는 헤이븐이 건네준 팔찌가 들어 있었다. 그것 말고도 쉐드가 주었던 수류탄 모형의 열쇠고리도, 페트로프의 군번줄도 함께 있었다. 환자복으로 갈아 입혀지기 전, 주머니에 있던 것들이었다.

내가 헤이븐의 기억에 들어갈 수 있다면 얼마나 좋을까. 그러나 그가 블로커라는 것을 떠나서 이미 죽었다면 어차피 불가능한 일이었다. 희온은 곧장 그 팔찌를 집어 들지 않기 위해 노력해야 했다. 차분하게 소지품을 챙겨 옆 협탁 위에 올려 두었다.

"어제는 얼마나 잤어?"

"두 시간 정도요."

한숨도 자지 못했지만 희온은 아무렇지 않게 거짓말을 했다. 잠이 오지도 않았지만 다른 이유도 있었다. 아직 정부의 의심을 벗어나지 못했는데 잠을 잤다간 다른 맨더가 자신의 꿈에 들어오기라도 할 것만 같았다.

헤이븐에 대한 모든 기억을 찾은 상태였다. 지금 맨더가 자신의 기억에 들어온다면 자신은 물론이고 죽었는지 살았는지 모를 헤이븐도, 그리고 맥까지 함께 위험해졌다.

"다행이네."

희온은 더 이상 새벽이 되어도 울지 않았다. 참담하고 암담했다. 연구소에서 유일한 안식이었던 그 소년을 잊고 있었다는 것도, 그가 자신의 총에 쓰러졌다는 것도. 그러나 울지는 않았다. 슬퍼하는 건 그의 흔적을 찾은 다음에 해도 늦지 않았다.

"시드엘 상황은 어때요?"

"여전히 바시트록스의 흔적은 안 보여. 지난번 폭발은 내부에 있던 사람이 의도한 것 같은데."

그런 작은 단서에도 희온은 안도했다. 정말 헤이븐이 바시트록스 현 총리의 아들이라면, 그가 죽었다는 이야기가 나오자마자 곧장 전쟁으로 번질 수도 있는 일이었다. 사실 당장이라도 선전포고가 나왔어야 했다. 그러니까 아직 조용하다는 건, 헤이븐의 죽음도 흐릿하다는 뜻이었다.

희온이 자신의 깨끗한 손을 내려다보았다. 헤이븐은 피를 흘렸다. 그가 방아쇠를 누르긴 했지만 총을 겨눈 건 자신이었다. 희온은 그 생각을 하지 않기 위해 마른침을 삼켰다. 아직, 방에 맥이 있었다.

"쉐드는요?"

"글쎄, 너 여기 들어오고 나서는 한 번도 못 봤는데."

희온은 하얀 숲에서 헤이븐이 종종 건네곤 하던 묘한 맛의 차를 떠올렸다. 창밖을 가만히 보던 희온이 맥에게 고개를 돌렸다.

"맥, 다른 맨더가 제 꿈에 들어올 확률은 얼마나 돼요?"

그 질문에 맥이 조금 생각해 보는가 싶더니 의자를 가져와 희온의 옆에 앉았다.

"그런 건 아직 신경 쓰지 말자."

"제 일이니까요."

맥이 짧은 한숨을 내쉬었다. 희온의 말이 맞았다. 애초에 모든 건 희온의 일이었고 자신은 고작해야 조력자일 뿐이었다. 누구보다 희온의 성격을 잘 알고 있는 맥은 그가 괜찮아지기를 바라며 대답했다.

"완전히 없다고 할 수는 없지만 당분간은 아닐 거야. 지금 정부가

온 신경을 폭발 사건에 두고 있거든. 어쨌든 국가에선 네가 필요할 거고."

희온은 피곤한 얼굴로 고개를 끄덕였다. 희온은 맥의 아픈 손가락이었다. 처음 꾀죄죄한 얼굴로 다른 사람의 손에 이끌려 이곳으로 왔을 때부터 그랬다. 창백한 얼굴을 하던 어린아이는 꼭 그 나이 대 아이처럼 보이지 않았다. 겪었던 일도 마찬가지였다. 맥은 희온이 최대한 오래, 할 수 있다면 죽을 때까지도 연구소에서의 기억을 잊고 있기를 바랐다.

"그럼 오늘은 조금 오래 자고 싶은데, 혹시 약을 좀 받을 수 있습니까?"

"몸이 좀 더 회복한 다음에 먹는 게 어때?"

"잠을 더 많이 자야 회복이 빠를 것 같아서요."

"……그래, 잠시만."

맥이 약을 가져오기 위해 걸음을 옮겼을 때 희온이 다시 소지품들을 쥐어 주머니에 넣었다. 맥은 희온이 가장 오래 보아 온 사람이었다. 그 소년을 제외하면 연구소에서 자신의 편이었던 사람은 맥뿐이었다. 그러나, 쉐드 역시 믿었던 친구였다.

맥도 그럴 만한 일이 생긴다면 쉐드처럼 자신을 쉽게 배신할까. 약을 가져온 그의 얼굴을 가만히 보던 희온이 약을 입에 넣고 물을 마셨다.

"불은 안 끄셔도 돼요."

"그래, 잘 자."

희온의 요청에 맥이 밤 인사와 함께 병실을 나갔다. 그제야 희온은 이불을 목 끝까지 덮고 반듯하게 누웠다. 헤이븐의 물건을 가지고 있기는 했지만 그는 블로커였다.

그래도, 나한테 굳이 전해 준 이유가 있을 거야. 희온이 천천히 눈을 감았다. 기억을 찾고 깨어난 뒤 제대로 쉬지 못한 몸은 약의 도움을 받아 그대로 깊이 잠겼다.

"캡틴?"

희온은 당황했다. 일단 꿈에 들어온 것부터 그랬다. 그러나 더 당황한 건 이 꿈의 주인이 헤이븐이 아니라는 데 있었다. 고급스럽게 꾸며진 방에 앉아 있는 건 헤이븐이 아닌 리암이었다. 자신을 바라보며 눈을 깜빡이는 리암을 본 희온이 어정쩡하게 맞은편에 앉았다. 헤이븐이 준 팔찌는, 아무래도 리암의 물건인 모양이었다.

"안, 녕하세요. 리암."

친하지 않은 그와 친밀감을 일으키기 위해서라면 연인인 척이라도 해야 하나 생각했지만 어쩐지 그럴 수가 없었다. 시드엘로 오면서 보낸 시간이 있어서 그런지 리암은 희온을 캡틴이라고 불렀다.

이 정도라면 기억을 불러오기 괜찮은 것 같아 희온이 침착하게 생각을 정리했다. 어느 기억부터 끄집어내는 게 좋을지 고민 중이었다. 그러나 결론은 쉽게 나오질 않아서, 그냥 뱉어 보자고 생각했다.

"리암. 가장 최근에 헤이븐을 만났을 때 기억해요?"

"음, 최근이요?"

일단 헤이븐이 살아 있는지부터 알아야 했다. 희온의 질문에 잠시 고민하는 것 같던 리암이 희온을 뚫어지게 쳐다보았다.

"제가 하프록스로 넘어오면서 다시 만나기 시작했죠."

"아니 그거보다 조금 더."

좀 더 최근이요. 그렇게 말하고 싶었지만 이미 주변은 리암의 기억으로 변해 가고 있었다. 희온은 그의 꿈에 개입해 들어가지 않기 위해 눈을 감았다. 그의 기억이 최대한 생략되어 최근으로 빠르게 와 주기를 바랄 수밖에 없었다.

"진짜 본명을 쓰실 겁니까?"

리암은 답답한 심정으로 헤이븐을 바라보고 있었다. 자신의 상관이자 이안 총리의 아들인 헤이븐은 지금 하프록스에서 자신의 본명을 사용하겠다고 우기는 중이었다.

"하프록스에만 헤이븐이라는 이름을 가진 사람이 수만 명은 될 텐데, 뭐가 문제야."

물론 헤이븐의 말에도 일리는 있었다. 그 이름은 흔했다. 처음부터 쉽게 표면에 드러나지 않게 하겠다는 총리님의 뜻이 담겨 있는 것 같기도 했다. 그런데, 아무리 그래도 그렇지 주적인 나라에 가면서. 그러나 아무리 반대해 봤자 헤이븐이 하겠다면 일은 그렇게 갈 게 분명했다.

헤이븐은 타고난 수재였다. 국가의 가장 높은 권력을 원하는 아버지와 알아주는 무역 기업의 차녀인 어머니 아래서 자란 그는 머리를 쓰는 데는 천재적이었다.

그러니까 자신이 굳이 걱정을 하지 않아도 된다는 뜻이었다. 그렇지만, 그래도.

"그래도, 조금 위험하지 않을까요."

"근데?"

뭘 어쩌라고. 헤이븐은 대수롭지 않게 대답하며 수납장에서 찻잎을 꺼내 우리는 중이었다. 아무리 생각해도 저건 찻잎이라기보다는 몸을 보신할 수 있는 약에 가까운 것 같았다.

하얀 숲의 기지에서 꽤 거리가 있는 숙소에 자리를 잡은 헤이븐은 짐을 풀지도 않은 상태였다. 마치 당장이라도 희온이 있는 곳으로 가자고 하면 자리를 뜰 것처럼. 차가 우러나자 방 안에는 금방 시원하면서도 부드러운 향으로 가득했다.

"두 번이나 내 이름을 숨길 순 없으니까."

헤이븐이 녹색 눈동자를 리암에게 고정했다. 리암은 알겠다는 듯이 고개를 끄덕였다. 그가 그렇다면 그런 것이겠지. 창밖으로 고개를 돌렸다. 헤이븐을 이렇게까지 만든 남자가 참을 수 없이 궁금했다. 도대체 어떤 사람이기에 겨우 안정을 찾은 바시트록스를 다시 떠나게 만들었을까. 리암이 마저 짐을 챙겼다.

"놀, 랐습니다."

큰 소리가 나면서 장소가 바뀌었다. 칼리고의 마을이었다. 아무리 자기가 따로 보자고 했기로서니 도대체 어떻게 2층에서 나와 1층 방 창문을 통해 들어오고 있는 건지, 리암은 헤이븐을 이해하지 못하고 있었다. 2층에서 뛰어내렸나? 그렇다고 하기엔 상태가 너무 멀쩡했다.

"뭔데."

"아. 일이 조금 꼬였습니다."

잠시 조용히 하라는 듯 검지를 올린 헤이븐이 리암을 지나쳐 방문으로 향했다. 문밖에서는 희온과 노인의 대화 소리가 아주 작게 들려오고 있었다. 헤이븐이 그제야 계속하라는 듯 고갯짓을 했다.

"하얀 숲에서 수도로 떠났던 팀 중에서 저희 애들 몇 명의 정체가 드러난 모양입니다. 쉐드가 그 현장에서 모두 죽인 것 같습니다."

리암이 홀로그램을 켜서 연락이 끊긴 위치를 헤이븐에게 보여 주었다. 하얀 숲에서 이쪽으로 한참 차를 타고 넘어오던 와중에 일이 생긴 듯했다. 헤이븐이 가만히 생각에 잠긴 듯 벽에 펼쳐진 홀로그램을 보다가 고개를 들었다.

"루트 수정해."

자신의 사람이 죽었다는 데도 조금의 흐트러짐이 없었다. 헤이븐이 명령했고 리암은 고개를 끄덕였다. 그럴 수밖에 없었다. 함께 움직이던 팀원 중 몇 명이 바시트록스 사람들이라는 걸 알았다면 자신들의 정체 역시 눈치챘을 확률이 높았다.

"저 음식도 그쪽에서 벌인 일 같죠?"

"쉐드가 사주한 짓이야. 잡으러 오는 데까지 시간이 걸릴 테니까."

움직임을 더디게 하고 싶었겠지, 눈치채지 못한 척 보고나 받으면서. 헤이븐의 확신에 이번에도 리암은 고개를 끄덕일 수밖에 없었다.

적어도 자신이 아는 헤이븐은 하얀 숲에서 희온에게 눈을 뗀 적이 없었다. 그러니까, 쉐드가 어떤 식으로 희온을 보고 있었는지는 그 누구보다 헤이븐이 가장 잘 알고 있다는 뜻이었다. 조금 더 생각해 보던 헤이븐이 홀로그램을 뒤적여 넓은 빈 패드를 펼쳤다.

희온이 매일같이 보던 헤이븐의 미소 같은 건 찾아볼 수조차 없었다. 오히려, 헤이븐은 그 어떤 것에도 감흥이 없는 사람처럼 굴었다. 장난스러운 모습은커녕 서늘하기까지 했다.

"그거."

한참 생각에 잠겨 있던 헤이븐이 가리킨 건 리암이 차고 있던 팔찌였다. 이거요? 그쪽 손을 들어 보이자 헤이븐이 고개를 끄덕인다.

"시드엘 가자마자 나한테 넘겨."

"이거면 되겠습니까?"

더럽게 안 어울리는 거 들고 다니는데, 희온의 손에 들어가게 되는 걸 감사히 여겨. 헤이븐의 진심 어린 목소리에 리암이 어이없어 하는 줄도 모르고 헤이븐은 오만한 얼굴로 다시 리암에게 작전을 지시했다.

"쉐드한테 보고했던 루트에서 반대로 가. 녹스는 어차피 들러야 하니 우회해서 시드엘로 들어가는 방향이면 될 거야."

"근데, 굳이 위험한 시드엘 쪽으로 국경을 넘어야 합니까?"

"보여 주고 싶은 곳이 있으니까."

헤이븐의 표정이 잠시 가라앉는 듯했으나 이내 다시 리암에게 명령하기 위해 고개를 들었다. 리암은 헤이븐에게 몇 번이고 그냥 이야기하는 게 어떻겠냐고 물었으나 그는 홀로그램용 펜을 들어 빈 벽을 채워 나갈 뿐이었다.

"지금 저희가 바시트록스 사람이라는 걸 안 쉐드가 일부러 독을 먹이려 했다는 건데, 시드엘에 가다가 그쪽 군대에 잡히면 곧장 사살당하는 거 아닙니까?"

리암의 물음에 헤이븐이 뭐 그런 걸 다 걱정하고 있냐는 듯 대수롭지 않은 표정으로 대답했다.

"희온의 누명은 벗길 거야."

그럼 우리는요. 그렇게 물어보고 싶었지만 어쩐지 무서운 대답을 들을 것 같아서 리암은 질문을 수정했다.

"어떻게요?"

"희온이 나를 죽이면 되지."

헤이븐이 아주 드문 미소를 지어 보였다. 보통은 희온의 앞에서만 지어 보이곤 했는데 지금 이 미소는 어쩐지 느낌이 달랐다. 약간, 반쯤 정신이 나간 사이코패스 같다고 생각하면서 리암이 괜히 섬뜩한 어깨를 떨었다.

"내일까지 내 정체하고 가족 관계 전부 하프록스 정부에 흘려. 그리고."

금방 미소를 없앤 헤이븐이 어느새 한쪽 벽 가득 적어 내린 홀로그램의 메모 패드를 가리켰다.

"탈출 루트니까 시드엘에 가기 전까지 외우고 폐기해."

그 말을 끝낸 헤이븐이 다시 창문을 통해 방을 나가자 리암이 벽을 보고 섰다. 한참 복잡한 구조로, 하지만 정확히 계산해 적어 둔 시간과 루트는 그의 계산대로 하기만 하면 헤이븐이 살 수 있다는 것을 알려 주고 있었다.

그러니까, 시드엘에 가자마자 잠복 팀을 만나서 폭탄을 여러 개 구해 두는 게 순서였다. 그리고…… 우리는 저곳에 있겠다는 거지.

탈출 후 몸을 숨기는 장소까지 확인한 뒤 한참을 외우던 리암이 눈을 가늘게 뜬 건, 한쪽 구석, 헤이븐이 적어 둔 메모 때문이었다.

'이게 네 마지막 죽음이었으면 해.'

그 메모는 아무래도 자신의 기억을 엿볼 맨더를 향한 것인 모양이었다. 뭐가 마지막 죽음이라는 거지. 리암이 떨떠름한 얼굴로 다시 탈출시킬 루트를 달달 외우기 시작했다. 시드엘에 도착할 때까지 착실한 하프록스의 개로 있는 작전은 실패했지만 헤이븐의 방법대로 하면 아마도, 성공할 수 있을지도 모르겠다는 생각이 들었다.

"리암."

희온이 그의 이름을 부르자 곧장 어그러진 공간은 아까의 그 방을 다시 불러왔다. 희온은 여전히 리암의 맞은편에 앉아 그를 마주하고 있었다. 그러나 맨 처음 꿈에 들어올 때보다는 훨씬 평온해 보였다.

"캡틴."

"고맙습니다. 더 이상은 안 봐도 괜찮을 것 같아요. 시간이 없으니, 나머지는 헤이븐에게 직접 듣겠습니다."

희온의 말을 이해하지 못한 리암이 고개를 갸웃거렸다. 꿈속에서는 자신이 그의 기억을 엿보는지 모르고 있을 테니 대화를 따라오지 못하는 것도 당연했다. 희미하게 미소 지은 희온이 꿈에서라면 언제나 차고 있는 홀스터 안에서 권총을 빼어 들었다.

'이게 네 마지막 죽음이었으면 해.'

희온은 헤이븐이 왜 그런 메시지를 남겼는지 알고 있었다. 그도 맨더였으니까, 이 과정을 누구보다 더 잘 알겠지. 그러나 지금에 와서 이건 고통이 아니었다. 맨더로 살아가면서 수많은 사람의 기억에 들어갔다가 나왔지만 이만큼 후련했던 적은 없었다. 오늘은 정말로, 그랬다.

"리암, 눈 좀 감아 줄래요?"

희온의 상냥한 목소리에 잠시 멍한 얼굴로 희온을 보던 리암이 눈을 감았다.

철컥.

총을 장전해 총구를 자신의 관자놀이에 겨눈 희온은 헤이븐이 남겨 둔 홀로그램 패드를 한 번 더 떠올리며 리암을 따라 눈을 감았다.

탕!

타인의 꿈속에서 수십 번도 넘게 해 온 자살이었다. 맥을 포함해 누구에게도 말한 적 없었지만 희온은 사실은 이때를 가장 두려워했다. 꿈속의 나도 나였다. 상황을 인지하고 움직이는 나 자신.

그런 스스로의 머리에 총구를 겨누는 건 늘 어렵고 힘든 일이었다. 그러나 지금은 한시라도 빨리 꿈에서 나가고 싶었다. 그 생각뿐이었다. 얼른, 당장, 헤이븐을 찾아가고 싶었다.

"흐윽……. 아."

희온이 눈을 뜨자마자 머리를 격통 하기 시작한 거짓 통증을 억눌러 가며 시간을 확인했다. 팔찌를 쥔 손이 미끄러울 정도로 식은땀이 배어 나오고 숨이 헐떡거렸지만 상관없었다. 이제 슬슬 창밖으로 해가 뜨고 있었다. 천천히 밝아지는 하늘을 보면서 희온이 구겨진 얼굴로 미소 지었다.

이제, 희온은 헤이븐이 어디에 있는지 알고 있었다. 해가 더욱 빨리 떠올랐으면 했다. 얼른 돌아가서 헤이븐의 멱살을 잡을 생각에 희온이 몸을 일으켰다. 일단 이 답답한 붕대를 풀고 씻을 생각이었다.

맨더에 관한 기록
맨더가 타겟의 꿈에서 나가기 위한 방법은 죽음뿐이다.

* * *

"잘 잤어요?"

오전이 되자마자 병실 안으로 들어온 페트로프의 질문에 희온이 여상한 얼굴을 하며 고개를 한 번 끄덕였다. 희온은 침대 헤드에 몸을 기대고 앉아서 창밖을 보는 중이었다. 얼굴은 어제보다 훨씬 좋아 보이는데, 분위기는 평소와는 다른 듯해서 페트로프가 조금 의아한 듯 고개를 기울였다.

"페트로프."

"네?"

희온의 고개가 어느새 페트로프에게로 향해 있었다.

"계속 병실에 붙어 있는 것도 못할 짓인데, 여기서 좀 나가자. 산책이라도 하게."

"……지금이요?"

"어. 불안하면 따라오든가."

희온의 말에 페트로프가 잠시 그와 시선을 맞췄다. 마치 그 속
내를 가늠하려는 듯 페트로프는 아무 말도 없었다. 희온은 그가
자신에게서 이상한 점을 발견하지 못하기를 바랐다. 오늘 유난히
기분이 좋아 보인다거나, 조금 설레 보인다거나. 말 없는 그 시간
이 더 길어지지 않기를 바랄 때쯤 페트로프는 더 이상 묻지 않고
고개를 끄덕였다.

"알겠어요. 같이 나가요, 캡틴."

그 말에 이번엔 희온이 눈을 의심스럽게 떴다. 평소라면 이유를
꼬치꼬치 캐묻는다거나 떠보려고 할 텐데 그런 것도 없이 순순히
알겠다고 하는 게 이상했다. 그러나 자신에게는 어차피 잘된 일이
라서 희온이 이불을 들고 몸을 일으켰다. 페트로프가 입고 있던 겉
옷을 벗어 희온에게 건넸다. 하얀 숲에서 헤이븐이 하던 일이었는
데. 그 남자가 떠올라 희온이 짧게 웃었다.

"캡틴."

희온이 대답 없이 그가 준 겉옷을 입자 페트로프가 그의 앞에
서서 지퍼를 목 끝까지 올려 주었다.

"이제 다치지 마세요. 아프지도 마시고."

며칠 전까지만 해도 이런 걱정이 싫다며 툴툴댔을 테지만 지금은
그러지 않았다. 어차피 페트로프가 자신에게 갖는 감정은 빚이 대
부분일 것이었다. 그 외에 더해진 다른 감정들은 알고 싶지 않았다.
다시 들어간 그의 꿈속에서 있던 일을 다시 언급하지 않은 것도 비
슷한 이유에서였다.

드르륵.

대답하지 않는 사이 페트로프가 먼저 병실 문을 열었다. 페트로프의 두꺼운 옷을 입고 있는 희온은 아무렇지 않은 얼굴로 병실 문 뒤에 숨어 있었고, 페트로프는 그대로 복도를 통해 나갈 듯 굴더니 이내 삐뚜름한 자세로 서서 문 앞에 선 남자에게 입을 열었다.

"경례 자세가 그게 뭐지?"

"죄송합니다."

분명 잘못한 게 하나도 없는데도 그 남자는 아무런 변명도 없이 곧바로 몸을 바르게 세워 다시 경례했다.

"흠. 아닌데. 각도가 좀 애매한데."

그 대화를 말없이 지켜보던 희온이 소리 없이 웃었다. 페트로프는 동료들에게 친절하고 친구처럼 굴기로 유명했지만 저렇게 사사건건 트집을 잡는 건 자신을 이곳에서 내보내기 위함이었다.

굳이 방해하고 싶은 마음이 없어서 잠시 듣고만 있다가 대화가 무르익었을 때쯤 살짝 고개를 내밀어 보니 페트로프는 이제 남자의 눈을 깜빡이는 방식마저도 까내리는 중이었다.

눈꼬리가 왜 그렇게 생겼어? 나한테 반항하고 싶어서 그런가? 어느 부댑니까? 남자들은 어느새 병실 문에 등을 지고 페트로프를 향해 서서 갈굼당하고 있었다. 최대한 기척 없이 문틈을 빠져나온 희온이 간신히 반대쪽 복도를 향해 계단을 내려올 수 있었다.

"캡틴!"

페트로프가 다시 희온의 앞에 선 건 계단의 맨 아래 칸을 밟았을 때였다. 희온이 복도를 빠져나오자마자 대화를 끝냈는지 성큼거리며 내려오고 있었다.

"너 재능 있다?"

"캡틴이 없는 곳에서는 이런 짓 수만 번은 더 당했었습니다."

"그걸 가만뒀어?"

슬쩍 웃는 것으로 대답을 대신한 페트로프가 길을 안내하며 걸음을 재촉했다.

"캡틴, 이쪽으로."

"응."

하얀 숲에서라면 앞장서는 건 늘 희온의 몫이었다. 희온 팀의 부중대장이었던 그는 언제나 희온의 바로 뒤를 지키거나 아니면 후발대를 자청해 뒷일을 정리했다. 그러나 이번에는 희온보다 두 걸음 앞에 서서 주변을 살피고 희온을 데려가는 중이었다. 그 넓은 등을 보던 희온이 짧게 웃었다. 든든하네.

"제가 진짜 지금 뭐 하는 짓인지 모르겠습니다, 캡틴 때문에."

"네가 나한테 받은 게 얼만데. 이 정도는 해야지."

"……그건 또 그렇죠?"

실없는 얼굴을 보며 희온이 헛웃음을 지었다. 사람들이 유독 많이 지나다니는 곳에 환자복 위에 점퍼만 걸친 희온의 꼴이 조금 많이 튀긴 했다. 옷이라도 갈아입을 걸 그랬나. 괜히 바지를 쳐다본 희온이 페트로프를 따라 뒷문 쪽으로 걸음을 옮겼다.

"되겠냐?"

"됩니다."

페트로프가 희온의 손을 잡아끌었다. 최대한 사람이 없는 곳으로 데려가려는 듯 벽에 바짝 붙어 움직이는 그 걸음에 희온은 어렸을 때를 떠올렸다. 얼마 전까지만 해도 떠올릴 줄도 몰랐던, 없었던 기억.

"캡틴."

문득 뒤를 돌아선 페트로프가 희온에게 권총을 건넸다.

"혹시 모르니까, 가져가시죠."

군인을 때려치울 생각인가. 총을 막 넘기네. 아까 페트로프에게 이곳을 나가자고 할 때까지만 해도 그는 자신의 목적을 모를 거라고 생각했다. 그러나, 지금은 아니었다. 페트로프는 짐작하고 있을지도 모른다. 페트로프의 앞날을 위해 총을 사양한 희온이 가만히 페트로프를 바라보자 그가 어깨를 으쓱이더니 금방 다시 희온을 불렀다.

"꼭 하고 싶었던 말이 있습니다."

서늘한 바람이 불었다. 이곳의 계절은 가을의 중심이었다. 찬 바람이 불 때마다 희온의 머리카락이 붕 떴다가 가라앉았다. 그 끝을 보고 있던 페트로프가 헛기침을 했다.

"······저는 몰랐습니다."

"뭐를?"

희온은 괜히 마음이 불안해지고 있었다. 이렇게 구는 페트로프도 그렇고, 갑자기 분주해진 건물 안 사람들도 그렇고. 고개를 돌려 뒤를 확인한 희온이 다시 페트로프와의 대화에 집중했다.

"캡틴이 누군가의 꿈에 들어갔다 나올 때, ······그렇게 해야만 한다는 거요."

레귤러인 페트로프가 모르는 게 당연했다. 몰랐어야 할 일들이었다. 마지막으로 그의 기억 속에 들어갔을 때, 도무지 말이 통하지 않는 그의 본능 때문에 결국 그가 보는 앞에서 스스로에게 총을 겨눴다.

희온은 그게 페트로프에게도 몹쓸 짓이라는 걸 알고 있었지만 당시에는 어쩔 수 없었다.

"알았더라면, 애초에 제 꿈에 들어와 달라는 부탁은 하지 않았을 겁니다."

그렇게 말한 페트로프가 손을 내밀었다.

"제 군번줄, 다시 주세요."

"페트로프."

"제가 필요해서 그럽니다."

페트로프는 지금 자신이 누구에게 가려고 하는지 알고 있는 것처럼 굴었다. 정작 자신은 눈앞에 바짝 다가온 미래도 예상하지 못하고 있는데. 헤이븐을 다시 만나서 무슨 말을 하고 싶은지, 앞으로 어떻게 할 것인지도 제대로 생각해 본 적 없는데.

그러나 페트로프는 꼭 자신이 어떻게 할지 아는 사람처럼 굴었다. 가만히 그의 얼굴을 보던 희온이 주머니에서 그의 군번줄을 꺼내 건넸다. 페트로프는 그제야 다시 머쓱한 웃음을 지었다.

"교대지?"

"어."

조금 거리가 있는 곳에서 분주한 걸음 소리와 함께 대화가 들려왔다. 가볍게 둘러본 페트로프가 한쪽 방향을 가리켰다. 그리고 그 손가락은 허공에 작은 십자가를 긋는다. 희온은 그 수신호의 뜻을 알고 있었다.

"저쪽으로 가시면 될 겁니다. 적어도 내일 오후까지는 캡틴이 여기를 빠져나갔다는 걸 아무도 모르게 할게요."

들킨다면 분명히 징계를 받을 만한 일임에도 평범한 배웅을 하듯 손을 흔든 페트로프가 먼저 몸을 돌렸다. 그는 타고난 군인이었다. 자신의 의견보다는 군에서 내리는 명령을 더 중요하게 여겼으며 돈보다는 명예를 더 중요시 여겼다. 겉보기에는 유들유들해 보일지 몰라도 융통성은 없는 편이었고, 그래서 희온을 잡으라는 명령에도 복종할 수 있었던 것이었다.

그런 그가 자신을 여기까지 내보냈다는 것에서 희온은 이유 모를 안도감을 느꼈다. 아니, 이유는 있었다. 희온은 평생 친구라는 걸 가져 본 적 없이 살았다. 쉐드가 자신의 오랜 친구라고 생각하기는 했지만 결국 그는 그저 자신의 감시자일 뿐이었다. 그러나 그 자리에 페트로프가 자리 잡고 있었던 모양이었다.

사람들의 걸음 소리가 멈춘 걸 보니 페트로프가 그들을 막아선 듯해서, 희온이 속도를 올려 빠르게 병원을 나섰다. 페트로프와 이렇게 헤어지는 게 마지막일지 아니면 자신이 이곳으로 돌아오게 될지는 알 수 없었으나 지금은 아무 생각도 하지 않기로 했다.

처음으로 해야 하는 일이 아닌 하고 싶은 일을 하고 있었다. 그리고 지금 하고 싶은 일은, 헤이븐을 만나는 것이었다.

뛰는 동안에는 땀이 나지 않는 것 같았다. 땀이 날 겨를도 없이 바람이 와서 식혀 주기도 했고 조금도 힘들지 않기 때문이기도 했다. 성한 곳 하나 없는 몸은 당장이라도 멈추라고 말하고 있었지만 희온은 그러지 않았다. 그냥 달리고 달릴 뿐이었다.

밤사이 이슬에 젖은 낙엽을 밟을 때마다 위태롭게 미끌거리는 걸음으로도 멈추지 않았다. 그저, 달렸다.

"하……."

어디로 가야 하는지 알고 있는 건 아니었으나 멀리 언덕을 본 희온은 직감적으로 그곳이 방향임을 알고 있었다. 아무리 폐허가 된 도시였음에도, 나뭇잎이 아닌 모래 먼지가 떠다니는 도시가 되었음에도 그 언덕은 그대로였다.

한참을 내달리니 역시 익숙한 곳이 펼쳐졌다. 얼마 전까지만 해도 초행길인 줄 알았던 시드엘은, 자신의 기억을 품고 있는 도시였다.

철조망은 반쯤 녹슬어 여기저기 구멍이 나 있었고 건물은 오랫동안 방치된 듯 꽤 낡아 있었다. 사람의 기척이라곤 아무 데도 없었고 건물을 타고 올라간 이끼만이 사람 대신 무엇이 남았는지 알려 주고 있었다. 희온이 걸을 때마다 바스락거리는 소리가 울렸다.

불 하나 켜지지 않은 본관이 아닌 옆 건물의 한 창문이 묘하게 밝았다. 아직 해가 지지 않은 밖에 비해 뚜렷하게 밝지도 않았지만 그곳을 보느라 잠시 멈춰 섰던 희온의 걸음이 다시금 빨라졌다.

헤이븐을 만나 뭐라고 해야 하는지는 아직도 생각해 놓지 않았다. 할 말이 많은 것도 없는 것도 같았다. 그저 부지런히 계단을 밟아 올라갔다. 폐건물인 그곳은 오히려 밖보다 더 서늘했고 휑했지만 그런 것쯤은 두렵지도 않았다. 희온이 익숙한 방문 앞에 멈추어 섰다.

너는 정말로 이 안에서 나를 기다리고 있을까. 나는 너를 노아라고 부를까, 아니면 헤이븐이라고 부를까.

너는,

왜 국경을 넘어 나에게로 돌아왔을까.

희온이 문고리를 붙잡았다. 차갑기만 한 쇳덩이에는 그 어떤 온기도 남아 있지 않았다.

* * *

헤이븐은 열두 살의 나이에 바시트록스가 아닌 하프록스에 버려졌다. 당시의 아버지는 그렇게 생각하지 않는 듯했으나 헤이븐의 기억에 그것은 핑계로 점철된 유기였다.

바시트록스는 입헌군주제의 의원내각제로 이루어져 있었다. 국가의 원수로 앉아 있을 뿐인 국왕의 사촌으로 태어난 헤이븐의 아버지, 이안은 실질적 권력인 총리가 되기 위해 평생을 바쳐 살았다. 헤이븐의 출생을 꽁꽁 숨긴 것도, 적국의 첩자로 보내 버린 것도 비슷한 맥락에서였다.

이안은 딱히 첩자의 개념은 아니라고 했으나 누구도 그렇게 생각하지 않았다. 아내의 먼 친척이 어렸을 때 하프록스에서 살았다는 이유는 그에게 방패나 다름없었다. 애초에 이안은 헤이븐에게 바라는 게 많았다. 자신의 아들이 현명한 통치자가 되었으면 했고, 양쪽 모든 제도 아래 놓여 보기를 바랐다.

물론 부모와 떨어지기엔 아직 어린 나이였지만 말을 뗄 때부터 특출났던 아들에게 가지는 기대는 점점 부풀어 갔고, 드디어 이안이 차기 총리 내정자가 되었을 때 그 기대는 굳건한 믿음으로 바뀌었다.

그렇게 하프록스에 도착한 헤이븐은 고아가 되어 있었다. 이름

뿐인 아버지의 바람대로 하프록스 수도에서 위탁 가정을 꾸려 학교를 다녔다. 위탁 부모는 바시트록스에서 심어 둔 사람들이었다. 그들은 헤이븐에게 언제나 친절했고, 헤이븐은 부모 없는 그 도시에 비교적 쉽게 적응했다.

적응이라는 개념을 다르게 본다면 그랬다. 소년은 누군가의 눈에 띄고 싶어 하지 않았으며 모든 것에 흥미를 잃었다. 또래가 좋아하는 장난감들도 헤이븐에게는 감흥이 없었다.

하프록스 생활이 어떠냐는 질문을 받으면 그저 그렇다고 대답했다. 그 말이 사실이었다. 개방적인 바시트록스에 비해 정치적인 이념이 많이 들어간 역사 수업을 제외하곤 딱히 별다를 게 없었다. 심지어 평온하기까지 했다. 몇 해 뒤 위탁 부모가 사망하기 전까지는.

갑작스러운 교통사고로 그들이 사망하자 헤이븐은 바시트록스 측 사람들과 다시 접촉하기도 전에 시골의 고아원으로 보내졌다. 그곳에서 몇 개월을 지내야 했지만 눈에 띄지 않게 살기에는 훨씬 더 나았다.

애초에 다른 사람의 애정을 갈구하지 않는 편인 선천적인 성격 덕을 보기도 했고, 헤이븐을 그곳에서 꺼내 다시 위탁 가정에 넣으려는 본국의 노력을 주기적으로 보고받고 있어서 그렇기도 했다.

그러나 어느 날 밤 우연히 고아원 원장의 기억을 엿본 다음 날부터 헤이븐의 세상은 또다시 엎어졌다.

'그건 너무 위험하니까, 이쯤하고 돌아와.'

굳이 헤이븐이 아니더라도 바시트록스에서는 예전부터 하프록스에서 키우는 기억 공유자의 존재를 알고 있었다. 그건 숨겨진 패였다. 오히려 어느 주요 인사가 무슨 꿈을 꾸었는지를 알면, 하프록스에서 무엇을 알아내고자 했는지 수월히 예측할 수 있었다. 다시 말해, 숨길 수밖에 없는 패였다.

그러나, 곧 총리가 될 남자의 아들이 적국의 개가 되는 건 말이 달랐다.

'할 수 있어요.'

이안은 하프록스에 남겠다는 아들을 말렸으나, 그는 어린 나이에도 입을 꾹 다물었다.

정부에서 하프록스의 기억 공유자에 대해 알고 있다 한들 그 과정까지는 뚜렷하게 알지 못했다. 연구소에 겨우 들어간 첩자는 직접 능력자들을 살펴볼 수도 없는 위치였다.

하늘이 자신에게 무슨 운명을 주고 싶어 하는지는 모르겠지만, 헤이븐은 그 길을 따르기로 했다. 개인적인 호기심도 있기는 했지만 기억 공유자에 대한 정보를 전부 알아 오는 건 정부에서도 꽤 큰 수확일 것이었다.

비록 자신이 타국에서 죽을 수도 있다는 가능성은 있었지만 그 정도 리스크는 감수할 만했다. 그리고 언젠가 이 모든 위험을 감수하고 본국으로 돌아가고 나면, 그땐 아버지뿐만이 아니라 자신 역시 높은 명예를 가질 수 있다는 욕심이 헤이븐을 움직였다.

부모와 자식 사이의 애착이나 정은 논외였다. 맨 처음 하프록스에 도착하고서도 헤이븐은 부모와 떨어져 있음에 슬퍼하지 않았다. 아버지의 말대로 권력을 쥐기 위한 지배층의 인생에서 이 정도의 경험은 의무라고 생각했으며, 그 필요에 의해 움직일 뿐이었다.

필요한 대로, 원하는 대로. 그걸 바랐던 자신의 주장이기도 했다.

그러니까 아무렇지도 않았는데.

'안녕?'

그곳에서 소년을 만났다.

처음에는 그저 고아원에서 만났던 아이들과 비슷하다고 생각했다. 헤이븐에게 호감을 보이다가도 금방 흥미를 잃고 개인적인 욕심에 울음을 터뜨리는 아이일 거라고 생각했다. 다른 거라곤, 남들보다 조금 예쁘다는 것뿐이었다.

'내 이름은 희온이야. 너는 이름이 뭐야?'

그러나 서툰 인사와 미소가 두 번이 되고 세 번이 되었을 때 헤이븐은 어느새 그 소년을 만날 찰나를 기다리기 시작했다. 뺨에 살짝 패인 보조개가 계속 헤이븐의 눈길을 끄는 탓이었다.

이유는 모르겠지만 소년은 항상 자신에게 씩씩하게 보이고 싶어 했다. 나는 괜찮아. 걱정하지 마. 그렇게 말하는 스스로가 더 나약해 보인다는 건 모르는 듯했다.

조금 더 아픈 척, 조금 더 슬픈 척 큰 목소리로 울어 사람들을 돌아보게 만드는 고아원의 아이들과는 달랐다. 그렇다고 모든 걸 체념했다 하기엔 지나치게 명랑했다. 도무지 종잡을 수 없는 다양한 표정을 구경하느라 헤이븐은 소년을 한 번 마주하면 그 얼굴에서 시선을 떼지 않았다.

'사실 다른 테이커들은 지난주부터 새로운 훈련에 들어갔단다.'

능력을 보인 아이들을 모아 연구실에서 실험을 한다기에 이미 예상을 하긴 했지만, 그 과정은 짐작했던 것보다 훨씬 잔인했다.

소년과 헤이븐을 비롯한 그곳의 아이들에게 인권은 없었다. 국가에서는 연구소의 아이들에게 잠자리와 영양소별로 철저히 계산된 음식, 그리고 높은 수준의 교육을 제공하는 대신 그들을 사람으로 보지 않았다.

애초에 헤이븐은 이름도 없는 고아를 연기했으나 이름을 가진 다른 아이들 역시 숫자로 불렸다. 자신은 271이었고 소년은 38번이었다. 노아라는 이름을 붙여 준 맥이라는 남자와 소년만이 자신을 이름으로 부를 뿐이었다.

그럴 수밖에 없었다. 그들에게 테이커는 맨더로 각성하면 좋은, 죽으면 조금 아쉬운 정도인 피실험체였다.

'⋯⋯그럼, 시작할까? 희온은 잠시 여기서 기다리고 노아는 나를 따라오렴.'

매일 뇌를 다른 방법으로 자극하는 건 헤이븐에게도 지독한 고통이었다. 헤이븐은 매주 자신을 몰래 찾아오는 아버지의 하수인에게, 이곳에서 하루가 멀다 하고 사람이 죽어 나가는 원인을 찾았다고 보고했다.

모든 것을 무덤덤하게 넘기려는 소년에게도 끔찍한 통증은 예외가 없었다. 같은 시간만 되면 헤이븐은 방을 나서 연구실로 향했다. 그래 봤자 계단 몇 개와 복도 두 개만 지나면 나타나는 짧은 길이었지만 그 길이 수백 미터는 되는 것처럼 길었다.

'후보님께서는 언제든 돌아와도 좋다고 하십니다.'

밤에 만난 남자의 말에 헤이븐은 생각해 보겠다며 고개를 끄덕였다. 이곳의 생활에서 벗어나고 싶어졌다. 분명히 죽음 정도는 감수할 수 있을 거라고 생각했는데, 차라리 죽는 게 편하지 않을까 계산하게 만드는 고통은 매일 그를 한계로 떠밀고 있었다.

어느 것 하나 평범한 게 없었다. 창문 없는 방부터 자신이 무슨 일을 하는지도 모르는 것 같은 연구소 직원들까지. 그러나 그중에서 가장 이상한 건, 38번 소년이었다.

'별로 안 아팠어. 내가 해 봤는데, 정말 괜찮았어.'

언젠가부터 38번은 늘 복도 끝 연구실 문 앞에서 자신을 기다렸다. 그 소년의 얼굴은 땀으로 젖어 있었고 가끔은 귀밑, 코 아래에 핏자국이 묻어 있기도 했지만 막상 본인은 개의치 않아 했다. 자신과 같은 실험을 하고 있는 게 분명한데, 그게 어떤 식의 통증을 가져다주는지도 이미 알고 있는데, 소년은 자신에게 늘 괜찮다고 이야기했다.

헤이븐은 38번이 왜 이렇게 자신에게 스스로의 괜찮음을 이야기하는지 그 속내가 궁금했다. 자신에게 강함을 과시하려 하는 것 같지는 않았다. 그저 괜찮다. 그 사실을 이야기해 주고 싶어 할 뿐이었다.

헤이븐이 그 이유를 짐작한 건, 38번이 자신을 기다린 지 일주일째 되는 날이었다.

'괜찮았어, 오늘도.'

소년이 마른 팔을 들어 자신을 끌어안아 왔다. 그동안에는 눈만 마주해도 부끄러워하는 것 같아 보였으므로 꽤 큰 발전이라고 생각했다. 숨이 평소보다 빠른 걸 보니 연구실에서 나온 지 얼마 안 된 것 같았다.

품이 마주 닿은 38번에게서는 좋은 냄새가 나고 있었다. 똑같은 걸 먹고 똑같은 곳에서 자는 자신과는 다른 냄새였다. 그렇게 생각할 무렵 작은 속삭임이 들려왔다.

'그러니까 너도 괜찮을 거야.'

씩씩하게 웃고 있는 그 얼굴을 보며 깨달았다. 괜찮다는 그 말은, 자신을 위로하는 이 소년만의 방식이었음을.

단단한 쇠문을 밀어 여는 순간 펼쳐질 지옥을 먼저 겪은 소년이 다음 순번인 자신에게 괜찮을 거라고 주문을 걸어 주고 있었다.

그 품은 멀어졌지만 헤이븐은 어쩐지 걸음을 옮길 수가 없었다. 고개를 돌려 소년이 사라진 복도 끝을 한참 쳐다보고 있었다. 온기라곤 없는 실험실에 들어가는 자신을 위해 문 앞에서 기다리고 있던 아이는, 세상 그 누구보다 자신이 가장 처연했음을 알지 못했다.

그날 이후 헤이븐은 38번이 더 궁금했다. 매번 식은땀을 뻘뻘 흘리면서도 괜찮다고만 대답하는 소년의 그 '괜찮다'를 열어 보고 싶었다.

'고개 들어 봐.'

이미 자신이 짊어지고 있는 것도 충분히 무거워 보이는 소년은 헤이븐의 것까지 기꺼이 가져가고 싶어 했다. 헤이븐은 자신이 베고 누운 소년의 허벅지가 저리지 않도록 목에 힘을 줄 수밖에 없었다. 그렇게 해서라도 굳이 소년과 닿고 싶어 하는 스스로를 이해하지 못했지만, 어쨌든 그렇게 있는 게 좋았다.

'희온. 맞지?'

'내 이름? 응, 맞아.'

38이 아니라 희온. 헤이븐이 하프록스에 온 이후 처음으로 누군가의 이름을 기억했다.

'헤이븐 님, 오늘 몸은 좀 어떠십니까.'

'나쁘지 않아.'

하프록스가 바시트록스를 쉽게 공격하지 못하는 건, 하프록스가 급격한 내수 발전을 꾀하는 동안 바시트록스는 하프록스의 중심부를 파고들었기 때문이었다.

바시트록스는 적국에 대한 모든 것을 알고 싶어 했으며 실제로 대부분의 것들을 알고 있었다. 수십 년간 차곡차곡 심어 놓은 수많은 내부 스파이들은 충실하게 움직였고 헤이븐도 그들 중 하나였다.

연구소 내부의 바시트록스 측 인원 덕분에 헤이븐은 매주 정해진 날의 새벽마다 연구소 밖으로 나갈 수 있었다. 그때마다 헤이븐은 아버지와 통화를 하거나 비서진을 만나 건강 상태, 연구 진행 상황 등을 보고했다. 그래 봤자 고작 십 대의 나이었으나 헤이븐은 이미 그것이 자신의 운명이고 인생이라는 걸 이해하고 있었다.

그런 헤이븐이 봤을 때 희온은 흥미로우면서 한편으로는 불쌍한 존재였다. 국가의 통제에 가로막혀 시키는 대로 하면서 사는 인생. 오갈 곳도 없는 그저 하나의 실험체일 뿐인 어린 소년.

'이렇게 비가 갑자기 내릴 때, 세상이라는 책이 한 장씩 뒤로 넘어가는 것 같아.'

그러나 그 불쌍한 소년은 단 한 번도 헤이븐의 앞에서 힘든 내색이 없었다. 그저 헤이븐을 보면 반가운 듯이 웃었고, 해사하게 인사하며 손을 흔들었다. 날씨가 더웠음에도 그 미소에는 세상이 어는 것 같기도 했고 또 녹는 것 같기도 했다.

가끔씩 희온의 그 하얀 손가락이 자신의 몸에 닿을 때면 헤이븐은 오래도록 눈을 감지 못했다. 헤이븐은 차츰차츰 그 소년을 따라 젖어 들어갔다.

'저기 위로 올라갈 수 있다면 얼마나 좋을까?'

잠들기 전 그 소년을 생각하는 날이 많아진 건, 그가 오로지 자신만을 위해 미소를 지었기 때문이었다. 그 속에 다른 평계와 이유 같은 건 없었다. 그저 모든 행위와 미소는 나만을 위한 것이었다.

희온은 한낮이 아니면 늘 털 점퍼를 입고 다녔지만 소나기에 푹 젖었을 땐 자신의 옷을 먼저 쥐어짰다. 손끝과 입술이 다 붉게 터져 있는 주제에, 자신에게 웃으며 손을 내밀었다. 늘 삐쩍 말라 가면서, 만날 때마다 겨울옷을 쥐여 주었다.

그래서 헤이븐은 그 미소 앞에 타당하게 무력했다. 맨더가 되었으니 이제 돌아오라는 아버지의 제안을 기어이 거절한 이유도 희온 때문이었다.

아버지의 말대로 자신이 바시트록스로 돌아간다면 이곳에는 희온이 어울릴 만한 사람이 없다는 것을 떠올렸다. 자신이 강해서 그곳에 있다고 생각하는 희온을 걱정할 수 있는 사람은 자신밖에 없었다. 그리고 무엇보다, 이대로 떠나 그 미소를 더 이상 보지 못하는 게 싫었다.

아이는 새까만 머리카락과 새까만 눈동자를 가지고 있었다. 탐이 났다. 길에 버려진 고아로 태어나 국가의 피실험체로 살아가면서도 자신을 향해 손을 내밀 수 있는 그 밝음이, 그 해사함과 그 곧음이 탐이 났다.

그 아이의 옆에 있다면 모든 것이 정말 괜찮을지도 모른다고 생각했다. 어쩌면, 나라를 하나로 만들어 통치자가 되는 것 말고 다른 즐거운 목표가 생기지 않을까 생각했다.

그래서 헤이븐은 희온이 혼자 숨죽인 어둠을 뒤늦게 발견했다. 그를 온이라고 처음 불렀던 날 밤이었다.

연구 실장은 방에 들어오자마자 희온을 때리기 시작했다. 그러나 그 갑작스러운 폭력보다 더 놀란 건, 마치 전에도 맞아 봤던 사람처럼 익숙하게 머리를 감싸는 희온 때문이었다.

'아.'

마치 전에도 맞아 봤던 사람처럼.

'너희에게는 친구도 가족도 있어서는 안 된다.'

희온은 울고 있었다. 우는 방법 같은 건 잊어버린 사람처럼 굴던 소년도 사실은 힘들고 아프면 눈물을 쏟아 내는 아이일 뿐이었다. 매일 외치는 그 '괜찮음'을 늘 열어 보고자 했으면서, 정작 그 안에 가득 고여 있던 피고름이 헤이븐의 숨을 멎게 했다.

누군가와 함께 있어도 유독 눈에 띄는 외모 때문에 헤이븐은 숨을 죽이는 법을 먼저 배웠다. 존재감을 흐리게 만들어야만 소리 소문 없이 사라지기가 쉬웠다. 누군가의 눈에 쉽게 띄지 않아야, 주의를 끌지 않을 수 있었다. 하프록스에 들어와서 지금까지 버틴 이유였지만, 그게 헤이븐의 발목을 잡고 있었다.

성인과 청소년의 체격 차이를 제외하고서라도, 움직이면 희온이 더 맞을 수도 있다는 그의 협박을 걷어 내더라도, 헤이븐은 꼼짝도 하지 못했다.

여기서 자신이 우발적으로 행동하면 이 사람들에게 어떻게 눈에 띌지 알 수 없었다. 이곳에서 평범하게 지내며 적당한 시점에 맨더가 되었다가 부작용을 견디지 못해 시체로 발견되는 것이 시나리오였다.

이 소년을 만나게 되면서 이런 상황에 놓이기까지 했으니 더는 눈에 띌 수는 없었다. 이 와중에도, 눈앞에서 소년이 고통에 몸을 말고 있는데도 그 계산이 맴도는 스스로가 역겨워 입 안에 비린 침이 고였다.

그 대신 헤이븐은 눈을 깜빡이는 법도 잊고 눈앞의 소년이 어떻게 무너지는지 지켜보고 있었다. 어떤 식으로 머리를 감싸는지, 어떤 식으로 어깨를 움츠리는지. 그리고, 소년이 그동안 얼마나 아파했는지를.

아이러니하게도 아무것도 하지 못한 그날, 헤이븐은 희온을 지키겠다고 다짐했다. 기어이 숨을 죽이고 그 순간을 참아 넘겼다는 무력감은 하프록스를 없애겠다는 소리 없는 분노로 이어졌다. 그 소년이 아픔을 감추는 게 아니라 진심으로 짓는 웃는 얼굴이 보고 싶어졌다.

기대도 하지 않은 인생에 문득 문을 열고 들어온 어린 첫사랑은 복잡했고 절망적이었으며, 허탈했다.

헤이븐은 그 밤 이후로 희온을 만나지 않았다. 자신을 만난다는 것을 알게 된 남자가 희온을 더 때릴까 봐 그렇기도 했고, 하프록스에 대한 정보를 옮기는 일에 몰두했기 때문이기도 했다.

하지만 보지 않는다고 눈앞에서 사라지는 건 아니었다. 두꺼운 주먹이 희온의 얼굴을 내려치던 그 모습이 계속 떠올랐다. 치료를 제대로 받긴 했는지, 낫고 있기는 한지 궁금했지만 헤이븐은 최대한 지금 당장 자신이 할 수 있는 일을 했다.

헤이븐의 의도를 알지 못하는 연구소에서는 맨더가 된 그에게 여태까지와는 완전히 다른 대접을 해 주기 시작했다. 주기적으로 밖에 나갈 수도 있었으며, 다른 연구는 있을지언정 신체적인 통증이 이어지는 실험은 더 이상 하지 않았다. 체력 훈련과 역사 교육의 시간 비중이 늘어났으나 그건 헤이븐에게 어려운 일이 아니었다.

맨더가 된 헤이븐은 이제 정말로 이 연구소에 남을 필요가 없었다. 테이커들을 어떤 방식으로 데려가는지 어떻게 교육을 시키는지 어떻게 맨더로 만드는지 직접 겪었으니 아버지의 말대로 당장이라도 바시트록스로 향할 수 있었지만 그러지 않은 건, 알아내는 것으로 끝낼 수 없었기 때문이었다.

'하나가 아니라 두 개가 필요해.'

그 주 새벽, 남자에게 전한 말은 그게 전부였다. 헤이븐은 희온과 함께 그 연구소를 빠져나가고 싶었다.

'노아, 잘 지냈어?'

'왜 왔어?'

그러면서도 마음 한편에서는 어쩌면 희온이 자신을 더 이상 찾지 않을 수도 있다고 생각했다. 그 남자에게 맞는 것을 보고도 아무것도 하지 않은 자신에게 실망했다거나, 다시 맞을 수도 있다는 두려움이 소년을 잡아먹고도 남았을 터였다.

그러나 희온은 또다시 자신의 앞에 나타났다. 헤이븐은 희온에게 미련한 구석이 있다고 생각했다. 그렇게 맞았으면서 왜 다시 나를 만나러 온 걸까. 여전히 소년의 얼굴에는 상처가 매달려 있었다. 그날 이후로 또 맞았던 걸까. 계속 맞고 있는 건 아닐까.

지금 당장은 소년을 쫓아내야 된다는 걸 알고 있었다. 자신을 위해서가 아니라 소년을 위해서라도 그렇게 해야 했다. 희온도 숨을 죽여야 나중에 함께 달아나기 수월할 터였다. 분명히 다 알고 있는데, 희온이 눈앞에서 서러운 눈물을 뚝뚝 떨어뜨리자마자 모든 생각이 단숨에 휘발했다.

'왜…… 한 번도 내 방에 안 왔어?'

울지 마, 미안해. 어쩔 줄 몰라 하며 헤이븐이 희온의 앞을 서성였다. 한 번도 누군가를 달래 본 적이 없었다. 그 눈물이 떨어질 때마다 온몸의 장기도 함께 떨어지는 기분이었다.

내가 잘못했어. 미안해. 헤이븐은 사과하고 또 사과했고 희온은 코끝이 빨개질 정도로 울었다. 미안해. 이제 매일 갈게. 온아, 다시는 안 그럴게. 울지 마.

헤이븐은 그날 약속한 대로 매일같이 희온의 방에 들렀고, 문을 노크하는 손에는 찻잎이 들려 있었다. 최근 들어 잠이 줄었다는 희온을 위해 바시트록스 사람들에게 받아 온 것들이었다.

헤이븐의 하루는 바빴다. 오전과 오후에는 그들이 시킨 일과를 했고, 희온을 만났으며 밤에는 본격적으로 본관을 드나들었다. 그 사이 더 높은 지위에 오른 바시트록스 측 연구원 덕분에 밤마다 감시 카메라가 녹화 분으로 바뀌었기 때문에 헤이븐의 움직임이 수월했다.

'괜찮아?'

'괜찮아.'

여전히 헤이븐은 희온 앞에서 무력했다. 희온이 미소 지으며 하는 괜찮다는 말에 속아 넘어갔다. 자신만 들키지 않으면 상관없을 거라고 믿었고, 들켰다 한들 이번에는 희온의 방까지 간 게 자신이니 그 폭력이 자신을 향할 거라고 믿었다. 무엇보다 희온을 데리고 이곳을 떠나고 싶었다. 그래서 점점 눈에 띈다는 걸 알았음에도 매일을 바쁘게 살았다.

더 빨리, 조금만 더 빨리.

그러다 세상은 자신이 예상한 대로 돌아가지 않는다고 깨달은 건, 눈앞에서 쓰러진 희온이 더 이상 괜찮다고 말하지 못했을 때였다.

'미안해, 내가 몰라서 미안해.'

그는 단 한 번도 괜찮은 적이 없었다. 포장하고 매듭을 짓고 선물처럼 미소만 지어 내걸었을 뿐, 단 하루도 단 한 순간도 괜찮지 않았다. 죄였다. 이건, 자신이 돌려받은 죗값이었다.

희온을 들쳐 업은 헤이븐이 건물을 내달렸다. 온아, 제발 정신 차려, 내가 잘못했어. 내가 너무 늦게 왔어. 미안해. 아무것도 못 해서, 너무 어려서 미안해.

헤이븐은 자신이 업고 있는 희온의 몸이 제발 식지 않기를 바랐다. 그의 머리에서 떨어지고 있는 핏물이 어깨와 목덜미, 뺨까지 문질러졌으나 헤이븐은 이것이 차라리 희온의 눈물이기를 바랐다. 두 번 다시 보고 싶지 않은 소년의 눈물이었지만 차라리 피보다는 나았다.

왜, 네가 왜. 도대체 왜. 헤이븐의 시야가 흐리게 번졌다. 제발, 살려 주세요. 살려 주세요. 제발 부탁이에요. 복도 끝에서 만난 맥에게 희온을 건네자 놀라 동그래진 눈으로 소년을 안고 달려가는 맥의 뒤를 쫓았다.

머리를, 머리에서 피가 나요. 목이 메인 목소리가 울음과 함께 터졌다. 맥이 희온을 침대에 눕히고 두꺼운 겉옷을 벗긴 순간, 멍 때문에 새까매진 팔다리가 드러났기 때문이었다.

비열하기 짝이 없는 그 남자는 맨더가 된 이들에게 사람 좋은 척 웃기 바빴다. 이미 희온을 때리는 것을 본 자신의 앞에서도 마찬가지였다.

그를 어떻게든 끌어내리고 싶어 방법을 찾아봐도 정부의 직접적인 권력 구조 아래 있는 남자를 지금 당장 어떻게 할 수는 없었다. 그래서 빨리 희온을 빼내고 싶었던 건데, 그사이에도 남자는 희온을 때리고 있었다. 남들이 볼 수 없는 곳만. 보지 못하는 곳만. 희온의 옷이 점점 두꺼워진 건 단순히 계절 때문만은 아니었다.

헤이븐이 문 앞에 주저앉았다. 늘 희온이 자신에게 괜찮다고 말해 주기 위해 기다렸던 바로 그 복도였다. 바닥과 닿은 하체에 냉기가 타고 올라왔지만 헤이븐은 입고 있는 겉옷을 채 여미지도 못했다. 희온이 건네줬던 옷이었다.

'그 사람은.'

어두운 밤, 그림자에 숨어든 헤이븐은 자신보다 나이가 많은 남자를 옆에 세워 놓고 이야기했다. 헤이븐의 어깨에는 여전히 검붉은 핏자국이 묻어 있었다.

'실장직 해임되고 수도로 향하는 중이랍니다.'

헤이븐은 칠흑같이 어두운 하늘을 바라보며 입을 다물었다. 희온이 죽을 뻔했다. 아무 잘못도 하지 않은 소년이. 그저 남들처럼 똑같이 태어났을 뿐인 소년이, 맞아 죽을 뻔했다.

자신의 무력은 희온의 미소 앞에서면 충분했다. 다른 곳에서 찾아오는 무력감은 참을 수 없었다. 속이 뜨겁게 끓는 것도 같았고 차갑게 얼어붙은 것도 같았다. 헤이븐의 눈동자에서 온기가 식었다.

처음 느낀 상실감이 두려웠다. 희온을 잃을 수도 있었다. 유일하게 자신을 향해서만 웃어 주던 소년이 이번에도 괜찮은 척을 해 와서 헤이븐은 그대로 믿었다. 생각해 보면 희온이 괜찮다고 대답할 때는 늘 한 번도 괜찮은 적이 없었는데, 왜 그걸 믿었을까.

'지금은 끈이 떨어진 데다 이동 중이니, 사고사로 위장해 처리할 수 있을 것 같습니다.'

남자의 말에도 헤이븐은 침대에 누워 있는 소년의 얼굴을 떠올렸다. 왜 우리가 만날 때마다 네가 아파야 했을까. 꼭 그래야만 하는 걸까.

책을 좋아하는 소년이 두꺼운 책을 품에 안고 푸른 언덕 위에 누워 있는 상상을 했다. 한 번도 본 적 없는 장면이었지만 머릿속에는 쉽게 그려졌다. 희온과 너무 잘 어울리는 풍경이었다.

희온은 높이 자란 잔디 위를 뒹굴며 책을 넘기고 또 넘긴다. 그러다 나무에 등을 기대고 앉으면 그 무릎을 베는 건 헤이븐의 몫이었다.

'머리는 잘라서 집에 있는 제 방에 가져다 두세요. 돌아가서 볼 수 있게.'

이제 슬슬 희온이 누워 있는 방으로 돌아갈 생각이었다. 혹시 벌써 깨지는 않았는지 궁금했다. 헤이븐이 연구소 쪽으로 등을 돌리다 말고 뒤를 돌았다.

'준비는요.'

'말씀하신 대로 준비했습니다.'

희온을 이곳에서 이렇게 둘 수는 없었다. 국가에서 마음대로 휘두르다가 멋대로 죽여도 상관없는 그런 아이가 아니었다. 때리는 대로 맞아 피를 흘려도 괜찮은 그런 사람이 아니었다. 적어도, 자신에게는 그랬다.

'온아.'

'우리 같이, 도망치자.'

헤이븐은 소년에게 솔직해지기로 마음먹었다. 이름부터 출생지까지 아무것도 희온에게 제대로 말해 준 적이 없었다. 모든 걸 속이고 실험부터 하게 만드는 하프록스 정부와 자신은 지금 다를 게 하나도 없었다. 희온에게 솔직히 말하고, 같이 떠나자고 할 셈이었다.

바시트록스에 가서 남들처럼 평범하게 공부하자. 우리도 학교를 다니고, 맛있는 걸 먹고, 숙제를 하지 않았다는 평범한 사실에 안절부절못하면서 그렇게 살자.

늘 하얀 방에 갇혀 언제 또 아플까 계산해야 되는 그런 거 말고, 죽어 나가는 사람들을 보면서 나도 저렇게 죽는 거 아닐까 고민하게 되는 그런 거 말고.

'너랑 친구 하는 거 너무 아파서 힘들다고. 그러니까 제발 그냥 가. 부탁이야.'

사실 희온이 자신을 밀어내면서 했던 그 말이 거짓말이라는 건 알고 있었다. 헤이븐은 차라리 소년이 한 말이 '괜찮다.'가 아니라서 다행이라고 생각했다. 하나도 괜찮을 리가 없는데 괜찮다고 하는 것보단 차라리 이렇게 아픈 티를 내 주는 게 훨씬 나았다.

여전히 헤이븐은 그 소년과 함께 이곳을 떠날 생각이었다. 만약 희온이 이번에도 가지 않겠다고 하면 다른 방법을 써서라도 희온을 데려갈 생각이었다. 필요하다면, 강제로라도.

'나 어디 잠깐 가.'

'어디?'

'그냥. 다녀올게.'

그러나 연구소를 빠져나가기로 계획된 날의 이틀 전, 희온은 잠깐 다녀오겠다는 말과 함께 떠났다. 어딘가를 다녀오겠다는 뜻인 줄 알았는데, 작별 인사였다. 그대로 사라졌다. 흔적도 없이.

연구소 정보가 자꾸 새어 나가는 것 같다는 의심이 직원들 사이에서 돌고 있다는 건 알고 있었지만 이렇게 빨리 연구소를 해체시킬 거라고는 생각하지 못했다.

헤이븐은 또 한 번 무력하게 서 있었다. 자신과 희온을 대신해 가짜 목걸이를 걸고 있는 금발과 흑발의 시체 두 구를 바라보면서, 어딘가로 가고 있을 희온을 떠올렸다. 아마도 희온은 떠나야 된다는 것을 알고 있었던 것 같았다. 다녀온다고 한 걸 보면. 한참 동안 만나 주지 않던 자신을 하필 그날 찾아온 걸 보면.

헤이븐은 그를 이해할 수 없었다. 이해하기가 힘들었다. 그렇게 힘들어했으면서, 자신을 보지 않겠다고 할 정도로 그곳 생활이 힘들었으면서 왜 나와 함께 떠나지 않았는지, 설득할 기회조차 주지 않았는지.

결국 헤이븐은 혼자 바시트록스로 돌아갈 수밖에 없었다.

오랜만에 온 모국은 그사이 많이 바뀌어 있었지만 헤이븐은 빠르게 스쳐 지나가는 풍경을 보면서 희온을 떠올렸다. 꼭 그렇게 인사 없이 떠나야만 했나.

온통 걱정과 허망함뿐이던 감정에 원망이라는 어린 마음이 더해졌다. 괜찮지 않다고 한마디만 했으면. 떠나자는 내 손이라도 잡아줬으면. 그날 그 문 앞에서 십 분이라도 내 이야기를 더 들어 줬더라면.

아니, 내가 그 문을 억지로라도 붙잡고 솔직하게 말하기라도 했다면. 그랬더라면 지금 내 옆에는 네가 앉아 있을까.

"헤이븐. 미안하구나."

아버지와 키가 비슷해진 헤이븐은 맞은편 의자에 앉아 있는 아버지를 바라봤다. 얼굴을 직접 본 건 수년 만이었지만 애초에 감정을 나눌 만한 사이도 아니었다. 헤이븐이 의자에서 몸을 일으켜 창틀에 기댄 채 찻잔을 들었다. 실제 이름으로 불린 것도 아버지의 얼굴만큼 오랜만이었다.

"다시 돌아갈 겁니다."

"이젠 그러지 않아도 된다. 너는 내 뒤를 따라 총리가 될 준비를 해야지."

"할 일이 있어서요."

아들의 존재에 대해 공식적으로 밝히겠다는 이안을 말린 건 헤이븐이었다. 그에게 말한 대로 헤이븐은 할 일이 있었다. 희온이 어디 있는지 찾고 싶었다. 찾아낼 생각이었다.

헤이븐은 성인이 될 때까지 아버지의 곁에서 일을 돕고 배우면서 동시에 하프록스 내부를 수소문했다. 그러나 그 어디에서도 희온을 찾아낼 수 없었다. 어딜 어떻게 뒤져도 그의 소식은 찾을 수가 없었다. 이해할 수 없는 밤은 며칠, 몇 달, 그리고 몇 년으로 이어졌다.

그동안의 헤이븐은 비교적 평범하게 살았다. 학교를 다녔고 정치 외교를 전공했으며 아버지의 일을 도왔다. 사람들은 여전히 헤이븐이 이안의 아들임을 알지 못했다.

그러나 실질적인 삶은 조금도 평범하지 않았다. 헤이븐은 그 누구보다 자신의 능력이 약점이라는 것을 알고 있었다. 하프록스에서는 죽은 사람이 되었으니 관계없다 쳐도, 아직 희온이 그곳에서 살고 있었다. 약점을 없애는 방법을 알아내야만 했다.

헤이븐은 시드엘의 연구소에 있었을 당시 빼낸 정보를 토대로 맨더를 벗어나기 위해 끊임없이 시도했다. 그 과정은 맨더가 되기 위한 것보다 훨씬 복잡했고 고통스러웠으나 매일같이 스스로를 몰아세워 갔다.

헤이븐이 임의로 만든 실험실에는 희온이 없었다. 문 앞에서 기다려 줄 소년이 없었다. 괜찮다고, 다 괜찮을 거라고 마른 품을 내어줄 사람이 없었다.

그러나 헤이븐은 매일같이 실험실에 드나들었다. 자신이 왜 그렇게 그 소년에게 미련을 가지는지 왜 이렇게까지 하는지 스스로도 알지 못했지만 할 수 있는 거라고는 그것밖에 없었다.

스스로에게 쉴 시간은 주지 않았지만 헤이븐은 어차피 자신이 희온을 찾을 때까지는 제대로 쉴 수 없을 거라는 것을 알고 있었다.

헤이븐은 하프록스의 연구 결과를 그대로 사용해 바시트록스에서 맨더들을 만들어 냈다.

유독 고통이 심한 날이 있었다. 눈앞에서 자신을 향해 웃어 주던 땀에 젖은 얼굴이 떠올랐다. 머리에 연결된 수많은 선이 계속해서 소년을 떠오르게 만드는 것 같아 몸을 일으키려고 했을 때, 헤이븐의 머릿속 이성이 끊어졌다.

그 이상의 과부하는 버틸 수 없다는 듯 뇌는 더디게 흘렀다. 헤이븐은 눈 한 번 뜨지 못하고 침실에 누워 꼬박 한 달을 버텼다. 머릿속을 부유하는 꿈은 전부 희온의 것이었다. 연구소 뒷마당, 비가 내리는 처마 아래. 헤이븐의 감정은 아직도 그곳에 묶여 있었다.

그리고, 아버지가 붙인 의사들에게 둘러싸여 깨어났을 때, 헤이븐은 더 이상 그 누구도 자신의 꿈에 들어오지 못한다는 것을 깨달았다. 바시트록스와 하프록스를 통틀어 처음, 블로커가 발현된 날이었다.

자신은 맨더의 꿈에 들어갈 수 있지만 반대로 맨더는 자신의 꿈에 들어오지 못한다는 것도, 그들이 자신과 붙어 있으면 부작용이 줄어든다는 것도 알게 된 그 날, 헤이븐은 바시트록스로 돌아온 이후 처음으로 미소를 지었다. 그 손에는 271이라고 새겨진 목걸이가 들려 있었다.

하프록스의 연구소에서는 테이커로 발견된 아이들에게 저마다의 숫자가 새겨진 목걸이를 채웠고 아이들은 잘 때, 씻을 때, 먹을 때를 비롯한 모든 순간 그 목걸이를 소지했다. 그리고, 맨더가 되어 연구소를 나가게 되는 순간 목걸이를 연구원에게 반납했다.

국가 비밀을 알고 있는 맨더들이 국가에 반하는 일을 했을 때, 그 소지품을 이용해 그들의 꿈에 들어가겠다는 뜻이었다. 맨더들은 언제든 다른 맨더가 자신의 기억에 들어올 수도 있다는 두려움을 품고 살았다. 그 부작용의 끝이 죽음이라는 것을 아는 이들에게 그것은 개 목걸이나 다름없었다.

지금 하프록스 어딘가에 있을 희온도 그런 생각을 하고 있을 것이다. 헤이븐은 매일 잠버릇처럼 그를 떠올렸다.

맨더에 관한 기록
블로커는 부작용 없이 맨더의 기억에 들어가는 것이 가능하다.

* * *

블로커가 된 헤이븐은 본격적으로 희온을 찾아내는 일에 주력했다. 그러나 오랜 시간 찾을 수 없었던 그를 갑자기 찾아내기란 쉬운 일이 아니었다. 이럴 줄 알았으면 희온의 소지품이라도 훔쳐 나오는 건데.

결국 직접 다시 하프록스로 들어갈 준비를 하던 헤이븐에게 비보가 전해졌다. 헤어진 이후 처음으로 전달된 소년의 소식이기도 했다.

"수도로 거주지를 옮긴 테이커들이 전부 죽었다고 합니다."

끊임없이 희온을 찾아낸 결과가 죽음이라는 소식이었다. 겨우 찾아낸 실마리가 고작. 헤이븐이 고개를 들자 리암이 눈치를 한 번 보며 마저 말을 이었다. 최대한 조심스러운 목소리였다.

"신분도 말소된 걸로 보입니다. 이전에 친바시트록스 세력으로 정권이 바뀌면서 테이커들을 전부 몰살하라는 정부 명령이 있었던 모양입니다."

몰살. 하프록스에게 테이커들은 그 정도의 존재였다. 무기, 혹은 쓰다 버릴 용병.

최근 하프록스에서는 정권 교체의 여파로 변화와 혼란이 뒤엉킨 상태였다. 아마 테이커의 죽음도 권력과 연결되어 있을 것이다. 그러나 헤이븐은 희온이 죽지 않았다는 것을 알고 있었다. 희온은 죽지 않았다.

"맨더는."

"맨더들은 워낙 개인적으로 활동하다 보니 행방을 찾기가 어렵습니다."

"……그럼 맨더가 되었겠지. 살아 있을 거야."

헤이븐은 사계절이 선명하던 시드엘의 연구소를 떠올렸다. 그곳에서도 희온은 살아남았다. 희온보다 나이가 많던 테이커들도 쉽게 죽어 나간 지옥에서 희온은 괴로움에 몸부림칠지언정 죽지 않았다. 희망으로 굳어진 확신이겠지만 헤이븐은 그것이 희온의 운명이라고 생각했다. 그러니 죽지 않았을 것이다.

헤이븐은 곧장 하프록스의 수도로 향했다. 그 나라로 들어가기 위해선 또다시 신분을 위장하고 세 나라를 빙 돌아가야 했지만 그런 것쯤은 힘든 일도 아니었다.

수도와 주변을 돌아다니며 맨더와 테이커의 끝을 찾아다녔다. 찾아내고 싶었다. 어떻게 해서든 찾아내고 싶었다. 단 한 번도 아버지에게 부탁이라는 걸 해 본 적 없던 헤이븐이 아버지에게 썼던 편지에는 '기억 공유자에 대해서는 아직 모른 척을 할 때입니다.' 라고 적혀 있었다. 자신이 그 소년을 다시 찾을 때까지는 두 정부 사이에 그 어떤 일도 벌어지면 안 됐다.

수도에 머무르며 테이커들의 사라진 흔적을 찾아 헤맨 지 수 개월이 지나서야 헤이븐은 희온이 그사이 맨더가 되었을지도 모른다는 짐작을 확신했다. 국가에서 몰살시킨 테이커들의 생전 자료들을 하나하나 두 눈으로 확인한 뒤였다.

희온은 맨더가 되었다. 헤이븐의 얼굴에 묘한 표정이 스쳐 지나갔다. 그는 맨더가 되고 싶어 했다. 마지막 날 자신에게 했던 말도 그랬다.

'나도 얼른 맨더가 될 거야.'

헤이븐이 드물게 절망감을 느꼈다. 헤이븐은 희온이 맨더가 되지 않기를 바랐다. 맨더가 되고 나서 자신이 겪었던 일들을 그가 겪지 않기를 바랐다. 단순히 다른 이의 기억을 보는 것과는 차원이 달랐다. 맨더는, 그런 단순한 게 아니었다. 헤이븐은 그에게 진작 솔직히 털어놓지 못한 스스로를 자책했다.

평생 끊임없이 고통 속에 살게 될 거야.

헤이븐은 자신이 왜 그 소년에게 이렇게 집착하는지 여전히 알지 못했다. 예기치 못한 이별에 대한 분노일 수도 있었다. 다만 확실한 건 아직도 잠이 들 때면 자신의 앞에서 맞던 소년의 얼굴이 떠올랐고, 검은 어두움을 보면 짙은 그 눈동자가 떠올랐다.

한 번은 꼭 다시 만나야만 했다. 그 얼굴을 반드시, 찾아내야만 했다.

지도상 서북쪽에 있는 하프록스의 수도는 유독 건조했다. 사시사철 건조한 그 도시에서 헤이븐은 희온과 함께 보냈던 시드엘의 여름을 떠올렸다. 헤이븐이 기억하는 희온은 맑았다. 한없이 맑았으며 끝없이 따뜻했다. 헤이븐은 그 어린 소년이 더 어렸던 자신에게 쥐여 준 따스함을 놓치고 싶지 않았다.

매일 이곳의 날씨 같았던 삶이었다. 목적밖에 없는 날들이었다. 그래서, 아무런 생각도 하지 않게 해 준 소년이 더욱 그리운 것일지도 몰랐다. 해가 지나면 지날수록 갈증은 사그라들 줄을 몰랐다.

똑똑.

"헤이븐 님."

뜨겁게 데워진 머그잔을 들고 있던 헤이븐이 고개를 들었다. 헤이븐은 바시트록스에 돌아와서 수면에 좋다는 찻잎을 모으기 시작했다. 잠을 자지 못하는 소년에게 언젠가 줄 수 있을 거라는 희망과 다름없었다. 자신에게 건네준 몇 벌의 외투에 대한 작은 보답이 되기를 바랐다.

"찾았습니다."

해가 떨어진 지 오래된 어두운 밤, 소식을 전한 리암의 목소리가 끝나기도 전에 헤이븐이 몸을 일으켰다. 살아 있을 줄 알았지. 가장 먼저 떠오른 생각이었다. 사실은 예측이 아닌 바람이었지만 어쨌든 자신이 틀리지 않았다. 그 소년은 여전히 그 칠흑같이 짙은 눈과 머리카락을 품고 열심히 살아가고 있었다.

"……준비해."

"바로 가실 겁니까?"

그럼 얼마나 더 기다려? 헤이븐이 걸음을 재촉했다. 드디어 소년을 만날 수 있었다. 그동안 수없이 그렸던 소식이었다. 그럴 때마다 헤이븐은 그를 만나면 무슨 말을 먼저 해야 할지 떠올렸다.

처음에는 어떻게 사는지 얼굴만 봤으면 좋겠다고 생각했고, 그다음에는 왜 말 한마디 없이 떠났어야 했냐고 원망하고 싶었다. 그러나 막상 이때가 되니, 그저 자신에 대해서 설명하고 싶어졌다. 이름이 뭔지, 어느 나라에서 태어났는지, 내가 누구인지 설명하고 싶었다.

어두움이 차갑게 내린 밤은 눈이 시릴 정도였다. 추위를 많이 타는 희온이 걱정되어서 헤이븐은 두껍고 긴 외투를 챙겼다. 잠에 도움이 될 만한 찻잎도 한쪽 주머니에 밀어 넣었다. 그러나, 헤이븐이 도착한 곳은 병원이었다.

불이 꺼진 수많은 창문을 바라보고 있던 헤이븐의 옆에서 리암이 조심스러운 말을 건넸다.

"정부에서 테이커들을 말살하라던 그 명령 때문에 기억 공유자들이 머물던 건물에서 폭발이 있었는데, 그곳에 아직 발령을 못 받은 맨더가 섞여 있었던 모양입니다. ……그때 쓰러져서 아직 깨어나지 못하고 있다고 합니다."

외투를 들고 있는 헤이븐의 손에는 힘이 꽉 들어찼지만 표정은 허탈했다. 왜, 너는. 왜 단 한 순간도 평범하게 살지 못하고. 원망도 하지 못하게 만들고, 너는.

그동안 깨어나지 못하고 병원에만 있었다면 찾기 어려웠던 게 당연했다. 한참을 건물만 바라보던 헤이븐이 무거운 걸음을 옮겼다. 리암이 가져다준 출입증으로 건물에 들어가는 건 쉬웠다. 자정에 가까운 시간, 병원 복도는 텅 비어 있었다.

이렇게 어두운 복도를 걸었던 때가 떠올랐다. 그때의 희온은 빗물에 온통 젖어 있었다. 그러면서도 그는 자신을 먼저 방에 데려다주었다. 그렇게 추위를 많이 탔으면서. 소매와 옷자락이 전부 젖어 있었으면서.

리암이 멈춰선 병실 문 옆에는 어떤 이름도 걸려 있지 않았다. 새벽이라는 것을 감안하면 문틈으로 빛이 새어 나오지 않는 게 당연했지만 헤이븐은 어쩐지 그 방이 비어 있을지도 모른다고 생각했다.

그가 죽었다는 소식이 거짓이었던 것처럼, 그가 이 병실에 누워 의식을 찾지 못하고 있다는 것도 거짓이기를 바랐다. 그러나, 그것을 확인하기 위해선 이 문을 열어야만 했다.

드르륵.

그러나 이번에 리암이 가져온 소식은 틀리지 않았다. 침대 위에 누워 있는 누군가는 창문을 통해 달빛을 받고 있었지만, 그 빛마저 흡수할 것처럼 검은 머리카락을 가지고 있었다. 굳이 다가가서 살피지 않아도 희온이라는 걸 알 수 있었다. 숨을 쉬기는 하는 건지 그 이불 위로는 그 흔한 들썩임 한 번이 없다. 헤이븐이 조금 더 가까이 다가섰다.

자신이 그런 것처럼, 그사이 희온은 많이 자라 있었다. 하얀 이불을 덮고 침대 위에 누워 있었으므로 키는 얼마나 컸는지 골격은 얼마나 자랐는지 알 수 없었지만 새까만 머리카락과 하얀 피부는 그대로였다. 아마도 긴 속눈썹을 들어 올리면 보일 눈동자 역시 그대로 짙을 것이었다.

다른 점이 있다면, 지금 그의 얼굴에는 기분 좋은 웃음 대신 인공호흡기가 달려 있었다.

"……."

숨이 턱 막혔다. 나 때문에 다쳤던 지난날처럼 이번에도 자신의 죄인 것만 같았다. 하고 싶은 말이 많았는데, 그는 들을 준비가 되어 있지 않았다. 가까스로 더 다가간 헤이븐이 팔을 뻗었지만 차마 하얀 손을 잡지는 못했다. 손을 대는 순간 바스러질 것 같아서.

작별 인사조차 없었던 그날 이후로 처음이었지만 잊지 못했던 얼굴이었다. 내게 한마디 말도 없이 떠났던 소년은 지금도 말이 없었다. 눈을 감고 있는 희온을 보던 헤이븐이 허리를 굽혔다. 희온의 가슴께에 닿은 헤이븐의 금발이 잘게 떨리더니, 이윽고 귀가 희온의 가슴에 아슬아슬하게 닿았다.

심장 박동 소리가 희미했다. 살아 있어. 아직 살아 있는 거 맞지. 그제야 헤이븐의 입이 열렸다.

"……넌."

목이 메었다. 온몸에 온기가 없는 것처럼 보였다. 심장은 뛰고 있는 게 분명한데, 이상하게 죽은 것만 같았다. 너무 이상했다. 정말로, 이상했다.

"나한테 작별 인사 한 번도 제대로 안 하고 갔으면서."

첫 번째로 이야기한 건 원망이었다.

"……나는 너랑 같이 떠나려고 했는데."

헤이븐이 허망한 마음을 삼켰다. 그 외로운 곳에서 자신을 향해 몇 번이나 괜찮냐고 물었던 건 너면서, 왜 정작 너는 지금까지 단

한 번도 괜찮은 적이 없었냐고 되묻고 싶었다. 원망을 쏟아 내고 싶었다. 도망치자고 했던 자신의 손을 뿌리친 소년을, 억지로 붙잡을 수도 없이 사라져 버린 소년을 미워하고 싶었다. 왜 그랬냐고도 묻고 싶었다. 그러나, 지금 와서는 아무 소용없었다.

처음 느껴 보는 감정에 몸이 무너져 내리는 것 같았다. 얼굴의 절반을 덮은 것 같은 인공호흡기가 가슴을 썰어 대고 있었다. 그 어떤 훈련도 이것보다는 끔찍하지 않았다. 그 어떤 실험도, 지금보다는 덜 아팠다.

너는 왜 매번 침대 위에 누워 있을까. 네가 무슨 잘못을 했다고 세상에서 힘든 일은 너 혼자 다 겪게 되는 걸까. 괜찮다고 외치던 네 인생은 왜 늘 괜찮지 않을까. 그 모든 건 괜찮고 싶다는 울부짖음이었는데, 왜 하늘은 그 소원을 들어주지 않을까.

헤이븐은 처음으로 자신의 처지를 원망했다. 모든 것이 다 끔찍했다. 그중에서도 몇 분 뒤면 이곳을 쥐새끼처럼 몰래 나가야 하는 자신의 처지가 가장 비참했다.

"안녕."

헤이븐의 목소리가 다시 한번 온기 없는 공간을 울렸다.

"내 이름은 헤이븐이야."

네 이름은 이미 알고 있어. 누워 있는 소년에게 전해지지 못할 인사를 건넸다. 당연하지만 대답은 돌아올 리 없었다. 검은 속눈썹을 간질이듯이 만지면 금방이라도 웃으며 눈을 뜰 것 같았지만, 그럴 리도 없었다.

그 뒤로 잠시 묵묵히 서 있던 헤이븐이 처음 하고 싶었던 말을 꾸역꾸역 뱉었다.

"온아. 너 나한테 인사도 없이 갔잖아."

너만 알게 된 나는 혼자 동떨어진 기분이었어. 먼저 웃은 건 너잖아. 그냥 그렇게 살다 오면 그만이었을 나를 보면서 먼저 웃은 건 너야.

헤이븐은 가라앉은 시선을 희온에게서 떨어뜨리지 않았다. 한마디 설명도 못하게 그렇게 떠났으면서 지금 병실에 누워 있는 희온에게 원망하고 싶은 것만 한가득이었다.

열심히 살고 있을 줄 알았지. 나는 또 네가, 맨더가 되고 나니 힘들다고 불평불만을 쏟아 낼 줄 알았지. 그것도 아니라면, 보고 싶었다는 말이라도 할 줄 알았지. 아니, 다 좋으니까 적어도 또 이 모습으로 있지는 말았어야지.

똑똑.

더 이상 아무 말도 덧붙이지 않고 있는 헤이븐의 뒤로 문을 두드리는 소리가 들렸다. 이제 나가는 게 좋겠다는 리암의 사인이었다. 헤이븐은 여전히 희온의 손가락 하나 건들지 않은 채 있었다.

네가 만약 지금 눈을 뜬다면, 지금도 내게 괜찮다고 말할까.

"나도 인사 안 하고 갈게. 네가 왜 그때 인사를 안 한 건지 이제 알겠으니까. 다시 만나지 못할까 봐 무서운 거지. 진짜 헤어질까 봐 너도 두려웠던 거지."

지금은 알아. 내가 그러니까. 그 말 뒤로도 몇 분을 더 서 있던 헤이븐은 노크 소리가 한 번 더 들리고 나서야 떨어지지 않는 걸음을 내어 그 병실을 나섰다.

늘 문 앞에서 자신을 기다리고만 있던 소년은, 다 자라고 난 뒤에도 그 자리 그대로 서 있는 것 같았다.

그날 이후로 헤이븐은 새벽마다 희온의 병실을 찾아갔다. 밤새 희온의 옆에 서서, 너 역시 더는 이렇게 살게 하지 않을 거라고 다짐했다. 네 인생이 이렇게 불행의 연속이라면 그 고리를 자신이 끊어 주겠다고 결심했다.

하늘이 너를 늪으로 빠뜨린다면, 내가 더 깊이 빠져 네 발을 받쳐 주면 된다. 어린 소년의 첫사랑으로부터 시작된 단순한 마음이라고 생각해도 좋았다. 말도 안 되는 일이라고 치부해도 상관없었다. 헤이븐은 희온을 건져 내고 싶었다.

그리고 보름 뒤, 희온이 정신을 차렸다.

"후유증이라고 합니다."

이전의 기억을 모두 잃은 채로.

"……다행이네."

헤이븐은 안도했다. 그래도 괜찮았다. 그의 기억에 내가 좀 없어져도, 그래도 괜찮았다. 차라리 끔찍한 고통을 잊었다면 그편이 더 나았을 수도 있었다. 무엇보다, 죽지 않았으니까. 그깟 기억 몇 번이든 날아가도 상관없었다. 가고, 또 다가가면 되는 일이었다. 하루 이십사 시간 중에 내가 몇 분씩만 부지런하면 그의 기억은 조금의 틈도 없이 다시 자신으로 채워질 것이었다. 조금도 상관없었다.

그냥, 살아 있다면 그걸로 됐다.

드르륵.

헤이븐이 조심스럽게 병실 문을 열고 안으로 들어섰다. 여전히 누워서 자고 있는 듯했지만 인공호흡기를 끼지 않은 걸 보니 의식을 차렸다는 말이 사실인 모양이었다.

손을 들어 새까만 머리카락을 살짝 매만졌다. 기억을 잃었다고 했다. 그가 자신을 잊어버렸다. 먼저 손을 내밀었던 스스로의 기억도 잊었겠지. 이제 조금 안색이 돌아온 소년을 바라보던 헤이븐이 말을 꺼냈다.

"다녀올게."

이제 당분간 그를 보지 못할 것이었다. 자신에게도 할 일이 많았다. 이대로는 아무것도 할 수 없었다. 강해질 생각이었다. 더 강해져야만 했다. 헤이븐이 조심스럽게 잡은 손을 놓고 병실을 나섰다. 이제 희온을 다시 데리러 오기 위해서라도 바시트록스로 돌아가야만 했다.

"어쩌실 겁니까?"

"하프록스를 없애야지."

헤이븐은 가볍게 말했지만 리암은 고개를 끄덕였다. 잠시 병원을 돌아본 헤이븐이 걸음을 재촉했다. 준비가 되면, 데리러 갈게. 그때까지만 정말 괜찮게 살고 있어. 정말 잠깐 다녀올게.

그가 건물을 등지자 해가 서서히 올라오고 있었다. 다시 돌아가야 할 때였다.

* * *

"하얀 숲에 있댔지."

"네."

고요한 차 안에 헤이븐의 목소리가 울렸다. 희온이 깨는 것까지 보고 바시트록스로 돌아온 헤이븐은 살아가면서도 끊임없이 희온의 흔적을 좇았다. 어린 시절의 한 순간에 대한 미친 수준의 집착이라고 해도 좋았다. 그 미소만 다시 볼 수 있다면 상관없었다.

헤이븐의 냉소적인 표정에 운전석에 앉은 리암이 말없이 고개를 숙였다. 헤이븐이 차창 밖으로 시선을 돌렸다.

희온의 인생 중에 제대로 된 건 하나도 없었다. 희온은 고아였으며, 아이들에게 구걸을 시키고 돈을 버는 집단에서 자라다가 연구소로 흘러 들어왔다. 게다가, 그 연구소에서 희온은 매일같이 구타를 당했다. 단 한 번도 매끄러운 적 없는 기구한 인생.

자신이 그를 찾는다고 한들 그는 자신을 기억조차 못할 것이었다. 그러나 대뜸 가서 그의 기억을 억지로 일깨울 생각은 없었다. 사실 아무런 계획도 없다는 게 맞았다. 그냥 딱 한 번 얼굴만 보면 좋겠다. 그렇게 생각했을 뿐이었다. 그래서, 아직 바시트록스에 있어야 함에도 굳이 이곳에 들렀다.

침대에 누워 있는 게 아니라 살아 움직이는 그 모습을 보면 케케묵었던 갈증이 사라질 것만 같았다. 하얗게 펼쳐진 창밖의 풍경에 헤이븐이 시선을 고정했다.

너는 어떻게 컸을까. 어떤 목소리를 하고 있을까. 어떤 생각을 가지고 있을까. 기억을 잃었다면 나는 이제야 진짜의 나를 알려 줄 수 있지 않을까. 헤이븐이 등을 기댔다.

그 길로 하얀 숲의 시내에 숙소를 잡고 희온이 종종 나타난다던 술집에 매일 밤 드나든 게 벌써 2주째였다. 헤이븐은 매일같이 그곳에 들러 생각에도 없는 술을 시켰다.

보고 싶었다. 괜찮다고 말하던 그 목소리가 그리웠다. 욕심부리지 말고 보기만 하고 돌아가자. 그렇게 생각했다.

딸랑.

"어서 오세요."

문이 열렸지만 헤이븐은 문을 돌아보지 않았다. 이번에도 나이가 희끗한 남자이거나, 아니면 술집 사장의 친구들이거나 그 마을에서 오래 산 것 같은 청년들일 거라고 생각했다. 몇 주를 타지에서 묵은 피로가 슬슬 쌓여 가는 중이었다.

"맥주 한 잔 부탁해요."

"오랜만이네, 노아."

시끄러운 소음에 묻혀 잘 들리지도 않는 짧은 대화에도 헤이븐의 고개가 반사적으로 돌아갔다.

뽀얀 뺨에 검은 머리, 힘을 줄 때마다 옴폭 패여 들어가는 보조개에 예전보다 자란 키와 여전히 마른 몸. 예전과 다른 점을 꼽자면, 그는 더 이상 소년이 아니었으며 그때와 달리 지금은 침대에 누워 있지 않았다.

노아. 그가 왜 노아의 이름을 쓰고 있는지 알 수 없었다. 그 이름은 자신이 연구소에 있을 때 쓰던 이름이었다. 혹시 그가 모든 기억을 떠올린 거 아닐까. 그래서 그 이름을 쓰고 있는 거 아닐까.

그러나 희온은 이쪽으로는 시선도 두지 않은 채 곧장 바에 앉아 겨울용 외투를 벗고 있었다. 군인으로 살고 있다고 했으나 언뜻 보기엔 전혀 그렇게 보이지 않았다. 침대에 누워 있을 때보다 단정하게 다듬어진 머리카락도 그랬고, 햇빛에 그을리지 않은 피부도 그랬으며 군인치고는 커다랗지 않은 몸도 그랬다.

헤이븐은 아무 말도 하지 않고 희온을 한참 동안 바라보고 있었다. 이곳에서 희온을 오래 기다렸다. 아니, 그를 찾아 헤맨 건 여기 앉아 있던 시간보다 더 길었다. 수십 번 수백 번 그렸던 그와의 재회였다. 이번에는 대화를 할 수 있었다. 자신을 향한 그의 눈동자를 볼 수 있었고, 목소리를 들을 수도 있었다.

웃어야 했다. 그는 자신이 웃는 걸 좋아했다. 수천 가지의 물음이 차올랐고 수만 가지의 대답이 사라졌다.

너는 내가 웃는 걸 좋아하잖아. 나도 네가 웃는 게 좋았는데. 한참 옆모습을 바라보는데도 남자는 이쪽을 한 번 돌아보지도 않았다. 어둠 속에 숨어 있어도 늘 자신을 찾아왔으면서.

분명히 얼굴만 보고 돌아갈 생각이었다. 살아 움직이는 모습을 보고, 어떻게 자랐는지만 보고 돌아갈 생각이었다. 그러나 죽었던 욕심이 피어올랐다. 말만 걸어 볼까. 말만, 걸어 보자. 오래 참았으니까 그 정도는 괜찮겠지. 헤이븐은 희온이 좋아하는 미소를 입에 걸었다.

"그렇게 들이켜도 별로 안 취할 것 같은데."

말이라고 해 봤자 고작 그게 전부였다. 그제야 희온의 고개가 이쪽을 향했다. 헤이븐은 숨이 막힐 것 같다고 생각했다. 아니, 희열이었다. 또렷한 검은 눈동자가 이쪽을 바라보는 순간 손끝이 저릿하게 울었다.

그 술집의 조명은 오래된 노란색이었지만 마치 빛의 흡수는 단 하나도 허락지 않는 듯 그 눈동자는 여전히 까만색이었다.

"절 아십니까?"

시끄러운 실내에도 불구하고 희온의 목소리가 또렷하게 들렸다.

다 자란 너의 목소리는 이렇구나. 성인이 된 너는 이런 목소리를 가지고 이런 발음으로 말하는구나. 다 큰 너는, 이렇구나. 여전히.

미성숙의 것보다 더욱 감미롭게 파고드는 그 목소리에 헤이븐은 전율했다. 자신을 조금도 알아보지 못하는 그를 보면 쉽게 돌아설 수 있을 것 같았지만 그보다 큰 감정은 쾌감이었다. 헤이븐은 자신을 덮치는 감정의 파도에서 쉽게 헤어 나오지 못할 거라는 걸 깨달았다.

분노도 있었고, 의아함도 있었다. 도대체 이 남자가 뭐라고 어려운 길을 굳이 나서나 싶기도 했다. 잠시 그에 대한 모든 걸 잊고 싶었던 적도 있었다. 그래서 더욱 희온을 만나고 싶었다. 어떻게 자랐는지가 궁금했다. 안쓰럽기만 하던 그 남자를, 기억마저 잃은 그 남자를 단 한 번만. 그러고 나면 완전히 기억을 털어 버리고 바시트록스에서 총리의 아들로, 차기의 총리로 살아갈 수도 있을 듯했다.

"원래 돈 많으면 윗사람입니다. 성함이?"

"……헤이븐."

"노아라고 부르세요."

오만이었다. 버석거리는 감정은 금방 불구덩이로 바뀌었고, 그곳에 허리까지 빠진 건 자신이었다. 또렷한 시선으로 자신을 바라보며 눈을 깜빡이는 남자를, 자신이 예전에 사용했던 이름을 말하는 이 남자를 가지고 싶었다. 사실 그가 노아이든 희온이든 그건 상관없는 일이었다. 자신이 헤이븐이 아닌 노아였을 때 희온은 자신에게 손을 내밀었다.

네가 너를 노아라고 소개하면, 내게 너는 노아야.

헤이븐은 다시 한번 희온에게 사랑에 빠졌다.

쿵.

"아."

헤이븐이 희온을 벽으로 밀어붙이자 희온이 살짝 눈을 찡그렸다. 그런 모습도 예뻤다. 희온의 눈썹이 움직이고, 눈이 감기고, 뺨이 도톰하게 부풀 때마다 헤이븐의 심장이 거칠게 뛰었다. 당장 그 입술을 집어삼키며 희온의 엉덩이를 꽉 감아쥐었다.

"잠, 깐만. 조금 천천히."

"노아."

천천히 하기에는 내가 너무 돌아와서. 헤이븐은 그렇게 말하는 대신 희온의 옷을 벗겼다. 희온의 몸에는 더 이상 멍이 남아 있지 않았다. 훈련하다가 남은 듯한 옅은 흉터뿐이었다.

헤이븐이 늘 후회했던 순간이었다. 희온을 만나러 그 방으로 드나들면서 왜 그 두꺼운 겉옷을 한 번 벗겨 볼 생각을 하지 않았을까. 그렇게 했다면 그 몸에 남은 멍을 누구보다 먼저 알아챘을 텐데. 괜찮지 않음을 눈치챘을 텐데. 그랬다면 내가 너와 그곳을 도망칠 수 있지 않았을까. 네가 나를 잊을 일은 생기지 않았을 수도 있지 않았을까.

"……하, 아."

헤이븐의 입술이 희온의 몸을 야금야금 물어 가며 내려가자 희온이 단 숨을 쏟아 뱉었다. 헤이븐은 이를 세워 하얀 몸을 씹어 물고 싶었다.

어떻게 보기만 하고 돌아가려고 했을까. 이 몸에 손이 가는 건 당연한 일인데.

"아, 거기 간지러, 워……."

"싫어?"

희온에게는 불행하게도 헤이븐은 희온의 약점을 알고 있었다. 희온은 어렸을 때부터 헤이븐의 미소에 약했다. 헤이븐이 희온을 볼 때마다 미소를 지었던 이유이기도 했다.

이번에도 역시, 헤이븐이 눈웃음을 지으며 물어보자 희온이 귀를 붉히며 고개를 내젓는다. 거봐. 헤이븐이 작은 웃음을 터뜨리며 목덜미를 깨물었다.

다녀왔어, 온아. 차마 뱉지 못한 인사가 입맞춤으로 이어졌다.

헤이븐은 희온과 섹스 파트너로 지내는 동안에도 신분 세탁을 위해 여러 나라를 바쁘게 돌아다녔다. 락테아의 합동 훈련 명단을 바꿔치기하면서 두꺼운 옷과 불면에 좋다는 찻잎들을 잔뜩 사들였다. 추위를 많이 타고 쉽게 잠들지 못하는 희온에게 필요할 것들이었다. 해 주고 싶은 게 너무 많았지만 당장 건넬 수 있는 건 고작 해야 그런 것들이었다.

연구소에서 뇌를 헤집는 끔찍한 고통을 기꺼이 맞이하러 갈 수 있었던 건 매번 떨리는 몸으로도 자신을 끌어안아 주던 희온이 있었기 때문이었다. 괜찮아. 오늘은 괜찮았어. 그렇게 말해 주며 웃음 짓는 그 소년의 얼굴이 있었기 때문이었다.

어렸을 적 희온에게 헤이븐은 노아였으나, 지금은 희온이 노아였다. 노아는 곧, 안식이었다.

헤이븐의 목표는 하프록스의 괴멸이었다. 진심으로 그럴 생각이었다. 그 누구보다 하프록스의 실상에 대해서 잘 알고 있는 것이 헤이븐이었다. 맨더와 테이커에 대해서도, 그리고 블로커에 대해서도 잘 알고 있었다.

그러나, 희온과 보내는 시간이 늘어나면서 헤이븐의 목표는 점점 그 방향을 틀었다. 전쟁의 폐허에 비참해하는 희온의 얼굴을 본 순간, 그 수년의 다짐은 사그라들 수밖에 없었다.

모든 것은 희온을 위한 일이었다. 그러니까, 희온이 싫다고 하는 일은 할 수 없었다. 대신 헤이븐은 그를 데리고 바시트록스로 갈 생각이었다. 자신의 나라에서 그를 보듬어 끌어안고 남은 평생의 시간에 괜찮은 하루들을 새겨 넣을 생각이었다.

그것이, 헤이븐이 원하는 일이자 인생 유일한 목표였다.

* * *

달칵.

다 자란 뒤에야 다시 돌아온 시드엘의 연구소. 문고리를 붙잡은 희온의 손에 힘이 들어갔다. 밖에서 봤을 때는 분명 이곳에 헤이븐이 있을 거라고 확신했는데 막상 여기까지 오고 나니 이 맞은편에 그가 없을까 봐 두려웠다. 그가 계획한 모든 것이 흐트러졌을까 봐, 그래서 그가 그 건물을 빠져나오지 못했을까 봐 두려웠다. 문고리를 돌리고도 한참을 고민하던 희온이 천천히 문을 밀어 열었다.

분명히 건물 자체는 낡고 사람이 있다는 흔적을 하나도 찾아볼 수 없었지만 이 방 안은 달랐다. 제법 깨끗한 방 안에는 몇 개의 초가 창틀과 테이블 위에 놓여 있었고, 벽난로에서는 붉은 불이 오르고 있었다. 예전 헤이븐의 방 그대로는 아니었지만 여전히 깔끔했다. 그리고, 폭신해 보이는 담요를 잔뜩 깔아 놓은 침대 위.

헤이븐이 있었다. 창문 쪽을 바라보며 앉아 있던 헤이븐이 문소리를 들었는지 이쪽을 향해 고개를 돌렸다. 딱히 놀란 얼굴도 아니었다. 자신이 여기에 오는 것까지 전부 그의 계획이었을 테니 당연한 것일지도 모른다.

희온이 차마 그쪽으로 다가가지 못하자 헤이븐이 먼저 몸을 일으켜 다가왔다. 상의를 벗고 있던 헤이븐의 몸에는 붕대가 감겨 있었다. 자신이 겨눈 총 때문이었다.

"리암이 어제 당신이 나오는 꿈을 꿨다고 해서요."

오늘은 오지 않을까 생각했지. 헤이븐이 웃었다. 리암의 꿈속에서 보았던 그 서늘하고 냉기 있는 표정은 찾아볼 수도 없었다. 어렸을 때의 노아가 떠오르는 미소였다. 내가 어떻게 너를 잊고 있었을까. 희온이 아무 말도 없자 헤이븐이 희온의 맞은편에 서서 팔을 뻗었다. 그 손은 달려오느라 흐트러진 희온의 머리카락을 뒤로 넘겨 주고 있었다.

"궁금한 게 많다는 거 알고 있습니다. 전부 다 말해 주긴 할 건데요. 일단 화 좀 내고."

아직까지 아무 말도 없는 희온을 보고도 헤이븐은 그가 그저 혼란스러워하는 거라고 생각한 모양이었다. 희온이 기억을 찾았을 거라고는 짐작하지 못한 듯했다. 당연한 일이었다. 기억이 갑자기 떠오른 건, 희온에게도 예상 밖의 일이었으니까.

"날 버리고 혼자 도망간 기분이 어땠습니까?"

아마도 헤이븐과 리암을 버려두고 기차를 탄 것에 대한 말인 듯했다. 아까 희온을 보자마자 미소를 지었음에도 지금은 얼굴을 구기고 있었다.

"도망가니까 기분 좋습니까? 내가 그랬지, 도망가는 게 취미 아니냐고."

정말 화가 난 듯한 말에 희온도 따라서 눈썹을 찌푸렸다.

"······그러는 그쪽은, 어디까지가 진짭니까? 나는 뭐 화가 안 나서 안 내는 줄 알아요?"

"그러니까 지금부터 설명하겠다고 했잖습니까."

"그럼 그 말부터 하던가, 왜 사람한테 화를 냅니까?"

희온의 대꾸에 헤이븐이 잠시 멈칫하더니 짧은 한숨을 내쉬었다.

"보자마자 물고 빨지 않은 것만으로도 다행이라고 생각하세요."

화를 내는 와중에도 그런 말이 나오나 싶어 희온이 혀를 내어 마른 입술을 적셨다.

"헛소리는 충분하고, 마저 말씀하시죠. 여기에 폭탄을 터뜨려 탈출한 건 당신 계획이었고, 비슷한 방식으로 내 집에 미사일 터뜨린 것도 그쪽 짓이죠?"

희온의 말에 화를 내던 헤이븐이 입을 다물었다. 그 일을 해명해야 할 거라고는 미처 생각하지 못하고 있었지만 자신이 한 짓이 맞았다. 신분이 말소된 그가 어떻게 돈을 모으고 관리하고 있는지 얼추 짐작하고 있었으니 그가 하프록스를, 그리고 하얀 숲을 떠나게 하기 위해서는 어쩔 수 없었다. 모든 것을 잃었다고 생각하는 게 걸음을 가볍게 만들 테니까.

"돈은 돌려줄게요."

"5배로 불려서 내놓으세요."

"내가 지금 뭘 잘못 들었나?"

어깨까지 으쓱이는 헤이븐의 말에 희온은 진심으로 한 대 칠까 생각하며 주먹을 말아 쥐었다. 돈을 잃었다고 생각한 직후 몰아친 상실감에 비하자면 열 배는 더 받아야 하겠지만 그건 다른 방식으로 두고두고 갚게 만들 생각이었다. 물론 자신은 그의 몸에 총을 쏘긴 했어도 모두 그의 계획이었다는 걸 알았으니 그 부분에선 모른 척 입을 다무는 게 나았다. 희온이 다시 말을 이었다.

"만약 내 팀원들을 죽인 것까지 당신 짓이었다면 오자마자 당신 머리에 구멍을 냈을 겁니다. 몸에 난 구멍하고 대칭까지 예쁘게 맞춰서."

"그거 못 보던 옷인데, 누구한테 받은 거예요?"

희온의 말에도 헤이븐은 다른 주제를 꺼내고 있었다. 희온이 입고 있는 겉옷이 신경 쓰인 모양이었다. 몸에 비해 조금 많이 큰 옷은 한눈에 봐도 다른 사람에게 빌린 모양새이기는 했다. 왜 다른 말을 하냐고 따지려고 했는데, 헤이븐의 손이 빨랐다.

"······뭐 합니까?"

"내 걸로 입으세요."

기어이 페트로프의 점퍼를 벗겨 낸 헤이븐이 걸음을 옮겨 자신의 것을 가져와 입혔다. 막상 자신은 맨몸에 붕대만 감고 있으면서 남의 옷부터 갈아입히는 그 태연함이 어이가 없었지만 우선 그 겉옷에 팔을 끼워 넣으며 입을 열었다.

그사이 헤이븐은 침대 옆에 놓인 테이블에서 작은 찻잔을 가져오고 있었다. 정말로 자신이 올 거라고 예상했는지, 김이 피어오르는 찻잔은 두 개였다.

"괜찮습니까?"

헤이븐이 건네는 찻잔을 받은 희온이 물었다. 헤이븐의 총상에 관한 이야기였다.

"괜찮아요."

헤이븐의 대답은 예전 자신이 하던 것과 같았다. 말없이 차를 한 입 마신 희온이 가져온 팔찌를 내밀며 한숨을 내쉬었다.

"그리고, 도대체 무슨 생각으로 이런 짓을 한 겁니까? 내가 여기로 오는 대신 당신 위치를 정부에 불었으면 어떡하려고."

"근데 안 그랬잖아. 그리고 나도 아직 화 안 풀렸으니까 너무 몰아붙이지 말죠. 당신이 도망치는 바람에 하마터면 제때 못 도착할 뻔했습니다."

자신을 만나자마자 미소를 짓고, 머리카락을 넘겨 주고 옷을 입혔으면서 여전히 화는 풀리지 않은 모양이었다. 화를 상황 봐 가며 내는 거냐고 비웃어 주고 싶었지만 그러기엔 희온도 아직 하지 못한 말이 있었다.

그러나 자신이 기억을 찾았을 거라고는 꿈에도 생각하지 못한 헤이븐 역시 할 말이 많을 터였다. 화를 내고 나면 그제야 남은 설명을 할 것 같은데, 뭐라고 할지 궁금했다. 나를 데리고 바시트록스로 가고 싶었다고 할까. 내가 기억하지 못했던 과거에 대해서 설명할 생각일까.

네가 왜 이렇게까지 해 가며 내게로 돌아왔는지가 궁금했었다.

그러나 막상 이 얼굴을 마주하니 굳이 물어보지 않아도 알 수 있었다.

왜 굳이 하얀 숲까지 와서 나를 만났는지. 나를 왜 바시트록스로 데려가고자 했는지. 그동안 왜 그렇게 굴었는지.

그의 지독한 성격만큼이나 첫사랑을 지켜 내는 방법도 지독했다. 돌고 돌아 눈앞에 나타나더니 기어이 내가 다시 너를 좋아하도록 만들었다.

달그락.

"그렇게 봐도 화 풀리려면 멀었습니다."

헤이븐이 들고 있던 찻잔을 내려놓고 희온의 앞으로 바짝 다가왔다. 아무 말도 없는 희온을 가까이에서 잠시 보기만 하기에 희온이 마찬가지로 자신의 잔도 내려놓으며 대꾸했다.

"이렇게 하면, 풀립니까?"

희온이 두 팔을 헤이븐의 목에 두르자 헤이븐이 고장 난 사람처럼 굳었다. 평생 여유롭기만 할 줄 알았던 남자의 색다른 반응에 희온이 살짝 고개를 기울였지만 헤이븐은 이번만큼은 미소 짓지 않았다. 이미 손은 희온의 허리를 받치고 있으면서도 머리는 의심하고 있는 중이었다.

"또 도망가려고 이러죠."

"뭐가요."

"기차에서도 이렇게 하더니 도망쳤잖아. 같은 수법이 두 번이나 통할 것 같아요?"

헤이븐의 반응에 희온이 짧게 웃었다.

"그럼 이번엔 어떤 수법을 써야 통할까요?"

살짝 미간을 좁힌 헤이븐이 고개를 숙여 희온의 귓가에 입술을 붙인 채 속삭였다.

"적어도 당신 안에 들어가게는 해 줘야 넘어가 줄 겁니다."

"그럼 도망칠 수 있다는 뜻입니까?"

"그건 그때 가서 생각해 보고."

어느새 대화는 속삭임으로 번졌다. 헤이븐의 단단한 팔이 허리를 감아 안는 느낌은 참을 수 없이 안정적이었다. 그가 총상으로 다친 지 얼마 안 되었다는 걸 알고 있었다.

그러니까, 절대적인 안정을 취해야 되는 사람인데 희온은 그를 안아 주고 싶었다. 실로 오랜만에 만난 자신의 풋사랑 상대를, 오로지 자신을 만나기 위해 먼 길을 다시 돌아온 남자를, 안아 주고 싶었다. 마음이 파도처럼 일렁거렸다. 달빛에 반사된 것처럼 반짝이기도 했다.

"수고했습니다."

"뭐가요."

나를 만나러 오는 길에 넘었을 무수한 국경. 그리고 또 한 번 넘어야 했을 나라는 단단한 벽. 아무 말 없이 이어지는 희온의 포옹에 헤이븐이 말을 잃었다.

총을 맞고 죽었다 살아난 사람이 취향인가 싶을 정도의 온도 차이가 어리둥절하기만 했다. 치미는 가정을 억지로 삼킨 희온이 다른 변명을 덧붙였다.

"바시트록스에서 여기까지 온 거."

"별말씀을."

헤이븐의 손이 희온의 허리를 문질렀다.

"그리고 딱히 내가 바란 건 아니지만, ……나를 이 나라에서 끄집어내리려고 한 거."

"또 있어요?"

"네."

"말해요."

몸을 매만져도 희온이 꿋꿋하게 말을 잇자 헤이븐이 미소 지으며 희온을 조금 더 방 안쪽으로 이끌었다.

"나를 꼬시려고 열심히 노력한 거."

"또요?"

헤이븐의 웃음소리가 들렸다. 거의 마주 붙은 발 덕분에 자칫 잘 못하면 엉켜 넘어질 것 같았으나 아무래도 상관없었다. 헤이븐이 기껏 입혀 놓은 희온의 점퍼를 다시 벗겼다.

"총 맞고도 살아난 거."

"또."

희온이 고개를 살짝 돌리자 헤이븐의 입술이 그 하얀 목덜미에 가서 붙었다. 명투성이의 목을 차마 세게 베어 물지는 못하고. 입술로 위로하듯 가볍게 닿았다.

"내가 버리고 혼자 도망쳤는데도 여기까지 온 거."

"또."

쪽. 쪽. 목덜미에서부터 뺨까지 버드키스가 이어졌다. 그 입맞춤이 간지러워 희온이 한쪽 눈을 찌푸렸지만 헤이븐은 이미 희온의 말을 듣고 있지 않는 것 같았다. 단단한 팔이 희온의 허리를 감싸면서 내려가 엉덩이를 꽉 쥐었다.

"너를 잊은 나를, 끝까지 찾으러 온 것도."

"……."

헤이븐의 움직임이 멎었다. 이번에야말로 놀란 모양이었다. 눈을 동그랗게 뜬 헤이븐의 고개를 들었다. 희온을 볼 때마다 웃음 짓고 있던 입가에서 미소가 사라졌다. 잠시 그렇게 마주 보던 시선에서 희온이 먼저 물러섰다. 간지러웠다.

"오랜만이야, 노아."

희온이 꼭 덤덤한 사람처럼 간단하게 말하자 헤이븐은 이번에야말로 어떻게 반응해야 할지 모르는 사람처럼 굴었다. 말 그대로 어쩔 줄 모르는 것 같아 보였다. 헤이븐이 무슨 말을 하려고 했지만 이을 수 없었던 건, 희온이 헤이븐을 끌어안았기 때문이었다.

"보고 싶었어."

이어진 희온의 친근한 인사에 뻣뻣하게 서 있던 헤이븐이 희온을 느리지만 단단히 안아 왔다. 숨을 쉬기 힘들 정도로 센 힘이었으나 희온은 그를 말리는 대신 마주 안아 등을 토닥일 뿐이었다.

헤이븐이 희온의 목덜미에 얼굴을 묻은 채 숨을 한가득 들이켰다. 희온의 체향으로 숨을 쉴 수 있다는 것이 참을 수 없이 벅차올랐다. 희온이 그의 몸을 밀어내려고 했지만 그는 꼼짝도 하지 않았다.

"……아직 묻고 싶은 게 많은데요."

"나중에."

헤이븐이 희온의 뒷목을 손바닥으로 감싸며 입을 맞춰 왔다. 기다렸다는 듯이 입술을 벌리고 들어오는 혓바닥에 희온이 헤이븐의 어깨를 짚었지만 아무 소용이 없었다. 오히려 몸을 잠시 낮춰 희온의 엉덩이 아래를 받친 채 안아 든 그가 몸을 돌려 희온을 침대 위에 눕혔다.

아니, 이거 지금 아픈 놈 아니야? 헤이븐의 상체에 감겨 있는 붕대 덕분에 어디를 짚어 밀어내야 될지 모르는 상태인 희온이 얼굴을 구겼지만 헤이븐은 몸에서 손을 뗄 생각이 조금도 없어 보였다. 여기까지 어떻게 잡아 왔는데. 숨을 뱉으며 중얼거린 그가 희온의 목덜미에 입을 맞췄다. 그의 향기에 숨이 멎을 것 같았다.

"잠, 깐만. 우리 할 말이 많은 것 같다니까요."

"나중에 하자니까요. 분위기 좀 깨지 말지."

헤이븐이 희온의 귀를 빨며 속삭였다. 덕분에 훅 끼쳐 온 숨결에 소름이 돋아 희온이 몸을 떨었다.

그사이 헤이븐이 병원 무늬가 선명하게 박힌 희온의 바지와 속옷을 잡아 내렸다. 방 안은 후끈거릴 정도의 공기였지만 여린 살에 닿자 서늘하게 느껴졌다. 희온이 두 팔로 헤이븐의 목을 감아 안았다. 온아. 짧게 이름이 불렸다. 희온이 온몸을 간지럽히는 감각에 떨리는 눈을 감았다. 헤이븐이 다시 속삭였다.

"……기억은, 다 난 거야?"

"나중에 하자면서요. 분위기 좀 깨지 말죠."

따라 하는 그 대답에 헤이븐이 기분 좋게 웃었다. 그러나 웃음은 오래가지 않았다. 희온의 다리 사이에 자리 잡은 헤이븐이 거침없이 희온의 살을 베어 물기 시작했다. 이 상처는 쉐드가 낸 거잖아, 그렇죠?

목덜미를 세게 빨아 올린 것과는 달리 조심스러운 입맞춤이 희온의 이마와 뺨에 닿았다. 자신은 함부로 손도 댈 수 없었던 몸에 타인의 흔적이 지나치게 많았다. 헤이븐이 상의 속으로 손을 밀어 넣어 희온의 유두를 잡아 비틀자 하얀 몸이 소리를 내지르며 허리를 뒤틀어 댔다.

"봐요, 넌 약을 먹지 않아도."

"시끄럽, 습니다."

제발 조용히 해. 희온이 헤이븐의 어깨를 꾹 당기며 눈을 질끈 감았다. 낮은 웃음소리를 낸 헤이븐이 꼭 다물린 희온의 구멍에 손가락을 가져갔다. 꽉 모인 주름 중앙을 문지르던 손이 금방 그 안으로 밀려 들어간다.

"히, 흑!"

헤이븐은 쉽게 희온의 취약점을 찾아냈다. 손끝을 세워 몇 번 긁으니 희온이 못 참겠다는 듯이 발을 버둥거렸다. 헤이븐이 입맛을 다시며 고개를 내려 희온의 유두를 입술로 물어 빨았다.

"아, 그렇게 하지, 흐으, 아!"

성기도 아니고 손가락뿐임에도 뒤를 꽉 조여 물어 오는 통통한 내벽이 사랑스러워 미칠 것 같았다. 손을 움직여 깊이 쑤셨다가 뺄 때마다 구멍이 애원하듯 바짝 조여 온다. 이건 내 좆이 아니라 손가락인데요. 헤이븐의 달래는 말에도 소용이 없었다. 쫀득한 내벽이 반갑다는 듯 손에 들러붙는 느낌이었다.

"벌써부터 이렇게 적시면 어떡해요."

헤이븐이 깊은 곳을 찔러 긁자 희온이 흐아아, 아! 하고 소리를 내지르며 금방 하얀 정액을 왈칵 쏟아 냈다.

"흐아……, 아."

혼자 가볍게 절정에 닿은 희온을 감탄하듯 바라본 헤이븐이 한 손으로 자신의 바지와 속옷을 걸어 내렸다. 평소라면 툭 튀어나온 성기에 희온이 질색할 게 뻔했지만 지금은 후회에 젖어 눈을 감고 있었다.

미소 지은 헤이븐이 멍투성이 배 위에 흩뿌려진 희온의 정액을 긁어 스스로의 것에 펴 발랐다. 발기한 끝이 금방 번들거린다. 헤이븐이 희온의 손을 가져와 하얗고 예쁜 손가락 사이사이 여린 살을 훑었다.

"구멍까지 다 빨고 싶은데, 조금 급해서요."

헤이븐이 두꺼운 성기 끝을 희온의 다리 사이에 문지르며 금방이라도 파고들 듯 굴자 희온의 몸이 그제야 절로 경직되었다. 잠깐만, 잠깐만. 다급히 말리는 희온의 입술이 헤이븐을 찾는다.

"헤이븐."

"왜요."

"내 돈, 내놔요. 5배 불려서."

하. 어이가 없다는 시선이 짤막하게 희온에게 닿았다. 그러거나 말거나 정말 중요한 문제라는 듯이 희온은 얼굴을 구기는 중이었다.

"지금 이 상황에 그런 얘기 하면 화대 달라는 거 같은데요."

"비슷한데 맥락은 다르죠. 몸을 파는 건 당신이니까."

희온의 말에 헤이븐이 결국 웃음을 터뜨렸다. 헤이븐은 역시 희온이 좋았다. 그에게 쏟은 수년이 조금도 아깝지 않은 건 그가 그럴 만한 가치가 있는 사람이기 때문이었다. 남들에 비해 고통스러운 과거를 가지고 있으면서 이렇게 사랑스럽게 자라 준 게 감사할

지경이었다. 헤이븐이 미소 짓자 희온의 솔직한 시선이 입술 끝에 매달려 온다.

"5배로 돌려줄 테니까."

대신. 헤이븐이 희온의 허벅지를 눌러 다리 사이를 더 벌리게 만들며 고개를 살짝 기울였다.

"당신이 내 좆을 헐값에 사요."

지금부터 밤새. 헤이븐의 속삭임에 이번에 웃은 쪽은 희온이었다. 뺨에 패는 볼우물을 혀끝으로 핥은 헤이븐이 다시금 성기 기둥을 잡아 쥐어 희온의 주름에 가져다 댔다.

농담을 하는 건 좋았으나 더 이상 참고 기다릴 만한 인내심은 없었다. 그가 자신을 기억해 냈다. 언제까지고 나 혼자만 가지고 살 줄 알았던 기억이 그의 머릿속에 다시 자리 잡았다. 헤이븐은 가슴속에 물이 가득 찬 것처럼 일렁거려서 견디기가 힘들었다. 더 기다릴 것도 없이, 몸에 힘을 주어 곧장 그 몸 안으로 파고들었다.

"윽, 아! 헤이, 븐!"

희온이 헤이븐의 어깨에 손톱을 박았다가 떨어졌다. 당장 자신의 몸을 관통하고 들어오기 시작한 크기에 입술을 벌렸지만 헤이븐의 몸에 둘둘 감긴 붕대를 보고 있으니 그의 몸을 제대로 치대기도 힘들었다. 희온의 조심스러운 손길을 본 헤이븐이 그 목덜미를 쐽으며 작은 숨을 뱉었다.

"신경 쓰지 마."

지금 신경 쓸 건 그게 아니잖아. 헤이븐의 숨결이 희온에게 섞여 들어간다. 그 뜨거운 숨이 오늘따라 유독 반가웠다. 희온이 아랫입술을 물자 헤이븐이 조금 더 그 안으로 들어섰다.

"흐, 아! 흐읏……."

희온의 얕은 숨은 헤이븐을 꼭 보채는 것만 같았다. 하얀 피부에 비해 분홍빛인 아랫입술은 유독 통통했다. 만지기 좋게 살이 오른 엉덩이와 뒷구멍처럼. 이미 발기한 성기가 한계까지 힘을 받는 것을 느낀 헤이븐이 허리를 밀었다.

"흑! 아, 너무, 커…… 도대, 체. 아!"

이렇게 큰 걸 덜렁거리면서 달고 다니면 안 무겁나? 이번에도 배꼽까지 닿을 듯 치밀어 오는 두께와 길이에 숨이 턱턱 막혔다. 헤이븐이 그 숨마저 삼키며 사납게 덤벼들었다. 타액을 빼앗을 듯 사납게 굴다가 또 다정하게 구는 혓바닥에 희온은 정신을 차리기가 힘들었다. 희온의 혀가 그 움직임을 더듬더듬 따라온다.

하, 진짜. 헤이븐이 탄식했다. 몸이 야한 건 알고 있었지만 이렇게 구는 건 사람을 죽으라고 비는 것과 똑같았다. 벌써부터 호흡마저 버거운 사람처럼 헐떡이는 희온의 입술을 삼킨 채 몸을 더욱 붙였다.

"히윽, 아!"

완전히 삽입되자 희온의 고개가 뒤로 꺾였다. 하얀 목에 도드라진 근육마저 섹시했다. 이러니까 개고 사람이고 다 들러붙지. 다 네가 좋아 죽겠다는 듯이 굴지. 헤이븐은 희온의 눈앞에서 당분간 리암을 치우기로 한 스스로의 결정을 칭찬했다.

도무지 손에 쥐어지지 않을 것 같은 사람이었다. 어떻게 해서든 자신을 벗어날 고민만 하는 사람 같기도 했다. 아무리 타격 없이 굴었어도 정말 조금의 데미지도 없는 건 아니었다. 잠시 그 상태로 움직임을 멈춘 채 헤이븐이 희온의 검은 머리카락을 넘겨 주곤 허리를 끌어안았다.

"숨 쉬세요."

헤이븐이 명령하자 희온이 헛숨을 겨우 삼켜 넘겼다. 소년이었을 때는 모든 고통을 다 감수하면서까지 자신에게 헌신했던 사람이 냉담한 얼굴을 할 때마다 헤이븐은 뒤돌아 쓴웃음을 지었다. 그러나 욕심을 줄일 수는 없었다. 얼굴을 보면 손을 대고 싶었고 손을 대면 집어삼키고 싶었다.

"흐으...... 흐."

다급한 움직임에 미처 벗기지 못한 희온의 상의를 들어 올리자 상처투성이인 몸이 보였다. 갈비뼈에는 검은 멍이 들어 있었고 옆구리와 배, 가슴에도 검붉은 상처가 가득했다. 살 없이 마른 몸에는 뼈에 보기 좋게 붙은 근육뿐이었다. 매만지듯이 손을 가져다 대자 갈증이 일었다. 사람을 한없이 끌어모으는 몸은 자신에게도 예외가 없었다.

"아!"

헤이븐의 손이 희온의 유두를 꾹 누르자 희온이 눈썹을 찌푸리며 어깨를 움츠렸다. 혹시나 자신의 손길이 아팠나 싶었지만, 괜찮냐고 물어보지는 않았다. 대신 허리를 조금 움직였다. 더 깊이 파고들고 싶어서.

"흐, 아! 아, 잠깐, 너무, 움직이지, 마."

"움직여야 좋아, 할 거면서."

서로를 겪을 만큼 겪었으면서. 알 만큼 다 알면서. 넌 내가 어떻게 네 안에 틀어박혀 어디를 찌르는지 전부 알고 있잖아. 헤이븐이 속삭이자 뺨이 빨갛게 달아오른 희온이 고개를 도리질 쳤다.

"아직, 조금 더……, 적응하면."

역시, 희온에게서 벗어나기란 쉽지 않을 것 같다고 생각했다. 삽입만으로 반쯤 풀린 눈과, 그러면서도 크다고 약한 소리를 하는 엄살. 이 모든 게 평소의 희온과 거리가 멀었다. 험난한 인생은 다 헤쳐 나갈 것처럼 구는 주제에. 세상에서 가장 금욕적인 얼굴을 한 주제에. 이가 간질거려서 희온의 귀를 꽉 깨문 헤이븐이 몸을 뒤로 밀었다가 길게 처박았다.

"아!"

또다시 희온이 손으로 헤이븐의 등을 눌렀다가 얼른 떼어 냈다. 아직 눈에 붕대가 보이는 걸 보니 제정신이 박힌 모양이라, 헤이븐의 심기가 뒤틀렸다. 나는 너한테 몸이 닿기만 해도 제대로 숨쉬기도 힘든데. 갑자기 사정을 봐주기가 싫어져서, 허리를 잘게 흔들어 귀두로 내벽을 쿡쿡 찌르자 금방 희온의 허리가 따라 튀었다.

"응, 아……! 왜, 갑자기!"

분명히 희온이 안달 나는 걸 보고 싶어서 몸을 움직이긴 했는데, 작정한 듯 오물거리며 자신의 것을 문 몸을 보니 슬슬 뇌가 녹는 기분이 들기 시작했다. 사실 늘 이기는 것 같아도 매번 지는 건 자신이었다. 아마 당사자는 모를 테지. 헤이븐이 희온의 골반을 틀어 쥐고 힘을 주어 몰아붙였다.

살이 철썩거리며 들러붙었다. 사정했다는 티라도 내듯 번들거리는 성기가 얼굴을 닮아 붉게 달아오른 상태였다. 헤이븐이 손바닥으로 그 기둥을 꽉 쥐자 희온이 허리를 뒤틀었다.

"읏! 아, 으…… 흐아."

"하……. 벌써 좋아요? 아까는 아프다며, 너무 크다더니."

거짓말쟁이. 살짝 올라간 헤이븐의 입술에 희온이 결국 떨리는 손끝으로 헤이븐의 팔을 꽉 쥐었다. 어디 하나 반듯하지 않은 게 없는 그 성격이 자신의 품 안에서 흐트러지는 건 참을 수 없는 쾌감이었다. 할 수만 있다면 희온을 한 입에 삼켜 넘기고 싶었다.

내 손으로 너를 죽이면 좀 나아질까. 헤이븐이 혀를 내어 희온의 도드라진 쇄골을 핥아 덧그렸다. 몸이 그새를 못 참고 또 한 번 깊이 맞붙는다. 헤이븐이 희온의 허벅지 뒤쪽을 손으로 받쳐 하체를 반쯤 들어 올린 채 힘껏 쑤셔 올렸다.

"힉……, 으, 응!"

이럴 땐 희온이 온몸에 힘을 꽉 주며 온몸을 파르르 떨어 대기 마련이었다. 헤이븐의 시선은 희온에게서 조금도 떨어지지 않았다. 땀이 맺히기 시작한 이마도, 반듯한 콧대도, 통통한 입술이나 가늘게 떨리는 속눈썹도 전부 눈에 새겼다.

비단 지금뿐만이 아니었다. 헤이븐은 희온과 섹스 파트너로 지낼 때부터 늘 이런 식으로 희온을 안았다. 집어삼키듯이, 남김없이 싹싹 발라먹듯이.

"온아."

그 짧은 말에 희온이 부르지 말라는 듯 고개를 저었다. 벌써부터 눈꼬리에는 눈물이 매달려 있었고 희온의 손끝은 헤이븐의 어깨를 아무렇게나 긁고 있었다.

헐떡이며 가쁜 숨을 쉬느라 희온의 아랫입술이 말랐다. 한 번 푹 찌른 것을 끝으로 헤이븐이 움직임을 멈추자 희온이 하체를 조금 비벼 온다.

"헤이, 븐. 거기······."

"어디요?"

시치미를 떼는 헤이븐에게 희온의 매서운 눈길이 닿았지만 그건 오래 갈 수 없었다. 헤이븐이 희온의 옆구리를 단단히 감아쥔 채 본격적으로 내벽을 들쑤셨기 때문이었다.

펙, 펙. 살이 징그럽게 들러붙었다가 잔인할 정도로 처박혀 갔다. 흐으, 끅. 희온의 숨이 넘어갈 것 같은데도 한 번 몰아치기 시작한 헤이븐은 희온에게 조금도 쉴 틈을 주지 않았다.

"흐, 아······! 응!"

희온이 헤이븐에게 짓눌린 몸으로 가쁜 숨을 내쉬었다. 헤이븐이 누르고 있던 허벅지에서 손을 떼고 희온의 손을 가져와 깍지를 낀 채 침대에 눌렀다. 힘이 들어갈 때마다 하얗게 질리는 살결마저 달아 보였다.

"천, 천······히, 아!"

"안이, 너무 좁은, 탓이에요."

헤이븐이 희온의 마른 입술을 겹쳐 물었다. 그 상태로 헤이븐이 힘껏 들이닥쳤고 희온은 그가 넘겨 주는 쾌락을 맞이했다. 당장이라도 죽을 것 같았다. 긴 성기가 내장을 전부 밀려 올릴 것처럼 굴고 있었다. 단순히 전립선을 긁어 대는 것에서 그치지 않았다. 이대로라면 그가 자신의 안쪽 살을 전부 짓이길 것만 같아서, 희온이 덜컥 집어먹은 겁에 눈물을 뚝뚝 떨어뜨렸다.

"으, 응······!"

"쯧."

헤이븐이 작게 욕을 씹었다. 희온의 유일한 단점은 여기 있었다.

자신이 남에게 어떻게 보이는지는 조금도 신경 쓰지 않는 듯한 움직임. 조금이라도 벗어나 보겠다고 몸을 뒤틀수록 그 안쪽으로 더 들어가기 쉬운 것도 모르고. 헤이븐이 푹, 푹, 안으로 찔러 들어가자 희온이 허리를 들썩이며 서럽게 울었다.

"잠, 깐. 쌀 것 같……으니까. 잠깐만, 아! 힉, 놔…… 줘."

그것만큼 의미 없는 부탁이 없었다. 기억이 돌아왔다면 자신이 희온에게 오기 위해 얼마나 먼 길을 왔는지도 알고 있을 텐데 어떻게 놔 달라는 부탁을 할 수가 있는지. 놔주기는커녕 헤이븐은 희온을 조금 더 몰아갔다.

"아! 그만, 응……, 진짜, 쌀…… 힉!"

"하…… 좋, 아하고 있잖아. 아니야?"

헤이븐이 밀어 대는 대로 덜렁거리던 희온의 발끝이 확 굽었다. 멍으로 물든 배 위에 하얀 탁액이 쏟아지자 희온이 입을 벌리며 옆구리를 경련했다.

잠, 깐만. 아니, 싫어. 나 쌌, 잖아. 쌌어. 희온의 벌어진 입으로 의미 없는 말들이 쏟아져 나오기 시작했으나 헤이븐의 속도는 조금도 줄지 않았다. 아니, 느려지기는커녕 끝이 젖은 희온의 성기가 남은 체액을 튀어 댈 정도로 몸을 빠르게 쳐 댈 뿐이었다.

"힉, 아니, 헤이븐, 제, 발……. 좀. 아!"

"제발, 뭐."

제발, 떨어져. 숨 좀 쉬게 해 줘. 희온은 몰아치는 쾌락이 힘들어서 한껏 처든 다리라도 내리고 싶었지만 헤이븐이 발목을 쥐어 들었기 때문에 그것마저 녹록지 않았다.

헤이븐은 이대로 가면 자신이 희온을 언젠가 죽일 수도 있다는 걸 알고 있었다. 새까만 속에 그득그득한 그 욕심대로 그를 몰아간 다면 정말 어느 순간 눈이 돌아 남자의 숨통을 찍어 누를 수도 있었다.

그래서 그동안의 헤이븐은 그가 도망치고 싶어 하면 도망갈 수 있게 틈을 냈다. 한두 번의 섹스 후에 하얀 숲으로 도망갈 걸 알면서도 그를 놓아주었다. 몰래 호텔을 벗어나는 몸을 붙잡으면 그대로 사지를 묶어 둘 것 같아서.

그런데도 지금은 브레이크가 고장 난 것 같았다. 멈출 수가 없었다. 희온이 정말 쉬고 싶어 한다는 걸 알고 있었지만, 붕대가 감긴 자신의 상체를 내려치지 않기 위해 노력하는 움직임을 본 이상 어쩔 수가 없었다.

너는 이대로 내게 와야 했다. 너는 이대로, 내 손에 죽어야 했다. 내가 네 총에 한 번 죽을 뻔했으니 너도 그래도 되지 않을까. 나도 네 목숨 정도는 쥐고 있어도 되잖아. 헤이븐의 눈이 탐욕에 젖어 번뜩였다.

"히, 윽, 아! 으응, 좋, 아!"

사정을 하고도 쾌락에서 내려오지 못한 희온이 억지로 쥐어짜진 희열을 마셨다. 어깨와 허리가 멋대로 들썩이고 몸 어디에도 힘을 줄 수 없을 만큼 구겨졌지만, 그 와중에도 머릿속에는 천둥 번개가 휘몰아치고 있었다. 좋다고 느껴 대는 몸은 야속한데, 자신을 홀린 듯이 바라보는 헤이븐의 얼굴만큼은 이 모든 것을 감내할 만큼 마음에 들었다. 결국, 희온이 헤이븐의 머리채를 잡아 자신에게로 당겼다.

"빨, 리……. 응! 아아……!"

흐아, 아. 마주 붙은 입술 사이로 희온의 교성이 뒤섞이자 헤이븐이 전율했다. 그래, 너는 이런 사람이었지. 헤이븐은 희온을 마주할 때마다 반했다. 자신이 지난 과거에 지나치게 얽매여 집착하고 있는 게 아니라, 만날 때마다 새롭게 반하게 하는 희온이 문제였다.

곧장 참을 수 없이 치민 사정감에 헤이븐이 희온의 엉덩이를 철썩 내려치며 꽉 쥐어 벌렸다. 그와 동시에 커다란 성기는 더 없을 정도로 깊이 파고들어 갔다.

"힉!"

"아……!"

위장을 전부 헤집어 놓을 만큼의 깊이에 희온이 헤이븐의 입술을 꽉 씹어 물었다. 얇은 살점이 찢어지는 느낌과 절정의 감각이 뒤섞여 헤이븐이 짧은 호흡을 뱉었고, 곧장 파정이 이어졌다.

"하아……, 아……."

희온의 성기 끝에서는 묽은 체액이 질질 새어 나오고 있었다. 지난번 약에 취해 했던 것보다 훨씬 다급했고 앞뒤 재지 않은 섹스였다. 체위를 바꾸지도, 옷을 채 다 벗지도 않고 이어진 열락이라 정신을 놓은 거라고 헤이븐을 탓하며 가쁜 숨을 갈무리했다.

"후……."

헤이븐이 이마를 희온의 어깨에 붙인 채 긴 호흡을 뱉어 냈다. 희온에게는 말한 적 없지만 헤이븐은 희온 말고는 누군가와 잠자리를 해 본 적이 없었다. 시도해 본 적도 없지만 아마 서지도 않을 거라고 생각했다. 이 남자만큼 자신을 정신 잃게 하는 사람이 나타날 리 없으니 마지막 상대도 희온이 될 것이었다.

어리광이라도 부리듯 이마를 희온의 살결에 살살 문지른 헤이
븐이 고개를 들어 새하얀 턱과 뺨, 상처가 남은 눈썹에 입을 맞
췄다.

"온아."

"……그렇게, 부르지 말고. 좀……, 빼죠."

싫어요. 싫은데요. 헤이븐이 땀이 맺힌 희온의 이마에도 입술을
붙여 문질렀다. 조금 끝이 말라 버석거리는 입술이었지만 희온은
그 입맞춤이 좋았다. 이대로 편하게 쉬고 싶은데, 몸 안에 들어 있
는 헤이븐의 것은 조금도 줄 생각을 하지 않고 있었다. 일단 빼고
이야기하자며 희온이 헤이븐의 팔을 톡톡 치자 헤이븐이 눈썹을
축 늘어뜨렸다.

"내 밤을 전부 샀잖아요. 아직 멀었어요."

찌걱. 정액이 들어찬 안쪽으로 또다시 추삽이 시작되자 희온의
얼굴이 하얗게 질렸다. 절대 안 됩니다. 질겁하며 얼굴을 한 대 치
기 위해 주먹을 들었지만 그 손목은 헤이븐의 손에 의해 곧장 저지
당했다.

빼라고, 미친 새끼야! 삐꼿한 희온의 목소리가 비명처럼 터져 나
왔다. 그러나 헤이븐의 귀에는 그것마저 달콤한 교성일 뿐이라는
걸 아직 모르고 있었다.

아직 동이 트지 않은 새벽. 삐걱거리는 몸을 간신히 일으킨 희
온이 눈을 비볐다. 허리가 쿡쿡 쑤셔 오는 데다가 옆에 살아 있
는 수면제가 있으니 그대로 잠에 빠지고 싶었지만 당장은 아직

할 일이 남아 있었다.

헤이븐과의 대화도 대화지만, 하프록스에서 벌어진 일부터 수습해야 했다. 조심스럽게 침대 아래로 내려와 저 멀리 아무렇게나 던져져 있던 환자복 주머니에서 작은 수류탄 모양의 키링을 끄집어냈다.

쉐드의 소지품이었다. 시드엘에 올 때까지 자신이 가지고 있긴 했지만 애초에 쉐드가 위치 추적기를 심어 놓고 계속 소유한다고 여겼던 그의 물건이었다.

병원에 누워 있는 동안 희온은 쉐드하고의 관계를 어떻게 마무리 지어야 하는지를 생각했다. 그중에서 자신이 할 수 있는 일이 무엇인지 오래 고민했으며 그 속에 쉐드를 향한 잔정은 조금도 남아 있지 않았다.

결국 떠올린 해결책이 있기는 했지만 이것을 실행할 수 있을지에 대한 것이 관건이었는데, 기억을 되찾으면서는 모든 것이 가능한 일이 되었다. 아니, 불가능한 것도 가능하게 만들 생각이었다.

고개를 돌리자 헤이븐은 눈을 감고 있었다. 몇 번을 했는지 셀 수는 없지만 사람이 배가 부르다는 착각이 들 정도로 정액을 안에 쏟아부었으니 졸릴 만도 하지. 괘씸한데 한 대 칠까 하다가 아직 환자라는 것을 감안하고 관두기로 했다.

헤이븐은 바시트록스의 주요 인사이니 그의 힘을 조금 빌릴 수는 있었다. 그러나 애초에 이건 자신이 처리할 일이었다. 자신이 마무리 짓고 싶었다.

그리고, 그러기 위해서는 쉐드의 꿈에 들어가야 했다. 손에 키링을 쥐고 조심스럽게 누워 눈을 감으려는데, 손 위로 커다란 손바닥이 덮인다. 헤이븐이었다.

"죽지 말라고 했잖아요, 어디서든."

자는 줄 알았던 남자의 말에 희온이 고개를 돌렸다. 하프록스에서 헤이븐과 약속한 거래 조건에 대한 이야기였다. 그는 자신에게 어디서든 죽지 말라고 했다. 그때는 가볍게 넘긴 말이었으나 지금 생각해 보면 그 '어디서든'은 꿈속을 포함한 말이었다. 창문 너머로 점점 밝아지기 시작한 하늘이 그의 금발을 더 반짝이게 만들고 있었다. 희온은 그가 가지고 있는 모든 색이 좋았다.

"일은 수습해야죠. 진짜 마지막으로 할게요."

"정말 마지막으로 봐주는 겁니다."

"알았어요."

이번만큼은 희온도 곱게 대답했다. 헤이븐이 무엇을 이렇게 걱정하는지 말하지 않아도 알고 있었다. 다른 이의 기억에 들어가는 것. 자신보다 먼저 맨더가 되었던 헤이븐은 머리에 직접 총을 겨눠야 하는 끔찍함을 잘 알고 있었다.

"더는 없어요."

"섹스할 때 그만하라는 내 말은 듣지도 않았던 사람이."

듣다 보니 억울해서 한마디를 얹었더니 헤이븐이 다급히 눈을 감고 희온을 끌어안는다. 자신보다 훨씬 품이 큰 남자의 몸은 따뜻했다. 헤이븐의 손이 희온의 등을 도닥였고, 머리카락에는 그의 입술이 닿아 있었다.

헤이븐의 속삭임이 울렸다. 내가 곁에 있을게요. 아프지 않을 겁니다. 그 목소리를 자장가 삼아 희온도 따라서 눈을 감았다.

누군가의 꿈에 들어가게 되는 건 이번이 정말 마지막이기를 바라면서.

* * *

"바시트록스는 여기보다 많이 자유로운 분위기입니다."

새벽녘쯤 쉐드의 꿈에 들어갔다가 나온 희온은 헤이븐이 이른 아침으로 가져다준 계란 프라이와 구운 빵을 먹고 있었다. 헤이븐은 희온에게 먹을 것을 가져다주며 바시트록스의 장점에 대해 줄줄 나열하느라 식빵 하나도 제대로 먹지 못하고 있었다.

"난 거기 연고도 없는데요."

"여기에도 없잖아요."

"그게 할 말입니까?"

헤이븐의 화법에 희온이 황당해했지만 헤이븐은 자신이 틀린 말을 했냐는 듯 태연한 얼굴을 했다. 그러면서도 조금 헝클어진 희온의 머리카락을 얼른 정돈해 주는 그 모양새가 우스워서 희온이 작게 웃음을 터뜨렸다. 헤이븐이 희온의 옆에 바짝 붙더니 눈을 빛낸다.

"그럼 이건 어때요. 좀 혹할 텐데."

"들어나 보죠."

헤이븐의 속삭임을 들은 희온이 얼굴을 구겼다가 금방 믿지 못하겠다는 얼굴을 했다. 이거야말로 정말 혹했기 때문이었다.

"……그게 가능합니까?"

"당신이 나만 믿는다면 가능하지."

의심이 가득 찬 표정을 지운 희온이 고개를 끄덕였다. 그런 생각이라면 기꺼이 망명할 만하다고 생각했다. 무엇보다, 사실 이런 말을 하게 될 줄은 몰랐지만 헤이븐은 여러모로 믿을 만한 사람이었으니까.

"일만 마무리하고 돌아올게요. 그때 같이 가죠."

그렇다고 당장 이 땅을 떠날 수는 없었다. 막말로 지금 자신은 탈영 중이었다. 아니, 탈옥인가. 페트로프가 어떻게 둘러댔는지 모르겠지만 해가 완전히 뜨기 전에 다시 돌아가야만 했다. 쉐드도 아침에 눈을 뜨자마자 자신이 그의 꿈에 나왔다는 것을 인지했을 것이었다. 그가 출근하기 전에 먼저 가야만 했다.

물론 희온은 자신의 선택에 뒤탈이 없기를 바랐지만 일단 다 떠나서 쉐드에게 모든 것을 되갚아 주고 싶었다. 그가 자신의 팀원들을 죽였다. 숨어 있는 첩자를 골라내는 것만큼 누가 결백한지 가려내는 것도 상관이 해야 할 중요한 임무였다. 쉐드는 게을렀다. 귀찮았을 수도 있고 본부의 결정이었을지도 모른다. 그래도 하프록스의 안녕을 위해 모든 것을 바친 자신의 팀원들에게 그래선 안 됐다.

"온아. 네가 원하면 내가 할 수도 있어요. 쉐드 그 새끼부터 죽여 줄까?"

"녹스에서 만났던 그 남자, 죽었죠?"

헤이븐이 입을 다물었다. 함구는 탁월한 선택이었다. 희온은 잠시 헤이븐을 의심하는 눈으로 보더니 빵 부스러기가 묻은 손을 털고 일어섰다. 오늘은 정말 할 일이 있었다. 자신의 곁에서 떨어지지 않는 남자를 밀어내자 여태 멀쩡하게 희온의 근처를 서성거리던 남자가 앓는 소리를 했다.

"아, 아파요."

"거짓말은 잘만 하네."

냉담한 척하면서도 혹시 정말 아픈 건 아닐까 헤이븐을 꼼꼼히 살피는 그 시선에 헤이븐이 웃었다. 일 끝내고 와요. 나도 일을 좀 해야 하니까. 간신히 희온을 놓아준 헤이븐이 테이블에 놓여 있던 서류들을 가지고 왔다.

희온의 시선이 그곳으로 향했다. 서류 끝에 바시트록스의 직인이 찍혀 있었다. 그제야 정말 그가 그 나라의 총리 아들이라는 걸 새삼스럽게 실감하는 중이었다.

"근데, 리암은 어디 있습니까?"

"며칠 동안 눈앞에 나타나지 말라고 했어요."

왜? 희온이 묻자 뭐 당연한 걸 묻냐는 듯이 헤이븐이 서류에서 고개를 들었다.

"당신이 리암 꿈에 들어갔잖아요. 반했겠지."

한 치의 의심이나 부정도 없이 그렇게 확신하는 헤이븐을 보며 희온은 말문이 막혔다. 도대체 머리가 어떻게 굴러가야 그렇게 생각할 수 있는지 이해가 가지 않았다. 분명 친밀감을 느끼는 건 맞지만 몇 번씩 반복된 이후의 이야기인 데다가, 애초에 리암의 꿈에 들어갔을 때에는 애인인 척도 하지 않았다. 말해 봤자 듣지도 않을 것 같아서 희온은 헤이븐이 뒤적이는 서류로 시선을 옮겼다.

"음."

"줄까요?"

"그게 뭔데요."

별거 아닌데 그냥 네가 보니까 다 주고 싶어서. 침대에 걸터앉아 있던 헤이븐이 희온의 허리를 당겨 안으며 자신의 허벅지 위에 앉혔다. 목덜미에 입을 맞추는 와중에 엉덩이 사이에 불쑥 와 닿은 존재감에 희온이 기겁했다. 피곤한 얼굴로 몸을 일으키려고 했으나 단단히 그의 허리를 붙잡은 헤이븐이 가볍게 하체를 문질러 비볐다.

나 진짜 할 일 있다니까. 지금도 충분히 몸이 부서질 것 같습니다. 희온의 엄살에 미소 지은 헤이븐이 그제야 몸을 놓아주었다.

"온, 우리 여기 오래 있을 순 없다는 거 알죠."

"네. 그래서 부탁할 게 좀 있습니다."

"부탁?"

"직접 움직이지는 말고. 혹시 시킬 만한 사람 있습니까? 누구 사무실 서랍에 뭐 하나만 몰래 넣고 오면 되는데."

헤이븐이 망설이지도 않고 기꺼이 고개를 끄덕여 온다. 그럼 이제 돌아갈 일만 남은 건가. 주변을 둘러보던 희온이 입고 왔던 페트로프의 점퍼를 입으려고 했지만 헤이븐이 곧장 달려들어 그 옷을 뺏는 바람에 그럴 수 없었다.

"남은 이야기는 돌아가는 길에 하죠."

입으려던 옷을 뺏기고 황망한 표정으로 쳐다보는 희온의 어깨에 헤이븐이 자신의 옷을 둘러 주었다. 어젯밤에 입어 본 적 있던 이 옷은 훨씬 두꺼운 데다 양털이 도톰하게 솟아 있었다. 대꾸 없이 팔을 넣어 입은 희온이 고개를 끄덕이며 방문을 열었다.

"다녀올게요."

그러나 문득 자신이 한 말에 놀라 발이 멈췄다. 소년이었던 헤이븐과 헤어질 당시에 희온이 했던 말이었다. 다녀온다는 말을 해 놓고 돌아가지 않았다. 돌아갈 수 없었다. 오히려 자신에게 온 건 헤이븐이었다. 희온이 아무 말도 하지 못하고 그를 바라보고만 있자 헤이븐이 먼저 웃음을 지었다.

"다녀오세요."

그제야 희온이 따라 웃었다. 헤이븐도 마냥 괜찮지만은 않다는 것을 알고 있었다. 그는 모국에서 자신을 찾기 위해 또다시 이곳으로 온 남자였다. 그 모든 목적은 자신이었다. 목표도, 길의 끝도, 전부 자신이었다. 그러니까 이제 마침표는 내가 찍어야 했다. 그 이후에 그에게 돌아와야만 했다. 희온이 닫은 방문이 작은 소음을 만들어 냈다.

* * *

어김없이 시드엘에 아침이 오자 쉐드는 바쁜 걸음을 옮기는 중이었다. 어제 자신의 꿈에 희온이 나왔다. 당연하게도 과거의 꿈을 꾸었고, 병신 같은 무의식은 그를 앉혀 놓고 과거에 대해 술술 다 보여 주고 있었다. 그 새끼가 가져간 자신의 물건이 무엇이었는지는 몰라도 당장 본부로 달려가야 했다. 최근 며칠 동안 희온을 들여다보지도 못할 정도로 정신이 없었다. 그게 문제였다.

"비켜."

복도에서 자신을 향해 경례를 해 보이는 남자들을 전부 밀쳐 가며 허겁지겁 본부가 있는 가건물로 향한 쉐드가 작전 사령관 사무실 앞에 섰다. 노크를 하기 위에 손을 들었지만 그런 쉐드를 가로막은 건 다른 남자들이었다.

"지금 소령님이 계실 곳은 여기가 아닙니다."

"뭐?"

쉐드가 기가 막힌 얼굴을 했다. 그러나 남자들은 더 이상 아무 말도 없이 쉐드를 이끌었다. 왜 이래? 이거 안 놔? 너희 내가 누군지 알아? 쉐드가 발버둥을 쳤으나 남자들은 그대로 쉐드를 그 복도에서 끌어낼 뿐이었다.

"사령관님 지금 어디 계셔."

기어이 좁은 방에 들어가 의자에 앉혀진 쉐드가 발악했다. 그러나 맞은편에도 의자가 있는 걸 보니 누군가 자신을 만나러 올 모양이었다. 사령관님이 지금 이쪽으로 오고 계십니다. 역시. 그렇단 말이지.

쉐드가 머리를 열심히 굴렸다. 지난밤 꿈에 희온이 나온 건 분명했으나 자신은 의심받을 만한 일을 한 적이 없었다. 물론 뒤가 구리지 않다고 단언할 수는 없었지만 그래도 남들보단 깨끗한 편이었다.

침착해야 한다. 그 새끼가 무슨 짓을 벌이고 있는지는 몰라도 이건 어차피 금방 지나갈 일이었다. 쉐드는 나가면 자신의 몸에 손을 댄 새끼들부터 가만히 안 두겠다며 이를 바득바득 갈았다.

달칵.

"사령관님."

"쉐드 소령."

문이 열리고 사령관이 들어오자 쉐드가 몸을 일으켰다. 그러나 그는 별 대꾸 없이 그의 맞은편에 앉았다. 불안감을 참을 수 없었던 쉐드가 먼저 말문을 열었다.

"어제 제 꿈에 희온이 나왔습니다."

"그랬겠지."

……한발 늦었구나. 쉐드가 당황한 얼굴을 했다. 지금 시드엘에 와 있는 대령은 특수작전 본부 사령관으로, 그는 이 직책에 앉기 전에 맨더들의 작전 발령을 담당하기도 했다. 묘하게 불안한 속에 쉐드가 얼굴을 구겼다.

"그가 무슨 말을 했는지는 몰라도."

"몇 가지 의혹에 대해 이야기했지."

무슨 의혹? 쉐드는 답답함을 감출 수가 없었다. 다 같이 미쳐 돌아가는 것도 아니고 도대체 무슨 이야기를 하는지 알 수 없었다. 사령관이 담배를 꺼내 불을 붙였다.

저 개새끼가 뭐라는 거야. 짜증 나고 답답한 와중에도 그 불편함을 겉으로 드러낼 수는 없었다. 그는 이곳을 지휘하는 지휘관이었다. 잘못 보였다간 그 뭔지 모를 의혹에 장작을 넣는 꼴이 될 수도 있었다.

그러나 사령관은 한참이 지나도 아무 얘기도 하지 않았다. 앉은 채 담배 하나를 다 피울 때까지 기다리던 쉐드가 입을 꾹 다물며 주먹을 말아 쥐었다. 사령관이 무슨 말을 하든 무조건 침착해야 했다.

분명히 어제 꿨던 과거의 기억 중 특별한 건 없었다. 책잡힐 만한 건 아무것도 없는데. 도대체 뭘 본 거지? 정말 평범한 최근 기억들

뿐이었는데.

"조만간 진상 규명이 있을 테니 며칠만 여기 있게."

"예? 사령관님!"

"아직 아무 말 말게나. 그래 봤자 불리한 건 자네니까."

쉐드는 참을 수 없이 억울했다. 내가 왜? 그 새끼가 무슨 말을 했길래? 자신은 국가에서 하라는 대로 했다. 물론, 그 와중에 불필요한 사살과 폭행이 있긴 했으나 그건 자신의 삶에 비하면 아무것도 아니었다. 당장 위를 보고 치고 올라가야 하는데, 앞이 가로막혔다. 단지 맨더라는 이유 하나만으로 희온을 감시하는 데 수년을 썼다. 그 보잘것없는 새끼를. 쉐드가 쥔 주먹이 분노로 떨려왔다.

"이유만이라도 알려 주시겠습니까? 희온 대위는 제가 반역자로 잡은 사람입니다. 그가 제게 곱지 않은 감정을 가진 건 당연하지 않습니까."

쉐드가 고개를 들었다. 희온이 자신에게 어떤 누명을 씌웠는지 알아야 벗을 수 있다. 쉐드의 질문에 사령관이 담배를 눌러 끄며 시선을 맞췄다.

"자네가 락테아 팀원들을 규명 없이 사살했다는 사실이 내일쯤 언론에 나갈 거야."

"예?"

굳이 따지자면 그건 누명이 아니었다. 자신이 한 일이었다. 하지만 합동 훈련이랍시고 뒤엉킨 놈들 사이에 바시트록스의 수하가 있으니 어쩔 수 없는 일이었다. 게다가 분명히 보고한 일이기도 했다. 쉐드가 다시 입을 열었다.

"사령관님, 그건 어쩔 수 없었던 일이라는 거 아시지 않습니까. 그중에 스파이가 있던 데다가 공격을 받은 건 우리 쪽이었어요."

"이봐. 나는 물론 자네의 결정을 이해하지만, 이미 수면 위로 드러난 이상 어쩔 수 없네."

"그게 어떻게……."

"현장에 있던 사람이 공식적으로 문제를 제기했어."

……페트로프, 그 미친 새끼도 같이 죽였어야 했는데. 페트로프는 희온의 외모에 홀린 새끼였다. 정신이 팔리다 못해 눈까지 멀었는지 이젠 상관인 자신에게 엿을 먹이려고 하고 있었다. 그러나 그것보다 더 좆같은 건, 맞은편의 사령관이 지금 발을 빼려고 간을 보고 있다는 데 있었다. 보고 후에 진행한 일임에도 일이 복잡하게 흘러가는 것 같자 자신에게 책임을 돌리고 꼬리를 자르려고 하는 것이다.

윗대가리들이 마음을 그렇게 먹었다면, 상황이 꽤 이상하게 돌아가는 것일지도 몰랐다. 정부의 권력에 굴복한 줄만 알았던 언론들이 얼마 전부터 너 나 할 것 없이 저마다 펜에 칼을 품기 시작한 타이밍이었다. 락테아의 유가족들이 상황을 알려 달라며 경로가 차단된 시드엘의 초입에서 애도식을 치르고 있어 요 며칠이 유독 분주하기도 했다.

그런데 그들의 상관이 조금의 규명 없이 모두를 그 자리에서 죽였다는 말이 번진다면. 복잡한 쉐드의 얼굴을 본 사령관이 거드름을 피우듯 어깨를 펴면서 말을 덧붙였다.

"거기다가 외려 자네가 반역자일지도 모른다는 의견이 나왔거든."

"그게, 말이 된다고 생각하십니까?"

쉐드가 부글부글 솟구치는 분노를 삭이며 이성을 찾기 위해 애썼다. 말도 안 되는 일이었다. 자신이 첩자라니. 당장 피가 거꾸로 치솟는 것 같았지만 지금 해야 할 일은 자신의 억울함을 주장하는 것이었다.

"……사령관님, 희온은 제가 처넣은 반역자입니다."

"자세한 조사는 추후에 다시 하겠지만 아직 뚜렷한 근거가 없네. 그가 직접 헤이븐을 죽이는 모습이 감시 카메라에 찍히기도 했고. 그리고 요즘처럼 맨더가 줄어 가는 상황에서는 쉽게 어떻게 하지도 못해. 우리나라가 뭐 예전 같은 줄 알아?"

사령관도 답답했는지 짜증스럽게 말을 이었다.

"그러니까 왜 그런 짓을 해? 자네가 뭔데 보고도 없이 그 둘을 한 방에 몰아넣고 총을 주고 앉아 있냐는 말이야. 한 놈은 당장 어떻게 못하는 놈이고 또 한 놈은 빠져나간 흔적이 있다는데, 아무리 봐도 그건 자네가 도와준 꼴로 보이지 않겠냐고."

"사령관님께서도 총리 아들을 그대로 살려 두면 안 된다고 하지 않으셨습니까!"

"그랬지만, 정작 죽지도 않았잖아?"

쉐드가 울컥 소리를 지르자 사령관이 이젠 아예 귀찮다는 듯 손을 펴 대충 휘적거렸다. 정말 이대로 완전히 빠져나갈 생각을 하는 듯했다. 씨발 새끼가, 분명히 어떻게든 처리하라고 옆구리를 찔러 댄 주제에.

할 말을 잃은 쉐드의 앞에 사령관이 내민 건 노란 서류였다. 혼란스러운 상황에 쉽게 손을 내밀지 못하는 쉐드 대신 사령관이 그 봉투 안에서 종이를 꺼냈다.

"희온 대위가 오늘 아침 병원에서 보내온 시말서라네. 국가의 지시 없이 자네의 기억을 훔쳐본 일에 대한 내용이지. 자신을 스파이로 몰아간 자네가 의심되었다는 이유가 적혀 있어."

사락.

종이 한 장이 쉐드의 앞에 놓였고, 그 위에 종이 한 장이 더 올라왔다. 일반적인 서류의 크기보다는 조금 더 작은 종이였다.

"그리고 방금, 자네의 사무실에서 이걸 찾아냈어."

아마도 자네는 이미 알고 있을 수도 있겠지만. 사령관의 말에 쉐드는 이해할 수 없다는 얼굴로 그의 손에서 종이를 가져왔다. 그건 프린팅된 편지였다.

「친애하는 소령님, 소나기가 내리는 와중에도 해는 떠오릅니다. 현재 호텔에 엘파와 빅타가 함께 체크인을 했습니다. 자연의 소리가 들리시는 곳에 있으신지요. 푸름이 주는 메아리만큼 마음이 좋아지는 일도 없을 것입니다. 그럼, 십일월에 다시 뵙겠습니다. - 091.SOB.XX」

쉐드가 헛웃음을 내질렀다. 흔한 내용으로 보이는 편지는 나토 문자를 암호로 활용한 내용이었다. 군인이라면 누구라도 해석할 수 있는 철자들일 뿐이었다.

맨 끝에 적혀 있는 문자는 사령관이 다시 편지를 가져가고 나서야 알 수 있었는데, 뒤집어서 본 알파벳을 숫자로 읽었을 땐 시드엘의 위치가 나왔다. 그러니까 모든 암호를 재조합하면 '헤이븐, 시드엘에서.'였다. 간단하고 조악하기 짝이 없었다.

"······사령관님, 제가 정말 첩자라면 이런 허술한 암호를 사용했겠습니까? 설마 이 말을 진짜 믿으시는 건."

"그럴 수도 있고, 아닐 수도 있지. 그러나 그건 추후의 문제라네."

"희온 그 새끼가 이걸 제 사무실에 가져다 넣었을 겁니다."

"이미 확인해 봤지만 밤새 병실에서 나온 적이 없어."

"누구를 시켰겠죠."

"페트로프도 행적이 뚜렷하네. 누가 했겠나? 헤이븐? 총을 맞고 간신히 건물을 빠져나간 놈이 다시 이 근처에 온다고? 말이 된다고 생각하나?"

"분명 그 새끼의 부사관이나 다른 사람이······."

"내가 왜 그것까지 알아봐 줘야 하지? 자네 의혹은 자네가 직접 해소해야지."

이 모든 일에서 이제 손을 놓고 싶어 하는 게 빤히 보이는 속내에 쉐드가 욕을 뱉으며 눈을 감았다. 그사이 서류를 갈무리한 사령관이 몸을 일으켰다.

"그럼 며칠 뒤에 다시 보자고. 그사이에 오해라는 증거들이 나올 수도 있으니 그동안 머리라도 식힌다고 생각해."

달칵.

쾅!

사령관이 방을 나가고 문이 닫히자마자 주먹으로 책상을 내려친 쉐드의 몸이 분노로 떨리기 시작했다. 희온, 이 새끼가 감히. 이 좆 같은 새끼가 감히. 쉐드가 벌벌 떨리는 눈을 억지로 감았다.

아니지. 지금 이건 좋은 기회가 될 수도 있었다. 군인이라면 누구라도 읽을 수 있는 허접한 암호 편지가 내 방에서 나왔다니. 이 기가 막힌 타이밍을 믿을 만한 사람은 없다. 게다가 희온은 지금 반역이라는 죄를 뒤집어쓰고 있으니 그의 계략이라는 걸 밝히기란 쉬운 일일 것이다.

이 일을 희온이 계획했다는 것만 밝혀내면, 다른 맨더가 내 꿈에 들어와 내가 한 일이 아니라는 것만 밝혀지면 그를 눈앞에서 완전히 치울 수 있다. 어떻게 처리하지? 내가 직접 죽여야 속이 시원하겠는데.

그러나 침착해지려는 쉐드의 노력에도 불구하고 다시 들리는 문소리와 함께 누군가 들어왔다.

"안녕, 쉐드."

귀밑과 눈썹, 이마에 상처를 주렁주렁 달고도 환하게 웃고 있는 사람은 병실에 꼼짝없이 누워 있어야만 하는 사람이었다.

시드엘 역 근처에서 희온을 잡아들였을 때 비슷한 만남이 있었던 것도 같지만 그때와 다른 점, 희온은 쉐드와는 달리 경멸하는 얼굴을 하고 있지 않다는 데 있었다. 아니, 처음의 미소를 거둔 희온은 이제 그 어떠한 표정을 짓고 있지도 않았다. 그저 담담히 뒤로 뺀 의자에 앉아 쉐드를 마주할 뿐이었다.

"너, 이 새끼……."

"벌써 사령관님 왔다 가셨다면서."

쉐드가 희온을 노려보며 이를 갈았다. 팰 수 있을 때 더 팼어야 했다. 아니, 죽였어야 했다. 얼굴에 달고 있는 멍과 상처가 마음에 들긴 했지만 역시 영원히 지워지지 않을 만한 걸 달아 줄걸. 쉐드의 눈이 위험하게 빛났지만 희온은 신경도 쓰지 않았다. 이 방에는 보안 카메라도 없으니 희온은 그가 자신을 패면 똑같이 잡아 패 줄 생각이었다.

"너 병원에서 어떻게 기어 나왔어."

"왜. 증거가 나오니까 겁나?"

"……뭐, 겁이 나냐고?"

쉐드가 눈에서 불이 날 듯 희온을 보다가 불현듯 웃음을 터뜨린다. 가소롭다는 그 웃음은 금방 유쾌한 것으로 뒤바뀌었다. 눈꼬리에 눈물이 맺힐 정도로 웃기 시작한 쉐드를 기다려 주듯 희온이 상체를 조금 뒤로 젖혔다. 쉐드가 손끝으로 눈 아래를 닦아 내며 간신히 대답했다.

"아, 제발. 희온아, 이 멍청한 새끼야. 넌 정말 이게 먹힐 거라고 생각했어?"

"뭐를?"

정말 무슨 말을 하는지 모르겠다는 듯 희온이 고개를 갸웃거리자 쉐드가 단숨에 미소를 걷어 내며 목소리를 음산하게 깔았다.

"하……. 이건 금방 끝날 쇼야. 어차피 다른 맨더들이 내 기억을 한 번만 들춰 보면 다 드러날 사실이라고."

희온이 무덤덤한 표정으로 고개를 끄덕였다. 그 평온함은 뒷말로도 이어졌다.

"네가 나보다 맨더를 더 잘 아나 보네."

쉐드의 웃음이 멈췄다. 그의 유한 대답이 심기를 건드렸기 때문이었다. 쉐드는 적어도 희온이 자신에게 함부로 말을 할 수 없을 거라고 생각했다. 다른 맨더가 자신의 기억을 보게 되는 순간 모든 게 드러날 테니까. 그렇게 되면 그도 온전하지 않을 테니까.

그런데, 이상하게 속이 탔다. 조마조마해 보이는 쉐드의 표정을 읽은 희온이 상큼하게 미소를 지으며 몸을 일으켰다. 하얀 숲에서 함께 오랜 시간을 보낼 때조차 한 번도 보여 준 적 없는 밝은 웃음이었다.

"쉐드, 너는 내가 맨더라는 것 말고 다른 건 아무것도 모르지. 내가 재력가들 기억에 한 번 개입할 때마다 국가가 그 값으로 얼마를 받는지 알아?"

의자에서 몸을 일으킨 희온이 기어이 쉐드의 앞으로 가서 테이블에 걸터앉았다. 팔짱을 끼고 있던 희온이 손가락 세 개를 펼쳐 보였다. 삼백 억. 희온이 소리 내지 않고 입 모양으로 말해 준 지폐의 단위에 쉐드의 눈이 흔들렸다.

"그 돈이 다 방위 산업으로 들어가는 거야. 너 이번에 새로 배급받은 총. 그거 누가 번 돈이게?"

나. 이번에는 손가락으로 스스로를 가리킨 희온이 사실이라는 듯 고개를 끄덕였다.

"질문 하나 더."

희온이 쉐드에게 가까이 고개를 숙였다. 이미 자신의 결말을 읽은 듯 멍청하게 흔들리는 쉐드의 표정을 희온은 있는 힘껏 즐기는 중이었다.

"사령관은 너에게 덮어씌울 게 좀 많아 보이던데, 한꺼번에 처리하면 깔끔히 마무리될 텐데 굳이 귀찮은 일에 시간을 들일까? 맨더까지 써 가면서?"

무언가로 머리를 얻어맞은 것처럼 몸이 굳은 것과는 반대로 쉐드의 머리는 빠르게 구르기 시작했다. 자신이 시드엘에서 희온을 덮쳤을 때, 국가에서는 일단 그를 죽이지 못하게 했다. 사령관은 자신에게 어떻게 해서든 희온을 붙잡으라고 명령하면서도 목숨은 붙여 두라고 했다. 심지어 헤이븐이 바시트록스 총리의 아들이라는 것을 알고 나서도 그랬다. 그건, 국가에서 희온을 자원이라고 생각했기 때문에……. 그리고 자신은.

"정답은 알지?"

"잠시만, 희온."

쉐드가 희온을 불렀으나 말은 아직 끝나지 않은 상태였다.

"쉐드. 여태껏 맨더는 누군가의 누명을 벗겨 주기 위해 꿈에 들어간 적은 한 번도 없었어."

전쟁 중인 국가인데도 그래. 말을 끊은 희온이 모든 표정을 감췄다. 물론 그런 적이 있었는지 없었는지 희온은 알지 못했다. 자신에게 주는 기록만 읽을 수 있었으니까. 게다가 한 번의 비용이 비싸다는 건 알지만 삼백 억이나 되는지도 확실하지 않았다. 그러나 어쩐지 자신이 한 말 중 대부분이 사실일 것 같았다.

"하프록스는 그런 나라야."

쉐드가 충성하는 하프록스는 말 그대로 정말 '그런' 나라였다. 정부는 겉으로는 반역자, 첩자로 의심되는 사람들을 물질적으로 지원하고 설득해 결국 국가에 협력시키는 척 굴었지만, 손에 꼽는 본보기를 남겨 두고는 모조리 사살했다. 그러니까 쉐드도 첩자가 섞인 락테아에게 망설임 없이 총을 겨눈 것이었다.

쉐드가 했던 생각의 오류였다. 반역자로 몰리고도 사형 처분을 받지 않은 희온을 보면서 쉐드는 당연히 자신에게도 변명의 기회가 올 것이라고 생각했다. 그러나 애초에 정부는 희온의 변명을 기다리며 살려 둔 것이 아니었다. 맨더가 줄기 시작했다는 요즘, 희온에게 아직 그럴 만한 '가치'가 있었기 때문이었다.

맨더의 목숨을 희생해야 할 때가 오면 정부는 곧장 희온을 앞세울 것이었다. 아마도 그건 또 다른 잘못을 저지른 맨더의 꿈에 들어가게 하는 일이겠지. 부작용으로 차츰 죽어 갈 만한 맨더를 고르는 건 보통 이런 식이었다.

희온은 그런 나라에서 숨겨진 도구로 살아가고 있었다. 아마 어린 시절의 기억을 잃지 않았다면, 그 고통을 잊지 않았다면 희온은 진작에 벗어나려고 했을지도 모른다. 나라가 자신을 어떻게 대하는지 알면서도 모든 걸 짊어지고 살아갈 수는 없었다.

문득 궁금해지기도 했다. 자신처럼 기억을 잃지 않은 다른 맨더들은 어떻게 살아가는지. 다들 모든 기억을 안고 고통스럽게 살아가는지. 하루에 수 시간을 온갖 색의 줄을 머리에 매달고 고통스럽게 울부짖어야 했던 그 고통을 잊지 않은 채 국가에 충성을 맹세하는지. 과연 그들은, 진실로 국가의 유리한 수가 되어 줄 것인지.

모든 이들의 속마음을 알 수는 없겠지만 적어도 희온은 그런 사람이 아니었다. 자신만큼은 그럴 수 없었다.

"아, 이걸 알려 주려고 여기까지 온 게 아닌데. 우리가 기분 좋게 얼굴을 마주할 사이는 아니잖아. 사실 쉐드 네가 객관적으로 좀 역겨운 얼굴이기도 하니까."

정부를 떠올리며 가라앉았던 희온의 눈동자가 또다시 가볍게 떠오르며 건조해졌다. 쉐드가 흔들리는 시선을 마주하자 희온이 싱긋 웃었다.

픽!

"아!"

그러나 웃음과는 반대로 매서운 주먹이 쉐드의 얼굴에 꽂혔다.

철썩.

한 손으로 그의 멱살을 틀어쥔 희온이 이번에는 손바닥으로 그의 얼굴을 내려치기 시작했다. 두 번, 세 번 연달아 뺨을 내려치자 온 힘을 실은 손찌검에 희온의 손바닥도 빨갛게 붓는 것 같았지만 차라리 그게 나았다. 그 통증이 나았다.

쉐드가 반격을 위해 주먹을 들었으나 희온은 쉽게 몸을 돌려 피했다. 훈련도 제대로 나오지 않는 그는 중요한 직책에만 앉고 싶어 하는 게으른 인간이었다.

허공을 가른 쉐드의 손목을 잡아 쥔 희온이 다시 그 뺨에 손을 올렸다. 쉐드의 입가와 코에서 터진 피가 희온의 손에도 튀었다. 그제야 희온의 입술이 열렸다.

"걔들을 죽일 때 너까지 죽이지 않은 게 네 인생 유일한 실수야."

쿠웅!

쉐드가 앉아 있던 의자가 뒤로 넘어가며 큰 소리를 냈지만 희온은 몸을 숙여 가면서까지 본격적으로 주먹을 휘둘렀다. 갑자기 얻어맞은 쉐드가 양손을 허우적거렸지만 희온은 그에게 반격할 만한 틈을 주지 않았다. 다만, 쉐드가 보지 않는 찰나에 희온의 얼굴에 분노와 함께 슬픔이 겹쳐질 뿐이었다.

희온은 락테아 팀원 모두의 이름을 댈 수도 있었다. 하얀 숲은 분명 부족한 게 많았고, 답답했고, 제한적이었으나 그곳은 희온의 첫 번째 집이었다. 기억을 잃고 맨더가 된 희온이 훈련이랍시고 몇몇 마을을 돌아다닐 때는 찾지 못했던 안정감이었다. 진작 말소된 신분 때문에 은행 한 번 가 볼 수 없던 인생이었지만, 정식으로 얻어 낸 직업도 아니었지만 희온은 락테아 팀원들에게 애착을 가지고 있었다. 그럴 수밖에 없었다.

"흐, 억."

쉐드의 하관이 전부 붉게 물들고 나서야 희온이 거친 숨을 내뱉으며 몸을 일으켰다. 사람을 일방적으로 때렸다는 죄책감이나 찝찝함 같은 건 없었다. 애초에 그렇게 정의로운 성격도 아니었다. 쉐드가 죽인 사람 중에 바시트록스 사람들도 섞여 있었으나, 그들에 대한 감정이 짤막한 애도에 그친 것도 적당하고 주관적인 정의 때문이었다.

"조만간 바시트록스 총리의 아들이 본국으로 돌아갔다는 소식이 들릴 거야."

피가 기도로 잘못 넘어갔는지 목을 감싼 채 콜록거리는 쉐드를 보며 희온이 친절하게 그를 일으켜 그가 도로 앉아 있을 수 있도록 했다. 희온이 피에 젖은 손을 쉐드의 등허리에 대충 문질러 닦으며 헝클어진 자신의 머리를 정리했다. 이건 비밀인데. 희온의 목소리에는 꼭 그 어떤 억양도 없는 듯했다.

"머지않아 종전도 올 거고."

희온은 바시트록스와 하프록스가 벌이는 이 의미 없는 전쟁이 계속되지 않기를 바랐다. 그리고 그건, 헤이븐이 희온의 망명을 꼬시면서 내건 조건이었다. 지긋지긋하기만 한 이 땅을 떠나는 것도 충분한데 그 조건이라면 희온이 수락하지 않을 이유가 없었다.

"콜, 록! 잠깐……!"

"잘 지내. 네가 이 나라의 마지막 반역자가 되기를 바랄게, 쉐드."

달칵.

재차 기침하면서도 놀란 얼굴을 한 쉐드를 두고 희온이 그 방을 나섰다. 마지막으로 쉐드에게 한 말은 진심이었다. 두 나라 사이에 그 어떤 반역자가 새롭게 태어나지 않기를 바랐다. 물론 그건 이루어질 수 없는 이상이라는 걸 알고는 있었다. 한 나라의 군인으로 산 희온이 그걸 모를 리가 없었다. 다만.

"……."

건물을 빠져나온 희온이 주변을 살피고는 걸음을 재촉했다. 자신이 병실을 빠져나와 이렇게 돌아다닐 수 있는 게 누구 덕분인지 희온은 잘 알고 있었고, 지금 그 사람에게로 가는 중이었다. 희온이 입으로 노크 소리를 냈다.

"똑똑. 저 들어갑니다."

희온은 맥이 어디 있는지 아주 잘 알고 있었다. 건물도 아닌 막사로 지어진 임시 사무실. 전쟁터에 꼭 걸맞은 주변을 둘러본 희온이 고개를 숙여 그 안으로 들어섰다.

"왔어?"

"제가 올 줄 아셨죠?"

근처에 형편없이 널브러진 일인용 간이침대에 걸터앉자 삐걱거리는 소리가 났다. 맥은 마침 무언갈 하고 있는 듯 조금 더 분주하게 움직이더니 한참이 지나서야 의자를 끌고 희온의 근처로 와서 앉았다. 그래 봤자 엉덩이가 바닥에 닿을 듯이 폭 꺼지는 의자였다.

"검사 때문에 오늘 날 만나러 여기까지 와야 된다고 사령관님한테 둘러댄 게 난데, 그럼. 어제 병실에 갔다가 페트로프를 만났거든."

너무 조용하긴 했지. 포트를 든 맥이 스틸 컵에 차를 우려 희온에게 건넸다. 나를 걱정하는 사람들은 전부 나에게 차를 주는구나 싶어서 문득 헤이븐이 떠오른 희온이 작게 미소 지었다.

"희온."

"네."

맥의 얼굴에는 주름이 가득했다. 언제 이렇게 나이를 많이 먹었지. 희온이 조금 지쳐 보이는 맥의 얼굴을 훑었다. 그 대화는 곧바로 본론이었다.

"하프록스에는 더 이상 희망이 없어."

희온이 이번에는 대답 없이 차를 한 모금 마셨다.

"어제 맨더 한 명이 죽었어. 정부에서는 밝히고 싶지 않아 하지만 연구소는 진작 폐쇄됐고 남은 맨더들도 이제 얼마 없어."

"왜, 죽었는데요?"

"부작용. 점점 심해질 뿐 나아지질 않거든. 남은 사람들도 언제 죽을지 모르는 삶을 살고 있어. 지금 당장은 꽤, 많이 위태로워."

평소라면 희온에게 아무것도 말해 주지 않았을 맥은 마치 희온의 생각을 읽고 있는 것처럼 쉽게 입을 열었다. 뜨거운 컵에 손을 데우듯 표면을 매만지던 희온이 조용히 말했다.

"……맥, 전 불면증이 많이 나았어요. 두통도요."

희온은 맥에게 블로커에 대한 이야기를 하지 않았다. 할 수 없었다. 블로커가 맨더의 부작용에 도움이 된다는 말을 하면 또 어떤 아이들이 연구소로 잡혀 와 그들의 실험 대상이 될지 모르는 일이었다. 그러나, 맥 역시 그 이유를 물어보지 않았다. 대신 주머니를 뒤적인 그가 희온에게 손을 내밀었다.

"받아."

그 손에는 초승달 모양의 목걸이가 놓여 있었다. 희온은 저게 무엇인지 알고 있었다. 연구소에서 살던 시절 매일 목에 차고 다니다가 맨더가 되자마자 맥에게 반납했던 물건. 그건 목숨의 증표나 다름없었다. 희온이 그 의미를 깨닫고 눈을 느리게 감았다 뜨자 맥이 부드럽게 미소 지으며 희온의 머리카락을 헝클어뜨렸다.

"이제 진짜 보통 사람 해, 희온아."

맥은 희온에게 새 삶을 주고 있었다. 국가에서 맨더를 추적할 수 있는 유일한 족쇄를 풀어 주고 있었다. 희온은 목이 콱 틀어막히는 것 같다고 생각했다. 그래서 입을 몇 번 벙긋거리다가 간신히 감사 인사를 할 수 있었다.

"……감사합니다."

"바시트록스로 갈 거니?"

그러나 맥은 희온이 무슨 말을 할지 알고 있다는 듯 다른 질문을 해 왔고, 희온도 고개를 주억거리기만 했다.

맥도 바시트록스 총리 아들의 사진을 봤을까. 그가 예전 그 소년이라는 것을 알고 있을까. 물어보고 싶었지만 묻지 못했다. 알고 있다는 대답도, 모르고 있다는 대답도 듣기가 힘들 것 같았다. 그냥, 모르고 싶었다. 모른 척하고 싶었다.

"……아마도요."

"거기서는 네 신분증이 생겼으면 좋겠구나. 언젠가 비행기를 타고 국경을 넘어서 만날 수 있도록."

맥은 미소 지었고, 희온도 따라 웃었다. 오랜 시간 친구라고 생각했던 쉐드를 잃은 것은 꽤 허무한 일이었지만, 그다지 슬픈 것 같지는 않았다. 자신에게는 맥이 있고, 페트로프가 있으며, 그리고 헤이븐이 있었다. 서로의 삶으로도 버거워 늘 같이 있지는 못했지만, 맥은 언제나 내 사람이었다.

물론 맥에 대한 원망이 하나도 없었던 건 아니었다. 어쨌든 그 역시 자신을 연구실 침대에 눕힌 사람이었고 모든 연구 결과를 정부에 가져다 올리는 위치였다. 그러나 그건 이젠 아무래도 됐다고 생각했다. 맥의 탓을 하기에는 그 역시 국가의 명령대로 움직일 수밖에 없었으며, 그는 이미 자신에게 그 자리에서 할 수 있는 최대의 일을 해줬다.

"맥. 저 이제 탈영병인데, 용돈 같은 건 안 주십니까?"

"이제 내 살길 찾기도 바빠서 안 돼."

"다음에 볼 때는 미리 준비해 주세요."

"노력은 해 보겠지만, 네가 주는 게 더 빠를 것 같구나."

탁.

고개를 끄덕인 희온이 들고 있던 컵을 내려놓고 몸을 일으켰다.

"갈게요."

"적어도 여덟 시까지는 이곳을 완전히 벗어나는 게 좋을 거야. 그 이후로는 나도 모른 척할 거라서."

몇 걸음을 옮기면서까지도 희온과 맥은 작별 인사를 하지 않았다. 굳이 이별을 나누지 않았으니, 언젠가 다시 만날 수 있기를 바라는 마음이었다. 먼저 등을 진 맥을 잠시 바라보던 희온이 마른침을 삼키며 고개를 숙여 막사를 나섰다.

희온이 다시 언덕에 도착했을 즈음에는 노을이 지고 있었다. 발 밑에 있는 낙엽을 밟을 때마다 내는 소리가 좋았다. 희온이 익숙한 폐건물로 들어서려는데 그 앞에는 커다란 차가 대어져 있었다. 그 차 트렁크에 짐을 싣고 있는 사람은 리암이었다.

"오셨습니까."

"리암, 오랜만이에요."

양손 가득한 짐을 넣고 문을 탁 닫은 리암이 손을 털며 다가왔 다. 해가 다 지는 지금 선글라스를 끼고 있는 게 이상해서 희온이 고개를 갸웃거렸다.

"눈병 났어요?"

"아뇨. 제가 한 일주일 동안 캡틴 얼굴을 못 보는 신세여서요. 나름 보호막이자 변명거리입니다."

헤이븐의 짓이었다. 유치하기 짝이 없는 대처에 헛웃음을 지은 희온이 짧게 인사하고 걸음을 옮기려고 하자 리암이 희온을 불 렀다.

"아. 캡틴, 기억 찾으셨다면서요."

생각해 보니 리암이 캡틴이라고 부르는 사람은 자신 한 명뿐이 었다. 엡실론 포스의 캡틴이었던 헤이븐에게는 그 호칭으로 부르 지 않았던 것 같았다. 당연했다. 그는 군인이 아니었으니까.

"네. 너무 오래 걸렸네요."

"그렇게 생각하지 마세요. 얼마가 걸렸든 어차피 헤이븐 님은 주 기적으로 캡틴 꿈에 들어갔을 겁니다."

헤이븐이, 내 꿈에 들어왔다고? 무슨 이야기인지 알지 못하는 것 같은 표정에 리암이 흠칫 놀랐다가 조심스럽게 물었다.

"아직, 다 못 들으셨구나."

"헤이븐이 내 꿈에 들어왔습니까? 그것도, 주기적으로?"

"어……."

난감함이 듬뿍 묻은 얼굴로 말을 질질 끌던 리암은 하는 수 없이 작은 한숨을 내쉬었다.

"블로커는 맨더의 꿈에 들어가도 서로 부작용이 없는 건 알고 계시죠?"

"아뇨. 맨더는 블로커의 꿈에 들어갈 수 없다는 것만 알고 있습니다."

하긴, 하프록스에는 블로커에 대한 정확한 정보가 없으니 모르는 게 당연했다. 이걸 진짜 말해도 되는 건가 싶었지만 무슨 생각을 하는 건지 알 수 없는 헤이븐에 비해 희온은 상대하기 좋은 사람이었으므로 그나마 말을 하기가 편했다.

"어, 그러니까. 블로커는 맨더의 능력도 가지고 있어요. 다만 그 어떤 식으로도 부작용이 발견되지 않거든요. 그리고 블로커의 능력 중 가장 뛰어난 점은, 맨더와는 달리 그 어떤 흔적 없이 드나들 수 있다는 데 있어요."

"흔적……이요?"

"네. 타겟이 잠에서 깨면, 맨더라는 것까진 몰라도 자신이 과거의 꿈을 꿨다거나, 모르는 사람의 꿈을 꿨다는 것 정도는 알잖아요. 근데."

"그런데, 블로커는 꿈에 들어갔다는 것도 숨길 수 있다는 겁니까?"

"뭐……, 네. 그런 거죠."

희온은 눈앞에서 선글라스를 낀 남자를 보며 헛웃음을 터뜨렸다. 리암이 지금 무슨 말을 하고 있는지 너무 잘 이해가 가서 오히려 어이가 없었다. 기가 차서 죽을 것 같았다.

"헤이븐은 아직 건물 안에 있죠?"

"건물 뒤쪽으로 가시던데, 제가 모셔올까요?"

"아뇨, 제가 갈게요."

희온은 그가 어디 있는지 알 것 같았다. 건물 가까이 다가가자 본관의 유리문 손잡이는 자물쇠로 꽁꽁 잠겨 있었다. 언젠가 사람들이 드나들었다고 보기 힘든 어두운 건물. 중간중간 창문이 깨져 있는 건물을 지나친 희온이 철조망 앞으로 가까이 다가갔다.

철조망에 걸린 팻말 너머 보이는 언덕 위, 앉아 있는 헤이븐의 뒷모습이 보였다. 그렇게 넘을 수 없이 단단하다고 생각했던 철조망도 지금은 오랜 세월에 낡아 틈이 열려 있었다.

지금은 기꺼이 넘어갈 수 있는 곳. 헤이븐이 이곳으로 자신을 데려오고자 했던 건 이 언덕 때문이었을까. 가만히 발끝을 보고 있던 희온이 고개를 숙여 밖으로 한 걸음 내디뎠다. 바람이 몰아치면서 목덜미가 다 서늘했다. 희온이 겉옷을 추스르며 주머니에 손을 넣었다. 발목까지 올라오는 잔디를 밟을 때마다 시원한 풀냄새가 코끝에 아른거렸다.

몇 걸음 앞의 헤이븐이 고개를 돌리는 걸 보니 이미 희온의 발소리를 들은 모양이었다. 희온은 그의 바로 옆에 붙어 앉았다.

앞을 보니 언덕 너머가 보였다. 소년이었을 때 그렇게 보고 싶어 했던 마을은 시드엘이었다. 예전에는 더 예뻤을까. 예전에는 어떤 색이었을까. 지금은 간혹가다 보이는 작은 빛과 피어오르는 연기들이 전부였다.

"다녀왔습니다."

"잘 왔어."

헤이븐이 희온의 허리를 당겨 무릎 위에 앉혔다. 희온이 자연스럽게 두 팔로 헤이븐을 끌어안고 머리를 기댔다. 코끝에서부터 헤이븐의 체향이 가득 풍겨 왔다.

"헤이븐."

"네."

"그동안 내가 보고 싶을 땐 어떻게 했습니까?"

"참았죠."

거짓말.

"그럼, 내가 기억을 영영 못 찾았다면 어떻게 했을 겁니까?"

"상관없어요. 예전을 떠올리지 못해도 너는 나를 다시 사랑했잖아."

이건, 거짓말이 조금 보태진 사실이었다. 그래도 상관없지는 않았으면서.

기억을 찾자마자 그동안 꾸던 기억들은 전부 내 과거의 조각인 줄 알았다. 그러나 아니었다. 내가 내 과거를 꿨던 게 아니라, 헤이븐의 부름이었다. 그가 내 꿈으로 들어와 과거를 불러오고, 또 불러왔다. 아니, 구경하러 왔던 것이다. 어렸을 적의 우리를.

"나를 보러 왔었죠?"

지금 뺨을 스치는 바람이 사람을 행복하게 만들어 주는 거 아닐까 싶었다. 그게 아니라면 왜 이렇게 속이 간질거리는지 이해할 수 없다. 희온의 질문에 헤이븐이 잠시 기억을 더듬었다.

"어디로요?"

"내 꿈으로요."

그제야 헤이븐이 묘한 표정을 하다가 부드럽게 미소 지으며 희온의 귀를 아프지 않게 물었다.

"거기라면 매일 갔죠. 너는 꿈을 꾸지 않았다고 생각했던 날들도 매일같이. 하루는 네 방으로, 하루는 언덕 앞으로. 하루는 나무 아래로."

"내가 기억을 되찾기를 바라서요?"

"아니. 그냥 보고 싶어서."

귓가에 있던 입술이 뺨으로 흐르자 희온의 미소가 닿았다. 바짝 붙어 있는 두 사람 사이로 잠시 긴 호흡이 섞이자 희온이 벅차오른 눈을 감았다. 헤이븐이 분명히 눈앞에 있는데도 그리웠다. 그리운 기분이었다.

그는 아무것도 아니라고 생각했던 내 인생에 나타났다. 보잘것없이 내팽개쳤던 인생에서, 그래도 그 하나만큼은 영원히 내 편이라는 걸 알게 했다. 한없이 낡아 사라질 수도 있었던 내게 손을 뻗어 주고 다시 한번 구원했다.

기억하지 못했던 모든 순간에 그가 있었다. 매일 자신을 그리고 기다리며 자신의 앞으로 걸어왔다. 아침을 기다린 오천 번의 서러운 밤은 혼자가 아니었다. 이 남자가 서 있었다.

"미안해, 노아."

겨우 입술을 떨어뜨린 희온이 사과했고,

"사랑해, 노아."

헤이븐은 그렇게 대답했다.

희온은 이틀에 한 번꼴로 죽어 갔다. 사람들의 기억을 엿보고 훔쳐본 후에 그 대가로 죽음을 내놓았으며 그것마저 그들의 시야에서 숨은 채 해야만 했다. 그들에게 깊은 인상을 남기면 안 될 사람이었다. 그저 그들 몰래 죽어야만 했던 사람이었다.

"온아."

"네."

헤이븐의 금발이 유독 눈이 부셨다. 사실 어렸을 때의 자신이 왜 헤이븐을 그렇게 좋아했나 생각해 보면 전부 저 색의 조화 때문인 것 같았다. 밤마다 기다려 온 해를 닮은 머리카락, 어린 시절 그리움을 닮은 눈동자. 그 모든 것이 자신을 바라볼 때면 속이 벅차 왔기 때문인 것 같았다.

"나는 가끔 네가 아까워. 그 수많은 밤들을 별처럼 빛낼 수 있었을 텐데."

헤이븐의 감상적인 말에 희온이 흐리게 웃었다. 자신의 죽음을 안타까워해 준 건 헤이븐이 처음이었다. 더 이상 죽지 말라고 해 준 것도, 머리에 총을 겨누지 말라고 해 준 것도 그가 처음이었다.

지금에 와서 보니 헤이븐은 희온에게 처음을 많이 안겨 준 사람이었다. 첫 친구였고 풋풋한 첫사랑에 빠진 상대였으며 처음으로 자신을 속인 사람이기도 했다. 빠른 속도로 빠져들었다.

다른 말로 설명할 수 없었고 이유 같은 것도 없었다. 아무리 두꺼운 겉옷을 입어도 어느새 허리 틈으로 새어 들어오는 겨울바람 같았다.

"갈까요, 우리 집으로."

헤이븐이 희온을 안은 채 몸을 일으켰다. 졸지에 몸이 들린 희
온이 고개 숙여 헤이븐의 이마에 입을 맞추자 헤이븐이 즐겁다는
듯이 웃음 지었다.

어린 두 소년이 매번 넘고 싶어 하던 철조망 한구석, 페인트칠이
다 벗겨진 경고 문자가 쓰인 나무판자가 쓰러질 듯 달려 있었다.

「KEEP THE LINE」
다시, 운명을 거슬러.

Fin.

외전. Going home

'헤이븐 님, 말씀하신 대로 전부 처리됐습니다.'

두 사람이 하얀 숲에서 다시 만나기 몇 년 전 바시트록스 수도. 헤이븐은 전달된 보고를 받으며 담배를 태우고 있었다. 칠흑 같은 어둠을 품은 창밖을 보고 있노라면 누군가의 머리카락과 눈동자가 떠올랐다.

지금쯤이면 잠을 자고 있을 테지. 당장이라도 날아가 그의 일상을 전부 좇고 싶은 마음이었으나 지금은 해야 할 일이 있었다. 언젠가 희온을 만나 이곳에 데려올 그 날을 위한 일들. 헤이븐은 지금 자신만의 세상을 만들고 있었다.

'희온은?'

헤이븐의 질문에 멀찍이 떨어진 채 보고를 마친 리암이 한 걸음

더 다가왔다.

'이제 막 맨더 활동을 시작하시는 것 같습니다.'

'그거 말고. 오늘.'

기억을 잃고 한동안 병실에 누워 있던 희온이 정신을 차렸으니 남은 건 맨더 활동뿐이라는 것 정도는 알고 있었다. 헤이븐이 궁금한 건 그런 게 아니었다.

'오늘도 집 밖으로는 나오지 않았습니다.'

간신히 찾아낸 희온을 두 번 다시 찾아 헤매는 일이 없도록 헤이븐은 언제나 희온의 근처에 사람을 심어 두었다. 자신이 바시트 록스에 돌아와 있다고 해서 희온을 시야 밖에 둘 마음은 추호도 없었다. 헤이븐은 희온의 모든 날을 보고받고 있었다.

'오늘도?'

담배를 버린 헤이븐이 팔에 꽂혀 있는 주삿바늘을 뽑았다. 맨더에서 벗어나기 위한 연구 중이었지만 희온의 달라진 행동반경이 훨씬 중요했다.

'네. 이틀 전 저녁에 잠시 과일을 사러 나온 게 마지막이었습니다.'

'담배는.'

'어제 낮 이후로는.'

그럴 리가 없었다. 희온은 보통 하루 한두 번쯤 담배를 태우기 위해 집 밖을 나섰다. 어제까지는 예외였다고 해도 오늘까지 이어진다는 건 문제가 있다는 뜻이었다.

'사람 보내.'

헤이븐은 그가 있는 곳이 원한다고 해서 당장 갈 수 있는 곳이 아니라는 것에서 번거로움을 느끼고 있었다. 단순히 물리적인 거리 때문은 아니었다. 바시트록스 사람인 헤이븐이 하프록스에 들어가기 위해서는 몇 번의 국경을 돌고 돌아야만 했다.

'어떻게 보낼까요.'

리암의 말에 헤이븐이 고개를 반쯤 돌렸다. 그쪽으로는 시선도 주지 않은 채였다.

'그냥 옆집 사람이라고 하든가. 문 두드려 보라고 해. 방법 많잖아.'

'알겠습니다.'

자기 자신의 팔에 주삿바늘을 넣을 때까지만 해도 아무런 표정이 없었던 남자는 느린 걸음으로 창문 앞을 서성였다. 희온은 지금, 집 안에서 무얼 하고 있는가.

'헤이븐 님.'

몇 분쯤 지난 다음에야 대답이 돌아왔다.

'집 문을 두드려 봤는데, 안에서 기척만 조금 들렸답니다.'

문을 열어 준 것도 아니고, 단순히 기척이라고.

그 순간 헤이븐의 머릿속에서는 수만 가지의 불행한 회로들이 뒤엉켰다. 결정은 빨랐다.

'부숴서라도 열어.'

'네.'

자신이 그를 바시트록스로 데려오는 그 날까지 희온이 아파서는 안 됐다. 그에게 무슨 일이 벌어져서도 안 됐다. 그럭저럭 괜찮은 삶을. 내가 없는 일상에서 불행하지는 않을 정도의 삶을 살고 있어야만 했다.

'집 관리자를 불러서 문을 열고 들어갔는데, 반쯤 쓰러져 계셨다고 합니다. 일단 바로 병원으로 연락하라고 했습니다.'

며칠간 잠도 줄이며 강행한 실험 때문에 피곤이 잔뜩 담긴 눈꺼풀을 꾹 누른 헤이븐이 창가에서 몸을 돌리며 겉옷을 챙겼다.

'지금 출발하면 모레쯤 도착할 테니까 브로커들 불러 놔.'

'지금, 하프록스로요?'

헤이븐은 두 번 대답하지 않고 집을 나섰고 리암은 곧바로 메시지를 보내 두었다. 그는 지금, 이 시간에 하프록스로 향할 생각이었다. 매번 희온의 일상 보고를 받기만 했지 이렇게 찾아가는 건 기억을 잃고 병실에 있던 그를 보러 간 이후 처음이라서, 리암이 걸음을 서둘러 재촉했다.

헤이븐의 예상대로 이틀이 지난 뒤에야 하프록스 수도로 들어가게 된 두 사람은 리암이 준비해 둔 숙소로 향했다. 오 층짜리 작은 아파트는 헤이븐이 머무는 방의 창문을 열면 희온의 집 창문이 가까이에서 보였다.

'몸살이라고.'

'네, 어제 퇴원하셨다고 합니다. 고열이 심해서 조금만 더 있었으면 위험할 뻔했다고.'

대답을 듣고도 헤이븐은 한참 동안 창가를 향해 서 있었다. 헤이븐이 보고 있는 방향에서는 그 건물의 출입문은 보이지 않아 희온이 담배를 피우기 위해 오가는 것은 볼 수 없었다.

창문을 통해 볼 수 있는 거라곤 고작해야 내부를 전부 가리고 있는 커튼뿐이었으나 헤이븐은 마치 그 속이 전부 보이는 사람처럼 그곳에서 시선을 떼지 않았다.

헤이븐은 굳이 희온의 모습을 보려고 하지 않았다. 리암으로서는 도무지 이해할 수 없는 일이었다. 자신이 아는 헤이븐은 하프록스를 빠져나온 뒤부터 희온의 흔적을 찾기 바빴다. 그리고 희온의 위치를 파악하자마자 다시 하프록스에 있는 병원으로 달려가 깨어나는 것까지 확인했다.

그러나 그가 기억을 잃었다는 것을 알고 바시트록스로 돌아온 다음에는 오로지 해야 하는 일에만 몰두하며 꾸준히 보고만 받을 뿐이었다. 지금도 마찬가지였다. 바로 가까이에 그가 있는데도 헤이븐은 나설 생각이 없어 보였다.

'곧 다시 출발하셔야 합니다.'

시계를 확인하며 조심스럽게 말을 건네는 리암에게 헤이븐이 고개를 끄덕였다. 그사이 한 번도 열리지 않는 커튼을 보면서 안도하기도 했고, 실망하기도 했다.

분명히 때는 온다. 언젠가 자신이 그의 앞에 나타나는 날이 올 것이었다. 지금 당장 희온을 만나게 되면, 그 만남이 길어질 것 같다는 직감을 한 탓도 있었다.

무슨 말을 어떻게 꺼낼지, 지금 이 집요한 감정으로 그에게 무엇을 바라는지는 당장 생각하고 싶지 않았다. 조금만 더 자란 다음에. 조금 더 힘이 생기면. 헤이븐이 다시 그 집을 나서기 위해 뒤를 돌았다.

바시트록스로 돌아가는 길은 또다시 꼬박 이틀이 걸렸으나 헤이븐은 그 시간을 후회하지 않았다.

이따금씩 병실 침대에 누워 인공호흡기를 끼우고 있는 희온의 모습이 떠올랐다. 얼마든지 받을 수 있는 희온의 사진도 받아 보지 않은 건, 그런 것쯤은 아무 소용이 없다는 걸 알고 있었기 때문이었다. 언젠간 직접 만나게 되겠지. 내가 맨더라는 족쇄에서 벗어날 방법을 찾게 되면.

'피곤하진 않으십니까?'

차창 밖으로 시선을 돌리는 헤이븐에게 리암의 목소리가 들려왔다. 헤이븐은 오늘 유독 커다란 달을 바라보며 대답했다.

'밤이 조금 짧아지면 좋겠네.'

자신이 신이라면 희온의 시간에 결코 어둠이 내리게 둘 리 없었다. 그렇게 해 줄 수 없음을 알기에 헤이븐은 밤을 함께 지새우는 것으로 대신했다. 그의 가까이에 사람을 붙여 희온의 방에 불이 켜고 꺼지는 순간을 단 한 번도 놓치지 않았다. 비록 아침 첫 해가 떠오른 직후까지 그 방의 조명이 꺼지지 않는다 해도.

덕분에 희온이 혼자 버텨 내는 시간이 길어질수록 헤이븐의 밤도 길어졌다. 맨더가 무엇인지, 하프록스에서 맨더로 지낸다는 게 어떤 의미인지 헤이븐은 잘 알고 있었다.

잘 지내면서, 너무 잘 지내지는 않기를. 기억을 잃은 만큼 안녕하게 살면서도, 내가 없는 곳에서 그 미소를 띄우지는 말기를. 헤이븐은 이중적인 마음을 품으며 멀리서나마 그 긴 밤을 함께했다.

"무슨 생각을 그렇게 합니까?"

사랑스러운 목소리가 들리자 테라스에 나와 밤바람을 쐬고 있던 헤이븐이 고개를 돌렸다.

그 앳된 모습의 희온은 지금 이렇게 자라 자신의 삶에 완전히 들어와 있었다. 섹스 후 샤워를 마친 희온의 뺨은 아직 물기를 한가득 머금고 있었다.

"옛날 생각이요. 우리 하얀 숲에서 다시 만나기 전에."

"아."

희온이 고개를 끄덕이며 테라스로 따라 나오자 헤이븐이 담배를 건넸다. 머리를 다 말리지 않았는지 티셔츠 위로 물이 한 방울씩 떨어졌다. 헤이븐이 방 안에서 커다란 수건을 가지고 나와 희온의 몸을 감쌌다.

"지난번에, 오천 번이 넘는 밤들을 괴로워하면서 보냈다고 했잖아요."

시드엘에서 헤이븐에게 총을 쏘던 때의 일이었다. 그때 얘기는 왜 꺼내냐는 듯 별로 흥미롭지 않은 얼굴로 담배 끝에 불을 붙인 희온이 대충 고개를 한 번 끄덕였다. 헤이븐이 수건을 들어 희온의 머리카락 끝을 살살 문질러 닦았다.

"혼자 버텼다고 생각한 날 중 하루쯤은, 커튼 너머에 내가 있었을지도 몰라요."

"……조금 헷갈리는데. 이게 지금 로맨스입니까, 아니면 날 스토킹했다고 자백하는 겁니까?"

희온의 근거 있는 의심에 헤이븐이 태연하게 어깨를 으쓱였다.

"비유죠, 비유. 그냥 정말 그 밤들을 당신 혼자 버틴 것만은 아니라고."

대답을 듣고도 못 미더운 듯 잠시 한쪽 눈썹을 찌푸리던 희온이 뿌연 담배 연기를 뱉으며 화제를 돌렸다.

"그건 그렇고, 어떻게 했냐니까요?"

그 질문이 무엇을 뜻하는 건지 알고 있는 헤이븐의 입맞춤이 희온의 뺨에 와 닿았다. 섹스하기 전에 나누던 대화의 일부였다.

"말했잖아요, 바시트록스는 이미 하프록스를 손에 쥐고 있었다고. 하프록스가 오랜 시간 내수 발전을 꾀하는 동안 우리는 하프록스의 중심인물들을 파고들었어요."

대답과 동시에 입맞춤이 또 한 번. 희온은 자신의 뺨에, 그것도 정확히 보조개가 들어가는 곳을 눌러 댈 때마다 고개가 기우는 게 귀찮았다. 피하듯 몸을 물려 봤으나 그사이 뒤에서 허리를 감아 안은 헤이븐의 팔이 단단해 빠져나올 수 없었다.

바시트록스로 도착하고 나서 간신히 긴장이 풀리자 희온은 그동안 알아야 했던 모든 것을 물었다. 도대체 명단을 어떻게 바꿔 특전사로 들어올 수 있었는지, 또 언제 하프록스로 오게 된 건지. 그리고 헤이븐은.

'질문 한 번에 키스 한 번이요.'

조건을 걸었다. 못마땅하게 수락하긴 했지만 세 번째 키스가 곧장 섹스로 이어지는 바람에 희온이 더 이상 물어볼 수 없었고, 결국 섹스가 끝난 지금에서야 다시 질문할 수 있었다.

그 대답들로 희온이 알 수 있었던 건, 생각보다 바시트록스의 영향력이 크다는 것. 바시트록스는 하프록스의 경제는 물론이고 정치까지 관여하고 있었다. 하프록스에서 기억 능력자까지 만들어 내면서 내부자들을 걸러 내고 반역자에게 가차 없었던 게 이해될 지경이었다.

"헤이븐. 그럼 바시트록스에도 맨더를 키웁니까?"

"연구소가 생길 뻔하긴 했죠. 비윤리적이라는 의견 때문에 무산됐지만."

물론 바시트록스에도 기억 공유자가 존재했으나 그 수가 훨씬 적었다. 테이커들을 굳이 맨더로 발현시키지 않았기 때문이었다. 정부에서 직접 테이커를 관리했으나 그것도 관리라고 하기엔 애매한 정도의 수준이었다.

사실 굳이 그들을 이용하지 않아도 하프록스의 속내를 알고 대비할 수 있었다. 어린 시절 하프록스로 넘어갔던 헤이븐이 맨더의 존재를 알아낸 직후부터, 바시트록스에서는 주요 인사들이 꾸는 꿈을 매일 꼼꼼히 보고하도록 했다.

"대신 우리는 하프록스엔 없는 블로커가 있잖아요."

"그게 헤이븐 당신이고요."

"내가 주인공 병 있는 게 이해가 좀 돼요?"

그리고 그 사실관계를 증명하고 정치의 유리한 고지로 점령하는 것. 그것이 헤이븐이 블로커로서, 또 총리의 아들로서 해 오던 일이었다.

바시트록스로 돌아오는 내내 헤이븐에게 전해 듣던 수도에 도착했을 때 희온은 놀랄 수밖에 없었다. 계획도시처럼 반듯한 도로 옆으로 빼곡히 줄을 선 높은 건물들 때문이었다. 물론 하프록스도 수도는 이 정도로 발전했지만, 그 크기가 달랐다.

끝도 없이 이어지는 도로의 끝을 한참 바라보며 희온은 이미 죽음으로 사라진 자신의 동료들을 떠올렸다.

"들어가서 잘까요."

이번에 생각에 잠긴 쪽은 희온이었다. 손가락 사이에서 타고 있던 담배를 가져가서 버린 헤이븐이 희온의 빈손을 잡아끌었다.

기꺼이 이끌려가 준 희온은 오랜만에 평온한 잠을 잘 수 있었다.

하프록스에서 무사히 바시트록스로 넘어왔고, 당장 목숨 걱정을 하지 않아도 되었으며 헤이븐이 곁에 있었다. 모든 게 안심뿐이었다.

그다음 날 한 일은 헤이븐과 함께 바시트록스 수도 뒤편의 산에 오르는 것이었다. 보이지도 않는 하프록스 쪽을 향해 반듯하게 선 희온은 한참을 묵념했다. 희온은 그들의 이름을 줄줄 읊을 수 있었다.

그들 중 누가 바시트록스의 사람인지는 중요하지 않았다. 그들이 어떤 신념을 가지고 있었는지도 마찬가지였다. 그들은 단순히 한 지역에서 함께 와자지껄 떠들던 팀원들일 뿐이었다. 그 이상도, 그 이하도 아닌 희생자.

희온은 바람 부는 언덕에 서서 오래도록 시드엘 쪽을 바라보고 있었고 헤이븐은 겉옷을 그 어깨에 둘러 주며 아무 말 없이 그를 기다렸다. 희온만의 추모식이 끝날 때까지. 어쩌면 울지도 모른다고 생각했으나 그는 울지 않았다.

"무슨 생각을 그렇게 오래 했어요."

"운명이 조금만 빗겨 갔으면 그 애들 대신 내가 죽었을 수도 있었겠다는 생각이요."

"그럴 리가 없잖아요."

헤이븐의 단호한 말에 희온이 고개를 돌렸다.

"왜요?"

"내가 그렇게 됐을 리가 없으니까."

그건 희온이 바라는 대답이 아니었다. 희온은 그의 말을 정정했다.

"그 친구들은 당신이 없어서 죽은 게 아닙니다. 한낱 국가의 자존심 싸움에 희생당했던 거지."

"그건 내가 알 바가 아니고, 확신하는 건 희온 당신이 그 자리에 갔더라도 당신은 죽지 않았을 거라는 것뿐이에요."

거만하고 냉정하기 짝이 없는 헤이븐의 말은 희온의 한쪽 귀로 자연스럽게 흘러나갔다. 생전 누군가를 위로해 본 적 없었던 헤이븐은 희온을 위로하고 싶었지만, 다른 어떤 식으로 말을 꺼내야 할지 몰랐다.

그러나 그럴 틈도 없이 희온은 그 언덕에서 내려오자마자 평소의 그로 돌아왔다. 그래서 헤이븐은 희온이 정말 괜찮다고 생각했다. 희온을 제외하면 그 누구의 죽음에도 동요하지 않는 그로서는 거기까지가 이해할 수 있는 감정의 한계였으므로.

* * *

그 해 바시트록스의 날씨는 평년에 비해 유독 화창했다. 작게 움을 트던 봉오리는 꽃을 피웠고, 거리를 걸으면 계절을 상징하는 푸른 냄새가 코끝을 간지럽혔다.

하늘이 밝아 오는 창밖과는 달리 희온은 심각한 얼굴로 한참 동안 서류를 보고 있었다. 가끔가다 잎 향기가 가득한 찻잔을 들어 올리긴 했지만 그것 말고는 두 시간 전과 다를 바 없는 반듯한 자세였다.

긴 숨을 뱉으며 한 장을 더 넘겼을 때, 노크도 없이 커다란 원목 문이 벌컥 열렸다.

"또 여기 있었어요?"

"네."

희온 못지않게 진지한 표정을 한 헤이븐이 방 안으로 들어왔지만, 희온은 그저 고개를 살짝 들어 그를 확인한 게 전부였다. 다시 시선은 서류 위로 떨어졌다.

사랑스러운 미소와 보조개 대신 새까만 머리카락의 정수리가 헤이븐을 반기는 건 요 며칠 익숙한 풍경이었다. 요즘 희온이 변한 것이 자신의 기분 탓인지를 재어 보던 헤이븐이 들고 온 샌드위치 접시를 한쪽에 내려 두었다.

"바쁩니까?"

"조금요."

처음 바시트록스에 데려온 것까진 좋았다. 헤이븐은 종전으로 희온을 유혹해 이곳에 망명시켰다. 그리고 얼마 가지 않아 국민들에게 자신의 존재를 완전히 공개했다.

존재도 몰랐던 총리의 아들이 정치 외교학을 전공하며 꾸준히 아버지의 행보를 도와 왔다는 것을 알게 된 국민들의 반응은 다양했다. 대부분은 뒷배경 없이 살아온 그의 아들을 반겼고 나머지는 총리까지 불신했다. 그러나 헤이븐은 동요하지 않았다.

이 모든 것이 정치를 시작하는 발판이 되어 준다는 것을 그 누구보다 잘 알고 있었다. 또 하나 더 확신하는 게 있었다. 이 나라의 총리에는 자신이 잘 어울린다는 것. 당장은 의원 자리부터 밟아야 하니 갈 길이 멀었지만 어쨌든 그건 자신의 자리였다.

반대로 하프록스 정부는 헤이븐과 희온의 일을 수면 위로 끌어올리지 않았다. 당연했다. 일단 그들은 과거에 헤이븐이 연구소에 들어갔던 아이라는 것을 알아내지 못했다.

맥을 비롯한 두세 명의 연구원들이 헤이븐의 어린 시절을 기억한다고 해도, 그 아이가 갑자기 나타난 저 바시트록스 총리의 아들일 거라고 연결 짓기에는 무리가 있었다.

심지어 특전사로 들어온 스파이가 총리의 아들이었다는 것조차도 밝히지 못했다. 그건 자국 군대의 허점만 인정하는 꼴이나 다름없었다. 종전이 머지않은 시국에는 더더욱 하프록스의 패배로 보일 것이 분명했다.

'우리가 바라는 건 많은 게 아닙니다. 그저, 평화일 뿐이죠.'

몇 번의 비공식 회담을 진행하면서 이안은 하프록스 측에 그것만을 강조했고, 하프록스는 서로 간의 적당한 타협을 통한 종전으로 보이기 위해서만 최선을 다했다. 바시트록스의 너그럽고도 일방적인 제안이었다.

그사이 헤이븐은 빠르게 움직여 희온을 바시트록스의 국민으로 만들었다. 이제 더는 쫓기듯 살지 않아도 되는 그가 당분간 편히 쉬었으면 했다.

그리고 헤이븐의 바람대로 처음 삼 일 동안 희온은 집 밖으로 나가지 않았다. 헤이븐과 함께 집안의 모든 곳에서 섹스를 했고, 잠만 잤고, 또 영화를 보거나 거품 목욕을 했다.

다음 날부터는 단둘이 근처 산책을 하고 해가 들이치는 공원 벤치에 누워 시간을 보냈다. 책을 읽는 희온의 무릎에 누운 헤이븐이 끊임없이 키스를 요구하는 바람에 여유로움이 길게 이어지진 않았으나 그건 그것대로 행복했다. 헤이븐의 시야에, 손이 닿는 곳에 희온이 있다는 건 생각보다 훨씬 즐거운 일이었다.

그러나 희온은 딱 일주일 쉰 다음 정부의 경호팀이 되기 위해 준비했다. 굳이 공무원이 아니더라도 지원 가능한 자리였으며, 헤이븐과도 그다지 멀지 않은 직업이라 충분히 매력 있다고 느꼈기 때문이었다.

'온, 그거 말고 다른 걸 하는 게 어때요.'

'싫은데요.'

'직업이 그거 하나밖에 없습니까?'

'내가 하고 싶은 건 그것밖에 없는데요.'

'내 전용 섹스파트너는 어때요.'

'응, 안 해.'

희온이 경호팀에 지원하겠다는 생각을 밝힌 날 둘은 몇 시간 동안 말싸움을 해야 했지만 애초에 헤이븐이 질 수밖에 없는 대화였다. 헤이븐은 마지못해 이안 총리의 추천장을 받아다 주겠다고 했고, 희온은 자신이 알아서 할 테니 신경 쓰지 말라고 대답했다.

그리고 한 해가 지나는 동안, 희온은 정말로 헤이븐이나 이안의 입김 없이 스스로 입사했다. 하프록스에서의 이력은 사용하지 못했지만, 그것과 능력은 별개였다. 희온은 그 자리에 당당히 들어가 사람들과 어깨를 나란히 하고 있었다.

물론 완전히 헤이븐의 힘이 없었던 건 아니었다. 하프록스에서 자랐다는 과거를 지우기 위해 바시트록스에서 쭉 지냈다는 증거들을 넣어 주기는 했지만 그뿐이었다. 희온은 혼자 지나치게 잘해 나가고 있었다.

바로 그게, 헤이븐을 거슬리게 하는 점이었다.

헤이븐은 희온이 1년 정도는, 아니 적어도 몇 개월 동안만이라도 자신의 곁에만 머물며 푹 쉬기를 바랐지만, 그는 스스로를 가만히 두지 못했다. 쉴 틈도 없이 곧바로 입사 준비를 하더니 좁은 합격률을 뚫고 덜컥 붙다 못해 지금은 작은 행사에서 종종 중요한 위치에 서기도 했다.

"나는 안 보여요?"

희온이 좋아하는 미소를 지어 보이며 다가온 헤이븐이 그의 책상에 비스듬히 걸터앉았고, 희온은 며칠 뒤 주요 인사 스케줄에 맞춰 동선을 재정비하느라 헤이븐을 거들떠보지도 않고 있었다.

"워낙 눈에 띄는 얼굴이라 잘 보입니다."

일 년 동안 열심히 달려와 종전이라는 도착지를 눈앞에 두고는 있었지만, 골이 깊은 두 나라의 역사 때문에 하루아침에 마침표를 찍기 힘들었다. 덕분에 회담이 계속 이어지다 보니 희온의 일도 덩달아 많아지고 있었다.

"나 진짜 좀 섭섭해지려고 하는데."

미소가 거둬진 헤이븐의 말에 그제야 희온이 고개를 들었다. 하긴 요즘 며칠 동안 제대로 된 대화를 한 적이 없었다. 하지만 그렇다고 해서 자신도 할 말이 없는 건 아니었다. 들고 있던 펜을 놓은 희온이 덩달아 눈썹을 구겼다.

"어제 나 안 재운 건 누군데요? 그제 새벽에 돌아온 사람 붙잡아 놓고 아침까지 섹스한 사람은 누굽니까? 그리고 며칠 전에 출장 가려고 준비 다 한 사람 홀랑 벗긴 건 누군데."

말을 하고 나니 정말 어이가 없었다. 자신이 지금 이렇게 바쁜 건, 밤에 집에 오면 쉬지도 못하게 하는 헤이븐의 책임도 컸다. 사람이 밤에 잠을 자야지. 나를 좀 재워야 할 거 아니야. 그래야 내가 집중해서 일을 조금이라도 더 빨리 끝내지.

"안겨서 잉잉댈 때는 언제고."

"……나가세요."

매몰찬 대답에 헤이븐이 불만스러운 얼굴로 팔짱을 꼈다. 그러고 보니 희온의 얼굴이 묘하게 지쳐 보였다. 늘 단정한 머리카락도 뒤통수 쪽이 살짝 붕 떠 있었다. 깜찍하다고 말하고 싶었지만, 지금은 미안하다는 표정을 지을 때였다.

그래도 어제는 심술을 부리는 대신 조금 재울 걸 그랬나. 뭘 먹여야 나아지려나. 헤이븐이 팔을 뻗어 흰 뺨을 매만지자 희온이 다시 눈에 힘을 잔뜩 주며 헤이븐을 타박했다.

"나 재워 준다고 계약한 건 다 잊었죠?"

"그건 하프록스에서만 유효한 계약이고."

"그렇게 뻔뻔하게 살면 세상이 즐겁습니까?"

"내 세상은 너 때문에 즐겁죠."

혈압이 바짝 오르는 기분에 헤이븐을 상대하기를 관둔 희온이 다시 서류에 얼굴을 박았다. 적어도 집에 와서 한두 시간씩이라도 일할 시간을 줬으면 이렇게 몰린 일 때문에 서재에 처박혀 식사도 잊을 일은 없을 텐데.

그러나 헤이븐의 말대로 그가 들러붙어 오면 사양 없이 흥분하는 자신의 몸도 문제가 있었다. 희온이 한숨을 길게 뱉었다.

"아, 하세요."

한마디 더 했다간 희온이 총이라도 빼 들 것 같아서 헤이븐은 대신 그를 기분 좋게 해 주기로 마음먹었다. 그가 좋아하는 미소를 잔뜩 걸고, 샌드위치를 집어 들어 그의 입가에 가져갔다. 슬쩍 눈을 돌려 그를 못마땅하다는 듯이 본 희온이 입을 벌려 샌드위치를 한 입 베어 물었다.

서재 안에는 어느새 희온이 펜을 사각거리는 소리나 찻잔이 달그락거리는 소리, 가끔 샌드위치를 우물거리는 작은 소리만 나고 있었다.

그 자리에서 다시 이십 분 동안 일을 하며 헤이븐이 먹여 주는 대로 식사를 마친 희온이 한참 뒤에야 무거운 눈꺼풀을 손바닥으로 누르며 화제를 헤이븐에게로 돌렸다.

"선거 준비는 잘돼 갑니까?"

헤이븐은 지금 지역 선거구의 하원 의원이 되기 위해 준비 중이었다. 현 왕실의 친척이자 총리의 아들이라는 것을 이용해 충분히 세습 의원인 상원 의원이 될 수 있었지만, 대신 의회에서의 권한이 약했으므로 헤이븐은 하원 의원 자리를 주장했다. 원하는 게 권력의 최고점이니 그 정도의 고집은 당연했다.

"잘돼 가죠."

그 대답 끝에 고개를 숙인 헤이븐이 희온의 입가에 작게 묻은 빵 부스러기를 핥아 가져갔다. 소매를 당겨 입가를 정리한 희온이 고개를 물렸다.

"낙선하면 다음 선거까지 계속 놀릴 겁니다."

"얼마든지. 그보다 바쁜 건 언제 끝나요? 나도 경호 필요한데."

자신만만한 얼굴을 한 헤이븐의 질문에 희온이 시간을 한 번 확인했다. 벌써 출근 시간이었다.

"다음 주 되면 그쪽으로 배정될 것 같네요. 오늘은 총리님이 지방으로 가시는 날이라서요."

현재 정부의 수반인 이안 총리의 아들 헤이븐까지 경호의 대상이기는 했지만 최근 헤이븐이 하프록스에 다녀왔다는 소문이 은근히 돌면서 그의 경호 등급이 올라가는 바람에 희온이 그를 담당할수 없게 되었다. 그보다는 조금 더 경력이 있는 상사가 헤이븐을에워싸는 게 당연했다. 다음 주쯤 되고 잠잠해지면 다시 희온이 그를 담당할 수 있을 것이다.

"이렇게 얼굴 보기가 힘드니까 내가 잠을 못 재우지."

"누가 보면 며칠 떨어져 있는 줄 알겠습니다."

희온이 매무새를 다듬으며 의자에서 일어서자 헤이븐이 틈을 놓치지 않고 그 몸을 당겨 안았다. 머리와 뺨을 부벼 대며 어리광을 피우는 헤이븐의 머리카락을 살살 쓸어 준 희온이 그 눈부신 금발에 가볍게 입을 맞췄다.

"헤이븐, 다녀올게요."

"기다릴게요."

희온이 집을 나설 때까지 그 뒤를 쫓았던 헤이븐이 거실에 난창문을 통해 차에 오르는 희온을 가만히 보고 있었다. 그를 이곳으로 부른 일을 후회한 적은 한 번도 없었다. 후회는커녕 더 이상 무적자가 아닌 희온을 보는 일은 즐거웠다. 이젠 타인의 꿈에 들어가지 않는 희온을 보는 것도 그랬다. 어쩐지 가면 갈수록 그의 삶에서 자신이 빠지는 기분이었다.

물론 이제 막 자리 잡기 시작한 그 인생의 혼란스러움을 모르는 건 아니었다. 모든 걸 이해해 주고 싶었다. 그리고 그 과정은 자신과 함께여야 하는데 이상할 정도로 그는 따로의 삶을 살고 싶어 했다.

희온의 불타 버린 전 재산을 돌려주면서 헤이븐은 이 집도 함께 선물했다. 같이 살자는 헤이븐의 제안을 희온이 거절했기 때문에 어쩔 수 없이 자신의 집과는 5분도 채 떨어지지 않은 이곳을 고를 수밖에 없었다. 그러나 지금에 와서는 아무 소용이 없어 보이긴 했다. 헤이븐이 희온의 집에 거의 살다시피 한 탓이었다.

'그냥 나도 여기서 살면 안 돼요?'

'안 됩니다.'

몇 번이고 설득하려고 해 봤지만, 그때마다 헤이븐은 소득 없이 물러서야 했다. 어차피 지금도 같이 사는 것과 뭐가 다르냐고 물어봤지만, 희온은 꿋꿋하게 다르다고 이야기했다. 뭐가 다른지는 여전히 이해하지 못한 채였다.

그 모든 상황과 매일 바쁜 희온이 헤이븐을 답답하게 만들었다. 희온 앞에서 짓던 웃음과 어리광은 다 거짓이었던 것처럼 헤이븐은 그 어떤 움직임도, 표정도 없이 가만히 창가에 서서 이미 희온이 떠난 곳을 한참 바라보고 있었다.

희온의 말대로, 다음 주가 되고 그가 자신과 함께 다니면 다 괜찮아질 거라고 생각했다.

"희온."

그러나 그가 말한 일주일이 지나고 나서도 희온은 여전히 바빴고 헤이븐의 경호 담당도 이름 모를 사람들뿐이었다.

새벽녘이 다 되어서도 연락이 없는 희온에게 몇 번의 메시지를 더 보내 두었던 헤이븐이 그의 집으로 향했을 때, 침대에 옷도 다 벗지 않고 잠이 들어 있는 그가 보였다. 그 이름을 낮게 불러 본 헤이븐이 허리를 숙여 그의 겉옷을 벗겼다.

"……헤이븐?"

윗옷을 다 벗길 때까지도 일어나지 않을 것 같던 희온은 바지춤에 손을 대자마자 눈을 떴다. 반쯤 잠긴 목소리에 헤이븐이 그의 머리카락을 가볍게 쓸어 주며 마저 바지를 벗겼다.

"자요. 얼굴 조금만 더 보고 있을게."

"……안 잡니다."

그 대답은 말뿐이었고 희온은 이미 반쯤 잠들어 있었다. 벗겨 놓은 맨살을 애타는 손길로 몇 번이고 문지르던 헤이븐이 희온의 머리에 잠옷 티셔츠를 눌러 씌우자 잠시 뒤척였다.

불면증에 시달리던 희온은 타인의 꿈에 들어가지 않게 되면서, 그리고 헤이븐과 자는 날이 많아지면서 조금씩이나마 수면 패턴을 되찾는 듯했다. 그게 아니면 바쁜 일과 때문에 불면을 느낄 겨를도 없이 기절하듯 잠에 빠지는 것이거나.

벌써 다시 잠이 든 희온의 옆에 누운 헤이븐이 이불을 턱 아래까지 끌어 올리며 그의 뒤에서 허리를 끌어당겼다. 여전히 마른 배는 손으로 쓸어 봐도 납작하기만 했다.

"희온."

"……응."

일부러 이름을 불러 깨웠다. 물론 불면증이 나아 가는 건 다행인 일이지만 그래도 하프록스에서 자신이 수면에 도움이 된다며 재워 달라던 그 모습을 볼 수 없는 건 아쉬웠다. 이제 그는 자신에게 재워 달라고 부탁하지 않았다. 자신이 없어도 그는 잠이 들었다.

"온아."

이젠 대답 대신 '음.' 소리를 내는 희온의 목덜미를 물어 빨았다. 송곳니로 세게 물면 자국이 남겠지. 지워지지 않으면 좋겠는데. 그런 생각을 하느라 자연스럽게 목을 무는 힘이 강해졌다.

"아."

그 기세에 희온이 잠에서 깼는지 고개를 숙여 입술을 피했다. 헤이븐은 대답 대신 다시 그의 목덜미에 들러붙었다.

"……하지 마세요. 자국 남습니다."

아예 이번에는 손을 들어 올린 희온이 손바닥으로 목덜미를 덮어 가렸다. 잠결이겠지만 어쨌든 그 행위 자체가 헤이븐을 속상하게 만들었다. 오래도록 곁에서 함께 시간을 보낸 리암이 그에게 총을 겨눈다고 해도 눈 깜짝하지 않을 남자는 연인의 거절 한 번에 쉽게 상처받았다.

물론 희온은 하프록스에서부터 헤이븐을 밀어냈다. '좋아'보다는 '하지 마'가 먼저인 그 성격을 모르는 것도 아니었다. 다만, 지금은 그런 것과는 달랐다. 그의 인생에 자신이 하나도 들어가 있지 않은 기분이었다.

이제 자신이 없어도 잘만 잠들 것 같은 이 남자의 문제가 가장 컸다. 헤이븐이 슬슬 진심으로 불쾌함을 느끼는 동안, 희온이 한 번 더 뒤척였다.

또다시 손길을 피하는 거라고 생각했지만, 그 대신 희온은 헤이븐을 향해 돌아누웠을 뿐이었다. 팔을 뻗어 헤이븐을 당겨 안은 희온이 긴 숨을 뱉으며 잠이 듬뿍 담긴 눈을 느리게 떠올렸다. 푹 잠겨서 끝이 갈라진 목소리였다.

"······아까 메시지 보냈었죠. 운전하느라 답장을 못했어요. 미안."

잠이 들어서 아무렇게나 흐트러진 머리카락. 반쯤 내려앉은 눈꺼풀. 한 올씩 그린 듯한 속눈썹. 살짝 말라 있는 입술. 새까만 덩어리를 만들고 있던 헤이븐의 속이 뜨거운 물에 풀리듯 파스스 형체 없이 흩어진다.

당장이라도 또다시 잠이 들 것처럼 어물거리는 눈과 흐린 초점을 하면서도 희온은 헤이븐에게 사과하고 있었다. 헤이븐의 얼굴에 미소가 떠올랐다.

"미안하면 내일 놀아 줘요. 주말이잖아."

"네."

"안 놀아줘도 되지. 끌어안고 밤낮으로 섹스만 해도 되고."

작게 하품한 희온이 무언가를 더 말하고 싶은 듯 입술을 벙긋거렸지만 그러다 까무룩 잠에 빠질 것 같았다. 그 머리카락을 쓸어 주며 한참 바라보고 있으니 자고 싶지 않은 듯 희온이 입술을 몇 번 움찔거렸다.

참지 못하고 그 입술을 가볍게 베어 문 헤이븐이 희온의 등을 여러 번 토닥였다. 잠든 희온의 느린 숨소리가 헤이븐을 달래 주는 듯했다.

그러나 이른 아침 헤이븐이 눈을 떴을 때 침대는 비어 있었다. 잠이 든 사이에 희온이 침실을 나간 모양이었는데 일어나는 걸 몰랐던 걸 보면 꽤 조심스럽게 움직인 듯했다.

왜 깨우질 않고. 헤이븐이 흐트러진 머리카락을 넘기며 침대에서 몸을 일으켰다. 곧장 방을 나서 서재 문을 열었더니 늘 같은 방향으로 자리 잡고 있던 희온의 정수리가 보이질 않는다.

여기에도 없으면 어딜 간 건데? 눈썹을 찡그린 헤이븐이 계단을 밟아 2층으로 향했다. 기적을 발견한 건 드레스 룸이었다. 희온은 셔츠 깃을 올리고 넥타이를 매면서 방 밖으로 나오는 중이었다.

"일어났습니까?"

"주말인데 어디 가요."

헤이븐은 지금 자신이 말투가 꽤 날카롭다는 걸 알고 있었지만 어쩔 수 없었다. 분명히 어제 잠들기 전에는 자신과 함께 주말을 보내기로 했으면서 지금 그는 어딘가로 나갈 준비를 마친 뒤였다. 헤이븐이 희온의 앞을 가로막아 서며 타이 매듭을 만들고 있는 그의 흰 손을 잡아 쥐었다.

"팀 선배가 갑자기 아프다고 해서 교대하러 가야 될 것 같습니다."

"희온."

"미안합니다."

헤이븐이 가만히 희온의 새까만 눈을 바라보았다. 지난 주말에도 희온은 일을 했고 2주 전 주말도 마찬가지였다. 한 소리 하고 싶은 마음을 눌러 참은 헤이븐이 희온의 손을 놓아주며 드레스 룸으로 걸음을 옮겼다.

"같이 가죠."

"일하는데 당신이 왜 갑니까."

"주말에 일하러 가는 건 정상이고?"

"총리님이 월요일까지 지방에 계시기로 해서 어쩔 수 없어요. 간신히 그 스케줄에서 빠진 줄 알았는데 아침에 선배한테 연락이 와서."

희온은 분명히 미안해 보이는 얼굴이었다. 헤이븐도 그런 마음을 모르는 건 아니었지만 이 상황에 짜증이 나는 건 어쩔 수 없었다. 헤이븐은 기본적으로 희온에게 갈증이 있는 사람이었다. 그리고 희온 하나만 바라보며 긴 시간, 긴 고통을 견뎌 온 사람이기도 했다.

드레스 룸으로 들어가려던 헤이븐이 걸음을 멈춘 채 희온을 바라보고 있자 마찬가지로 답답한 듯 눈가를 문지른 희온이 헤이븐에게로 다가왔다.

"다음 주 중에 총리님 출장 끝나면 계속 수도에 계실 거니까 그때만 잘 보내고 2주 뒤에는."

우웅.

희온이 헤이븐의 허리를 조심스럽게 감싸며 이야기를 하던 와중, 주머니에서 디바이스가 울렸다. 희온이 난감한 표정으로 헤이븐을 슬쩍 보곤 메시지를 확인했다.

"온아."

"……그때는 휴가를 좀 내겠습니다. 며칠 동안 여행이라도 다녀오죠."

이제 곧 출발해야 한다고 적힌 메시지 창을 확인한 희온이 눈썹을 긁적였다. 기본적으로 타인에게 자신의 영역을 내어 준 적 없는 희온은 지금 최선을 다하는 것이겠지만 헤이븐에게는 턱없이 부족했다.

"지난주에는 이번 주가 되면 한가하다고 했던 것 같은데."

"나도 그럴 줄 알았어요. 미안합니다, 헤이븐."

최근 들어 희온은 부쩍 미안하다는 말이 늘었다. 헤이븐은 도대체 뭐가 그를 그렇게 다급한 사람처럼 일하게 만드는 건지 이해할 수 없었지만, 매번 이해하는 척을 할 수밖에 없었다. 지금도 마찬가지였다.

"언제 오는데요."

"일요일 새벽에는 돌아오겠습니다. 기다리지 말고 먼저 자고 있어요."

고개를 끄덕인 헤이븐이 희온의 뺨에 입을 맞췄다. 희온의 삶이 괜찮아지고 평범한 날들을 보냈으면 좋겠다는 바람이 이렇게라도 이루어진 거라면 자신도 조금 더 지켜봐 줄 수 있었다. 인내심이 깎여 내려가기는 했어도, 아직 바닥을 보인 건 아니었으니까.

부디 자신의 인내심이 흔적도 없이 사라지기 전에 희온이 먼저 눈치를 채 줬으면 하는 바람이었다. 헤이븐은 이번에도 홀로 집을 나서는 희온이 더 이상 보이지 않을 때까지 지켜볼 뿐이었다.

집에서 나온 희온은 차에 올라타면서 걸려오는 전화를 받았다. 직장 선배인 케이였다.

ㅡ어디냐?

"지금 출발합니다."

ㅡ늦네? 너 때문에 한 시간은 더 기다리게 생겼잖아.

짜증스러운 목소리가 들렸다. 이 새끼는 자기가 부탁하는 주제에 지랄이 심하네. 혀끝에서 끓는 말 대신 다른 대답을 뱉었다.

"최대한 빨리 가면 40분 정도 걸릴 겁니다. 바로 가겠습니다."

희온이 일하고 있는 경호처에는 온갖 특수 이력을 가진 사람들이 차고 넘쳤다. 군인 출신, 경찰 출신. 바시트록스 내 최고 대학 출신. 그런 사람들이 볼 때 아무런 경험이 없어 보이는 희온은 깎아내리기 쉬운 존재였다.

특히 이 남자는 틈만 나면 희온에게 시비를 걸어오는 건 물론이고 자신이 하기 싫은 업무는 죄다 희온에게 몰았다. 하얀 숲에서처럼 높은 직급이 있는 것도 아니고 그렇다고 그곳에서의 이력을 알릴 수도 없었던 희온으로서는 버틸 수밖에 없었다.

부조리함을 참을 수 없는 성격일지라도 일단 지금은 어쩔 수 없었다. 최대한 조용히 지내고 싶었으니까. 희온은 짜증을 내며 끊긴 전화를 두고 동네를 빠져나오자마자 차를 근처 카페 앞에 댔다. 커피 한 잔 주세요. 주문을 하면서도 시선은 시계를 향했다.

결국, 그 주 일요일에서 월요일로 넘어가는 새벽이 되어서야 녹초로 돌아온 희온은 현관문을 열어 준 헤이븐의 품으로 폭 쓰러지듯 안겼다. 헤이븐은 기꺼이 그의 몸을 안아 들어 고이 침대에 눕힌 다음 저 역시 조심스럽게 누웠다. 희온이 눈을 감은 채 무의식적으로 헤이븐의 품을 파고들며 미약한 목소리로 중얼거렸다.

"냄새…… 좋네요."

"당신 몸에서도 나게 해 줄 수 있는데."

"……."

"희온?"

"……."

"온아."

"……."

조금 더 다정한 목소리로 귓가에 대고 속삭였지만 희온에게서 돌아오는 대답은 없었다. 그새 깊은 잠에 빠져들었는지 쌔근거리는 숨소리를 낼 뿐이었다. 너무하네. 홀로 평온한 희온의 얼굴을 바라보며 헤이븐은 속으로 탄식을 내뱉을 수밖에 없었다.

그를 깨워 섹스를 하고 싶었지만 지금 희온의 상태가 반 기절이라는 것을 알고 있어 그럴 수가 없었다. 마음이야 희온의 잠든 몸에 정액을 쏟아 내고도 남았으나 그가 알게 되면 정말 질려 할지도 모를 일이었다. 목을 틀어쥐거나 죽여 버리겠다고 협박하는 것보다 그게 훨씬 두려웠다.

월요일에는 희온의 오전 시간이 비어 있었지만, 그 대신 헤이븐에게 일이 있었다. 헤이븐은 자신에게 주어진 일을 최대한 빨리 해치우고 집으로 돌아왔으나 희온은 이미 오후 출근을 마친 뒤였다.

그런 식으로 평일 내내 시간이 어긋나자 헤이븐은 수요일쯤 희온의 집이 아닌 자신의 집으로 퇴근했다. 희온의 집으로 계속 드나들다 보면 피곤에 전 몸을 억지로 안을 것 같았기 때문이었다.

사실 정말 어르고 달래면 재우지 않고 섹스는 할 수 있겠지만, 그러고 나서 또 새벽같이 출근할 그를 보는 게 싫었다. 이상한 일이었다. 그를 다시 만나기 위해 수년을 참아 왔는데 요즘의 몇 주는 도무지 참기가 힘들었다.

[헤이븐, 오늘 봐요.]

그래서 헤이븐은 희온의 그 메시지를 봤을 때 기쁘기도 했고 속이 답답하기도 했다. 물론 그를 만나는 건 기뻤으나 좋지 않은 느낌을 계속 받고 있었다. 모든 악재가 덤빈다 해도 만나러 가긴 할 거지만.

헤이븐이 그날 희온을 본 건 평소처럼 저녁이나 밤, 새벽이 아니었다. 오후 세 시 아버지인 이안과 함께하는 자리에서였다. 외부 일정을 소화하기 위해 이안의 뒤를 따른 헤이븐은 두 걸음쯤 뒤에서 걷고 있는 희온에게 온 신경이 쏠려 있었다.

새까만 정장에 반듯한 타이 차림으로 귀에 이어폰을 꽂고 있는 그는 누가 봐도 반할 만했다. 얼굴을 봤다는 반가움에 당장 입을 맞추고 싶었으나 희온이 질색할 게 뻔했다. 대신 헤이븐은 근처의 아버지에게 몸을 가까이 기울였다.

"이제 1년 차 직원이 일을 너무 많이 하는 것 같지 않습니까."

"난 경호처에 아무런 권한이 없다."

"만드시면 되겠네요, 권한."

애초에 헤이븐은 자신의 아버지에게 애정이 없었다. 어렸던 자신을 적국에 첩자로 보냈다고 해서 반발심이 있는 것 또한 아니었다. 그냥 아무 감정 없다는 게 맞았다. 아니, 요즘은 희온을 부려먹는 악덕 업주처럼 보이기는 했다.

"정말 저 아이를 위한다면 지금 입지를 잘 다질 수 있도록 놔두거라."

"총리님께 조언 구한 적 없습니다."

지금 뱉는 말도 그랬다. 부정적인 감정으로 그를 비난한 게 아니라, 그의 선택 자체가 잘못되었다는 것을 알고 있기에 한 말이었고 이안도 그것을 알고 있었다.

이안은 자신의 아들이 총리에 걸맞은 인물이라는 걸 진작 알고 그에게 넓은 세상을 보여 주기 위해 떠민 것이었지만 최근에 와서는 그 확신에 조금 의문을 가진 상태였다.

아들을 조금 더 바라보던 그는 몇 발짝 더 걸음을 옮긴 뒤에 국민을 위한 연설 자리에 올라섰고, 헤이븐은 준비된 자리에 앉았다. 그러나 그 시선은 단 한 번도 이안에게 향하지 않았다. 경호팀이 일정한 간격으로 서 있는 한쪽, 희온에게 꽂혀 있었다.

희온은 많이 수척해진 얼굴로 이따금씩 피곤한 눈을 느리게 깜빡이긴 했지만, 여전히 날카로운 시선으로 주변을 살피고 있었다. 헤이븐이 그 시선을 낚아채기 위해 한참을 바라보고 있었을 때, 희온의 시선이 이쪽으로 향했다.

"……."

희온의 입술이 미묘하게 호선을 그리는 순간 헤이븐의 얼굴에도 미소가 피어올랐다. 예뻤다. 세상에서 저 하얀 피부와 검은 머리카락이 주는 평온함은 나만 알고 싶었다. 당장 그러기는 힘들겠지만 그나마 이렇게라도 보여 주는 그의 미소가 자신을 녹아내리게 만들었다. 공식적인 자리라는 걸 알면서도 발기할 것 같아 헤이븐이 먼저 눈길을 돌렸다.

객관적으로는 긴 연설이었지만 헤이븐에게는 찰나일 뿐이었다. 기자들의 반짝거리는 플래시 사이에서도 헤이븐은 희온을 찾아냈다. 역시 성기에 힘이 몰리기 전에 고개를 돌릴 수밖에 없었다.

이제 주말이 지나면 곧, 희온의 휴가였다.

군이 다시 상기해 보자면, 희온을 향한 헤이븐의 감정은 조금도 녹슬지 않았다. 얼마나 애타게 찾아낸 사람인데, 어떻게 지킨 사람인데. 오전 행사가 끝나고 이안과 다른 길로 돌아서는 헤이븐의 등 뒤에는 희온이 있었다.

"기자들 때문에 잠시 쉬었다가 움직이시는 게 나을 것 같습니다.

총리님이 먼저 이동하실 겁니다."

희온의 말과 함께 건물의 작은 휴게실 안으로 안내된 헤이븐은 문이 닫히기도 전에 그 틈을 붙잡았다.

"이름이?"

헤이븐의 질문은 희온이 아닌 그 뒤에 있는 다른 남자에게로 향했다.

"케이입니다."

"케이, 내가 최근 좋지 않은 꿈을 꿔서 혼자 있기가 좀 그렇네. 이 친구 좀 빌릴게."

헤이븐의 성격을 아는 사람들에게는 말도 안 되는 핑계였으나 그 누구도 그렇게 말할 수 없었다. 문을 활짝 연 헤이븐이 안으로 들어오라는 듯 고갯짓을 했고 희온은 잠시 주변을 둘러보다가 방 안으로 걸음을 옮겼다. 그 등 뒤로 문이 닫히는 소리가 들렸다.

쿵!

희온의 등이 벽에 닿았다. 거의 동시에 희온의 엉덩이 아래를 받쳐 안아 든 헤이븐이 그 입술을 훔쳤다. 그 단단한 품에 달랑 들린 희온이 양팔로 헤이븐의 목을 끌어안고 입술을 부볐다. 애가 타는 건 둘 다 마찬가지였지만 먼저 정신을 차린 건 희온이었다.

"헤이, 븐. 여기는."

"쉿. 밖에 들려요."

헤이븐이 아랑곳하지 않고 그의 바지춤을 풀어 내리고 손을 밀어 넣었다. 희온의 입에서 헛숨이 삼켜졌지만, 헤이븐은 멈출 수가 없었다. 희온의 체향이 입 안 가득 맴도는 듯했다. 헤이븐의 손이 희온의 엉덩이 틈을 파고 내려갔다. 어느새 허벅지까지 흘러내려간 바지를 아예 무릎 아래로 떨어뜨린 그의 눈앞엔 맛있어 보이는 먹잇감만 있을 뿐이었다.

"잠깐, 아!"

헤이븐의 짧은 손길에도 희온은 발기했다. 조금 다급했던 얼굴에 다시 한번 미소가 피어오른다. 닿고 싶었던 건 나 혼자가 아니었던 모양이었다. 아마, 희온 너도.

헤이븐이 입을 벌려 희온의 쇄골을 핥았다. 그저 사람의 살결일 뿐인데 누군가 설탕 가루를 뿌린 듯했다. 헤이븐이 양손으로 희온의 엉덩이를 쥐어 벌렸을 때.

똑똑.

"헤이븐 님."

둘 모두에게 익숙한 목소리였다. 희온이 흠칫 놀라며 헤이븐의 어깨를 밀어내는 바람에 헤이븐이 얼굴을 구기며 희온의 목덜미를 베어 물었다.

"왜."

살결에 입술을 묻은 헤이븐의 그 목소리가 살벌하게 뱉어졌지만, 문밖의 리암은 포기하지 않고 한 번 더 문을 두드렸다.

"두 분 다 지금 나가셔야 합니다."

하. 짧은 한숨을 뱉은 헤이븐이 눈두덩이를 희온의 어깨에 꾹 눌러 붙였다가 간신히 그 몸을 내려놓았다. 눈앞에서 바쁘게 옷매무새를 다듬고 있는 희온을 아깝다는 시선으로 보던 헤이븐이 다시 몸을 붙여 희온의 입술을 살짝 깨물었다.

"집으로 가 있을게요."

"헤이븐, 당신 오늘 저녁 늦게 끝나잖아요."

"그래서?"

"내일쯤 조금 한가해지면."

"또 내일이야? 그러다 다음 달 되고 내년 되겠는데."

방금 전까지 같이 불타올랐던 주제에 타이를 고쳐 매자마자 금욕적인 사람이 되어 헤이븐을 밀어내고 있는 희온을 보니 재차 속이 조여 왔다. 도대체 뭐가 문제야. 공간을 맴돌던 달콤한 체향이 한순간에 날아간 듯했다.

좁은 공간에서 몸을 부대낀 탓에 셔츠 깃은 삐뚤어지고 단정하게 넘겼던 금빛 머리카락 몇 가닥이 이마로 내려와 있었다. 그러나 자신의 흐트러진 매무새는 고칠 생각이 없는 듯, 헤이븐은 희온에게 불만 어린 시선을 빤히 꽂아 놓고 있기만 했다.

"온아, 우리 얘기 좀 하죠."

"지금은 가 봐야 하잖아요."

"그게 중요합니까?"

순간 낮은 목소리로 뱉은 말 한마디가 분위기를 차갑게 냉각시켰다.

"헤이븐."

"뭐가 더 중요한지 생각해 보죠."

"……이거 끝나면 퇴근입니다. 집에서 봐요."

똑똑.

문밖의 리암은 혼자 애가 바싹바싹 타는 것 같았다. 바쁜 일정은 아니었어도 지금 반드시 이야기해야 하는 중요한 일이기는 했다. 애석하게도 문 너머의 분위기를 얼핏 보니, 지옥문에 노크하는 건지도 모른다는 생각은 얼추 맞아떨어진 듯했다.

달칵.

문이 열렸다.

사람들은 일반적으로 화가 나면 소리를 지르거나, 아니면 울분을 참지 못하거나 그것도 아니면 자신의 감정을, 혹은 이해관계를 설명하기 마련인데 헤이븐은 그러지 않았다.

하긴, 헤이븐은 일반 사람이 아니었다. 그는 자신과 대화하는 상대방을 한없이 비참하게 만드는 데 능숙했다. 자신이 화가 났고 기분이 좋지 않다면 지금 당장 자신과 대화하는 상대방을 똑같이 깎아내려야 직성이 풀리는 듯했다.

그렇다고 해서 스스로의 기분을 드러내는 건 또 아니었다. 그는 철저하게 아주 이성적인 척을 하면서 표정만으로도 사람을 진창에 처박히게 만드는 데 능했다.

리암은 보통 그런 버전일 때의 헤이븐에게서 멀리 떨어져 있곤 했다. 가까이 가고 싶은 마음도 없었고 그 근처에서 그와 같은 숨을 쉬는 것도 싫었다.

"리암."

그러나 지금은 피할 수 없는 상황이었다. 헤이븐 어깨 너머 희온의 표정이 조금 굳어 있는 걸로 봐서는 달달한 대화조차 아니었던 듯했다.

리암은 자신의 이름을 부르는 헤이븐에게 최대한 사무적인 미소를 지어 보였다. 또 그 시선이었다. 세상에서 자기만 잘났다는 표정. 다른 건 다 한낱 생물도 아닌 책상이나, 의자나, 컵이나 뭐 그런 것들처럼 느껴지게 만드는 시선. 헤이븐은 그 시선으로 리암을 쳐다보며 마저 말을 이었다.

"중요한 일이겠지."

그래서 리암은 종종 희온에게 이 얼굴을 까발려 주고 싶었다. 전에 꿈을 통해 자신의 기억을 봤을 때 이런 얼굴이나 표정은 보지 못한 건가? 그러고 나서도 연애를 할 수 있다는 건 이해할 수가 없었다.

당장 자신을 납득시키지 못하면 어떤 식으로는 대가를 치르게 만드는 남자 덕분에 첩자로 들어갔던 검은 평원에서조차 모두가 헤이븐을 두려워했다. 그 보복이라는 게 위압감과 더불어 조금만 더 상대했다간 우울증이 올 것 같은 묘한 분위기에도 있었다.

조금만 더 생각해 보더라도 그랬다. 도대체 어렸을 때 하프록스에서 무슨 일이 있었는지 자세히는 모르겠지만 그 한 사람을 찾기 위해서 전쟁 중인 두 나라를 그딴 식으로 오가는 사람이 어디 있겠는가.

세상천지에 아마도 헤이븐 같은 선택을 하는 사람은 없을 거라고 생각했다. 리암이 눈을 조금 내리깔며 희온에게는 들리지 않을 목소리로 용건을 설명했다.

"이번 망명 신청자 중에, 페트로프가 있습니다."

헤이븐은 페트로프가 누구냐는 듯한 얼굴을 하고 있었다. 리암은 바로 저 성격이 모든 문제의 근원이라고 생각했다. 함께 하얀 숲에서 활동했던 희온의 부사관이었다. 정확히는 희온을 동경하는 팀원 중 하나.

그런데도 헤이븐은 이미 페트로프라는 이름을 기억 속 저 멀리 밀어 버린 듯했다. 하긴 원래 자신이 중요하게 여기는 게 아니라면 뇌 속 저장을 허락하지 않는 남자이기는 했다.

종종 리암은 헤이븐이 사람이 아니라 컴퓨터가 아닐까 생각해 보기도 했다. 어떻게 사람이 저렇게 자신이 마음먹은 그대로 행동과 말과 표정을 출력할 수가 있을까.

헤이븐은 철저히 자신의 이득을 위해서만 움직였다. 희온을 만나러 가는 모든 것도 사실은 자기 자신을 위한 움직임이었다. 헤이븐에게 희온은 첫사랑이었다. 그러니까 그렇게 만나려고 했던 거지. 그게 그에게 가장 중요한 일이라는 것쯤은 리암도 이해하고 있었다.

그는 다른 사람에게는 계산된 것처럼 행동하면서 희온의 앞에서는 세상 가장 유연한 사람처럼 굴었다. 기분이 좋다는 듯이 웃기도 했고 평범한 사람처럼 투정도 부렸다.

그리고 그 모든 중심에는 희온이 있었다. 일방적인 장난을 치고, 말도 안 되는 농담을 하기도 하고 희온에게 구십 프로 정도는 지고 들어가는 것 같기도 했다.

그러니까, 이 세상에서 헤이븐을 이겨 먹을 수 있는 사람은 저 뒤에 있는 희온뿐이라는 뜻이었다. 리암이 헤이븐에게 조금 더 이해를 도울 만한 이야기를 건네자 그는 그제야 페트로프가 누구인지 떠올린 듯했다. 잠시 불쾌한 생각에 잠기는 듯하던 헤이븐이 뒤를 돌았다.

"나중에 얘기해요."

분명히 딱히 좋지 않은 분위기였던 것 같은데도 헤이븐은 희온을 향해 살며시 미소를 짓고 있었다. 게다가 그의 검은 머리카락에 입술까지 꾹 누른 뒤에야 먼저 방을 나서기까지 했다.

희온은 그보다 두 걸음 정도 뒤에서 걸어오고 있었다. 이 상황에서

도무지 희온에게 인사를 하기 힘들었던 리암이 작게 눈짓으로 인사했고 희온도 똑같이 인사했다.

그 짧은 인사를 끝으로 두 사람을 배웅한 희온이 문득 자신의 어깨를 잡은 손길에 고개를 돌렸다. 케이였다.

"어떻게 하는 거야?"

"어떤 거 말씀하시는 겁니까?"

"높은 사람들한테 예쁨받는 거 말이야. 어떻게 하는 거냐고."

희온보다 1년 선배인 케이는 경호처 내에서 내로라하는 모든 학연과 지연을 다 가지고 있었다. 경찰 출신이라는 그는 경호처의 높은 팀장들과 친하게 지냈고 매번 퇴근 후에 술을 마시러 다니느라 바빴으며 그 덕분인지 꽤 성실하지 못한 태도도 용납받고 있었다.

"얼굴인가? 어디 가서 얼굴 팔아?"

"말도 안 되는 거 선배도 아시지 않습니까."

"어디서 말대꾸야?"

케이는 희온을 싫어했다. 물론 희온이 헤이븐과의 관계를 티를 낸 건 아니었다. 그러나 방금처럼 헤이븐이 그에게 말을 걸어오거나 조금이라도 같이 있는 시간을 벌려고 할 때 케이의 경계심은 최고치를 찍었다.

모르긴 몰라도 희온이 윗선 어딘가에 줄이 닿아 있는 게 분명하다는 심증이라도 있는 눈치였다. 능력은 없어도 그런 쪽으로는 촉이 발달한 모양이었다.

남자 새끼가 면상만 번지르르해서는.

제 딴에는 혼잣말이랍시고 한 거겠지만 희온의 귀에 들리기에 충분히 크고 거슬리는 목소리였다. 그저, 이런 것마저 신경 쓰기엔 최근의 날들로도 충분히 피곤한 희온이 대답 없이 고개를 돌렸다.

케이는 바로 이런 점 때문에 희온을 더 싫어했다. 보통 새로 들어온 신입들은 자신이나 윗사람들에게 잘 보이고 싶어서 어떻게든 유들유들하게 굴기 마련이었다. 그러나 희온은 입에 발린 말로도 자신에게 좋은 소리를 하지 않았다.

함께하는 술자리는 매번 빠졌고, 일을 감당할 수 없을 만큼 주면 투덜대기는커녕 밤을 새워서라도 곧잘 해 왔다. 뭐가 그렇게 잘났다고 선배를 무시해 대고. 케이의 눈이 매섭게 불타올랐다.

그런 케이의 속마음을 알긴 아는지 희온은 주변을 둘러보며 커피를 찾고 있었다. 헤이븐이 이 자리를 떴으니 이제 자신도 퇴근이었다. 헤이븐의 오후 일정에 쫓아가고 싶었지만 마음대로 업무를 바꾸기가 힘들었다.

오늘은 간만에 일찍 퇴근해서 헤이븐의 집으로 가 그를 기다릴 생각이었다. 며칠간 제대로 된 섹스를 못했으니 배도 좀 붙이고.

그러나 중요 인사들이 모두 떠났음에도 경호팀들은 자리를 뜰 생각이 없어 보였다. 혹시 이번에도 일정이 어그러지는 건가 싶어 난감해하는 동안, 케이가 어딘가를 향해 꾸벅 인사했다.

"기자를 따돌리는 건 쉬운 일이지."

헤이븐의 아버지, 이안 총리가 복도 끝에서 양손에 커피를 든 채 서 있었다. 희온이 작게 인사하며 가까이 걸음을 옮기자, 그가 방 안쪽을 손짓했다. 그 뒤를 따른 희온이 조심스럽게 문을 닫기 전 우연히 쳐다본 케이의 표정이 볼만했다.

"희온."

"네."

방 안쪽 소파에 앉은 이안은 짙은 향이 피어오르는 커피를 건네며 희온에게로 고개를 들었다.

"커피 한잔하죠. 새 거예요."

"네, 감사합니다."

이안이 자신 앞에 서 있는 청년을 가만히 살폈다. 하나뿐인 아들이 좋아하는 상대였다. 아니, 간단하게 좋아한다고 정의를 할 수 있다면 좋겠지만 그건 진작 뛰어넘었는지, 다 큰 성인이 되고도 한참을 하프록스에 목을 매어 기어이 데려온 사람이었다.

이안은 총리로서 희온을 믿지 않았다. 아버지로서 아들을, 그리고 모든 일을 누구보다 잘해 나가는 아들의 사람 보는 눈을 믿을 뿐이었다.

"스케줄이 조금 미뤄졌거든. 그래서 아들 애인하고 대화라도 조금 할까 하고."

"아, 네."

희온이 짧게 대답했다. 헤이븐에게서는 딱히 가족 이야기를 듣지 못했지만 그런 건 두 사람이 대화하는 분위기만 보더라도 읽을 수 있는 문제였다.

최근 들어 이안은 이런 식으로 희온을 자주 불러냈다. 이런 걸보면 한 나라의 총리라고 해서 대단한 것도 아니었다. 그저 대화가 안 통하는 아들이 궁금한 아버지일 뿐.

희온은 원래 사람 앞에서도 쉽게 긴장을 하지 않는 타입이었지만 연인의 아버지 앞에서까지 편하게 있을 수는 없는 노릇이었고,

이안은 희온을 자주 시야에 두고 싶어 했다. 눈치 빠른 동료들이나 상사들이 못 알아챌 리가 없었다. 희온에게 계속 버거운 스케줄이나 은근한 괴롭힘이 쏟아지는 이유였다.

만날 때마다 이안이 매번 헤이븐의 이야기만 하는 건 아니었다. 그는 하프록스의 생활에도 관심이 많았다. 연구소만 다녀서 학교 생활이 어떤지는 말해 줄 수 없었지만, 희온은 자신이 본 것들에 대해서는 최대한 자세히 설명했다.

이안은 그것이 즐거운 모양이었다. 희온도 그와 대화하며 시간을 보내는 것이 나쁘지 않았다. 처음 만났을 때처럼 그렇게 불편하거나 딱딱하지도 않았다. 정말 친구 아버지와 대화하는 것 같은 느낌이었다. 그래 본 적은 한 번도 없었지만. 그리고 무엇보다.

"지난번 내가 제안했던 거 말이에요."

가장 중요한 건, 희온은 요즘 이안과 주고받는 일이 있었다. 희온이 평소답지 않게 조금 굳은 얼굴로 고개를 들었다.

그날 저녁, 원래 있었던 일정에 예상하지 못한 일까지 겹치는 바람에 조금 늦은 시간에 집으로 돌아온 헤이븐은 희온의 집 문을 열었다.

분명히 아까 오후의 그 일정을 끝으로 더는 일이 없다고 했는데, 집이 비어 있었다. 2층의 서재까지 확인해 본 헤이븐은 1층 소파에 앉아 희온이 돌아오기를 기다렸다.

[일이 생겨서 조금 늦어질 것 같습니다.]

도착한 메시지는 그게 전부였다. 아무 소리도 들리지 않는 집 거실에서 헤이븐은 한참을 미동도 없이 그를 기다렸다.

희온에게는 지금 자신이 어느 정도인지 확인하고 싶었다. 이제 이곳에 자리 잡고 나니 내가 더 이상 보이지 않는 건지, 이제 나를 뒤로 밀어낸 건지.

창밖의 노을이 천천히 기울어 어두워지기 시작했다. 그리고 조금의 시간이 더 지난 뒤, 창문 앞에 쳐 둔 커튼 사이로 밝은 조명이 반짝이며 들어왔다. 차 헤드라이트였다.

헤이븐이 몸을 일으켜 창가 커튼을 조금 걷었다. 자신이 희온에게 선물했던 차는 아까 분명 차고에 있는 것을 확인했다. 그러니, 역시나. 희온은 남의 차에서 내리고 있었다.

희온은 차에서 내리며 안쪽을 향해 인사를 하는 듯했다. 그것까지 가만히 지켜보던 헤이븐이 몸을 돌려 창가를 등졌다.

달칵.

"헤이븐?"

현관을 열고 들어오자마자 희온은 헤이븐을 보고 조금 놀란 모양이었다. 그 모습을 본 헤이븐이 어깨를 살짝 들썩이더니 들고 있던 컵을 내려놓고 불을 켰다.

"기다렸어요? 제가 아까 메시지 보내 놨는데."

"누굽니까."

희온은 그제야 헤이븐의 분위기가 심상치 않음을 느꼈다. 아까 대화를 하다 말고 헤어져서 그런 건가. 그러나 그가 누구냐고 물어보는 건 방금 자신이 내린 차 주인을 물어보는 듯했다. 이야기를 할까 말까 잠시 고민하다가 한숨을 내쉬었다.

"직장 상사입니다."

"사이좋네요, 집까지 데려다주고."

"오늘 조금 일이 많아지는 바람에요. 화났습니까?"

헤이븐은 단순히 희온이 다른 사람의 차에서 내린 것뿐만이 아니라 그럴 때 자신을 부르지 않아서 화가 났다. 희온은 자신에게 그 어떤 도움도 받기를 싫어했다.

"온아, 이제 내가 필요 없어?"

희온은 오늘쯤 헤이븐과 진지하게 이야기를 해 봐야 한다는 건 알고 있었다. 최근 자신이 이래저래 일이 생기는 바람에 그와 함께 보내는 시간이 부족하긴 했고, 헤이븐이 그것 때문에 불쾌해한다는 것도 충분히 눈치채고 있었다.

그런데 헤이븐은 이미 불쾌의 정도를 넘은 모양이었다. 희온이 겉옷을 벗으며 되물었다.

"그런 말이 어디 있습니까?"

"왜요, 말 같지도 않아서?"

"그런 말이 아니라."

"내가 필요 없는 사람처럼 굴면서 인정하긴 싫은 모양인데."

헤이븐의 이죽이는 말에 희온이 살짝 눈썹을 찌푸렸다. 아직 그에게 설명하지 못한 일이 있기는 하지만, 그게 자신이 그를 필요로 하지 않는다는 건 아니었다. 아니 애초에 그가 필요해서 함께 있는 게 아니었다. 게다가 그가 지금 이런 식으로 말하는 건 바람직하지 않다고 생각했다.

"그렇게 몰아붙이는 건 대화에 전혀 도움 안 된다는 거 알고 있습니까?"

"내가 어떻게 압니까, 최근엔 당신하고 제대로 된 얘기도 못하고 있는데."

"바빴잖아요."

"뭐가 그렇게 당신을 바쁘게 하는데요. 일 그만둘래?"

"헤이븐."

"그만둬요, 그럼."

헤이븐은 진심으로 말하고 있었다. 희온이 지친 얼굴을 손바닥으로 대충 문질러 쓸었다.

"말도 안 되는 소리인 거 알죠."

"희온. 네가 이곳에 온 이유는 그깟 일이 아니에요. 나지."

"지금 그깟이라고 했습니까?"

헤이븐은 희온이 지금 왜 저렇게 굳은 얼굴을 하는지 이해하지 못했다. 자신이 그를 이곳까지 데려오긴 했지만, 희온이 저렇게 필사적일 필요는 없었다. 아직도 그가 왜 저렇게 일에 매달리는지 알지 못했고 알고 싶지도 않았다.

"둘 다 피곤해서 예민한 것 같은데 나중에 말하죠."

"옷 벗어요, 섹스하게."

"헤이븐."

"벗겨 줘요?"

"정신 나갔습니까? 누가 이런 기분으로 섹스를 해요?"

"내가."

희온이 얼굴을 찌푸렸지만, 헤이븐은 이미 희온을 향해 팔을 뻗은 뒤였다. 헤이븐이 그의 허리를 당겨 안음과 동시에 벽으로 밀어붙였다. 한 손으로 희온의 타이를 죽 당겨 빼면서 다리 사이를 무릎으로 눌러 문질렀다.

"읏."

탁.

희온이 헤이븐을 밀치기 위해 손을 들었지만 그건 금방 헤이븐의 손에 의해 저지당했다. 지금 헤이븐은 완전히 비뚤어진 아이나 다름없었다.

평소의 그답지 않았다. 언제나 여유 있게 농담이나 던지던 그가 아니라, 정말 어딘가 단단히 틀어진 사춘기 소년 같았다. 정작 연구소에서 만났을 때의 그는 마냥 어리기만 했던 것 같은데. 희온이 고개를 틀었다.

"손대면 칩니다."

"쳐, 그럼."

해 봐요. 차라리 패. 헤이븐이 그렇게 답하며 희온을 몰아붙였다. 손으로 마른 옆구리를 문지르며 고개를 목덜미에 묻었다. 그러는 동안 자유로워진 손으로 헤이븐의 어깨를 밀었으나 그 몸은 조금도 멀어지지 않았다.

헤이븐과의 섹스는 늘 좋았고, 매번 벅찼다. 그러나 그 시작이 이랬던 적은 단 한 번도 없었다. 아무리 피곤한 자신을 어르고 깨워 덤벼도 이런 식으로 일방적인 시작은 아니었다.

게다가, 이건 화풀이나 다름없었다. 희온이 헤이븐을 거세게 밀쳤다. 그 힘에 밀린 건 아니었으나 헤이븐의 움직임은 멈출 수밖에 없었다.

"하기 싫다고 했습니다."

헤이븐은 눈앞에서 흐트러진 차림으로 얼굴을 구긴 채 자신을 바라보고 있는 희온이 예쁘다고 생각했다. 이런 상황에서조차 그랬다. 희온은 한순간도 안 예쁜 적이 없었고, 한순간도 사랑스럽지 않은 적이 없었다. 심지어 자신을 밀어내는 지금마저도.

"지금은 아니에요. 일단 나중에 얘기하면."

"나중이 언젠데요."

희온이 머리카락을 쓸어 올리며 대답하자 헤이븐이 낮아진 목소리로 물었다. 방금 열린 커튼 사이로 달빛이 쏟아져 내려 헤이븐의 얼굴을 비췄다. 희온이 입을 다물자 헤이븐이 마저 말했다.

"나는 매번 나중을 기약했거든요. 다녀오겠다고 한 당신이 돌아오지 않은 그때부터."

순간 멈칫한 희온이 입을 다물었다. 다녀올게. 연구소에서의 어린 시절, 이별이란 걸 몰랐던 희온이 그를 떠나기 위해 했던 말이었다.

"그래서 그게 언젠지 이해할 수가 없어요. 잠자코 기다리기만 한 나한테는 지금이 그 나중이라고."

"헤이븐, 정말 미안하지만."

"미안은 하지만 여전히 말해 줄 수는 없어요?"

"……."

희온도 어렴풋이는 알고 있었다. 다음이라는 말로, 나중이라는 말로 헤이븐을 미뤄야 했고 그것에 그가 서운함을 느끼고 있다는 사실을. 하지만 지금 당장은 자신 스스로도 무엇을 생각하고 있는지 알 수 없었다.

이안의 제안에 고개를 끄덕이고도 돌아서자마자 후회했다. 머릿속에 정리되지 못한 사정들이 뒤엉켜 사리 판단이 끊는 느낌이었다.

"당신 시간이 나한테만 너무 박한 게 아니길 바랐는데 그것조차 내 욕심이었나 봐요."

그 말을 끝으로 헤이븐이 걸음을 뗐다. 희온이 아무 말도 하지 못하는 사이 헤이븐은 한 걸음씩 그에게서 멀어졌다.

달칵.

현관문이 열리고, 밝은 달빛과 가로등 빛이 실내를 잔뜩 비추다가 또 한 번의 문소리와 함께 사라진다. 헤이븐의 온기도 금방 희미해졌다.

희온은 복잡한 얼굴로 한참 닫힌 문을 바라보다가 눈을 내리감았다. 그에게 말하지 못한 속내가 한참 울렁거리듯 속을 어지럽혔다. 밤에 마시기 위해 가져온 커피는 아무래도 내일을 위해 미뤄두어야 할 모양이었다. 희온의 지친 걸음이 침실로 향했다.

두 사람은 그 다음 주말에도 만나지 못했다. 헤이븐은 갑작스러운 일이 생겨 바쁘다는 이유로 희온의 집에 가지 않았고, 디바이스도 확인하지 않았다.

희온을 보고 싶지 않은 건 당연히 아니었으나 이대로 희온을 다시 만나면 자신을 또다시 그 밀어내는 손길에 화가 나 힘이라도 쓸 것 같았고, 똑같은 대화의 반복으로 그가 질려 할 것도 같았다.

덕분에 요즘의 헤이븐은 굉장히 다운되어 있어서 리암은 헤이븐을 피해 도망치고 싶었다. 일에 관한 대화를 할 때만 빼고 가능한 그 근처로는 가까이 가지 않는 게 유일한 방법이었다.

"페트로프는."

"아직 부서에서 망명 진행 중입니다. 완전히 처리가 끝나면 그때 희온 님께 말씀드리면 될 것 같습니다."

리암의 대답에 서류를 보던 헤이븐의 시선이 그쪽으로 향했고, 리암은 입을 다물었다. 그 이름을 내가 왜 꺼냈더라. 스스로를 도무지 이해할 수 없었다. 리암이 입을 다물며 조심스럽게 걸음을 뒤로 옮겼고, 온기라곤 조금도 없는 눈동자로 리암을 보던 헤이븐도 다시 서류로 고개를 돌렸다.

리암으로서는 정확히 그가 왜 지금 이런 상태인지 알 수는 없었지만 보나 마나 희온과 또 싸운 게 뻔했다. 도무지 이해할 수 없는 한 쌍이었다.

헤이븐은 말할 것도 없고 별로 기분을 티 내지 않는 희온마저도 조금만 지켜보면 상대를 어떻게 생각하는지 뻔히 보이는데, 둘은 서로 말도 안 되는 걸로 투닥댔다가 또 금방 서로 좋아 죽었다를 반복했다. 지금 당장이 아니더라도 둘은 늘 그랬다. 자신이 보기에는 하프록스에서와 지금이 딱히 달라지지 않은 것 같은데.

그러나 리암은 더 이상의 첨언을 포기하고 입을 다물 수밖에 없었다.

헤이븐의 기분은 좀처럼 좋아지지 않았다. 아무리 자신이 그를 보러 가지 않는다고 해도 그렇게 헤어졌으니 그가 자신을 찾아올 거라고 생각했는데, 집에 찾아오기는커녕 마치 이 순간을 기다리기라도 한 것처럼 모습을 비추지 않았다.

재킷을 걸친 헤이븐이 몸을 일으키자 리암이 그 뒤를 따랐다. 해야 할 일이 있는 하루였다.

"오늘 희온 스케줄은."

"총리님과 함께 이동했다가 내일 아침에 수도로 돌아옵니다."

헤이븐의 아버지 이안은 원래 이 나라에서 가장 바빠야만 하는 사람이었지만 희온은 그럴 필요가 없었다. 바빠도 내 옆에서 바빴어야지. 담배를 입에 문 헤이븐이 그 끝에 불을 붙이며 현관을 나섰다.

딱히 오후 일정이 없었던 헤이븐이 도착한 건물에는 사람들이 드문드문 있었다. 그를 알아본 사람들의 인사에 답한 헤이븐이 엘리베이터에 올랐다. 그 엘리베이터는 몇 층 올라가지 않아 멈췄다. 가장 안쪽 구석의 문 앞에 서 있던 남자는 이미 연락을 받았는지, 헤이븐이 나타나기가 무섭게 문을 열어 주었다.

"어……?"

그 방 안쪽의 테이블에 앉아 서류를 작성하고 있던 페트로프가 뜻밖의 인물을 본 듯이 눈을 크게 떴다. 며칠간의 긴 진행 과정으로 얼굴은 꽤 지쳐 보였다. 헤이븐이 팔을 뻗어 그가 여태 적어 내려가던 종이 더미를 가져와 읽었다.

망명 신청 이유와 과정에 관한 서술이 가득한 종이를 천천히 보고 있는 헤이븐의 맞은편. 주변을 유심히 둘러보던 페트로프가 조용한 목소리를 냈다.

"이런 말부터 해도 되는 건지는 모르겠지만."

"잘 지내."

헤이븐은 그가 희온에 대한 안부를 물을 거라고 생각했고, 그 예상이 맞았는지 페트로프는 안도하는 얼굴을 했다. 함께 하프록스에서 훈련하던 헤이븐이 눈앞에 앉아 있는 것보다 그게 더 궁금한 듯했다. 혹은 헤이븐이 바시트록스의 총리 아들이라는 소식을 이미 들었거나.

"어떻게 지내세요?"

주어는 없었지만 아마도 이것 역시 희온에 대한 질문인 듯했다. 다른 사람의 입에서 그에 대한 이야기가 나오는 것을 좋아하지 않는 헤이븐이 대답하지 않자 페트로프가 다시 한번 주변을 살폈다.

"지금 이 대화는 기록되고 있습니까?"

"내가 들어온 다음부터는 아니고."

헤이븐은 페트로프가 망명 신청을 했다는 이야기를 들었을 때부터 이해하기 힘들었다. 왜? 어차피 곧 종전이라는 걸 모르는 사람은 없었고 종전이 선언되고 당장은 아니더라도 두 나라 간의 관계가 조금 더 나아지면 교류가 활발해질 게 분명했다. 그걸 못 참고 굳이 이 시기에 망명 신청을 했다는 건.

"캡틴이 이 나라로 망명했을 거라는 이야기를 들었습니다. 그쪽 얼굴 보니까 더 확실해졌고요."

그럼 그렇지. 아마도 희온이 망명의 이유였을 것이다. 헤이븐으로는 그 맹목적인 충성심을 납득할 수 없었다. 자신에게서 그를 빼앗으려는 건 아닐까 하는 생각을 잠시 하긴 했지만, 희온이 자신을 두고 고작 이런 얼굴을 한 남자에게 갈 만큼 눈이 낮지 않다는 것을 인지했다. 하지만, 요즘이라면.

"그래서."

그 뒤는 헤이븐이 대충 예상했던 이야기였다. 페트로프는 희온과 헤어진 다음 국가의 행보가 영 와닿지 않은 듯했다. 희온과 함께 일했을 때가 가장 즐거웠다고도 했다. 그래서 어쩌라는 거지. 그런 표정을 하는 헤이븐을 두고 그는 마저 말을 이었다.

"물론 너무 이상적인 얘기라는 건 압니다. 그렇지만, 다른 사람에게 그랬듯 제게도 언제 총을 겨눌지 모르는 국가에서 일할 수는 없었습니다."

조금도 감흥 없는 표정으로 얘기를 듣던 헤이븐이 몸을 일으켰다. 페트로프가 이 나라에 들어온다는 걸 알면 희온은 뭐라고 할까. 문득 그 생각이 들었다.

싫어하진 않을 거고, 그와 조금 투닥이다가 새로운 인생에 대해 같이 고민해 주겠지. 네 선택이니 네가 알아서 살라고 하면서도 자신의 삶에 그를 어떻게든 끼워 넣으려고 할 수도 있고. 그렇게 되면 나와의 시간은 더 줄어들겠지.

더 이상 맞은편의 남자에게 그 무엇도 낭비하고 싶지 않아진 헤이븐이 페트로프를 두고 먼저 그 방을 나섰다. 그가 헤이븐의 등에 대고 무슨 말을 하려던 것 같았지만 그 전에 문을 닫았다.

"특전사였다니까 조금 더 꼼꼼하게 진행해야 될 것 같네요."

문 앞의 담당자에겐 그 말 한마디를 남겼다. 그 말이 영향을 미칠 거라는 걸 잘 알고 있는 헤이븐의 의도가 다분히 섞인 말이었다.

* * *

[내가 메일 확인을 못했으면 다시 연락했어야 할 거 아냐?]

다음 날의 희온은 해가 뜨기도 전부터 스트레스의 직접적인 원인인 상사를 대하고 있었다. 물론 군인이었던 희온에게 이 정도의 갈굼은 갈굼도 아니었지만 애초에 부당한 걸 두고 보지 못하는 성격상 스트레스의 요소기는 했다. 희온이 트랜스퍼를 들어 답장을 전송했다.

[다음부턴 수신 확인까지 하겠습니다.]

오 분 단위로 확인해서 연락을 보내 둘 생각이었다. 그럼 또 그것대로 반항하는 거냐는 소리를 듣긴 할 테지만 상관없었다. 트랜스퍼를 내려놓은 희온이 잠시 정차 중이던 차를 다시 몰았다.

헤이븐과 엉킨 실타래를 풀어야 한다는 건 알고 있었다. 그의 입장에서는 매번 '나중'을 외치는 자신이 회피하는 것처럼 보일 거라는 것도 알고 있었다. 그러나 자신도 지금 한계까지 버티는 중이었다. 어차피 내가 아닌 다른 사람은 이해하지 못할 거라는 생각에 입을 다물고 있을 뿐.

차가 익숙한 집 앞을 지나가자 속도가 급격히 느려진다. 헤이븐의 집이었다. 해가 이제 막 뜨기 전인데도 집에는 불이 켜져 있었고, 그 앞 정원 쪽에는 차 한 대가 더 주차되어 있었다.

리암이랑 같이 있나 싶어 희온이 창문을 유심히 살폈지만, 딱히 형체가 보이지는 않는다. 희온은 어쩔 수 없이 다시 액셀을 밟아 그곳을 지나쳤다. 희온의 차 안에는 집에서 출발하면서 데워 온 커피 향이 풍기고 있었다.

같은 시간, 희온의 짐작대로 헤이븐은 깨어 있었다. 샤워를 마치고 나와 리암에게 스케줄 보고를 듣는 중이었다. 물론 자신의 스케줄은 아니고 희온의 것이었다.

"오늘 총리님 연설이 있고 나면 종전이 잠정 확실시 될 것 같습니다. 반대 여론의 집회가 같은 시간에 있긴 한데 건물 안으로는 출입 금지고요. 아마 희온 님은 그 자리가 끝날 때까지 계시다가 퇴근하실 겁니다."

"주의 깊게 살펴."

드디어 그 날이었다. 종전에 대한 이야기가 오가기만 하던 최근, 이안 총리의 입장 발표가 있는 날. 헤이븐은 자신의 아버지가 어떻게 이야기할지 이미 알고 있었다.

우리 정부에서는 더 이상의 소모전은 무의미하다고 본다. 그런 뉘앙스의 연설문이 있고 나서 아마 당분간은 이 일에 대한 뉴스가 전국을 떠돌겠지. 종전이 눈앞이라는 헤드라인이 벌써부터 보이는 듯했다.

오늘이 지나면 희온의 스케줄은 당분간 꽤 한가할 예정이었다. 총리는 집무실에만 있을 테니 희온도 그 자리만 지키면 될 테니까. 휴가를 내겠다고도 했고. 헤이븐은 오늘을 고대했다. 더 이상 희온의 사정을 봐주거나 이해하지 않아도 되는 오늘을.

"……."

며칠간 일부러 켜 두지 않아 화면이 새까만 트랜스퍼를 보던 헤이븐이 젖은 머리카락을 털던 수건을 내려놓고 몸을 일으켰다. 희온의 집에 가서 그의 퇴근을 기다릴 생각이었다.

더 이상은 가만히 참고 넘길 수 없었다. 한계까지 차오른 답답함이 목을 조여 오는 듯했다. 내가 왜 자꾸 네게서 밀려나는지, 언제까지 밀어낼 건지, 내가 네 삶에 방해가 되는지. 오늘은 들을 생각이었다.

함께 있는 찰나의 시간도 아까운데 이런 아슬아슬한 분노를 오래 누르고 있을 마음은 없었다. 자신은 그를 만지고 싶었고 사랑하고 싶었다. 이런 식의 의미 없는 소모는 불필요했다. 물론 그에게 난 화가 풀린 건 아니었지만 그럴수록 희온과 대화를 해야 한다는 건 알고 있었다.

헤이븐이 몸을 일으켜 현관문을 열었다. 희온의 집에서 오전 시간을 보낼 생각이었다. 며칠 만에 오는 그의 집은 평소와는 조금 달랐다. 누가 군인 아니랄까 봐 매번 깔끔하게만 해 놓고 살던 집은 군데군데 손길이 가지 않았다는 게 느껴질 정도로 어수선했다.

일회용 컵이 잔뜩 겹쳐져 올라가 있고 서류가 엉망으로 펼쳐져 있는 테이블을 훑어보던 헤이븐이 고개를 들었다. 점심시간이 갓 지난 이른 오후. 모든 방송사에서는 총리의 연설을 송출하고 있었다.

단상 위에 올라가 있는 아버지의 모습은 익숙했다. 많이 봐 왔던 장면이라 딱히 새로울 것도 없었다. 차라리 카메라를 돌려 그 자리 어딘가에 서 있을 희온을 봤으면 했지만 막상 그랬다간 자신이 아닌 다른 놈들이 희온의 얼굴을 보고 반할 게 분명했다.

처음 희온이 정부 경호처에 지원하겠다고 했을 때 헤이븐이 반대했던 이유에는 그런 것도 있었다. 희온이 어느 곳에서든 드러나지 않았으면 했다. 아무리 쓸모없는 노출은 삼가는 이안이라지만 그래도 한 나라의 총리는 기본적으로 화면에 자주 나오는 사람이었고, 그 주목성은 그 뒤에 위치해 있을 희온의 외모에 향할지도 모를 일이었다.

여태까지는 그럴 일이 없었다고 하지만 앞으로도 조용하라는 법은 없었다. 연설이 끝나고 속보가 종료된 뒤 계속 이어지는 광고에서 눈을 뗀 헤이븐이 테이블 위의 서류를 정리했다.

곧 그가 퇴근할 테니 그 전에 거실이라도 조금 정리해 둘 생각이었다. 분명 그 얼굴을 보자마자 화가 나면서 동시에 섹스가 하고 싶어질 텐데, 이 상태로는 침실까지는 가지도 못할 게 분명했다.

헤이븐이 소파에 앉으며 손으로 쿠션을 가볍게 쓸었다. 지난밤에는 서재가 아닌 이곳에서 일하며 밤을 새웠는지 담요가 아무렇게나 펼쳐져 있었다. 베이지색 포근한 담요를 손에 쥐어 코끝에 대자 희온의 향이 희미하게 났다.

답답함이 머리끝까지 치미는 와중에도 그의 향을 맡자 머리가 개운해지면서 섹스하고 싶다는 욕구도 함께 피어오르는 건 당연한 일이었다.

짧은 미소와 함께 담요를 내려놓고 마저 테이블을 치우려던 헤이븐의 시선이 컵 안에 들러붙었다. 작은 의문이 떠올랐을 때였다.

[긴급 속보입니다.]

뉴스는 아까 분명 마무리가 되었는데, 아나운서의 목소리가 다시 들려왔다. 순간 불길함을 느낀 헤이븐의 움직임이 멎었다. 미처 대사를 준비하지 못했는지 조금 긴장한 것 같은 아나운서의 모습 아래로, 커다란 헤드라인이 박혔다.

'이안 총리 피습, 경호원 총상'

여태까지 눌러 참았던 모든 분노가 순식간에 헤이븐을 덮쳐 눈을 돌게 만든 건, 결국 자신이 했던 걱정이 사실이 된 순간이었다.

[방금 전 이안 총리의 연설이 끝난 후 건물을 나와 차로 향하는 길, 그 순간을 노린 종전 반대 집회 측의 총격이 있었습니다. 한 번의 불발 이후 현장에 있던 경호팀에 의해 곧바로 저지당했으나, 그 과정에서 30대 경호원 한 명이 부상을 입고 병원으로 향하고 있습니다. 자세한 뉴스는 이후 소식이 들어오는 즉시 알려드리겠습니다.]

잠깐 나온 화면 속 현장은 아수라장이었다. 사람들은 저마다 수습하기 위해 바쁘게 움직이고 있었고, 구급차가 커다란 소리를 내며 빠져나가는 장면만 있을 뿐이었다. 그곳에는 희온의 모습이 보이지 않았지만, 헤이븐의 직감이 첨예하게 솟구쳤다.

헤이븐이 당장 몸을 일으켜 현관문을 여는 순간, 문 앞에는 마침 들어오려던 리암이 어쩔 줄 모르는 얼굴로 서 있었다. 헤이븐의 불쾌한 직감이 이번에도 맞아떨어졌다는 뜻이었다.

* * *

수술실 앞에는 헤이븐 대신 리암이 서 있었다. 피해자가 희온이라는 것을 알자마자 헤이븐은 운전을 하지 못할 정도로 이성이 마비된 상태였다. 리암이 간신히 그를 조수석에 앉혔으나 헤이븐은 리암을 병원에 보내고 자신은 곧장 아버지에게 향했다.

헤이븐은 아버지가 걱정되어 그의 피신처로 온 게 아니었다. 희온을 그런 상황에 둔 이안에게 알아내야 할 게 있어서였다.

"지금 총리님께서는."

"압니다."

문 앞을 지키고 서 있던 남자의 손을 치우고 곧바로 문을 연 헤이븐이 그 안으로 들어섰다. 그곳에서 빠져나온 이안은 집무실에 있었다. 의자에 앉아 통화하고 있던 이안은 자신의 아들을 보자마자 전화를 갈무리하려고 했으나 헤이븐이 빨랐다. 수화기를 가져와 전화를 끊은 그는 서늘한 얼굴로 자신의 아버지를 바라보고 있었다.

"이게 뭐 하는 짓이냐."

"제가 몰라서 가만히 있었던 게 아닙니다."

"무엇을."

"생각해 보시죠."

희온에 대한 것이라면 그 무엇보다도 예민하게 촉각을 곤두세우고 있었던 헤이븐에게, 지난번 희온이 직장 상사라고 둘러댔던 차의 운전자가 아버지의 하수인이라는 것을 알아내는 것쯤은 그리 어려운 일도 아니었다.

하프록스에 맨더로 보내지기 전부터 이안이 혹독히 가르친 교육의 성과였다. 이안에게 흘러 들어가는 정보라면 헤이븐 역시 대부분을 파악하고 있었다. 물론 희온이 일에 매달리는 것에 이안의 영향이 있다는 것 또한 마찬가지였다.

아들을 보던 이안이 체념처럼 한숨을 뱉었다. 자식이라고 있는 게 공격당할 뻔한 자신은 보이지도 않는 모양이었다. 물론 그것까지 기대한 건 아니었으나.

"그래서 지금 따지려고 왔냐."

"아니요."

이안은 헤이븐이 당장 자신에게 화를 쏟아 낼지도 모른다고 생각했으나 헤이븐은 그럴 만한 가치도 없다는 듯이 반문하고 있었다. 당장 병원에 가지 않고 이쪽부터 들린 이유는 단순한 분노 때문이 아니었다.

"그래서, 살아 있습니까."

"……."

헤이븐이 생사를 물어보는 대상은 희온이 아니었다. 이안은 그 질문 한 번에 헤이븐이 왜 여기까지 들이닥쳤는지 이해할 수 있었다.

헤이븐은 자신이 어디에 어떻게 화를 내야 하는지 정확히 알고 있었다. 그리고 그 원인에 자신이 끼어 있으면 아무리 친부일지라도 가만히 둘 생각이 없어 보였다. 지금은 그것을 정확히 알아내기 위해 온 것이었다.

"직접 보거라."

이안이 건넨 종이 한 장을 받은 헤이븐이 그 내용을 확인하고 다시 내려 두었다.

"온이한테 말은 하셨고요."

"아직."

그럼 이쪽은 아니다. 헤이븐이 여러 갈래의 생각 중 한쪽을 접었다. 그렇다고 해서 미필적 고의로 자신에게서 희온을 떨어뜨려 둔 이안을 이해한다는 뜻은 아니었다.

"흔들지 마시죠. 두 번은 없습니다."

"이제 아버지까지 위협하는 게냐."

"제가 위협하는 걸로 보입니까, 총리님."

확실히 위협을 담은 목소리는 아니었다. 하지만 그렇다고 해서 흘려들을 만한 것도 아니었다.

"제가 여태 총리님의 일을 도운 건 피가 섞여서가 아닙니다."

"헤이븐."

"제 앞날에 도움이 되기 때문입니다."

둘 사이에는 잠시 침묵이 흘렀으나 그 틈을 매운 건 이번에도 헤이븐이었다. 덤덤한 한마디가 덧붙여졌다.

"이익에 따라 움직인 건 총리님이 먼저고, 저는 그 점을 닮은 것뿐입니다."

지난날, 어린아이였던 헤이븐을 하프록스로 보냈던 것에 관한 이야기였다. 그렇게 말한 헤이븐은 가볍게 웃었고, 이안은 표정을 굳혔다. 아이러니하게도 지금 이 순간 이안은 헤이븐이 총리의 자리에 적격이라는 것을 다시 한번 확신했다.

헤이븐은 아버지가 자신을 타지에 버렸다는 것에 상처를 받고 잊지 못해 언급하는 게 아니었다. 이안이 죄책감을 가지고 있다는 것을 인지하고 하는 말이었다.

이안은 아들을 적국의 첩자로 보낸 것에 대한 부채감을 가지고 있었다. 당시에는 그것이 맞는 일이었다고 확신했으나 인간다운 정이라곤 눈곱만큼도 없이 자란 아들의 성격을 보고 나서는 틀린 선택일지도 모른다고 생각했다. 평범한 부자지간이라고는 할 수 없는 현실에 후회도 했다. 그리고 최근에야 자신이 행했던 일이 유기임을 인정했다.

헤이븐은 이안의 그 마음을 눈치채고 그것을 약점이라고 분류했다.

위협하는 거냐는 말에 약점을 꺼내 찔렀다. 안타깝고 슬프게도 그건 국가의 지도자가 가지고 있어야 할 가장 큰 장점이었다.

"또다시 총리님께서 혼자만의 감정을 앞세워 저의 최우선을 건드시면, 저도 움직이게 될 겁니다."

알아야 하는 사실만 얻어 낸 헤이븐이 집무실을 나서자 이안이 지친 숨을 내뱉으며 책상 위에 있던 서류로 시선을 옮겼다. 그곳엔 희온의 부모로 추정되는 사람들의 생사 여부가 적혀 있었다.

헤이븐이 '움직인다'고 말한 건 이안에게 큰 손해였다. 헤이븐은 아들로서의 정체가 드러나지 않았을 때부터 총리직으로 차마 할 수 없는 대부분의 뒷일을 도맡아 해 왔다. 그것들은 보통 수면 위로 올릴 수 없는 것들이었고, 아들이었기 때문에 지시할 수 있는 것이기도 했다. 그러나 헤이븐은 아들로서 그것을 감내한 게 아니었다.

이안은 그제야 자신의 모순을 인정했다. 총리로서 필요할 때는 헤이븐을 이용해 놓고 인제 와서 그에게 아버지의 행세를 하기 위해 희온에게 다가갔다. 애초에 부자 관계는 끊어진 지 오래였는데. 이안이 한참 집어 들고 있던 서류는 결국 책상 아래 쓰레기통으로 떨어졌다.

[아직 수술 중입니다.]

집무실을 나온 헤이븐은 리암이 보내온 메시지를 확인하며 차 뒷좌석에 올라 핏기가 가신 자신의 손을 내려다보았다. 참을 수 없이 몰아치는 감정으로 손가락 끝이 가늘게 떨리고 있었다.

희온이 최근 이안과 대화하는 일이 잦아졌다는 건 이미 알고 있었다. 그리고 희온의 성격에 총리에게 잘 보이려 한다거나 일에 도움이 될 것 같아서 그와 대화하는 건 아닐 거라고 생각했다.

게다가 헤이븐은 아버지에 대해서도 잘 알고 있었다. 그는 희온에 대해 많은 것을 알아내고자 했을 것이고, 그 과정에서 희온이 가지고 있지 않은 '부모'에 대한 이야기도 들었을 것이다.

헤이븐이 이안에게 확인해 보고자 했던 건, 기어이 알아낸 부모의 생사 여부를 희온에게 이야기했느냐의 문제였다.

희온이 얼마나 뛰어난 사람인지는 헤이븐이 가장 잘 알고 있었다. 신체적으로, 정신적으로 강한 그는 특전사라는 직업과 잘 어울렸다. 아마 희온이 총에 맞은 것도 그가 공격을 미리 알고 대처했기 때문이었다.

그런데, 혹시. 혹시 아주 작은 확률로 부모의 생사 결과가 그를 흔들었던 거라면, 그래서 그가 미처 피할 수 있던 공격임에도 그러지 못했다면.

그런 거라면 헤이븐은 자신의 아버지를 절대 용서하지 않을 생각이었다. 피를 절반 물려받았다는 건 관용의 이유가 될 수 없었다. 그러나 그 결과를 아직 희온에게 말하지 않았다고 하니, 그건 아닌 모양이었다.

헤이븐이 다시 메시지를 보냈고, 답장은 금방 도착했다.

[현장 체포된 가해자는 지금 경찰서에 있습니다.]

그렇게 쉽게 잡히지 말았어야지. 밀려오는 감정을 최대한 밀어

내기 위해 그런 생각을 하는 동안 차는 병원의 주차장에 도착했다. 기자들이 몰린 병원 정문 대신 장례식장 입구 쪽으로 들어가는 헤이븐의 시선엔 여전히 온기가 담겨 있지 않았다.

헤이븐이 수술실 층에 도착했을 때, 리암이 어두운 얼굴로 헤이븐을 붙잡았다.

"방금 막 수술 끝났습니다."

"근데, 왜 여기 있어. 병실은."

"……."

"말해."

리암의 얼굴이 계속 최악을 말할 것만 같아서 헤이븐이 이를 갈았다. 리암이 간신히 입을 벌렸다.

"……분명 검사상으로는 아무 문제가 없는데 의식이, 돌아오지 않고 있습니다."

"그게 무슨 말이야."

"자발적 코마가 의심된다고 합니다. 혹시 알고 계신 거라도 ……."

헤이븐의 눈치를 보며 묻는 리암의 목소리는 조심스러웠다. 리암의 설명이 불충분한 것은 아니었음에도 헤이븐은 느리게 돌아가는 사고로 쉽게 이해하지 못하고 되물었다.

"깨어나길 거부하고 있다는 소리야?"

내가 여기에 있는데 어떻게, 대체 왜.

"……네. 벅찬 현실에서 갑작스런 스트레스 상황을 직면했을 때 이런 식으로 무의식에 숨어드는 경우가 있다고 합니다. 잊어버리고 싶은 현실이 있을 때 부분 기억 상실증이 나타나기도 하는 것처럼요.

물론 어디까지나 의사 소견입니다."

그 말이 끝나자마자 헤이븐이 눈을 감았다. 희온의 안온한 삶을 위해 적극적으로 권했던 망명이었건만 정작 예전에 특전사로 작전을 수행할 때보다 더 정신없이 지내고 있었다. 그러나 그렇게 일에 파묻혀 지내길 원한 건 희온 본인이 아니었던가.

현명하고 사리 분별이 명확하며 자아가 뚜렷한 희온이 그렇게 일에 덤비는 것에는 명분이 있을 거라고 생각했다. 이를테면 바시 트룩스에서의 자신의 기반을 다지고 싶다거나.

그런데 현실에서 도피하고 싶을 정도로 스스로를 몰아붙여야 했는지는 이해할 수 없었다. 언제나 희온과 함께하는 삶을 꿈꾸고 계획했는데, 정작 희온의 머릿속에 자신의 존재는 없었던 걸까.

"깨어나게 할 방법은."

"……기다리는 수밖에 없습니다."

결국, 두 손 놓고 있어야 한다는 소리였다. 허탈한 웃음이 비집고 나왔다. 부상 소식을 들었을 때에도 치명적인 부상은 아니라 했으니 괜찮을 거라고 애써 스스로를 다독였다. 누구보다 강한 사람이니까, 그까짓 총알쯤은 당연히 빗겨 나갔을 거라고 생각했다.

그래서 일부러 병원에 더 천천히 온 것도 있었다. 병실에 누워 눈을 감고 있는 희온의 안타까운 모습을 다시 보고 싶지 않아서. 차마 볼 수가 없어서. 조금 더 솔직해지자면, 두 눈을 뜨고 자신을 바라보며 미소 짓는 얼굴을 볼 수 있지 않을까 과분한 기대마저 하며.

그러나 생각지도 않았던 참담한 소식에 꾹꾹 미뤄 두었던 슬픔이 기어이 분노와 뒤섞여 파도처럼 헤이븐을 뒤덮었다. 헤이븐이 걸음을 옮겼다.

"희온이 소지품 가져와."

하프록스에서 나온 이후로 물건을 소지하는 것 자체에 거부감을 가지고 있던 희온도 어쩔 수 없이 가지고 다니는 것 하나가 있었다. 손목시계. 그게 희온의 꿈속으로 들어갈 수 있는 유일한 통로였다.

헤이븐의 의도를 눈치챈 리암이 짧은 대답 후 그의 반대쪽으로 향했다. 기억 공유자가 아닌 리암은 지금 헤이븐이 하려는 일이 가능한지 정확히 알 수는 없었으나 그가 성공하기를 바랐다. 경상임에도 깨어나지 않는 희온의 상태는, 맨더라는 그의 특성과 아예 상관없는 일은 아닌 듯했다.

* * *

"온아."

자신을 부르는 목소리에 희온은 천천히 눈을 떴다. 얼굴에 와닿는 햇살만큼이나 따뜻하고 다정한 목소리였다. 손바닥에는 습기를 가득 머금어 촉촉한 잔디가 느껴졌고, 살랑이는 바람에 나부끼는 머리카락이 이마를 간지럽혔다.

포근한 모양의 구름이 떠 있는 하늘을 보다가 옆으로 고개를 돌리자, 머리맡에 앉아 있는 헤이븐이 보였다. 그의 뒤로 보이는 풍경이 익숙했다. 시드엘의 언덕 위였다.

"……아, 깜빡 잠들었나 봅니다."

겨우 시간을 맞춰 온 여행인데 혼자 잠이 들었다는 사실에 멋쩍어진 희온이 웃으며 답했다. 시선을 마주하고 엷게 웃는 헤이븐을 보며 몸을 세운 희온이 어렴풋했던 기억을 더듬었다.

방금까지 무슨 대화 중이었더라, 왜 나는 또 혼자 누워 있지. 헤이븐에게 물으려던 희온은 입술을 달싹이려다 말았다. 늘 찬란히 빛내던 올리브 빛 눈동자가 유독 가라앉아 있기 때문이었다.

무언가 할 말이 많아 보이는 표정이 모호했다. 슬퍼 보이는 것도, 행복해 보이는 것도 같았다. 희온이 몸을 완전히 일으키기도 전에 헤이븐이 먼저 희온을 담쑥 안아 들었다.

"나도 다리 있는데요."

"이럴 땐 없는 척해요."

그 말에 희온이 짧게 웃었다. 헤이븐의 품에서 언제나 나던 좋은 향이 맡아졌다. 간만에 도시의 딱딱한 길바닥이 아닌 잔디를 밟고 싶은 마음도 있었지만, 그보다는 헤이븐의 체향을 맡는 게 더 좋아 희온은 더 이상 별말 하지 않고 헤이븐의 어깨에 코를 묻으며 가볍게 뺨을 비볐다.

이쯤 되면 말로든 몸으로든 희롱을 걸어올 법도 한데 헤이븐은 그저 담백한 손길로 단단하게 받치고 있을 뿐이었다. 어쩐지 오늘 유독 말수가 없는 것 같은데.

"무슨 일 있습니까?"

걱정스러운 말에도 헤이븐은 아무것도 아니라는 듯 고개를 젓고는 묵묵히 걸음을 옮겼다.

"우리 어디 가는데요?"

"섹스하러."

"장소를 물어보는 겁니다."

"그러니까 섹스할 곳으로 간다니까요."

아니면 그냥 여기서 해? 잔디 위에서 하면 멍 들 텐데? 다시 평소 같은 짓궂은 표정으로 돌아온 헤이븐의 뒷말에 희온은 눈을 흘기는 것으로 답을 대신했다. 아무래도 잠깐 들었던 생각은 불필요한 기우인 모양이었다.

시드엘의 푸른 언덕을 벗어나 조금 더 내려가니 정원을 갖춘 근사한 이 층짜리 저택이 보였다. 새하얀 페인트칠이 되어 있는 울타리, 낭만적인 조명이 달린 포치와 넓은 창이 난 2층 테라스. 마당의 입구에는 새빨간 우편함도 세워져 있었다.

"여긴 누구네 집입니까?"

"우리가 섹스할 집이지, 당연히."

"그냥 우리 집이라고 하면 되거든요."

툴툴대는 대답과는 달리 희온이 고개를 끄덕이는 동안 헤이븐이 희온의 이마를 가리던 머리카락을 살짝 넘겼다. 여기까지 자신을 안아 들고 왔음에도 그는 숨소리 하나 흐트러지지 않았다. 뭐, 원래부터도 체력 걱정할 남자는 아니었지만, 예전보다도 더 가뿐한 움직임이었다.

기분 좋은 바람이 부는 현관의 입구, 넓은 나무 데크에는 해먹과 흔들의자가 놓여 있었다. 헤이븐이 현관문을 열자 나무 냄새와 모닥불 타는 냄새가 포근하게 풍겨 왔다.

모든 것이 헤이븐이 묘사했던 모습 그대로였다. 함께 살고 싶은 집을 발견했다며 끈질기게 설득하더니 결국 마음대로 사 버린 모양이다.

그러니까, 음. 얼마 전에. 모든 것이 평화로웠으나 이상하게 뭔가 꺼림칙했다.

달칵.

현관문이 열리고 헤이븐의 품에서 떨어질 생각으로 희온이 그 어깨를 짚었지만, 헤이븐은 그럴 생각이 없는 모양이었다. 오히려 안아 든 팔에 힘을 주며 희온을 소파로 밀어붙인 헤이븐이 곧바로 희온의 입술을 삼켰다. 희온이 고개를 물렸음에도 헤이븐은 미소를 지을 뿐이었다.

"왜 웃습니까?"

"너무 오랜만이라 설레서요."

"뭐가요."

"내가 얼마나 오래 기다렸는지 몰라서 물어요?"

그렇게 묻던 헤이븐이 문득 말을 멈추고 희온의 표정을 살폈고, 희온은 의문을 곱씹었다. 계속 같이 있었는데 왜 오랜만이라고 하는 거지. 아, 그 정도로 낮잠을 오래 잤던가. 그나저나 이 여행이 끝나면 다시 일상으로 돌아가야 하는데. 이번 휴가는 언제까지더라. 헤이븐은 본격적으로 선거 준비를 해야 할 거고 나도 업무에 복귀해야겠지.

찰나의 생각만으로도 이상하게 졸음이 쏟아진다. 아까까지만 해도 졸다가 깨 놓고. 눈꺼풀이 무거워지는 것을 본 헤이븐의 표정에 조급함이 서린다. 입술이 또다시 닿았다.

"다른 생각하지 마요."

"잠깐만요, 헤이븐."

언제나 기분 좋던 입맞춤에도 희온은 고개를 뒤로 뺄 뿐이었다.

헤이븐이 살짝 눈썹을 찌푸리자 희온이 그 입술을 손바닥으로 가리며 밀었다.

"왜요."

"지금 낮인 거 모릅니까?"

"언제는 밤낮 가리고 나랑 섹스했어요?"

낮에 할 땐 더 느끼면서. 진심으로 의문을 가지는 그 목소리에 희온이 어이없는 웃음을 터뜨렸다. 그건 그렇긴 한데, 해야 할 일이 그게 아닌 것 같은데. 뭔가 이상한데.

묘하게 조금 답답한 기분이긴 했으나 다시금 헤이븐이 희온에게 다가왔을 때, 희온은 더 이상 밀어내지 않고 입술을 열었다.

"하."

헤이븐이 벗겨 낸 희온의 상의가 테이블에 아무렇게나 던져졌다. 희온의 양손이 헤이븐의 뺨을 감쌌고, 뜨거운 숨결이 몇 번이고 겹쳐졌다. 헤이븐은 오늘도 달았고, 뜨거웠다. 나 이 남자랑 할 얘기가 있었던 것 같은데. 문득 그런 생각이 들자 희온이 또다시 고개를 틀었다.

"헤이븐?"

게다가 더욱 이상하다는 생각이 든 건 눈앞 가까이의 헤이븐이 평소 같지 않은 표정이라는 느낌을 또다시 받았기 때문이었다. 섹스하자고 덤벼들 때의 헤이븐은 보통 이렇지 않은데. 이렇게 슬픈 얼굴을 하고 있지 않은데.

"왜요."

"할 말이 있는데."

"나중에."

헤이븐의 손이 희온의 바지춤으로 들어와 익숙하게 성기를 주무르자마자 희온의 몸이 무너지듯 쏟아졌다. 무언가를 잊어버린 듯 뿌연 연기가 머릿속에 가득한 것처럼 답답했다. 그러나 희온은 더 이상 말하지 못하고 헤이븐이 몸을 들어 올리는 대로 엉덩이를 들어 바지를 벗는 것을 도왔다.

"온아."

온아. 온아. 헤이븐은 희온의 뺨에서 목덜미를 따라 입 맞추며 내려가는 동안 그 이름을 불렀다.

온아, 온아. 나의 온아.

"왜 자꾸 부릅니까."

그 대답 이후로는 착실하게 대답했다. 네. 네. 네. 왜요. 그의 입술이 여린 살을 따라 내려가다가 쇄골에 멈췄다. 뾰족한 혀끝이 오목하게 팬 곳을 따라 쓸자 희온이 손끝에 힘을 주며 헤이븐에게 매달렸다.

"잠, 깐만. 진짜, 할 겁니까? 급한데."

"이제 알았어요? 나 지금 급해."

한 지 오래됐잖아. 헤이븐이 단숨에 희온을 들어 소파 위에 무릎을 꿇게 만들어 앉혔다. 졸지에 등받이를 끌어안은 꼴이 된 희온이 고개를 돌리자, 헤이븐의 얼굴이 보였다.

등을 쓸어내리던 커다란 손으로 희온의 속옷을 걸어 내리는 헤이븐은 웃고 있었다. 할 말이 있는 건 저 남자도 마찬가지인 것 같은데. 그러나 희온이 그 말을 하기도 전에 얼굴이 새빨갛게 익었다. 엉덩이를 벌린 틈으로 입술을 붙인 헤이븐 탓이었다.

"아! 헤이, 븐. 아직…… 읏!"

헤이븐의 혀가 꽉 닫힌 희온의 주름을 파고들듯 핥아 올렸다. 급하게 덤벼드는 헤이븐에 희온이 당황한 모양이었지만 헤이븐 입장에서는 당연한 일이었다.

희온이 고팠다. 차라리 달콤함을 맛보지 않았으면 모를까, 세상 가장 맛있는 걸 맛본 뒤에 참는 건 힘든 일이었다. 내게로 와 놓고. 네가 나를 따라와 놓고 한 모금도 주지 않을 것처럼 뒤를 도는 희온의 모습은 헤이븐의 신경을 긁었다.

"흣…… 흐아! 그렇게 빨, 지 마. 야, 아!"

헤이븐이 양손으로 뽀얀 엉덩이를 한껏 벌린 채 뾰쪽한 혀로 단단히 닫힌 입구를 파고들듯 문질렀다. 통통한 주름은 하루 종일 빨고 먹는다 해도 부족할 것 같았다. 숨결을 뱉을 때마다 움찔거리는 곳을 치아 끝으로 긁고 입술로 물어 빨아 대자 희온이 허리를 떨며 소리를 내질렀다.

손을 앞으로 더듬어 보니 이미 희온의 성기는 커다랗게 부풀어 꺼떡대고 있었다. 여기가 어디인 줄도 모르고, 우리가 왜 여기 있는 줄도 모르고. 헤이븐이 감정을 씹어 물며 손톱으로 요도를 문지르자 희온이 금방 아아아아, 하고 울었다.

"방금 전까지는 할 말 있다고 하지 않았어요?"

"흐읏, 그러니까, 얘기……."

"뭐, 지금 싸고 싶다는 얘기요?"

흐트러진 몸으로 소파 위에 무릎 꿇고 앉아 엉덩이를 내밀고 있는 희온은 평소 단정하기만 했던 모습과 너무 달라서 헤이븐의 욕구를 불러일으키기 충분했다. 성격만큼 고집스럽게 다물린 입구를 혀끝으로 누르고 입술로 겹쳐 빨아 올릴 때마다 희온은 야한 체액을 질질 흘리며 엉덩이를 떨어 댔다.

"아! 좋, 아……."

흐아웃, 입, 그렇게. 간헐적인 교성을 끝으로 울컥 정액을 쏟아 낸 하얀 몸이 절정을 맞이하느라 고개를 뒤로 젖힌다. 마른 몸에 도드라진 근육을 죄 씹어 놓고 싶은 충동을 억지로 이겨 내느라 엉덩이를 벌리는 헤이븐의 손에 힘이 가득 들어찼다.

"잘했어요."

"건, 흑, 건들지 마, 아직."

배와 소파를 더럽힌 채 파르르 떨며 쾌락을 버티는 몸으로 커다란 손이 훑고 지나간다. 헤이븐의 입에 단침이 가득 고였다.

"……아무것, 도 하지 말라고, 했지."

"온아, 넌 꼭 이럴 때만 말 놓더라. 야하게."

자신의 바지춤을 헤집어 커다랗게 발기한 성기 맨 끝, 두껍게 도드라진 귀두를 잔뜩 젖어 예민하게 움찔거리는 입구에 대고 문질러 비비자 희온의 입에서 흐느끼는 소리가 흘러나왔다.

그 헐떡이는 숨 하나하나에 이성이 조금씩 녹아내리는 것을 느낀 헤이븐이 이미 손자국이 남은 희온의 엉덩이를 한껏 벌리며 귀두를 입구에 대고 비벼 문질러 댔다.

뜨거운 것이 스칠 때마다 움찔거리는 것에 고인 침을 삼킨 헤이븐이 그의 아랫배를 받쳐 조금 더 들어 올렸다. 더 지체할 이유가 없었다. 헤이븐이 성기 끝을 꾸욱 밀어 넣었다.

"히윽, 아! 아아, 잠! 천천히."

고작해야 귀두만 삼켜 놓고서 엄살을 피우는 희온의 손이 소파 상단을 짚는다. 하얗고 가는 저 손으로 어떻게 방아쇠를 당기고 다녔는지 의문이었다. 저 손으로는 좆을 쥐게 만드는 게 가장 잘 어울리지 않을까. 꽉 조여 무는 근육에 밭은 숨을 뱉은 헤이븐이 조금 더 몸을 밀어붙였다.

"조금만, 더 들어가면 돼."

아직 반의반도 들어가지 않은 상태에서의 희망 고문이었고, 희온도 이미 알고 있었는지 입을 벌린 채 고개를 뒤로 돌리며 원망스러운 얼굴을 했다.

거짓말, 거짓말하지 마, 개새끼야. 아직, 아직, 그만. 버겁게 벌어져 주름 하나 보이지 않는 입구를 헤이븐이 엄지로 살살 눌러 문지르자 희온이 파르특 떨었다. 아까웠다. 희온과 함께하는 이 모든 시간이. 살결을 매만지고, 입을 맞추고, 서로의 눈을 바라보는 지금 이 시간이 애가 탔다.

그러나 미소를 지을 수밖에 없었던 건 희온이 자신의 미소에 얼마나 약한지 알고 있어서. 그리고, 지금 당장은 이것밖에 할 수가 없어서.

"안, 돼. 너무, 흑…… 커서…… 힘, 들어."

"이번엔, 안 괜찮아요?"

늘 괜찮다고만 하던 남자는 섹스할 때만 엄살이 심했다. 정말 힘들 때는 입 다물고 있더니. 희온의 어깨를 살짝 깨문 헤이븐이 희온의 엉덩이를 마음껏 주무르며 안으로 조금 더 파고들었다.

"조금만, 응?"

"히윽!"

희온의 고개가 완전히 뒤로 넘어갔다가 단숨에 푹 쏟아진다. 새까만 머리카락이 앞으로 쏟아지면서 볼록 도드라진 목덜미의 뼈가

야해서 헤이븐이 고개를 숙여 입술을 벌렸다. 그 바람에 뿌리까지 삽입되어 희온이 입을 다물지도 못한 채 발발 떨었으나, 헤이븐의 시야에는 탐스러운 몸만 보일 뿐이었다.

"그, 히으윽! 헤이, 븐."

헤이븐은 저 붉은 입술에서 자신의 이름이 나오는 게 가장 마음에 들었다. 귀두부터 뿌리까지 바짝 조여 오는 내벽은 말할 것도 없었지만. 헤이븐이 몸에 가득 힘을 주며 간신히 몸을 뒤로 빼자 입구가 잡아 물듯 조여들었다. 얼굴이 구겨졌다.

"힘, 좀…… 빼죠."

당신이 좋아하는 거 잘리겠는데. 그런 농담을 덧붙이긴 했지만, 여유가 없어지는 건 헤이븐도 마찬가지여서, 곧바로 몸을 바짝 밀어붙였다. 흐아아아, 흐느끼는 소리를 내지르며 소파 등받이를 꽉 붙드는 희온의 손을 겹쳐 잡았다. 바들거리는 몸이 품에 들어온 이상 빠져나가게 둘 생각은 없었다.

히윽, 아! 아! 싫, 어. 깊, 잖아. 헤이븐이 깊이 푹푹 쑤실 때마다 손바닥을 펼쳐 희온의 아랫배에 가져다 댔다. 깊이 밀어 넣을 때마다 도망가듯 앞으로 밀리는 몸과는 달리 삽입의 형태가 도드라지는 아랫배가 미칠 정도로 마음에 들었다.

내 거지. 내 거야. 이건 내 거잖아. 나한테 네가 온 거잖아. 웃음을 지은 것도 너였잖아. 눈앞이 아득해진 헤이븐의 움직임이 격해졌다.

"끅, 거기, 깊…… 힉, 좋, 아!"

그 거센 힘에 희온의 몸이 떠밀려 거의 소파를 끌어안는 꼴이 되었다. 소파가 장정의 힘을 이기지 못해 삐걱거리며 밀려났으나 그때마다 헤이븐은 욕심껏 희온의 허리를 잡아당겼다. 가지 마. 도망치지 마. 또 사라지지 마. 쾌락에 잠긴 몸이 과거의 형상과 함께 얽혔다.

희온이 등을 돌리면 다신 돌아오지 않는다. 희온의 다녀올게. 그 한마디에 안정을 찾은 것도 얼마 되지 않았다. 몇 번 깜빡인 헤이븐의 눈동자에서 이성이 뚝뚝 깎여 내려갔다.

"또……. 흐아웃, 아아!"

성기가 안으로 푹푹 쑤셔 들어올 때마다 희온의 몸이 엉망진창으로 떨리며 젖어 들어가기 시작했다. 쾌락에 쉬운 몸은 이곳이라고 다를 것도 없었다. 절정이라고 티를 내듯 바짝 조여 오는 내벽에 헤이븐의 소유욕이 전율했다.

평소의 섹스도 분명히 자극적이었으나 이번에는 그 극점이 심하게 오른 상태였다. 이성을 잘라먹은 헤이븐은 정말 짐승이라도 된 듯 희온을 몰아붙였고, 희온은 거친 파도에 그대로 삼켜졌다.

희온의 몸을 매만지던 손은 어느새 올라와 희온의 머리채를 틀어쥐고 있었고, 성격처럼 끝이 뾰족한 송곳니로는 희온의 목덜미를 죄 상처 내고 있었다.

"아! 흐아아, 좀, 너무, 빨……라서, 흐읏!"

"그, 래서 좋다는, 거잖아요."

거친 움직임에 희온의 뺨에서 눈물이 뚝뚝 떨어졌다. 머리카락을 쥐고 있던 손으로 그의 목덜미를 짚어 내린 헤이븐은 새까만 머리카락 아래, 목덜미에 한가득 새빨간 자국을 남기고 나서도 성에 차지 않아 어금니를 빠득 갈았다. 성미가 그대로 도드라진 짐승은 금방이라도 희온을 잡아 삼킬 듯했다.

이 모든 것의 원인은 전부 희온에게 있었다. 소유욕이라는 뾰족한 가시가 가득한 덩굴 안에 갇혀 있으면서도 희온은 성실하게 흐느끼고 기쁘게 전율했다. 빨갛게 달아오른 몸은 쑤셔 댈 때마다 체액을 쏟아 냈고, 질컥이는 소리가 외설적으로 주변을 울렸다.

"하으웃, 아! 또, 또 가니까…… 좀, 그만, 아! 헤이븐, 좋……아."

희온이 헤이븐의 얼굴을 보듯 고개를 돌릴 때마다 헤이븐의 등골에는 소름이 돋아 올랐다. 눈물과 땀에 젖은 뺨, 잇자국으로 가득한 목에 들러붙은 머리카락. 어느 것 하나 내 것이 아닌 게 없다. 그 숨통을 쥐고 싶어 헤이븐의 손끝이 떨렸다.

"그만하고, 싶어도 계속, 들러붙잖아."

한 꺼풀만 벗겨 내도 야하기 짝이 없는 몸을 드러내는 희온은 저절로 허리를 흔들고 있었다. 거친 섹스도, 다정한 섹스도 헤이븐이 주는 것이라면 기꺼이 받아 들였다. 알아서 몸에 힘을 주고 뒤틀어 가며 절정을 만끽하는 희온의 엉덩이에 헤이븐의 손찌검이 이어졌다.

"히윽!"

"엉덩이 더, 들면, 안에 싸 줄게."

"넌, 진짜 흐으, 죽을…… 흑, 줄, 알아."

말과는 달리 무너지기 직전인 몸으로도 기어이 엉덩이를 들어 올리는 희온은 헤이븐의 구미를 더욱 당기게 만들었다. 몸을 조금 물리고 골반을 틀어쥔 헤이븐이 한계까지 속도를 올리며 욕을 뱉었다. 그러면서 동시에 속으로는 희온을 저주했다.

추악한 자신을 가릴 수 없다면 저주라도 퍼부어 희온도 나락으로 빠뜨리고 싶었다. 내가 지옥에 간다면 그 옆엔 네가 있어야지.

새까만 어둠에 잠식된 헤이븐이 떨어지지 못한 절정에 함락되어 몸을 뒤틀어 대는 희온의 안에 파정했다.

"하."

"흐윽…… 아……."

가지 마. 그의 몸을 잔뜩 끌어안고 긴 사정을 하는 동안 헤이븐이 희온의 귓바퀴를 짓씹으며 중얼거렸다. 흐아아. 아. 아아. 그 모든 움직임에 잡아먹히는 희온의 허리가 푹 꺼지자 그 축축한 아랫배를 받쳐 또다시 들어 올린 헤이븐이 한 번 더 연인의 몸에 흔적을 남겨 갔다. 조각난 채 바닥에 흐트러져 있던 이성을 주워 담는 중이기도 했다.

"아, 직…… 좀. 가만히 있, 어요."

"지금 가만히 있잖아요."

아직 완전히 후희에서 멀어지지도 않았는데 또다시 어깨에 입술을 붙여 오는 헤이븐 때문에 희온은 질린다는 듯이 눈썹을 구겼다. 허벅지가 떨리고 엉덩이가 얼얼했다.

게다가 목은 얼마나 씹어 댔는지 쓰라리기까지 해서 희온이 헐떡이는 숨을 갈무리하지도 못하고 무릎에 힘을 주었다. 뒤에 붙은 그를 밀어내니 헤이븐이 이번에는 착하게 물러나 주었다. 삽입되었던 커다란 성기가 빠지자 희온의 등이 오싹하게 굳었다. 손에 힘을 가득 준 채 서늘한 목소리로 협박했다.

"……남은 인생, 불구자로 살고 싶습니까?"

"이게 더 편하잖아요."

희온의 몸을 당겨 자신의 무릎 위에 앉힌 헤이븐이 또다시 희온의 엉덩이를 주무르기 시작했을 때, 이번에야말로 희온은 정색할 수밖에 없었다. 그러나 핀트가 반쯤 나간 짐승을 이성적인 희온이 컨트롤하기에는 무리가 있었다.

"온아, 한 번만 더 해요."

"싫습니다."

희온이 헤이븐의 어깨에 고개를 올리며 거절했으나 이미 헤이븐은 자신의 다리 위에 올라앉은 희온의 엉덩이 사이에 손가락을 밀어 넣고 있었다. 그 안에서 방금 싸지른 정액이 뜨거운 온기를 품은 채 울컥 새어 나오자 희온이 눈을 질끈 감았다. 헤이븐의 손가락이 정액을 윤활제 삼아 안으로 가뿐하게 파고들었다.

"빼, 요."

"한 번만 더 하고."

"안, 뺍니까?"

희온이 도망치기 위해 몸을 일으키는 것과 거의 동시에 헤이븐이 손가락을 끝까지 밀어 넣어 내벽을 긁었다. 흐읏. 앓는 소리를 내며 반쯤 무너진 몸은 결국 헤이븐의 손아귀였다. 손안에 떨어진 먹잇감에 상쾌한 웃음을 그린 헤이븐이 또다시 희온을 야금야금 베어 먹기 시작했다.

결국, 그 행위는 희온이 헤이븐의 얼굴을 후려칠 때까지 오래 이어졌으나, 창밖에 높게 뜬 해는 조금도 기울어지지 않았다.

얼마 뒤, 지독한 후회에 젖어 널브러진 희온을 반듯하게 앉힌 헤이븐이 젖은 수건으로 몸을 닦아 주며 뺨과 귓가에 연신 입을 맞췄다.

"짐승이십니까?"

"부족한 거 알잖아요."

"짐승이 낫네요."

그러나 평소라면 완전히 나가떨어질 정도로 지쳤어야 할 몸이 적당히 나른한 정도로 그친 걸 보면 체력이 올랐나 싶어 의아했다. 자신을 무릎에 안아 올린 채 담요를 둘러 주는 헤이븐을 향해 고개를 들었다.

"차 마시고 싶습니다."

"나중에 가져올게요. 지금은 없어서."

매번 지겨울 정도로 가져다 바쳤으면서 오늘은 왜. 향긋한 찻잎 향을 맡고 싶었던 희온이 가만히 그 얼굴을 보다가 고개를 끄덕였다.

"이렇게 여유로우니까 좋죠? 나도 있고."

"네."

의도가 명확한 질문이었지만 지금의 희온은 그것까지는 파악하지 못했는지 못 이기는 척 대답할 뿐이었다.

"나랑 둘이 있을 때 뭐가 제일 하고 싶었어요? 역시 섹스밖에 없나?"

"섹스 얘기를 잠깐이라도 안 하면 대화가 안 됩니까?"

"그렇게 생기지를 말든가요."

"내가 뭐요."

희온이 황당한 얼굴을 했으나 헤이븐은 아랑곳하지 않고 의식의 흐름을 그대로 뱉어 냈다.

"젖꼭지가 그렇게 생겨 먹지를 말든가."

"……."

"아니면 좆이 그렇게."

"요즘에는 한 대 더 맞고 싶다는 말을 그렇게 합니까?"

다른 사람들도 섹스한 다음에 이런 대화를 하던가? 서로 사랑을 속삭인다거나 서로가 얼마나 좋은지를 말한다거나 그러지 않나?

이런 식의 대화가 익숙해지는 게 문득 겁이 나면서도 실없는 게 헤이븐답다 싶어 희온이 헛웃음을 터뜨렸다. 작게 도드라진 보조개에 헤이븐의 손가락 끝이 와닿는 느낌이 제법 익숙했다.

그런데, 둘만 있을 때 헤이븐하고 뭐가 제일 하고 싶었더라. 방금 헤이븐이 했던 질문을 곱씹었다. 그냥 쉬고 싶었던 것 같은데. 일을 하느라 쉴 수 없었으니까. 그런데, 내가 왜 못 쉬었더라.

거기까지 생각한 순간 갑자기 졸음이 쏟아지는 기분이었다. 평소보단 나을지라도 몸이 지치면서 에너지가 깎여 내려간 듯했다. 헤이븐이 옆에 있어서 더 그런 거겠지. 희온이 헤이븐의 어깨에 턱을 올린 채 눈을 감았다.

"온아."

"네."

"배는 안 고파요?"

"안 고픕니다."

밥을 언제 먹었지? 기억은 잘 나지 않지만 배는 고프지 않았다. 오히려 이상할 정도로 잠이 몰려와서 희온의 고개에서 계속 힘이 빠졌다. 금방이라도 몸이 옆으로 기울 듯 꾸벅이자 헤이븐이 희온의 어깨를 잡아 품에서 조금 떼어 냈다. 슬쩍 고개를 기울인 헤이븐이 의미심장한 표정으로 희온을 들여다봤다.

"지금은 또 왜 졸린데요."

"그러게요."

"밥 먹을까."

"졸립니다."

"아니면 나가서 조금 걸을까."

"졸리다니까."

졸리다는데 재차 다른 것을 권유하는 헤이븐에게 기어이 투박한 어투가 뱉어졌다. 그럴 만한 일이 아닌데, 지금은 지나치게 몸이 푹푹 꺼졌다. 희온의 눈꺼풀이 반쯤 감기자 그 뺨을 가만히 매만지던 헤이븐이 다시 몸을 품에 안는다.

"뭐가 그렇게 당신을 피곤하게 만드는데. 말해 봐요."

"졸린 데에도 이유가 필요합니까?"

"네. 알아야겠어요."

"……그냥."

"그냥?"

말을 잇겠다는 듯 입술을 반쯤 열었으나 그 이후 희온의 의식이 완전히 잠겨 들어서 헤이븐은 원하는 대답을 들을 수 없었다. 새까만 어둠이 눈앞을 물들였다. 찰나의 어둠은 대비할 수 없을 만큼 빠르게 왔다가 또 가볍게 다른 색으로 변해 갔다.

* * *

그곳의 하늘은 유난히 높고, 날씨는 맑았다. 가끔씩 불어오는 바람은 코끝을 간질거리는 종류여서 기분이 다 좋아지는 것 같았다. 신발을 신고 있지 않아 발바닥에 잔디가 선명하게 느껴졌다. 긴 숨을 삼켜 푸른 냄새를 맡던 희온의 눈앞에 새하얀 집이 나타났다.

아, 문 앞에 놓인 새하얀 의자에 앉아 있는 헤이븐이 보였다. 저기서 뭐 해. 걸음을 옮기자 마찬가지로 자신을 발견한 헤이븐이 이쪽으로 성큼 다가오고 있었다.

"헤이븐."

"……"

이름을 부르자 헤이븐이 미소를 그렸다. 언제 봐도 보기 좋은 그 미소였다. 가까이 오자마자 자신을 세게 끌어안은 그 등을 천천히 문지르다가 떨어지려고 했으나 얼마나 단단히 힘을 줬는지 쉽게 물러설 수 없었다.

"왜 나와 있습니까?"

"기다렸죠."

또다시 웃는다. 간신히 헤이븐의 품에서 벗어나 검지로 그 이마를 쿡 밀며 실없는 미소를 되돌려 준 희온이 집 안으로 걸음을 옮겼다.

함께 있는 거 말고는 할 일이 아무것도 없는 하루는 오랜만이었다. 거실 소파에 아무렇게나 늘어져서 영화를 보고, 간단히 샌드위치를 먹고 또다시 희온이 좋아하는 공포 영화를 켜 두었다.

헤이븐은 등 뒤에서 희온을 끌어안고 있었다. 가끔씩 희온의 귓가에 야한 얘기를 농담처럼 던지거나, 몸을 쓸었다. 그러나 이런 여유로움마저 좋아서 그를 밀어낼 수가 없었다.

"봐요, 이제 곧 주인공이 저 집으로 들어가는데 저기서 귀신이 나오거든. 분장 잘 보세요."

희온이 몇 번이고 본 적 있던 영화를 가리키며 설명하는 동안 등 뒤의 헤이븐은 대답을 하는 둥 마는 둥 희온의 귓바퀴와 목덜미를 물어 대고 있었다. 듣고 있어요? 묻자 헤이븐이 고개를 끄덕인다.

"봐, 내가 맞았죠."

희온이 다시 말하는데도 헤이븐은 화면에 한 번도 눈을 두지 않았다. 그저 희온을 보고, 보고, 또 보고 있었다. 헤이븐의 긴 손가락이 희온의 상의 속으로 파고들어 와 배꼽을 간질이듯 매만지자 희온이 미간을 좁혔다.

"간지럽습니다."

"노아라고 불러 줘요."

갑작스러운 부탁에 희온이 고개를 돌렸다. 등 뒤에서 자신을 쳐다보고 있는 남자가 부드러운 미소를 그렸다.

"노아."

"또."

"노아."

"또."

언젠가 자신이 썼던 이름을 부른다는 건 어색했지만 헤이븐이 왜 그 이름을 불러 달라는지는 얼핏 이해할 수 있을 것 같기도 했다. 그때 우리가 처음 만났던 그때. 그때가, 거기가, 시드엘이었지. 그런데 여기도 시드엘이 아니던가? 우리는, 바시트록스로 넘어가지 않았나?

"……."

"불러 줘요."

"……노아."

이상하게 머리가 제대로 돌아가지 않는 기분이었다. 여러 상황을 빙빙 돌아 간신히 국경을 넘었었다. 그건 분명한데.

거기까지 생각했을 무렵, 갑자기 커다란 파도 같은 졸음이 희온을 덮쳤다. 희온의 고개가 순식간에 아래로 떨어지기 직전에 헤이븐의 손이 이마에 닿았다.

"이제 부르지 않아도 돼요. 부르라고 안 할게. 자지 마."

잠들지 마요. 자지 말아 봐. 내가 미안해. 헤이븐이 희온의 귓가에 속삭이며 커다란 손바닥으로 하얀 팔을 몇 번이고 열심히 주물렀다. 이미 희온의 의식은 완전히 가라앉은 뒤였다.

"……제발. 잠들지 마."

헤이븐의 젖은 목소리가 들리는 듯도 했다.

시드엘의 숲, 하얀 집 근처에는 예쁜 빛이 반사되어 반짝이는 호수가 있었다. 키가 커다란 나무 끝에 매달린 수많은 잎은 바닥을 그림자로 얼룩지게 만들고 있었다.

희온은 그런 숲이 주는 평온함이 좋았다. 숲이 평온할 수 있는 이유는 헤이븐 덕분이었다. 노아일 때의 헤이븐이 이 모든 풍경을 편하게 만들어 주었었다.

호수에 발을 담글까, 몇 번이고 고민하던 희온이 몸을 틀어 집으로 향했다. 예전에도 집까지 가는 길이 이렇게 멀었던가. 낡은 운동화로 한참 바스락거리는 나뭇잎들을 밟고 나서야 익숙한 집이 보였다.

"……헤이븐?"

언젠가는 현관 앞에 앉아 있었으면서 지금은 아예 우편함 앞까지 나와 잔디에 아무렇게나 주저앉아 있는 헤이븐이 보였다. 희온이 그의 이름을 부르기가 무섭게 헤이븐의 고개가 들리더니 곧바로 몸을 일으켜 이쪽으로 다가왔다.

근데, 키가 더 커졌나? 희온이 고개를 갸웃거리며 다가가는 동안 헤이븐의 얼굴에는 이상한 표정이 드리워졌다. 꼭 혼란스러운 것 같아 보였지만 희온에게 다가오는 걸음 속도는 더욱더 빨라지기만 했다.

헤이븐이 왜 갑자기 이렇게 커졌는지는 모르겠으나 원래 컸던 것도 같았다. 생각의 흐름대로 이해한 희온이 헤이븐을 올려다보니 그가 희온의 팔을 붙잡으며 무릎을 꿇었다. 그제야 얼추 눈높이가 맞는 듯했다. 헤이븐의 눈동자가 흔들렸다.

"……온아, 너 왜."

"네."

불러 놓고도 아무 말이 없었다. 왜 말을 안 하지. 그런 생각을 할 무렵, 헤이븐이 고개를 숙여 희온의 허리를 끌어안았다. 무어라고 중얼거리는 듯도 했으나 그의 입술이 희온의 옷에 파묻혀 들을 수가 없었다.

"왜 집에 안 들어가 있고 여기 있습니까?"

그 순수한 물음에도 한참을 그대로 숨을 들이켜기만 하던 헤이븐이 간신히 고개를 떼어 내고 다시 눈을 맞췄다.

"……너 없이 어떻게 들어가요. 기다렸지."

헤이븐이 웃는다. 그래서 희온도 따라 웃었다. 희온의 미소에 무언가 풀린 얼굴을 한 헤이븐이 희온의 몸을 들어 올렸다. 달랑 들린 희온의 두 다리가 허공에 흔들렸다. 원래 내가 이렇게 작았나? 하긴, 얘가 지나치게 크니까. 또 한 번의 의심이 억지로 삼켜 들어갔다.

희온을 들어 안은 채 소파에 앉은 헤이븐은 연신 희온의 작은 손을 매만졌다. 헤이븐의 손은 너무 커져서, 두 손을 대어 보면 고작해야 희온의 손끝이 헤이븐의 손가락 첫 번째 마디에 닿을 뿐이었다. 헤이븐은 말없이 계속해서 희온을 만졌다.

"근데, 여기 근처에 호수 있다는 건 왜 말 안 해 줬습니까?"

희온의 말에 잠시 침묵을 지키던 헤이븐이 입을 뗐다.

"몰랐네요. 집 근처에 호수도 있었구나."

"어떻게 모를 수가 있습니까? 집 구해 온 게 누군데."

"그러게요, 몰랐네."

이상했다. 이때쯤이면 또 실없는 소리를 할 게 분명한데 헤이븐은 그러지 않았다. 평소처럼 당장 섹스할 것처럼 덤벼 오지도, 야한 농담을 하지도 않았다. 그저 무언가 안타까운 사람처럼 희온을 쳐다보고, 매만지고, 한참을 쳐다보기만 했다.

만지작대는 대로 손을 내어주던 희온이 문득 그 손을 털어 내고 헤이븐의 양쪽 어깨를 짚었다.

"문제가 뭡니까? 바시트록스에 무슨 일 있어요? 누가 사고 쳤습니까?"

희온이 마치 모든 걸 해결해 주겠다는 듯 심각한 얼굴로 말하자 헤이븐의 시선이 또다시 흔들렸다. 이런 헤이븐의 모습은 처음이었다. 매번 당황스러울 정도로 뻔뻔하고 당당하던 남자는 오늘따라 이상했다. 무슨 일이 있는 게 분명했다.

단호한 얼굴에 헤이븐이 손을 들어 희온의 머리카락을 넘겨 주었다. 헤이븐의 손바닥은 희온의 얼굴을 다 가릴 정도로 커다랬다.

"말해 주면, 잠들지 않을 자신 있어요?"

"왜 재웁니까? 안 졸린데."

헤이븐이 쓸쓸하게 웃었다. 그러나 금방 작은 한숨을 내뱉으며 희온의 등허리에 팔을 둘렀다. 마치 당장이라도 쓰러질 사람을 대하듯이 구는 행동에 희온이 살짝 눈썹을 찌푸렸다.

"그거 기억해요?"

"어떤 거요."

"우리 다시 만났던 술집 이름이 뭐였는지."

헤이븐의 질문에 희온이 잠시 생각에 잠겼다. 그 술집에 이름 같은 게 있던가. 그냥 하얀 숲 시내에 있는 허름한 술집이었다. 동네의 단골손님들만 받고, 사장 혼자 모든 일을 다 하는.

하얀 숲이랑 연관된 이름이었나? 생각해 보는 사이 헤이븐이 또다시 희온의 머리카락을 넘겨 주었다.

"그 술집에 이름도 있었습니까?"

"그럼 다른 술집은요? 하얀 숲에서 같이 술 마시던 곳 있었잖아."

그게 당신의 문제와 무슨 상관이 있다고. 그렇게 얘기하려다 말고 일단 다 주제와 상관이 있겠거니 싶어 정답부터 말해 주기로 했다.

"오아시스잖아요. 우리 팀원들, 하…… 고…….."

죽은, 내 팀원들하고. 희온의 심장이 쿵쿵 뛰었고 헤이븐의 어깨를 짚고 있던 손에는 힘이 바짝 들어갔다. 내 팀원들이 전부 죽었다. 왜 죽었더라. 그러니까, 바시트록스 측 사람들이 밝혀지면서, 쉐드가…….

희온의 눈이 반쯤 감겼을 무렵, 헤이븐이 빠르게 희온의 입술을 베어 물었다. 얇은 두 입술이 겹쳐졌다. 그 틈으로 들리는 헤이븐의 목소리가 지독하게 슬펐다.

"······난 계속 여기 있을 겁니다. 어떤 모습이든 좋으니까, 언제가 되어도 좋으니까 오기만 해요. 다녀와요. 기다릴게, 여기서."

불면증이 나으면 좋은 거 아닌가. 왜 저렇게 슬픈 얼굴로, 저렇게 서러운 목소리로. 문득 뾰족하게 솟아오른 의아함을 끝으로 희온이 완전히 눈을 감았다.

"······."

잠이 든 희온은 금방 헤이븐의 품속에서 사라졌다. 방금 전까지 안고 있었던 그 온기가 꿈인 것처럼 희온이 사라졌다. 그와 동시에 헛숨을 삼킨 헤이븐의 몸이 무너져 내렸다.

숨이 차서 견딜 수가 없었다. 품에 분명히 가두고 있었던 사람이 사라졌다는 사실이, 믿기 힘들 만큼 버거웠다. 차가운 테이블을 잡고 있던 헤이븐의 손끝이 떨렸다.

이곳은 희온의 꿈이었다.

그러나 희온은 그 사실을 기억해 내기를 거부했다. 현실과의 이 질감을 느끼는 순간 반사적으로 잠이 들었고, 얼마간의 시간이 지나면 또다시 모습을 보였다. 이번에는 어릴 때의 모습이었다. 자신이 기억하던 앳된 얼굴 그대로 나타났던 희온은 한 번 더 기약 없이 사라졌다.

희온이 현실을 떠올리게 할 만한 질문들을 본능적으로 거부하고 결국 꿈속에서조차 사라져 버린다는 것을 알면서도 가만히 있을 수는 없었다. 이렇게라도 계속 자극하지 않으면 희온의 의식은 언제까지고 이곳에 묶일 수도 있다.

그렇게 되면 현실로 돌아올 가능성은 더욱 희박해졌다. 그렇게 둘 수는 없었다. 어떻게든 깨울 생각이었다.

하지만 희온이 여기 남기를 원한다면? 그렇다면 기꺼이 함께 있어야 했다. 비록 현실은 아닐지라도 희온이 있는 곳이 자신에게도 집이었으므로.

정말 계속해서 그를 깨우는 게 맞는 일인가. 헤이븐은 처음으로 갈등에 잠겼다.

언제든 그가 이 집으로 돌아오기만 한다면. 어떤 모습이든 다시 나타나 주기만 한다면, 차라리.

"……하."

희온의 꿈이자 무의식으로 이루어진 이곳은 오직 희온의 변화에 맞춰 흘러가고 있었기에 꿈의 주인인 희온이 잠에라도 들면 모든 시간과 공간은 변화를 멈추고 어둠에 침잠되었다. 밀물처럼 흘러오는 어둠을 거부할 수 있는 방법은 없었다.

한낱 외부인에 불과한 헤이븐은 희온이 마지막으로 의식하는 공간의 끝자락에 남아 그의 의식이 다시 수면 위로 떠오를 때까지 고립되어야만 했다. 그것이 이 세상의 법칙이었다.

지친 숨을 내뱉은 헤이븐이 간신히 몸을 일으켜 현관문을 열었다. 성큼성큼 정원 앞까지 나갔으나 딱 거기까지였다. 언덕에서부터 희온을 들고 장난치며 내려왔던 울타리 바깥의 돌길은 희온이 잠에 빠지는 순간부터 한 치 앞도 볼 수 없는 새까만 어둠이자 끝이 없는 낭떠러지로 변했다. 단 한 발자국도 섣불리 내디뎌서는 안 됐다.

헤이븐은 희온이 흔적도 없이 사라지고 나면 목적을 잃은 사람처럼 허망하게 앉아 울타리 옆을 지켰다. 그가 저 너머에서 돌아오기만을 기다리며.

희온이 혼자라고 생각했던 수많은 밤들을 기약 없이 되새기는 것은 이제 헤이븐의 몫이었다.

그렇게 희온의 의식은 불규칙적으로 몇 번이고 꺼지고 켜졌다. 희온은 집 안의 방에서 걸어 나오기도 하고 숲에서 걸어오기도 했다. 그사이 헤이븐은 여러 방법으로 희온이 속에 담아 둔 이야기를 이끌어 내려고 애썼지만, 현실과 꿈의 경계에 가까워질 만하면 희온은 피로감을 호소하며 잠이 들었다.

그 뒤로 품 안의 온기는 빠르게 사라지고 어둠이 찾아들었으나 헤이븐은 단 한 번도 희온의 꿈에서 나가지 않았다. 그저 그곳에서 하염없이 희온을 기다렸다.

기약 없는 어둠의 시간을 보내고 그가 다시 돌아오지 않을지도 모른다는 불안이 덮칠 때면 희온과의 과거를 곱씹고 곱씹었다. 다녀올게. 그렇게 말하던 희온은 다시 돌아왔다.

비록 자신이 기억을 잃은 희온을 찾아내긴 했지만 그런 건 중요한 게 아니었다. 결과적으로 희온은 내 품으로 돌아왔다.

앞으로도 그래 줄까. 앞으로도 너는.

시간이 지날수록 어떻게든 희온을 깨우려던 헤이븐의 다짐은 점점 무너져 내렸다. 기억을 자극해서 의식을 되돌리려는 이 방법 자체가 잘못된 것은 아닐까. 네가 나로 인해 오히려 더 현실로 돌아오지 못하는 것은 아닐까. 그렇다면 그냥……

"무슨 생각 합니까?"

헤이븐이 희온의 뺨을 쓰다듬으며 생각에 잠긴 사이 듣기 좋은 목소리가 질문을 던져 왔다.

오늘의 희온은 다시 최근의 외관이었다. 어렸을 때의 모습도

참을 수 없이 사랑스럽지만, 헤이븐은 역시 이 모습이 가장 예쁘다고 생각했다. 그리고 몇 번의 경험을 통해 최근의 모습에 가까울수록 의식이 안정적이라는 사실도 파악했다. 헤이븐은 조용히 결단을 내렸다.

"이대로 영원히 살아도 괜찮겠다는 생각요."

"복귀는 안 하고요?"

"네가 원한다면."

헤이븐이 말하는 '이대로'의 기준을 알 리 없는 희온이 잠시 시선을 돌리자 그 뺨에 입술이 부벼졌다.

"조만간 팀원들을 한 번 보러 가야겠습니다."

"……그래요."

희온이 말하는 대로 고개를 끄덕이며 반응하던 헤이븐의 움직임이 멎었다. 지난번에는 팀원들 이야기를 하다가 곧바로 의식을 잃었다는 걸 떠올린 헤이븐이 말없이 손바닥으로 희온의 허리를 끌어안았다. 희온은 말이 없었다.

헤이븐은 희온에게 더 이상 현실과 관련된 질문을 하지 않기로 했다. 현실에서야 어떻든 지금 당장 그를 품에서 놓칠 수 없었다. 또다시 내게서 희온을 빼앗아 가는 건 너무 잔인했다.

맨더 때 타인의 꿈에서 나가기 위해 스스로의 머리에 총을 겨누는 것과는 비교도 할 수 없을 만큼 고통스러웠다. 그가 품에서 사라질 거라는 걸 알면서 현실에 대한 이야기를 하는 건 헤이븐에게 고문이었다. 더는 할 수 없었다. 아니, 하지 않을 생각이었다.

희온이 그토록 잠에서 깨기 싫다면 자신 역시 그대로 희온의 무의식 속에 갇히면 되었다. 비이성적인 결정이라고 해도 상관없었다.

그렇게라도 희온과 함께 있을 수 있다면.

"온, 졸려요?"

"아니요. 생각하고 있었습니다."

헤이븐의 입술이 희온의 목에 잘게 들러붙었다. 이대로 또 어둠을 맞이할 순 없었다. 그러나 다행스럽게도 희온은 졸고 있는 게 아니었다. 침묵을 지키던 희온이 손끝으로 헤이븐의 손등을 가만히 더듬다가 입을 열었다. 희온의 목소리가 평이하게 흘러나왔다.

"편하네요."

"요즘이요?"

"네, 이 집이요."

그가 마음에 들었다면 그걸로 되지 않았을까. 헤이븐이 미소 지었다.

"그럼 이대로 여기서 같이 살자, 영원히."

미소와는 달리 짙게 가라앉은 목소리에 희온의 시선이 의문을 담고 그에게로 가서 닿았다. 그가 말하는 영원은 아마도 편한 상태를 말하는 것 아닐까 짐작한 희온이 고개를 살짝 기울인 채 더 이상 대답하지 않았다.

헤이븐이 그렇게 결정한 다음부터는 이례적으로 낮이 길어지고 있었다. 현실에 대한 것을 떠올리지 않게 되면서 희온은 잠에 빠지지 않았고, 헤이븐은 그동안 하지 못했던 것들을 실컷 했다.

희온을 품에 끌어안고 한순간도 놓지 않았으며, 지친 희온이 욕을 뱉을 때까지 섹스했다. 그리고 남은 시간에는 산책을 하거나 소파에 늘어지게 누워 영화를 틀어 두었다. 그리고 가끔씩은.

"잘 지내면 됐다."

—캡틴, 잠깐만요. 조금 더 수다 떨면 안 됩니까?

"안 돼."

희온은 오웬과 통화했다. 오웬뿐만이 아니었다. 하얀 숲에 있던 팀원들과 메시지를 나누거나 통화를 하기도 했는데, 희온의 꿈속에서 그들은 아주 먼 곳에서 잘 지내고 있었다. 그건 희온의 무의식이 만들어 낸 희망 사항이기도 했다.

지난번에는 팀원들의 죽음을 받아들이려 하지 않았지만, 지금은 아예 그들이 살아 있다고 믿었다. 오웬과 페트로프를 제외하곤 모든 팀원이 죽은 현실. 그리고 모두 살아 가끔씩 평범한 안부를 나누는 꿈속.

희온이 바라는 현실은 여기 있었고, 헤이븐에게도 이곳이 현실이었다.

희온은 잠이 들지 않는 스스로에게 의문을 품지 않았다. 흘러가는 대로 인식하게 되는 꿈속에서는 그럴 수밖에 없었다. 그리고 헤이븐은 희온이 온전히 자신의 품 안에서만 생활하는 이곳의 시간이 마음에 들었다. 그를 깨울 수 없다면 차라리 안식뿐인 이곳에 영원히 머물러야겠다고 생각했다.

그러나, 모든 행복에는 언제나 끝이 있었다. 특히 진짜가 아닌 행복이라면 더더욱 그 끝은 빨랐다.

짧은 산책을 마친 뒤 한참을 현관의 의자에 앉아 있다가 돌아온 두 사람은 침실까지 들어가지도 못하고 현관에서 한바탕 몸을 붙였다. 결국, 엉덩이 사이와 아랫배가 정액 범벅이 된 뒤에야 샤워를 마친 희온이 헤이븐의 손에 이끌려 침대에 누웠다.

희온의 짙은 머리카락이 헤이븐의 손가락에서 윤기 좋게 흘렀다.

"예쁘시네요. 나랑 섹스하실래요?"

"당신 아래나 내 허리 둘 중 하나가 부러진 다음에야 만족할 겁니까?"

희온이 어이없이 대꾸하며 짧은 웃음을 터뜨렸다. 보조개가 보기 좋게 파이자 헤이븐도 따라 웃었다.

침대에 누운 헤이븐의 품에는 희온이 있었다. 이번에는 희온의 손가락이 헤이븐의 머리카락에 와 닿자 헤이븐이 그 손목 안쪽을 당겨 입술을 눌렀다. 그 입술을 따라 시선을 흘린 희온이 속삭이듯 말했다.

"눈부시네요."

"내가 좀 예쁩니다."

"당신 말고 햇살이."

물론 당신도 예쁘긴 한데. 희온이 단호하게 대꾸하면서도 진심을 흘렸다. 사실 헤이븐의 등 뒤 창문에서 들이치는 해가 계속 눈을 부시게 만들고 있었다.

일어나려는 헤이븐의 어깨를 누르고 몸을 일으킨 희온이 커튼을 양손으로 쥐어 틈 없이 닫았다. 다른 창문의 커튼도 치기 위해 걸음을 마저 옮기며 의미 없이 물었다.

"헤이븐, 근데 오늘이 며칠이죠?"

"……글쎄요."

침대 위에서 이쪽을 향해 돌아누운 헤이븐이 머리를 괸 채 어깨를 으쓱였다. 그 흐린 미소를 보며 잠시 고개를 갸웃한 희온이 커튼 하나를 더 쳤다. 여전히 반대쪽 창문 밖 하늘이 맑았다.

"휴가가 좀 긴 것 같은데."

"……."

이번에는 등 뒤에서 아무 말도 들려오지 않았다. 희온이 고개를 돌려 뒤를 돌아보았지만, 이번에는 헤이븐이 알 수 없는 표정으로 이쪽을 바라보고 있었다.

"아닙니까? 이제 총리님 스케줄도 다시 바빠질 때가 된 것 같은데……."

아닌가? 분명히 내가 지난번에 달력을 확인했을 때는, 그러고 보니까 지금이 몇 시지? 우리가 오늘 섹스를 얼마나 했더라. 아까 산책을 다녀왔으니까, 그런데 왜…….

순간 예리한 칼날이 정수리부터 뇌를 관통하고 지나가며 희온의 숨통을 단숨에 베었다. 중요한 무언가를 놓치고 있었다는 불길함이었다. 전신을 휘감고 끓어올라 목을 죄어 오는 감각에 호흡마저 멈춘 희온이 혼란스러운 표정으로 고개를 들어 올렸다. 답을 찾기라도 하려는 듯 일그러진 얼굴로 헤이븐을 바라보는 눈동자에는 초점이 없었다.

"……헤이븐, 나."

"……네."

"……또 기억이, 안 납니다."

시간을 확인해 보려던 희온이 갑작스레 깨달은 건 밤에 대한 기억이 떠오르지 않아서였다. 휴가를 온 뒤로 며칠이 지난 것 같은데 밤에 대한 기억이 없었다.

계속해서 어긋나던 틈을 간신히 찾아낸 희온의 손이 파르르 경련했다. 밤이, 없잖아. 어제도 그제도, 계속 낮뿐이잖아.

희온의 황망한 말에 침대를 빠져나온 헤이븐이 희온의 팔을 붙잡고 가라앉은 눈으로 내려다보았다.

"또 잠들려고."

"아니, 그게 아니라……."

헤이븐을 잊었을 때처럼 또다시 기억을 잃은 거 아닌가 싶었으나, 그렇다고 하기엔 오늘 그와 했던 모든 것들이 선명했다. 혼란스러운 듯 머리를 흔들며 털어 내던 희온의 어깨를 쥔 헤이븐의 손에 힘이 들어찼다. 희온은 눈동자가 쉴 새 없이 흔들렸다.

"온아. 아니야."

"언제, 여기……."

희온의 말을 막듯 권유하던 헤이븐의 입매가 일자로 다물렸다. 꿈에서 깨어 현실로 돌아올 게 아니라면 내 품에서 사라지지도 마. 헤이븐이 간절히 비는 속을 숨기고 희온을 재차 당겼다.

"나 배고픈데. 밥 먹으러 갈까요?"

"헤이븐, 혹시……."

그를 잡아끌어 그 생각에서 벗어나게 하려던 헤이븐의 움직임이 멈췄다. 지금의 희온은 잠에 빠지려고 하는 게 아니었다. 졸려 보이지도 않았다. 오히려, 짙은 색의 눈동자는 그 어느 때보다 선명해 보였다.

아.

그제야 뱉어진 작은 안도의 탄성과 함께 헤이븐의 어깨에서 힘이 툭 빠지더니 굳었던 입매가 호선을 그렸다. 하. 그 긴 한숨은 천천히 환한 웃음으로 번졌다. 그 뜻을 알 리 없는 희온만이 당황한 얼굴로 헤이븐을 보고 있을 뿐이었다.

그러나 희온이 다시 한번 되묻기 전, 헤이븐의 입술이 작게 열렸다.

"이따 봐요."

그 말과 함께 이어진 헤이븐의 눈부신 미소를 끝으로 희온의 세상이 또다시 어둠으로 뒤덮였다. 끝나지 않을 것만 같던 뜨거운 낮이, 드디어 막을 내리고 있었다.

* * *

"흐윽……!"

"희온 님, 희온 님? 괜찮으세요?"

"하아, 아……."

가장 먼저 들린 건 리암의 목소리였다. 그것을 시작으로 조금 따뜻한 정도의 온기가 느껴졌다. 숨이 차다는 게 느껴지고, 알싸한 향이 맡아졌다.

눈을 연신 깜빡이자 흐린 시야가 천천히 자리를 잡으며 초점이 맞았다. 벌떡 몸을 일으키고 싶었지만, 몸에 힘이 들어가지 않아, 고작해야 뒤통수를 조금 들어 올렸다 떨어뜨린 정도였다. 희온의 머릿속이 복잡하게 엉켰다.

하얀 숲. 집. 헤이븐, 헤이븐. 희온이 다급하게 고개를 돌렸다. 자신의 바로 옆 침대에 헤이븐이 누워 있는 게 보였다. 눈을 감고, 팔에는 주삿바늘을 꽂은 채.

희온이 다시 한번 몸을 일으키려고 하자 리암이 다가와 등을 받쳐 주었다. 아. 그제야 허벅지에 통증이 느껴졌다. 총을 맞았었지. 모든 기억이 생경하게 되살아나 머리를 두들기는 것 같았다.

"헤이븐은요."

"잠이 드신 겁니다. 희온 님이 일어나셨으니 곧 깨어나실 거예요. 잠시만요. 의사를 불러오겠습니다."

잠이 들었다는 말에 긴장했던 어깨에 힘이 탁 풀렸다. 총을 맞은 곳은 허벅지였다. 그러니까, 목숨에는 지장이 없었다는 소리였다.

옆 테이블 위에 놓인 탁상 달력을 확인했지만, 날짜가 얼마나 바뀌었는지는 알 수 없었다. 아직은 사고가 완벽하게 돌아가지 않았다. 생생했던 꿈과 현실을 구분해 내느라 정신이 하나도 없었다.

한 가지 확실한 건, 며칠 동안 잠만 자고 있었다는 것, 헤이븐이 내 꿈에 들어와 함께 지냈다는 것. 그리고 자신이 지금 그에게 참을 수 없이 화가 났다는 것이었다.

드르륵.

"깨어나셨네요."

때마침 문을 열고 들어온 의사가 희온에게 다가오고 있었지만, 희온이 빨랐다. 힘이 제대로 들어가지 않는 다리를 팔로 잡아 끌어가며 억지로 움직여 침대에 걸터앉자 의사와 리암이 이쪽으로 급히 달려왔지만, 희온이 손바닥을 펼쳐 막았다.

"괜찮으니까 잠깐 시간을…… 잠시만, 둘이 있겠습니다. 부탁이에요."

어금니를 꽉 문 대답에 리암이 몇 번 눈치를 보다가 의사와 함께 병실을 나섰다. 저 미친 새끼. 개 같은 새끼. 치를 떨던 희온이 숨을 억지로 삼켜 가며 제대로 움직이지 않는 몸을 달랬다.

가자, 제발.

진통제는 진작 효력이 끝났는지 총상을 입은 쪽의 다리는 움직일 때마다 통증이 느껴졌지만 정작 아픈 건 따로 있었다.

쿵.

"윽!"

며칠간 잠만 자느라 힘이 다 빠진 다리, 그것도 한쪽 다리로만 지탱하며 거의 침대에서 떨어지다시피 하느라 팔에 꽂힌 주삿바늘이 뒤틀려 피를 냈지만 상관없었다. 다른 쪽 팔로 바늘을 잡아 뺀 희온이 다시 몸을 움직였다.

"제발, 좀, 움직여라."

간신히 물건들을 짚어 가며 헤이븐의 침대까지 와 걸터앉았다. 당장 그의 팔에 꽂힌 주삿바늘도 잡아 뺀 희온이 힘이 제대로 들어가지 않는 팔에 힘을 주며 헤이븐의 멱살을 잡았다.

"일어나."

약해진 지금 자신보다 덩치가 큰 남자를 일으키기는 힘들었으나 희온은 포기하지 않았다. 아예 그 몸에 올라타 몇 번이고 멱살을 고쳐 쥐던 희온이 이번에는 주먹을 말아쥐어 그의 가슴팍을 때렸다.

"일어나, 일어나라고. 일어나!"

목이 메어 갈라지는 목소리로 소리를 내지르며 눈을 꾹 감은 채 울부짖었을 때, 희온의 손목에 커다란 손이 감겨 왔다.

"……아프잖아요."

"하……."

"자는 사람을, 이렇게 무식하게 패서 깨우는 법이 어디 있."

익숙한 목소리가 들리자마자 희온의 몸이 무너졌다. 가슴을 두들기던 손으로 옷을 꾹 쥔 채 상체를 동그랗게 말았다. 그 몸은 금방 흐느낌으로 흔들렸다.

"……왜."

도대체 왜. 나한테 왜 그래. 말라붙은 줄 알았던 눈꺼풀이 뜨거워지며 눈물이 뚝뚝 떨어져 헤이븐의 옷을 적셨다. 헤이븐의 커다란 손이 희온의 등을 토닥였다. 그의 토닥임이 마냥 달지 않고 허벅지의 통증이 그대로 전해지는 걸 보니 이건 현실이었다.

"고개 좀 들어요. 얼굴 좀 보게."

그 다정한 말에도 희온은 고개를 들지 못했다. 여전히 상체를 웅크리고 소리 없는 눈물을 떨어뜨리기만 했다. 그 몸이 당장이라도 쓰러질 것 같아서 헤이븐이 침대를 손바닥으로 짚은 채 상체를 일으켜 앉았다. 덕분에 희온의 몸을 안기가 조금 더 수월해졌다.

"나한테…… 나한테, 왜 그래요. 나한테 왜 그렇게까지 합니까. 왜요."

희온은 알고 있었다. 꿈의 주인이 영영 의식을 되찾지 못하면 어떻게 되는지. 그래서 더 이해할 수가 없었다. 그가 왜 이렇게까지 하는지. 왜 나에게.

"내 처음이니까."

희온의 절절한 물음과 달리 헤이븐의 대답은 담백하게 뱉어졌다. 별로 대수롭지도 않다는 듯이. 희온이 탈력감이 느껴지는 목소리로 반문했다.

"도대체 첫사랑이 뭐 그렇게 대단하다고."

굳이 따지고 보면 자신은 헤이븐에게 무언가를 제대로 해 준 적이 없었다. 기껏해야 어린 시절 연구소에서 그에게 손을 내밀었던 것.

그러나 그건 그 행위가 자신에게도 위로였기 때문이었다. 그의 존재가 자신에게도 의지였기 때문에 했던 것일 뿐이었다. 그런 것쯤은.

"전부 다."

헤이븐이 땀에 젖은 희온의 머리카락을 넘겨 주며 손목을 잡아내렸다. 그제야 얼굴이 보였다.

"나한테 지어 준 미소도, 괜찮다는 말도, 나만 보는 시선도 나한텐 처음이었으니까요."

사람을 그렇게 만들었으면 죽을 때까지 섹스로 갚아야지. 특유의 가벼운 말도 함께였다. 희온은 뜨겁게 떨어지던 눈물을 간신히 갈무리하고 큰 숨을 내뱉었다.

다 커서 이렇게 우는 건 처음인 듯했는데, 딱히 나쁘지 않았다. 아니, 속이 시원했다. 손목을 잡힌 채 헤이븐의 가슴팍을 보던 희온이 다른 말을 시작했다.

"전, 여태까지 안 괜찮았던 것 같습니다."

헤이븐은 아무 대답도 없었지만, 차라리 그게 말하기 수월했다.

"팀원들이 죽었다는 게, 나 때문이라고 생각했습니다. 당신이 나를 시드엘로 데려가려던 와중에 벌어진 일이지만, 그것도 내 몫이니까요."

죄책감과 부채감이 희온을 짓눌렀다. 그 자리에서 죽어 나간 팀원들 대신 제대로 자리 잡고 살아야 될 것 같았다. 그들의 몫을 대신해서 살아 나가야 할 것만 같았다. 나중에 내가 죽고 어딘가에서 다시 만났을 때 그들이 혼자 잘 먹고 잘 살았느냐 나를 원망할지라도, 지금 당장은 그것 말고는 할 수 있는 게 없었다.

그래서 부당하게 넘어오는 일들도 반기며 끌어안았다. 희온이 혀를 내어 마른 입술을 적시는 동안 헤이븐이 안고 있던 희온을 놓고 상체를 일으켰다. 희온이 고개를 들자 딱딱하게 굳은 헤이븐의 표정이 보였다.

"그렇게 적당히 착하게 적당히 비겁하게 사는 거 이기적인 건 압니까?"

"헤이븐."

"그래서……."

그래서 그렇게 지냈냐고. 그래서 나까지 잊고 무의식에 갇혀 있었냐고 희온에게 화를 내고 싶었다. 도대체 너에게 나는 뭐냐고 따지고 싶었다. 그러나 헤이븐이 입을 다문 건, 이렇게 혼란스러워하는 희온은 처음 보는 것 같아서였다.

억지로 감정을 짓누른 헤이븐이 숨을 삼키는 사이 희온이 대답했다.

"나는 두 가지 다 잘하고 싶었어요. 먼저 죽은 팀원들의 몫까지 잘 살고 싶기도 하고 당신의 옆에서도 잘 서 있고 싶었습니다. 그래서, 내가 지쳐 가고 있는 줄도 몰랐습니다."

"온아."

"압니다. 팀원들의 죽음을 끌어안고 있는 거, 내 탓이라고 생각하는 거, 그래서 일에 휘둘리는 거 전부 다 미련하다는 거 알고 있으니까 너무 화내지 마세요."

언제나 헤이븐을 절망에 빠뜨리는 것도, 또 지옥 같은 비참함을 거둬 주는 것도 희온이었다. 이번에는 얇게 퍼진 안도감이 감정 위를 덮었다. 경상의 상처를 입었던 희온이 깨어나지 않았던 건, 자신을 잊어서도 아니고 삶을 그만두고 싶어서도 아니었다.

스스로를 몰아가다 지쳤을 뿐이었다.

"헤이븐. 꿈에서 제가 했던 말, 기억합니까."

"전부 다요."

희온의 입술에서 한숨이 뱉어졌다.

"당신을 잊은 건 아니었습니다. 정말 이건 나도 모르게."

"알아요. 지친 것뿐이라며."

자신을 다 이해해 주는 듯한 말에 목이 틀어막힌 것처럼 답답했지만 여기서 말을 멈출 순 없었다. 희온이 체념 섞인 목소리로 진심을 드러냈다.

"단순히 그것 때문만은 아닙니다. 당신한테도 그게 옳다고 생각했거든요. 적어도 선거가 끝날 때까지는 내가 조금 떨어져 있는 게 부정적인 소문도 안 돌 거고."

"잠깐만. 내가 지금 무슨 말을 듣고 있는 거야. 고작 소문이 걱정돼서 우리가 따로 살았다고?"

이번에야말로 헤이븐은 진심으로 화가 난 것 같았다. 이럴 줄 알았지. 희온이 한숨을 쉬며 머리카락을 넘겼다.

"그럼 그 잘난 얼굴을 좀 가리던가요. 뭘 하든 눈에 띨 게 뻔한데 나까지 더할 일 있습니까?"

"지금 자기 예쁜 것도 인정한 거죠? 이런 적은 또 처음이네."

"돌았습니까? 그 말이 아니라 스캔들을 말하는 거잖아요."

갑자기 말이 이상한 방향으로 틀어지자 희온이 콧잔등을 찡그리며 헤이븐의 입을 손으로 틀어막았다. 차라리 아무 말도 안 하는 게 도움 된다는 걸 이 미친놈만 모르지.

"나 나름대로 노력하려고 했습니다."

그러나 더 말을 하기도 전에 헤이븐이 희온의 손목을 끌어내렸다.

"그것도 알아요. 다시 커피 마시기 시작했잖아."

희온이 총에 맞은 날, 그 집에 갔던 헤이븐은 커피가 담겨 있던 컵을 발견했다. 그리고 며칠 동안 희온이 계속 커피를 마시고 있었다는 것도 기억해 냈다. 아마도 일을 끝내고 나면 조금이라도 자신과 함께 시간을 보내려던 희온만의 노력이었을 것이었다.

그제야 헤이븐은 희온이 어떤 식으로 자신을 좋아하고 있는지 다시 기억해 낼 수 있었다. 그렇게 소중한 잠을 억지로 깨려고 하면서까지 나와 대화하려던 것들. 내게 먼저 입 맞추는 행동들.

더 이상 같은 곳에서 일하지 않는 바람에 희온이 다른 사람들을 어떻게 대하는지 잊고 있었다. 이렇게 조심스럽게, 자신의 방법으로는 확실하게 다가오는 건 희온만의 애정 표현이었다.

그리고 그건 내가 그의 사람이라서. 아이러니하게도 헤이븐은 그 커피 잔을 본 순간 깊은 안도감을 느꼈다. 그러나 한 가지 의문이 드는 건 물어봐야 했다.

"그래서, 이제 내가 없어도 잘 자게 된 겁니까?"

"그건……."

나왔다. 곤란한 표정. 눈물 기운을 담고 얼굴을 찌푸리는 그 눈썹에 헤이븐이 입을 맞췄다. 잠시 머뭇거리던 희온이 대답했다.

"내 집에서도 당신 냄새가 나니까요. 그 정도면 충분히 잘 수 있습니다."

사실 곤란할 정도였다. 소파에서도, 침대에서도 헤이븐의 기분 좋은 체향이 나는 바람에 희온은 머리만 댔다 하면 잠을 잘 수 있었다. 가끔씩 향이 흐려지는데 잠이 고프다 싶으면 그가 집에 놓고 간

옷을 베개 삼았다. 그럼 금방 잠에 빠질 수 있었다.

하. 헤이븐이 헛웃음을 터뜨렸다. 이 사랑스러운 연인을 쥐어 터뜨릴까 진지하게 고민했다.

"이제 찻잎도 다 필요 없겠네요."

"네. 그래도 먹을 겁니다."

"음, 그럼 나도 계속 먹어 주는 거죠?"

"농담이 나옵니까?"

다시 짓궂은 농담에 희온이 가볍게 눈을 흘기자 헤이븐이 은근한 손길로 희온의 옆구리를 감싸 안아 왔다.

"대답 피하지 말고."

똑똑.

"이제 들어가도 됩니까?"

"잠시만요."

문밖에서 노크 소리가 들렸으나 희온은 한 번 더 그들의 출입을 막았다. 이번엔 다른 이유 때문이었다. 환자복 차림의 바지 속이 전부 체액으로 흠뻑 젖어 있었다. 이 나이 먹고 몽정을 했다.

희온이 무엇으로 찝찝해하는지 알고 있는 헤이븐이 상체를 희온에게로 기울이며 손을 희온의 바지 속으로 쑥 밀어 넣었다. 질척거리는 성기가 손에 감겼다.

"뭐, 손, 안 빼요?"

헤이븐은 이미 눈앞의 연인을 당장이라도 먹어 치울 생각에 눈이 번들거리고 있었다.

"한 발자국이라도 더 들어오면 알아서 해."

헤이븐의 말은 병실 문 너머 리암에게 뱉어졌다. 희온이 그의 가슴팍을 밀어냈으나 헤이븐은 덩치로 밀어붙이며 희온의 몸 위로 몸을 무너뜨려 입술을 마주 붙였다.

그러나 헤이븐의 얼굴 위로 올라온 해사한 웃음에 이번에도 희온이 질 수밖에 없었다. 승자 없는 싸움에서 홀로 미소 지은 건 헤이븐의 성욕이었다.

완전히 뒤로 눕혀진 희온이 고개를 돌려 어설프게 커튼이 쳐진 병실 창문에 시선을 두었다. 어슴푸레 해가 지고 있는 하늘은 분홍색이었다. 늘 어두운 밤이 싫었는데, 이제는 그것도 괜찮을 것 같았다.

밤이 오고 낮이 돌아오는 것. 그것이 자신이 헤이븐과 함께 머물러야 할 현실이었다.

"헤이븐."

"네."

희온은 자신의 상의를 젖히며 쇄골을 핥고 있는 남자의 머리카락을 살살 쓰다듬었다. 문득 지금만큼 말하기 좋은 때는 없다고 생각했다.

"사랑해요."

몇 번이고 고심해 봐도 이건 사랑이었다. 그가 의식을 잃은 자신의 꿈에 기꺼이 들어오는 것. 그런 그의 희생이 눈물 나게 화나고 아까운 것. 이게 사랑이 아니라면 이 세상에 사랑 따윈 없다. 희온은 오롯이 자신을 향해 있는 헤이븐에게 미소를 듬뿍 지어 보이며 그가 좋아하는 보조개를 마음껏 드러냈다.

"사랑한다니까 뭘 보고 있어요. 하던 거 마저 해."

희온의 말에 뻣뻣하게 굳어 있던 헤이븐의 웃음이 따라 올라왔다.

희온은 당장 치미는 애정과 그의 미소에 흠뻑 젖느라 '하던 거 마저해.'라는 자신의 말이 무슨 결과를 불러올지를 간과하고 있었다.

희온은 정확히 네 시간 뒤에야 울며불며 그만 좀 하라고 빌었다. 보다 못한 리암이 병실 문을 노크하며 탈수 걱정 좀 해 달라고 부탁할 지경이었다.

서툰 첫사랑의 신호탄이 울리고도 한참 뒤에서야, 두 사람은 다시 한번 그 시작점에서 어깨를 나란히 했다. 어두운 하늘마저 달게 느껴지는 밤. 더 이상의 장마는 없었다.

기억 공유자의 특성

타겟의 꿈에 들어갔다가 꿈의 주인이 죽으면, 기억 능력자는 영원히 빈 꿈에 홀로 남는다.

* * *

"너 특전사는 어떻게 됐냐."

"뭐든 잘해서 됐죠."

"근데 이건 왜 못해."

희온의 날카로운 질문에 페트로프가 입을 다물었다. 자신이 못하는 게 아니라 캡틴이 지나치게 잘하는 거 아니냐는 말을 하고 싶었지만 그래 봤자 말이 통할 것 같지 않아서였다. 페트로프의 망명 신청이 받아들여지면서 희온은 원치 않게 페트로프의 가정교사가 되어 있었다.

유독 길었던 그의 망명 과정이 끝난 이후에야 희온은 페트로프가 바시트록스로 넘어왔다는 것을 알았다. 그것도 헤이븐이 말해서가 아니라, 희온이 잠에서 깬 줄 모르고 리암이 헤이븐에게 보고하던 걸 우연히 들으면서였다.

'왜 말을 안 해 줍니까?'

'기밀이니까요.'

뻔뻔한 대답에 희온은 더 이상 따질 수 없었다. 기밀이라는데 뭐. 사실 희온이 알았다고 한들 다른 방도가 있는 것도 아니었다. 그냥 지금처럼 페트로프가 망명자로 받아들여지기를 기다릴 수밖에.

지난번 피습이 있고 난 후, 희온은 특진 대상자가 되었다. 그와 더불어 7주의 유급 휴가도 받았다. 덕분에 희온은 병원에서 퇴원을 하고 난 뒤에도 집에 얌전히 붙어 있을 수 있었다.

아니 붙어 있을 수밖에 없었다. 헤이븐의 강요와 희온의 비자발적 동의에 의한 것이었다. 대신 헤이븐은 실내에만 있느라 갑갑해하는 희온에게 넌지시 페트로프의 망명 신청이 수락되었다는 소식을 알렸다.

물론 페트로프가 희온에게 가정교사를 맡아 달라고 요청할 거라고는 것도, 귀찮은 것을 싫어하는 희온이 끝내 수락할 거라는 것도 전혀 예상치 못했던 일이었다. 하지만 페트로프와 단둘이 밖에 나가 제 시야 밖에서 몸을 부대끼는 것보다는 훨씬 나았기에 어쩔 수 없이 승낙해야만 했다. 예전에 하얀 숲에서의 했던 첫 합동 훈련 때부터 아주 거슬리는 대상이었다.

희온 역시 페트로프의 선생님 노릇이 꽤 쉽지 않은 일이라는 사실을 알고 있었음에도 그의 요청을 받아들인 것은 그가 귀찮게 졸라 댄 것이 첫 번째 이유, 하프록스에서 자신을 위해 희생했던 페트로프가 적응하도록 돕는 것에 일종의 책임감을 느꼈던 것이 두 번째 이유였다.

그리고 곧 그 책임감은 금방 후회로 바뀌었다.

"다시 풀어 봐."

희온이 종이 뭉치를 뒤적이자 페트로프의 고개가 다시 종이 위로 처박혔다. 망명 과정에서 정부가 페트로프에게 교육한 역사는 하프록스에서 주입시킨 것들과는 많이 달라서 페트로프는 충격에서 헤어나오는 데 시간이 꽤 걸렸으나 지금은 그럭저럭 적응해 나가고 있었다.

희온은 페트로프를 처음 만나자마자 오웬에 대해 물었다. 그도 함께 망명을 오고 싶어 했으나 그곳에 남은 가족들 때문에 차마 그러지 못했다고 했다. 그러나 희온은 그가 잘 지내고 있다는 말만으로도 충분했다. 모든 팀원을 지켜 낼 수 없었다면 남은 둘이라도 잘 살아야 했다.

페트로프는 희온과는 달리 하프록스 출신이라는 꼬리표를 지울 수 없었으므로 경호처에서 일하기는 힘들었다. 대신 그는 정부에서 지원하는 일자리에 지원할 수 있었고, 그 과정에서 입사를 위한 공부가 필요했다. 이 과외의 목적은 페트로프의 취업이었다.

"모르겠습니다."

"여태 두 시간 동안 설명한 거잖아."

"이건 완전히 다른 개념이잖아요, 캡틴."

"그렇게 부르지 마."

"선생님."

"그냥 캡틴이라고 해."

차라리 그게 낫겠다 싶어 희온이 대충 고개를 한 번 끄덕였지만, 페트로프는 선생님이라는 호칭이 마음에 든 모양이었다. 그가 진지한 얼굴로 볼펜을 놓았다.

"선생님, 진짜 못 가르치시네요."

"그게 할 말이냐?"

"네."

페트로프는 진심이었다. 처음 희온에게 기본적인 공부를 가르쳐 달라고 매달렸던 이유는 그가 얼마나 똑똑한 사람인지 알고 있어서였다. 하지만 페트로프가 간과했던 건, 기본적으로 머리가 좋은 것과 잘 가르쳐 주는 것에는 큰 차이가 있다는 것이었다.

희온은 이런 것까지 알까 싶은 것들도 전부 알았다. 심지어 조금 어렵다 싶어도 문제집을 앞으로 몇 번 넘겨 기본적인 개념을 다시 확인하면 심화 문제도 금방 술술 풀어냈다.

진짜 문제는 희온이 이해한 것과는 별개로 설명을 못한다는 데 있었다.

"이게 정답이잖아."

"왜요?"

"보면 몰라?"

"……"

이런 식이었다. 당연한 걸 왜 물어보냐는 표정과 함께 저 대답이 들리면 페트로프는 진심으로 말문이 막혔다. 캡틴에게도 못하는 게 있다는 건 새로운 깨달음이었지만 그 때문에 자신마저 답답해지니 문제였다.

달칵.

"온아."

그때, 공부하던 서재의 문이 열리고 헤이븐의 모습이 드러나자 희온이 시간을 한 번 확인하곤 볼펜을 버리고 일어섰다. 헤이븐이 퇴근하고 돌아왔다는 건 이 지긋지긋한 과외 시간도 끝났다는 뜻이었다. 페트로프가 책상을 정리하는 동안 희온이 헤이븐과 함께 서재를 나섰다.

"가르치는 건 언제 끝나요?"

"글쎄요, 오래는 안 갈 것 같은데."

"음."

2층에서 내려오자 향긋한 차 냄새가 코끝을 울렸다. 퇴근하자마자 찻물을 올리고 올라온 모양이었다. 희온은 자신에게 자연스럽게 입을 맞추려는 헤이븐의 얼굴을 손바닥으로 밀어냈다. 계단을 내려오는 페트로프의 발소리가 들려왔다.

"선생님, 오늘 술 한잔하실래요?"

"아니."

단호한 목소리는 희온의 것이 아니었다. 물론 희온도 거절하려고 했지만, 그보다 헤이븐이 빨랐다.

"그쪽한테 물어본 거 아닌데요."

"대답은 마찬가지일 텐데."

이젠 계급장도 뗐겠다, 본격적으로 말장난하는 페트로프를 보던 희온은 지난번 오아시스에서의 기억이 그대로 겹쳐지는 것 같다는 생각에 괴로워했다. 부엌에서 찻잔을 가져와 희온의 손에 쥐여 주며 허리를 끌어안는 헤이븐의 움직임에 페트로프의 눈썹이 꿈틀거렸다.

"볼일 끝났으면 내 집에서 나가지."

모든 것에서 여유가 흐르는 헤이븐은 유독 페트로프에게 유치하게 굴었다. 그 누구보다 이 자리를 벗어나고 싶은 건 희온이었으나 어쨌든 이 집이 헤이븐의 것인 건 맞았다.

원래는 희온의 집에서 할 예정이었으나 헤이븐이 극구 반대했다. 희온의 집에는 오로지 자신만 들어갈 수 있다는 그 주장의 근거는 지난번 대화였다.

'내 집에서도 당신 냄새가 나니까요. 그 정도면 충분히 잘 수 있습니다.'

병실에서 희온이 그 말을 하고 난 뒤, 헤이븐은 희온의 집에 누군가 들어가는 것에 극도로 예민하게 굴었다. 희온이 보기엔 마치 자신의 구역을 경계하는 개나 다름없는 행위였으나, 그것마저 귀엽다고 생각하게 되는 스스로도 문제가 있었다.

헤이븐은 희온을 뒤에서 끌어안은 채 페트로프를 보고 있었고, 페트로프는 불만스러운 표정을 하면서도 그 시선을 피하지 않았다. 두 사람의 신경전에 끼고 싶지 않은 희온은 차나 홀짝일 뿐이었다.

"저 가요, 선생님. 다음엔 저희 집에서 해요. 여긴 방해꾼이 있어서 집중하기가 힘드네요."

"가기나 해."

대놓고 긁어 대는 페트로프의 말에 희온이 먼저 대꾸했으나 의외로 헤이븐은 시큰둥한 표정으로 희온의 허리나 쓸고 있을 뿐이었다. 페트로프는 아직도 두 사람이 연인 관계라는 것을 믿기가 힘들었다.

정확히는 캡틴을 이해하기 힘들었다. 자신의 구질구질한 동경과 짝사랑을 그가 받아주기를 바라는 것까지는 아니었으나 적어도 저런 남자는 희온에게 어울리지 않았다.

현관문을 열면서 두 사람을 한 번 더 슬쩍 돌아본 페트로프가 떨어지지 않는 발걸음을 옮겼다.

달칵.

현관문이 닫히는 것까지 본 희온이 차를 한 모금 더 삼켰다. 소파에 앉기 위해 걸음을 옮기려는데 따뜻한 찻잔이 손에서 빠져나간다. 헤이븐의 짓이었다.

"아직 덜 마셨습니다."

"선생님."

"……네?"

지금 헤이븐이 자신을 뭐라고 불렀는지 이해하기 힘들어 희온이 멍청하게 되물었다. 뒤를 돌아보니 헤이븐은 지금 희온이 좋아하는 미소를 그리고 있었다.

"선생님. 저도 수업해 주세요."

단단히 미쳤구나. 희온이 말없이 경악했다. 어디 가서 말로 사람을 터는 건 자신이 있었는데, 헤이븐이 저렇게 미친놈처럼 나올 때면 혀가 주먹만큼 부어서 목구멍을 턱 틀어막고 있는 기분이었다. 어느새 희온을 마주 보며 끌어안은 헤이븐이 목덜미에 뺨을 비벼 문질렀다.

굳이 페트로프의 선생님이 되어 준 희온 때문에 피어난 질투심이 심통을 불러일으켰다. 헤이븐이 반쯤 벌린 입술로 희온의 귓불을 잘근잘근 씹어 대며 속삭였다.

"선생님한테 좆 넣고 싶어요."

"……아."

이어지는 대사에 희온이 몸을 뻣뻣하게 굳혔다가 손바닥으로 그 어깨를 밀어냈다. 그러나 여기서 물러날 헤이븐이 아니었다.

"선생님 뒷구멍 빨게 해 주세요."

자신보다 훨씬 커다란 덩치로 아무렇지 않게 음담패설을 해 오는 발칙한 학생에 당황한 선생님은 뒷걸음질을 쳐야 했으나 그것도 쉬운 일이 아니었다.

"헤이븐, 계속 나한테 힘쓸 겁니까?"

결국, 그 품에서 꼼짝도 할 수 없었던 희온이 헤이븐에게 짜증스럽게 이야기했다. 사실 힘이나 제압하는 기술로는 어디 가서 빠진다는 소리 한 번 들어 본 적 없는데, 연인에게 그렇게 굴 수는 없었다. 그래서 적당히 져 주고 넘어가는 희온과는 달리 헤이븐은 이런 식으로 매번 온 힘을 다해서 덤벼 왔다.

"안 그러면 제 목 꺾으실 거잖아요, 선생님."

"그건 그렇지."

그 말을 부정할 수 없었던 선생님이 고개를 끄덕이는 틈을 타, 학생은 한 번 더 몸을 밀어붙였다.

"아!"

그 무게로 인해 몸이 뒤로 기울어 소파에 쓰러지듯 파묻히자 희온이 머리를 찧지 않기 위해 팔로 쿠션을 짚었다. 덕분에 헤이븐을 밀어내던 양손이 떨어지자 그때부터는 헤이븐의 직진이었다.

"선생님, 섹스 알려 주세요."

이미 통달하고도 남은 새끼가. 해사하게 미소지는 그 얼굴에 희온이 한쪽 눈을 찌푸렸으나 그뿐이었다. 바짝 마주 붙은 하체가 문질러지자 자신 역시 몸이 동했기 때문이었다.

저 얼굴 때문에 내 수명이 줄지. 작게 한숨을 내쉰 희온이 흐트러진 머리카락을 아무렇게나 쓸어 올리곤 입고 있던 티셔츠 끄트머리를 잡아당겨 올렸다.

"학생, 건방지게 굴지 마세요."

홀린 사람처럼 자신을 바라보고 있는 학생의 금발을 쥐어 잡은 선생님은 그대로 그 얼굴을 자신의 하체로 당겼다. 바지 위로 학생의 잘난 뺨이 멋대로 문질러졌다.

버릇없는 학생 교육 좀 시켜 주려고. 덤덤하던 희온의 얼굴에는 그제야 미소가 피어올랐다.

"빨아."

학생의 머릿속이 백지처럼 새하얗게 물든 순간이었다. 어느새 그는 선생님의 바지를 잡아 내리고 있었다.

"하아……."

소파 아래 무릎 꿇고 자리 잡은 헤이븐은 입을 크게 벌린 채 희온의 것을 빨고 있었다. 달콤한 과즙이라도 먹는 듯 크게 물어 쪽 빨아 올릴 때마다 희온의 손이 헤이븐의 머리를 쓸어내렸다.

보기 좋은 금색 머리카락이 손가락에 만지기 좋게 감겨 왔다. 그 손이 이끌지도 않았음에도 헤이븐은 알아서 고개를 움직여 갔다.

벌리고 있는 붉은 입술, 가장 위로 올라와 약한 곳을 건드리는 혀, 뜨거운 숨결과 가끔씩 아찔하게 건드리는 앞니가 희온을 더욱 아찔하게 만들었다.

고개를 젖혀 점점 짙어지는 감각을 느끼던 희온이 간신히 시선을 바로 하자, 헤이븐의 얼굴이 보였다. 그는 꼭 무언가에 취한 사람처럼 반쯤 내리뜬 눈으로 희온의 것을 물고 있었다. 여전히 이목구비 하나 빠짐없이 자신의 취향이었다.

"아, 흐읍!"

헤이븐이 작정하고 희온의 허벅지를 짚은 채 성기를 더욱 깊이 물자 허리가 파르르 떨렸다. 뜨겁고 좁은 입 안에 들어찬 것은 끝도 없이 더욱 파고들어 갔고, 기어이 그 뿌리에 헤이븐의 입술이 닿았다.

분명히 제 것을 빨고 있는 건 헤이븐인데, 어째선지 자신이 범해지는 기분이 들었다. 멈칫하기 시작한 희온과는 달리 헤이븐은 물러서지 않고 욕심껏 그를 삼켰다. 직접적으로 와닿는 성적인 쾌락에 더한 시각적인 자극에 희온이 오래가지 못하고 헤이븐의 어깨를 짚었다.

"헤이븐……."

당장이라도 사정할 것 같은 느낌에 희온이 몸을 물리자 헤이븐이 고개를 뒤로 빼며 젖은 입술을 핥았다.

"선생님, 싫어요?"

"……미, 친."

그 물음과 함께 싱긋 미소를 지어 올리자 희온의 귀가 새빨갛게 익어 욱신거렸다. 무슨 컨셉을 이따위로 정했는지는 모르겠으나 헤이븐은 이미 선생님과 제자 간의 섹스로 지금 상황을 굳힌 듯했다.

긴 숨을 뱉는 희온의 성기 끝에 혀를 댄 헤이븐이 다시 한번 삼키기 위해 입을 벌렸다. 희온이 급히 팔을 뻗었으나 헤이븐이 빨랐다.

"하아, 아……!"

그다음부터는 마치 틈을 주지 않을 것처럼 굴었다. 언제 희온의 다리 사이로 기어가 핥아 댔냐는 듯 두 다리를 붙잡아 완전히 위로 올렸다. 덕분에 헤이븐의 시야에 완전히 들어온 회음이 야했다.

삽입을 기다리기라도 하는 듯 분홍색 주름은 움찔대고 있어서, 헤이븐의 혀끝이 곧장 그 가운데로 파고들었다. 다리가 들리는 바람에 몸을 지탱하느라 소파를 짚는 희온의 표정이 일그러졌다.

"좋, 훗!"

헤이븐의 붉은 혀가 희온의 사타구니를 온통 적셨다. 선생님, 야해요. 질척이는 소리 끝에 헤이븐의 속삭임이 번졌다. 그 간지러운 자극마저 희온에겐 달콤했다.

"다리 내리지 마세요."

아이러니하게도 명령하는 건 학생의 몫이었다. 엉망으로 구겨진 몸으로 헐떡이는 선생님은 티셔츠가 가슴 위까지 흘러 올라간 줄도 모르는 듯 소파 가죽을 손끝으로 까득까득 긁기만 했다. 헤이븐이 커다란 손을 펼쳐 군살이라곤 하나도 없는 옆구리를 훑어 올렸다.

"흐으아!"

새된 교성이 흐른 건 가는 손가락이 유두를 눌렀을 때였다. 허공에 달랑이던 정강이가 멋대로 흔들리자 벌을 내리듯 손톱으로 작은 살덩이를 꼬집었다.

"선생님, 이렇게 하는 거 맞죠?"

헤이븐의 다른 손가락이 타액으로 젖은 구멍으로 파고들자 선생님의 얼굴이 조금 더 흐트러졌다. 이미 흥분한 몸은 쉽게 헤이븐의 검지를 뿌리까지 받아 들였다. 마치 내벽을 문질러 넓히기라도 하듯 안을 더듬어 누르자 피가 몰려 새빨개진 뺨으로 희온이 소리를 내질렀다.

"아웃, 그렇, 게 바로…… 하!"

"이걸로는 아쉬워요?"

중지까지 함께 파고든 구멍은 움찔거리며 반항했지만, 헤이븐의 눈에 그건 그저 유혹일 뿐이었다. 헤이븐이 손끝을 세워 깊이 쑤셔 올렸다.

히윽! 짧은소리와 함께 희온의 아랫배에 선액이 떨어졌다. 몸을 멋대로 비틀고 싶었지만, 그것조차 허락되지 않았다. 조금이라도 몸을 들썩일 수 없도록 헤이븐이 체중을 실어 몰아붙인 탓이었다.

"흐아웃, 끅, 흐으…… 거기, 아."

안쪽을 멋대로 헤집고 문지르는 손길에 흥분감이 아랫배를 찌르르 울렸으나 아쉬웠다. 헤이븐의 손가락은 자신이 느끼는 곳을 의도적으로 빗겨 나가고 있었다. 팔에 바짝 근육이 설 정도로 아래를 철썩이며 쳐 대고 쑤셨으나, 그럴수록 희온은 애가 타 죽을 것 같았다.

"왜요? 여기가 아니에요?"

순진함을 가장한 그 못된 물음이 야속했다. 머리가 다 지끈거릴 지경의 흥분감이었으나 쿠퍼액을 질질 쏟아 내는 것으로는 부족했다. 사정이 하고 싶었다. 헤이븐의 성기로 깊이 찔러지고 싶었다.

근데, 그 전에, 한 번만. 잔뜩 풀린 눈으로 다리를 조금 내린 희온이 팔을 아래로 더듬었다. 금방 헤이븐의 팔을 붙잡아 고정시킨 희온이 허리를 움직였다.

"여, 기…… 힉! 흐아, 아!"

"……하."

헤이븐의 두 손가락 끝이 정확히 원하던 곳을 찔러 오자 희온이 발끝을 바짝 세우며 경련했다. 감탄 섞인 호흡은 헤이븐에게서 뱉어진 것이었다. 그러나 희온은 그것으로 끝내지 않았다. 한 손으로 소파를, 한 손으로 헤이븐의 팔을 붙잡은 채 허리를 재차 내리눌렀다. 손가락을 더욱 깊이 들어오게 하려는 움직임이었다.

조금 피해서 쑤셔 줬더니 제 손을 거의 자위 기구 삼아 노는 행위에 헤이븐의 눈빛이 조금씩 틀어졌다. 섹스라고는 아무것도 모를 것처럼 생긴 이 선생님은 지나치게 쾌감에 약했다. 성욕을 조금만 건드려 주면 금방 이렇게 무장 해제 된 채 허리를 흔들었다.

문득문득 희온을 해치고 싶은 폭력적인 욕구가 드는 건 바로 이때였다. 제 손이 아니라 다른 손이라도 기꺼이 그를 만질 수 있을 것 같다는 기분이 들 때. 모르는 사람이 그의 옷을 벗기더라도, 이렇게 애타는 얼굴로 헐떡일 것 같다는 생각이 들 때.

"흣, 조금, 더…… 아아, 좋, 흐아!"

목 아래까지 끌어 올려진 티셔츠 덕분에 가슴이 다 드러난 몸. 숨을 쉴 때마다 마른 근육이 도드라지고 허리를 뒤틀 때마다 장골 뼈 우물이 깊이 드러났다.

"여기를 쑤셔 달라는 거죠."

곧바로 제 팔을 애처롭게 붙들고 있는 하얀 손을 뿌리친 헤이븐이 힘껏 그의 내벽을 들쑤셨다. 성기가 아닌, 손가락일 뿐임에도 희온의 구멍은 두 손가락을 힘주어 물며 원 없이 울었다. 절정 직전에서 꽤 애타 하고 있었는지, 사정은 빨랐다.

"히윽! 아, 아!"

희온의 아랫배에 하얀 정액이 흩뿌려졌다. 그제야 손가락을 잡아 뺀 헤이븐이 희온의 허벅지를 붙잡아 제 쪽으로 죽 끌어당겼다.

"다른 새끼한테 선생님 소리 들으니까 좋았어요?"

원하던 대로 한 번 사정한 희온이 숨을 고르며 감았던 눈을 떴다. 헤이븐의 질문이 이상할 정도로 건조하게 느껴졌기 때문이었다. 분명 자신을 바라보고 있는데 그러지 않은 것만 같았다. 초점은 이쪽을 향했는데, 다른 생각에 완전히 지배된 사람처럼.

"헤이, 븐."

"네."

희온이 작게 그 이름을 불렀다. 헤이븐의 대답도 빨랐다. 희온의 몸을 당긴 자신에게로 바짝 헤이븐이 자신의 바지 버클을 풀며 얼굴을 가까이 붙였다. 붉은 입술은 희온의 귓가를 스치고 내려가 목덜미에 눌러졌다.

"왜……."

"다리 더 벌려요. 그래야 선생님이 좋아하는 좆을 넣을 거 아니야."

완전히 발기한 헤이븐의 성기가 희온의 회음에 문질러졌다. 젖은 입술이 내는 소음이 마치 머릿속으로 깊이 파고들어 오는 것 같아 소름이 돋았다.

잠깐만, 조금만 이따가. 희온이 말을 더듬으며 고개를 저었지만 이미 그의 성기 끝은 주름을 벌리기 시작했다.

"아!"

한번 사정하면서 풀어졌음에도 그의 것이 들어차는 건 여전히 버거웠다. 천천히 해 달라며 몸을 빼려는 희온의 허리를 틀어쥔 헤이븐의 손에는 힘이 가득 들어차 있었다.

하얀 살결에 눌러지는 헤이븐의 손가락 끝이 떨렸다. 스스로를 억누르는 일은 언제나 버거웠다. 단 한 번도 이런 일로 압박을 받은 적이 없었던 삶이었다. 오히려 자신의 감정을 드러내지 않는 것이 훨씬 쉬웠다. 그러나 그의 앞에서는 종종 본성을 드러내고 싶어 온몸이 다 간지러웠다.

"끅, 흐으아! 조금만, 빼…… 아!"

"싫어요."

헤이븐의 것을 절반 정도 받아들인 채 꿈틀대는 몸은 더욱 세게 끌어안은 헤이븐이 이를 세웠다. 희온의 목덜미를 씹고, 어깨를 씹었다. 아직 벗기지 않은 티셔츠까지 물게 되었으나 지금은 희온의 체향만 느낄 수 있는 짐승이 된 듯했다.

기어이 성기를 다 밀어 넣자 더는 말도 못하고 끅끅거리는 숨을 쉬는 희온의 뺨에 눈물이 떨어졌다. 차오르는 육체적인 만족감과는 다른 결핍이 헤이븐을 휘감았다. 그의 좁아터진 내벽은 답답할 정도로 성기를 조였다. 그래도, 조금만 더 가질 수 있다면. 참을 수 없는 소유욕이 헤이븐을 뒤덮었다.

선생님, 이건 왜 그런 건지 알려 주세요. 헤이븐은 진심으로 그에게 묻고 싶었다. 왜 가져도 가져도 모자라는지. 아무리 입을 맞추고 삽입을 하고 끌어안아도 자꾸만 더 가지고 싶어지는지.

파르르 떨리는 희온의 등허리를 받쳐 안고 아예 소파 아래로 끌어내렸다.

"움, 움직이지 마, 흑…… 흐아, 아. 내가, 조금 이따 하랬, 잖아. 끅."

짙은 회색 러그 위에 새까만 희온의 머리카락이 흩어졌다. 아랫구멍을 억지로 벌리고 들어간 탓에 계속 고이는 눈물은 이제 뺨이 아니라 관자놀이를 타고 아래로 흐르고 있었다. 헤이븐의 턱에 힘이 가득 들어갔다.

"선생님 구멍이 너무, 조이잖아요."

"읏! 그렇, 게 부르지 마."

헤이븐은 대답 대신 입술을 겹쳤다. 이 세상 모든 사람 중 오로지 희온만이 품을 수 있는 체향이 숨결을 타고 번져 왔다. 희온은 투박한 말들을 달고 살았지만, 막상 입을 맞추면 그의 혀는 이렇게 착하게 반응했다. 헤이븐이 그의 혀를 빨아 올리며 몸을 느리게 물렸다가 쿡 처박았다. 여전히 들러붙은 입술 때문에 희온의 신음 소리가 반쯤 먹혀들어 갔다.

"흐윽, 으."

다른 사람의 품에서도 이렇게 흐트러질 희온을 생각하면 눈앞이 아득했다. 그러나 이건 해소될 수 없는 갈증이었다. 그가 직접 장담하더라도 마찬가지였다. 희온이 내 손에 녹아들 때면 분명 머릿속에 만족감이 번졌지만, 그보다 더 큰 지배욕이 죗값처럼 따랐다.

이 욕심이 그를 가진 대가라면 기꺼이, 평생 짊어지고 갈 생각이었다. 아무리 지배욕과 소유욕에 눈이 멀고 애가 탄다 한들 자신은 그를 해할 수 없었다. 발목을 묶고 목에는 목줄을 채우고 평생 그 어디에도 나가지 못하게 내 품 안에만 두고 싶다고 한들, 그렇게 할 수 없는 스스로를 알았다.

쪽. 쪽.

"힉!"

짧은 입맞춤을 하며 키스를 끝내는 대신 몸을 움직여 성기를 더욱 깊이 처박자 희온이 고개를 홱 들어 올렸다. 새하얀 목에 핏줄이 서는 모습은 언제 봐도 숨 막히게 아름다웠다. 헤이븐의 치아가 그 목에 박혀 자국을 냈다.

그것이 마치 경고인 것 같다는 불안감에 희온이 그의 등을 두드렸지만 헤이븐은 물러설 생각이 없었다. 머릿속을 새까맣게 태우는 불덩이를 전부 이 몸속에 토해 내고 나서야 다시 여유로운 미소를 그릴 수 있을 거라는 걸, 헤이븐은 이미 알고 있었다.

"읏, 좋, 아…… 히으윽!"

거세게 들이닥치는 움직임에 희온의 몸이 정신없이 흔들렸다. 섹스를 그렇게 했음에도 도무지 적응할 수 없는 길이의 성기는 온몸을 통째로 가를 듯 찔러 댔다.

눈앞이 새하얗게 물들었다가 또 까맣게 깜빡여졌다. 얼마나 깊이 들어왔는지 지독한 쾌락 속에서도 배가 다 아픈 듯했다. 그것마저 성욕으로 뒤바뀐다는 건 두려운 일이었다. 희온의 젖은 눈꺼풀이 내려올 때마다 맑은 눈물이 후두둑 쏟아져 내렸다.

"선생님, 손가락보다는, 이게 더 좋죠?"

여유로운 목소리와는 달리 헤이븐의 신경 줄도 얇은 낚싯줄처럼 팽팽하게 그어져 있었다. 그러나 희온은 지금 눈이라도 먼 사람처럼 엉엉 울며 느끼기 바빴다.

끊임없이 그 호칭으로 부르는 바람에 어느새 정말 자신이 가르치는 학생에게 범해지는 것만 같았다. 그래 봤자 상대가 헤이븐이라는 건 달라지지 않았으나, 그가 계속해서 '이렇게 하는 거 맞아요?' '여기가 좋아요, 선생님?' 같은 소리를 하면서 쑤셔 박았기 때문이었다.

아아, 아! 흐읏, 거기, 깊어, 서…… 좋아.

그렇게 하는 거 맞다고, 거기가 좋다고. 희온이 헐떡이는 숨으로 대답했다. 그럴 때마다 더욱 짐승 같은 몸짓으로 몰아붙이는 헤이븐 때문에 희온은 더 이상 무언가를 생각하기를 포기했다. 쾌락을 담당한 부분을 제외한 모든 뇌를 다 짓밟힌 것만 같았다. 헤이븐의 존재감이 그 범인이었다.

"히읏! 아! 그만, 천천, 히, 흐아아, 아아!"

오래가지 못하고 또다시 바짝 오른 사정감에 희온이 허리를 들썩이며 발버둥 쳤지만, 헤이븐이 그렇게 놔둘 리가 없었다. 오히려 민감하게 도드라진 유두를 잡아 비틀자 입을 벌린 채 몸을 경련했다. 처음보다 묽은 정액이 배 위에 울컥 쏟아졌다.

"선생님, 또 갔어요?"

"만, 지지 마! 아! 지금, 은…… 훗."

방금 막 사정해 젖은 성기 위로 헤이븐의 손이 닿았다. 체액으로 번들거리는 요도구를 엄지로 살살 매만지자 희온이 얼른 고개를 팩팩 저으며 그의 손목을 붙잡았다. 그 손을 치우는 대신 깍지를 끼어 잡는 것을 선택한 헤이븐이 겹쳐 쥔 손을 희온의 머리맡에 밀어붙인 채 재차 허릿짓을 해 댔다.

쿵, 쿵. 몸을 강하게 밀어 댈 때마다 희온이 헐떡였다. 이제 그만 절정에서 내려오고 싶었으나 그건 헤이븐이 허락해야만 할 수 있는 일이었다.

여전히 헤이븐은 지독하게 엉겨 붙어 왔고, 혼자서만 몇 번 사정한 것을 간신히 떠올려 보면, 아직도 이 섹스의 끝은 아득히 멀어 보였다.

이번에는 쾌감뿐 아니라, 서러움까지 섞인 눈물이 쏟아져 내렸다.

* * *

선생님, 맛있어요. 더 빨아도 돼요? 선생님, 이렇게 깊게 쑤셔도 좋아요? 선생님, 야해요. 선생님, 선생님.

희온이 질리도록 들은 선생님 소리에서 벗어나 기절하듯 잠이 든 건 새벽이 다 되었을 때였다. 섹스하자고 덤벼 오는 헤이븐에게 반격을 가할 것처럼 굴어 봤자 결국 나가떨어지는 게 자신이라는 걸 다시 한번 깨달아야 했다.

한 가지 더 알아낸 게 있다면, 페트로프가 자신에게 선생님이라고 부르는 걸 헤이븐이 굉장히 싫어한다는 것. 힘이 쑥 빠져 가늘게 떨리는 오금에 힘을 단단히 준 희온이 차에서 내려 건물로 향했다.

오늘은 진급 문제로 잠시 회사에 들르는 날이었다. 이미 출근시간이 한참 지난 건물에는 외근을 하지 않는 사람들이 제법 있었다.

"안녕하세요."

"어, 오랜만이에요. 이젠 팀장님이죠?"

"아, 네. 그렇게 됐습니다."

자신을 향해 하나둘씩 인사해 오는 직원들에게 마주 인사한 희온이 엘리베이터를 타고 사무실로 들어가자 다들 유명 인사라도 본 듯 반갑게 맞이했다.

매스컴에서 크게 다뤄진 총리 피습 사건의 영웅이었으나 희온의 이름이나 얼굴은 드러나지 않았다. 그것이 헤이븐이 대처한 결과라는 것도 알고 있었으나 어쨌든 희온으로서는 여러모로 도움 되는 일이었다.

예정대로 미팅에 들어갔다 나온 희온은 새롭게 담당하게 된 일들을 정리했다. 회사는 피습 사건에서 공을 세운 당사자를 가만히 두지 않았다. 경호원이 너무 눈에 띄면 보안상 곤란할 수 있다는 정부의 입장 때문에 당장 여기저기 인터뷰를 시키고 언론에 세울 수는 없었지만, 대신 보란 듯이 두어 단계를 뛰어넘어 진급시켰다.

명색이 총리를 구한 이가 말단 직원이어서는 체면이 안 선다는 것이 회사 논리였다. 어찌 됐건 희온으로서는 이제는 훨씬 더 큰 책임감을 가져야 했다. 벌인지 상인지 알 수 없는 결과에 벌써부터 피곤해진 미간을 문질렀다.

"그럼 오늘은 희온 팀장님의 첫날이니, 여기까지 할까요."

특전사 캡틴이었던 희온에게 있어 팀장이라는 직급은 낯설지 않았으나, 하는 일들이 완전히 달랐다. 벽에 띄워진 홀로그램이 꺼지자 인사를 마친 희온이 몸을 일으켜 회의실을 나섰다.

우웅.

[선생님이랑 한 섹스가 계속 떠올라요.]

미친놈. 섹스광에게서 도착한 메시지를 확인한 희온이 답장을 하며 복도를 걷는데, 무언가가 눈앞을 가로막았다. 고개를 들어 올리니 오랜만에 보는 얼굴이 보였다.

"……저기."

희온에게 비아냥거리기 일쑤였던 케이가 무언가 굉장히 찜찜하면서도 어색하게 웃는 얼굴로 머뭇거리더니 내미는 건 작은 쇼핑백이었다.

"뭡니까?"

"퇴원 선물. 오늘 진급 축하 파티 해야지? 내가 알아 두면 좋은 사람들만 골라서 부를 테니까 거기서 보자."

매번 자신을 가시처럼 여기던 그가 이 특진 소식을 듣고 얼마나 열받아 했을지는 보지 않아도 뻔했다. 꾸역꾸역 선물까지 준비한 걸 보면 현실과 타협하기로 했나보지. 그 쇼핑백을 받지 않고 벌어진 틈으로 내용물만 슬쩍 보듯 시선을 내리깐 희온이 다시 핸드폰으로 고개를 돌리며 그를 스쳐 지나갔다.

"선물은 사양하겠습니다."

아, 그리고. 걸어가다 말고 얼떨떨하게 서 있는 남자를 향해 고개를 돌린 희온이 턱을 조금 들어 올렸다.

"회사에서는 말 높이세요. 내가 그쪽 친굽니까?"

일이나 헤이븐과 관련된 게 아니라면 만사가 다 귀찮은 희온이었지만 그렇다고 해서 케이에게 받은 걸 그대로 넘길 성격도 아니었다.

앞으로 그에게 귀찮은 일을 모두 맡기고 시간마다 보챌 예정이었으며 적당히 메시지를 무시해 놓고 업무 보고도 똑바로 못 하냐며 책임을 전가할 생각이었다.

어디 한 번 개 같은 직장 상사 밑에서 좆 돼 봐라. 진급으로 인해 생긴 부수적인 모든 것 중 이것 딱 하나는 반가운 일이었다.

분노로 얼굴을 새빨갛게 물들이는 남자를 두고 먼저 건물을 나선 희온이 시간을 확인했다. 생각보다 미팅이 길어진 탓에 걸음이 빨라졌다.

"늦었네요."

"그 잠시를 못 참아서 메시지를 보낸 겁니까?"

섹스하고 싶다는 말을 했던 남자는 지금 희온이 일하는 건물 앞에서 차를 대어 놓고 있었다. 희온이 다가가자 조수석 문을 열어 주고 운전석에 올라탄 남자는 친절하게 벨트까지 채워 주었다.

"이제 곧 휴가도 끝이잖아요. 한시가 아까워서."

그의 말대로 이제 조금 있으면 휴가도 끝이었다. 아직 바지 속 허벅지에는 반창고가 붙어 있었으나 이것도 빠른 속도로 회복 중이었다. 부드럽게 주차장을 빠져나가는 차창 밖에 시선을 두었던 희온이 헤이븐에게로 고개를 돌렸다.

"근데 우리 어디 갑니까?"

"여행이요."

휴가 내내 희온과 붙어 있었던 헤이븐은 그것으로도 모자란 듯했다. 떠올려 보니 언젠가 그와 여행을 가겠다고 약속했던 것도 사실이라 희온은 고개를 한 번 끄덕였다. 차는 넓은 도로를 빠른 속도로 빠져나가고 있었다.

"······일부러 이러는 거죠?"

그러나 잠시 후 두 사람이 도착한 곳에서 희온은 눈썹을 찌푸릴 수밖에 없었다.

"아니요? 진짜 여행 가는 길인 건데?"

희온은 플랫폼에 서서 눈앞에 있는 기차를 조금 복잡한 얼굴로 보고 있었다. 물론 시드엘에서 헤이븐과 함께 갔던 역이나 기차와는 모습 자체가 달랐지만 그래도 기차에 딱히 좋은 기억은 없었다. 팀원들이 죽었다는 소식을 들었고, 헤이븐이 블로커라는 것을 알아챘으며, 그와 헤어졌다.

헤이븐은 꺼림칙한 얼굴의 희온을 이끌고 기차에 올랐다. 이번에도 일등석. 일인용 침대가 양쪽으로 놓인 내부는 어느 나라나 똑같아서 정말 그때로 돌아간 것만 같았다. 주춤거리는 희온을 끌어당겨 앉힌 헤이븐은 꽤 즐거운 얼굴이었다.

"어디 가는 건데요?"

"도착하면 압니다."

"이대로 하프록스 가는 건 사양입니다."

"그건 나도 사양인데요."

국경은 그만 넘고 싶어서요. 그 대답에 긴장을 푼 희온이 헤이븐의 손에 들린 봉투를 가리켰다.

"그건 뭡니까?"

"간식."

좋아하는 것만 조금 먹고 마는 희온의 식욕을 걱정하는 건 늘 헤이븐의 몫이라서 이번에는 더 묻지 않고 고개를 끄덕였다.

그러나 기차가 출발한 지 한 시간 정도가 되었을 때 희온은 그

간식의 정체를 알고 다시 한번 헤이븐의 의도를 의심해야 했다.

"······진짜 찔리라고 이러는 거 맞는 것 같은데."

헤이븐의 손에 들린 새빨간 토마토를 보며 눈썹을 구긴 희온과 달리 그는 상큼한 미소를 짓고 있었다. 시드엘로 가던 기차에서 내려 헤이븐에게서 도망쳤을 때, 리암을 떼어 놓기 위한 구실이 바로 이 토마토였다.

"아니라니까. 좋아하잖아요, 이거."

물론 그것도 맞긴 한데. 희온이 헤이븐의 손에서 먹음직스럽게 익은 과일을 가져와 한 입 베어 물자 상큼한 과즙이 금방 번졌다. 그와 동시에 의심이 사라지는 바람에 희온의 기분은 점점 나아지고 있었다.

창밖의 하늘은 구름 한 점 없이 맑았고, 입 안에 든 과일은 달았다. 옆에는 자신의 평안이 있었고 전쟁도, 누군가 죽을 걱정도 하지 않는 삶. 희온이 큰 숨을 내쉬며 헤이븐에게로 눈길을 두었다.

손가락으로 헤집으면 기분 좋을 정도로 감겨 오는 적당한 길이의 금발. 그것보다는 짙은 갈색의 눈썹. 그 눈썹뼈를 따라 안으로 깊이 들어간 눈동자는 희온이 좋아하는 색이었다.

"사실 사고가 있기 전에 총리님하고 대화를 했었습니다."

희온이 먹다 남은 토마토를 다시 봉투 안으로 넣으며 운을 떼자 녹색 눈동자가 희온을 향했다. 따라오는 대답은 없었다.

"부모님 찾고 싶지 않냐고, 하프록스의 일이지만 도울 수 있을 것 같다고 하셨거든요."

그래서 알겠다고 했다. 알고 싶다고도 했다. 그리고 희온은 그 대화를 몇 날 며칠 곱씹었다. 잠시 그때를 떠올리는 희온의 표정이 굳었다.

"그래서요?"

궁금한 듯 되묻는 헤이븐을 보던 희온의 시선은 눈동자에서 옷 깃으로, 손등으로 흘러내려 갔다.

"결과를 물어보는 거라면 아직이요. 피습 이후로 총리님을 못 만 났습니다."

그러나 표창장을 받을 예정이니 조만간 그 대답을 들을 수 있을 것이었다. 부모님은 살아 있는지, 아니면 정말 죽었는지. 죽었다면 언제, 어떻게. 잠시 입을 다물었던 희온이 다시 말을 이었다.

"근데 듣지 않을 예정입니다. 알고 싶지 않다고 말씀드리려고요."

"왜요, 궁금할 텐데."

당연히 궁금했다. 그들이 죽어서 내가 고아가 된 건지, 아니면 살아 있으면서 나를 고아로 만들었는지. 그 의문은 자신의 어린 시 절 대부분을 좀먹었다.

일부러 버린 건 아닐 거야. 곧 나를 찾아오겠지. 내일이면 찾 으러 올지도 몰라. 정말 죽은 걸까. 나를 데려갈 친척 하나 없는 걸까.

버려진 책을 엮어 만든 가짜 매트리스 위에서 잠들어야 했던 그 곳에서 잠들 때는 늘 그 의문과 함께였다.

"무슨 의미가 있나 싶어서요."

부모가 살아 있든 죽었든 희온은 이미 고아로 살아왔다. 아무도 찾아오지 않는 곳에서 정부에 의해 끌려가 맨더가 되었고, 군인으 로 살았다. 결과적으로 현재는 아무것도 바뀌지 않을 것이다. 마음 말고는.

"하고 싶은 대로 해요."

헤이븐이 희온의 뺨을 매만지며 보기 좋은 미소를 지었다. 그러자 헤이븐의 손끝이 닿은 곳에 오목한 우물이 패였다.

"생각해 보니까 이미 나는 정답을 알고 있었습니다. 불면증으로 시달리는 밤에는 보통 그것들을 생각했거든요."

말 그대로였다. 희온이 혼자 깨어 있던 밤은 다른 사람들에겐 없는 시간이었다. 그 말은, 다른 사람들은 하지 않아도 되는 생각에 잠길 때가 많다는 뜻이었다. 부모에 대한 것도 마찬가지였다. 희온은 보통 고아들이 부모를 떠올리는 시간보다 몇 배는 더 많은 시간을 가졌다.

"부모님이 살아 있다면 원망스러울 거고, 죽었다면 안타깝겠죠. 그런데, 만약 살아 있긴 하지만 아이와 함께 살 수 없는 상황이었다면. 반대로 일찍 죽고 아이를 고아로 만들긴 했지만, 부모로서는 형편없었다면."

수만 가지의 해답을 내어 본 희온은 그 정답을 이미 가지고 있었다. 아무 말도 없는 헤이븐의 눈을 다시 마주한 희온이 커다란 그의 손바닥에 뺨을 살짝 문질렀다.

"그냥 다 그럴 수도 있겠다고 생각하고 넘어가기로 했습니다. 귀찮아졌거든요."

그게 결론이었다. 이미 벌어진 일에 더 이상 휘둘리고 싶지 않았고 더는 감정을 낭비하고 싶지 않았다. 그런 것보다는 당장 눈앞에서 애정을 갈구하는 이 남자에게 집중하고 싶은 마음도 컸다.

"당신다운 생각이네요."

"내 부모님보다 당신하고 더 지독하게 얽히게 돼서요."

장난스럽게 말하긴 했지만 사실이었다. 어린 시절 시드엘 연구소에서 만난 첫사랑은 지독할 정도로 자신의 삶을 파고들어 왔다.

"나는 더 얽히고 싶은 사람인데요."

"그러다 몸까지 하나 되겠는데요. 그 몸이면 뭐 좋긴 한데."

"당신, 내 몸 보고 나 만나요?"

"아니요. 얼굴 보고 만납니다."

말장난에 희온이 진지하게 받아치자 당장 눈썹부터 구긴 헤이븐이 한소리를 하려는데 타이밍 좋게 헤이븐의 트랜스퍼가 긴 진동을 울렸다.

"잠깐만, 일 연락이에요. 이따 다시 얘기하죠."

달칵.

객실 문을 열고 헤이븐이 나가자 그제야 장난스러운 미소를 작게 지어 보인 희온이 창밖으로 고개를 돌렸다. 하프록스의 시골처럼 푸른 잔디만 가득한 곳을 지나가기도 했다가, 또 빼곡한 건물들만 가득한 곳이 흘러가기도 했다.

하늘은 느릿느릿 움직이는데 그 아래 풍경들만 빠르게 넘어간다. 시간도 천천히 가면 좋을 텐데. 요즘에는 문득 하루하루가 아까웠다.

꿈속에서 헤이븐과 함께 봤던 그런 집을 사려면 얼마나 필요하지. 지금 집은 얼마짜리더라. 아무래도 다시 수도로 돌아가면 그것부터 알아봐야겠다고 생각한 희온이 정신을 차린 건 기차가 천천히 멈추고 있다는 걸 깨달았을 때였다.

기차는 지금 플랫폼 안으로 들어가고 있었다. 어디서 내려야 하는지 알지 못하니 그냥 객실 안에서 헤이븐을 기다릴 수도 있겠지만 괜히 불안한 상태가 된 건 자신의 전적 때문이었다.

공연히 눈을 깜빡거리던 희온의 시선이 닿은 것은 토마토가 담겨 있는 봉투였다. 그 속에는 자신이 베어 물었던 것 하나만 덩그러니 들어 있었다.

지난번에 헤이븐을 역 앞에 버려두고 혼자 홀랑 기차를 탔었는데, 어쩐지 이번에는 헤이븐이 자신을 버리고 내릴 수도 있겠다는 생각이 든 탓이었다.

……설마. 혼자 내린 건 아니겠지. 그럴 리가.

물론 그러기엔 헤이븐이 자신을 향한 감정이 깊다는 건 머리로는 이해하고 있었지만, 마음은 이성적인 머리를 따라가지 못하고 있었다.

"……."

헤이븐이 나를 버린다는 건 장난으로라도 생각해 본 적 없는 문제였다. 어쩌면 그렇게 생각하는 게 당연한 일일지도 몰랐다. 헤이븐은 어린 시절의 자신을 찾아 국경을 몇 번씩이나 넘어 가며 눈앞에 나타났고, 첫사랑을 평생 동안 해 온 사람이었다.

그런데, 혹시라도 떠나고 싶어 한다면. 더 이상 내 인생에 그가 없다면.

헤이븐이 제게 얼마나 많은 사랑을 주고 있는지는 희온 역시 잘 알고 있었다. 받은 만큼 되돌려 주면 그다음에는 곱절로 돌려주는 것이 그의 계산법이었다.

그렇기에 희온은 오히려 약간의 부채감을 느끼고 있었다. 그가 결코 자신을 떠날 리 없다는 것을 알면서도 그에게 부응하지 못하는 제 마음의 크기에 혹여 부족함을 느끼진 않을지 또는 실망하진 않을지 걱정되는 것도 사실이었다.

쓸데없는 생각이라는 것을 머리로는 알면서도 막상 헤이븐의 부재가 새삼 와닿는 지금 이 순간만큼은 이성적인 사고보다도 감정적인 판단이 앞섰다.

갑자기 떠오른 생각이 희온을 뒤덮자마자 피가 식었다. 손끝이 차가워지고, 심장이 목 뒤에서 뛰는 기분이 들어 당장 객실 문을 열었으나, 복도에는 이제 막 플랫폼으로 내리려는 사람들로 가득했다.

"……헤이븐?"

헤이븐. 그 이름을 두어 번 작게 부른 희온의 시선이 허공에서 방황했다. 그 어디에도 헤이븐이 없다. 그 사실을 인지하자마자 한동안 사라졌던 이명이 뇌에 틀어박혔다. 사람들의 분주한 소리가 아득하게 멀어졌다.

뻣뻣하게 굳은 발을 간신히 뗀 희온이 헤이븐을 찾기 위해 사람들 사이를 헤쳐 나가려는 순간, 등 뒤에서 뻗어 나온 손이 희온의 허리를 끌어안았다. 단숨에 익숙한 향이 풍겨 왔다.

"왜요, 또 어디로 도망치게."

"헤이븐."

순식간에 안도감을 느낀 희온이 단숨에 뒤를 돌아 헤이븐을 끌어안았다. 짧은 사이 식은땀이 배어 나와 미끌거리는 손바닥이 헤이븐의 목덜미를 덮었다.

"무슨 일 있었어요?"

헤이븐의 걱정스러운 목소리가 들려와도 희온은 입을 다문 채 고른 숨만 내쉴 뿐이었다.

정말, 진심으로 희온은 그가 자신을 떠나지 않을 거라는 걸 알고 있었다. 입만 열었다 하면 야한 농담을 쏟아 내는 남자였지만 그 속은 한없이 무거운 사람이었다. 모든 것을 걸고 자신에게 덤벼든 남자가 쉽게 자신에게 등을 돌릴 리 없다. 알고 있다. 알고 있는데.

"……아닙니다, 아무것도."

"이렇게 안고 있는 것도 좋긴 한데, 우리도 내려야 하거든요. 그냥 기차 여행으로 바꿀까요? 내리지 말고 섹스나 할까요?"

평소와 다름없는 톤으로 귓가에 흘러오는 목소리 덕분에 조금씩 편해지고 있었다. 천천히 자신의 등을 토닥이는 손길 때문이기도 했다. 잠시 그 어깨에 이마를 누르고 있던 희온이 천천히 그 품에서 떨어져 나왔다.

그런데, 정말 헤이븐은 평생 나를 떠나지 않을까. 잠시 머릿속을 물들인 두려움이 희온의 틈새를 파고들었다.

기차역에서 빠져나온 희온은 헤이븐이 앞장서는 대로 따르기만 했다. 역사에 준비되어 있는 차량에 올라 한참을 가는 동안 헤이븐도 별말이 없었고 희온도 마찬가지였다. 가끔 들려오는 섹스 농담에도 대수롭지 않게 대답하긴 했으나 헤이븐은 희온이 평소와 묘하게 다르다는 것을 알고 있었다.

딱 기차를 탄 시간만큼 더 달린 차는 산길에 올랐다. 슬슬 해가 가려지기 시작한 가운데, 차의 라이트가 밝게 켜졌다.

"이제는 어디 가는지 안 궁금해요?"

"물어봐도 말 안 해 줄 거 압니다."

정답이었는지 헤이븐은 고개를 끄덕이기만 했다.

차가 멈춰 선 건 체감상 거의 산 중턱에 다 올랐을 때였다. 더이상 차가 올라갈 수 없을 만큼 올라왔는지 길은 사람 몇 명만이 올라갈 수 있을 정도로 좁았다. 희온이 조수석 문을 열고 내렸다.

산의 개운한 냄새가 코끝을 찔렀다. 숲 냄새. 어떻게 한동안 잊고 지냈는지 의아할 정도로 그리운 향이었다. 크게 숨을 삼켰다 뱉은 희온이 난 길을 따라 걸음을 옮겼다.

"다리 불편하면 업어 주고요."

"나중에요. 아직 괜찮습니다."

뼈도 근육도 건들지 않고 스친 총상은 그렇게 심한 게 아니었음에도 헤이븐은 툭하면 희온을 업겠다고 난리였다. 이번에는 희온의 어깨로 담요가 둘렸다. 차 안에 구비해 둔 모양이었다.

정말 한참 더 걸어야 하면 헤이븐의 말대로 업히기라도 하려고 했다. 이건 일도 아니고 훈련도 아닌데 자신의 몸을 혹사시킬 마음은 조금도 없었다. 다행히도 목적지는 생각보다 빠르게 눈앞에 펼쳐졌다.

"아."

빼곡한 나무 사이를 벗어나기가 무섭게 넓은 잔디가 펼쳐졌다. 시원한 저녁 바람이 희온의 뺨을 스쳐 지나가고, 그사이 붉게 물든 하늘이 세상의 절반을 자리 잡고 있었다. 바람이 불 때마다 사라락 거리는 소리와 함께 발목까지 오는 잔디가 살랑였다.

"여깁니다, 우리 여행지."

굳이 그가 그렇게 말하지 않아도 알 수 있었다. 희온이 가장 좋아하는 것들. 젖은 풀잎 냄새, 나무와 흙냄새, 발등까지 덮이는 잔디, 바람 냄새. 꼭 지난번 시드엘에서 헤이븐을 다시 만났던 그곳을 떠올리게 하는 장소였다.

"여기 혹시……."

"국경 안 넘었다니까."

이상할 정도로 현실적인 남자가 묘한 데서 의심이 많았다. 반쯤 웃음이 담긴 대답에 희온이 살짝 눈을 찌푸렸다가 다시 시선을 앞에 두며 천천히 걸었다. 그런 희온의 손에 닿은 건 헤이븐의 커다란 손이었다.

왜 헤이븐이 자신을 여기로 데려왔는지 알 것도 같았다. 지쳐서 의식을 놓았던 날, 꿈속의 풍경도 이와 비슷했다. 자신이 꿈꾸는 이상적인 공간이라고 생각했을지도 모른다. 날 것의 냄새가 나는 곳. 두 사람이 걷는 걸음마다 풀 내음이 풍겨 왔다.

언덕 맨 꼭대기에 멈춰 서니 아래쪽에 수풀에 절반이 잠긴 새까만 돌의 끄트머리가 보였다. 그 돌 너머, 넓은 풀밭의 끝에는 절벽이 있었고, 그 아래로 작은 집들이 옹기종기 모여 있는 마을이 보였다.

한 폭의 그림을 감상하듯 아무 말도 없던 희온이 걸음을 멈춘 건 비석 앞에서였다.

누군가 인위적으로 박아 둔 것이 분명한 네모반듯한 비석은 새까맣고 맨들맨들했다. 희온의 눈동자가 흔들림 없이 그 위에 틀어박혔다.

"……헤이븐."

그 돌에 손을 대 보면 온기 하나 없이 차가울 게 분명했다. 그러나 희온의 심장이 저릿하게 데워지고 있었다. 새까만 비석 위에 새겨진 이름들 때문이었다.

"저기 보여요?"

헤이븐이 가리키는 손끝을 향해 고개를 들자 저 멀리 높은 언덕이

흐릿하게 보였다. 헤이븐은 여전히 미소를 짓고 있었다.

"저쪽이 시드엘이거든요."

락테아 팀원의 이름이 빠짐없이 적힌 비석이 그쪽을 향한 이유였다. 시드엘과 마주 닿아 있는 바시트록스 쪽 마을이 이곳인 듯했다. 희온은 오랜만에 보는 이름들을 한참 동안 응시했다.

"왜 아무 말이 없어요. 감동받았습니까?"

"……네, 노력 많이 했네요."

맨 처음 바시트록스에 도착하자마자 언덕 위에 올라가 희온이 했던 묵념에서 헤이븐이 어떤 반응을 보였는지 기억하고 있었다. 그리고 그것이 헤이븐이 할 수 있는 최고의 위로라는 것도 알고 있었다. 그런 기준에서 보자면 지금 이건 어마어마한 발전이었으며, 희온이 웃을 수밖에 없는 이유였다.

아이러니하게도 희온은 바로 지금, 기차 안에서 느꼈던 불안감이 완전히 해소됨을 느꼈다. 헤이븐은 자신을 떠나지 않을 것이다. 머리로 이해하던 것이 이제는 완벽히 가슴을 파고들었다.

그가 섣부른 위로 대신 비석을 세운 건 팀원들의 죽음을 진심으로 애도해서라기보다, 연인인 제 감정을 마음껏 털어낼 수 있게 하기 위해서였다. 원래의 그라면 상상하기 어려울 방법이었지만 헤이븐은 그렇게 했다. 나를 위해.

이런 그가 자신을 떠날 수 있을 리가 없다. 그리고 내가, 그를 떠날 리가 없다.

"헤이븐."

"네."

"나랑 평생 섹스할 거죠?"

"네."

희온의 질문에 헤이븐은 숨도 쉬지 않고 대답했다. 뭐 그렇게 당연한 걸 물어보냐는 듯 표정은 가벼워 보이기까지 했다.

"나랑 평생 연애도 할 거고."

"당연하죠. 어떻게 찾았는데."

헤이븐의 말대로였다. 어떻게 다시 만났고 또 어떻게 찾아왔는데. 꿈에서 머무르던 자신을 꾸역꾸역 찾아와 끄집어낸 것도 헤이븐이었다.

시작이 좋지 않은 삶이었다. 고아로 자라 국가의 개로 지내며 수많은 고통을 반복적으로 겪으면서도 결국 내 손 위에는 아무것도 남지 않는다는 것을 깨달았다. 그 무엇도 자신을 구해 낼 수 없고 그 무엇도 자신의 사람이 될 수 없다. 그러니까 아무도 근처에 두지 말자. 딱 직장 동료로. 나의 팀원들로. 그렇게만 두자. 그렇게 살아왔다.

그러나 사실 그것도 폭력으로 인한 세뇌였다. 기억을 되찾고 보니 그랬다. 헤이븐을 만날 때마다 자신을 때리던 연구 실장은 생각보다 훨씬 깊이 희온의 뼛속에 자리 잡고 있었다. 기억을 잃은 상태에서도 절대로 방의 불을 끄지 않았던 것처럼, 그 누구도 가까이하기 싫었던 건 단순히 혼자 있고 싶은 성격 때문만이 아니었다.

"하……."

희온의 입술에서 짧은 헛웃음이 흘렀다.

그렇다고 해서 지금까지의 삶이 180도로 바뀔 건 또 아니었다. 기본적으로 시끄러운 것을 싫어하고 누군가의 입에 오르내리고 또 일에 얽이는 것을 싫어하는 성격은 여전할 것이었다. 지금 하는 일도 진지하게 임할 테고, 그 와중에 팀원들과의 갈등이 있을지도 모른다. 자신은 똑같을 것이다. 다만.

"온, 이 밑에 집 하나 빌려 놨으니까 해 떨어지면 들어가요."

지금은 내 사람이라고 부를 만한 남자가 있었다. 어둡고 외로운 밤은 사라지고 없었다. 언제든 뒤돌아보면 이 남자가 있을 것이다. 뻔뻔한 표정으로 섹스하자고 덤벼 오고, 내가 다치면 온 힘을 다해 걱정하고, 지쳐 쓰러질 때면 언제든 구렁텅이로 함께 떨어질 준비가 된 남자.

그거면 됐지.

더 이상의 감상적인 생각은 하지 않기로 한 희온이 몸을 숙여 손바닥으로 넓은 비석을 살짝 쓸었다.

여전히 죽은 팀원들에 대한 죄책감은 가지고 있었지만, 지난번만큼은 아니었다. 보통 사람처럼, 생각하면 속이 쓰리고 슬프고 우울해도 그 죄책감에 모든 삶을 던질 만큼은 아닌.

그냥, 헤이븐이 마음껏 애도하라고 마련해 준 이 장소에서만 충분히 우울해지면 될 것 같았다. 희온이 자신의 옆에서 말없이 기다려 주고 있는 헤이븐을 향해 고개를 돌렸다.

"그 집으로 가죠."

"벌써요?"

"네. 지금은 좀 오붓하고 싶어졌습니다."

희온의 그 말 한마디에 허기진 포식자 같은 표정을 지은 헤이븐이 곧바로 희온을 달랑 안아 들었다. 희온의 표정이 구겨지는 건 당연했다.

"안 내려놓으면 목 꺾어요."

"좆만 꺾지 마세요."

밤을 맞이할 준비를 마친 하늘은 어두운 보라색이 되어 있었고, 헤이븐은 품에 안아 든 희온을 향해 여전히 가벼운 소리를 하고 있었다.

두 사람의 옷이 스치는 소리와 풀이 스치는 소리가 달게 느껴져서 희온이 작게 웃음 지었다. 그 미소를 따라 볼우물이 패어 들어갔다.

해는 사라졌으나 곧 달이 떠오를 차례였다.

이제 그 어디에도 홀로 감당해야 할 어둠은 없었다.

외전. Contrail

"손, 가락으로, 아! ……하지, 마."

"싫은데요."

어슴푸레 새벽하늘이 밝아 오는 바시트록스의 수도. 침대 위에 엉켜 있는 두 사람에게는 아직 한밤중이나 다름없었다. 새빨갛게 익은 몸을 한 희온이 양손을 묶인 채 허리를 뒤틀어 꼼지락거리자 헤이븐이 벌이라도 주듯 구멍에 밀어 넣은 손가락을 얕게 들썩였다.

깊이는 넣어 주지 않겠다는 심술이었다. 웃는 것 같으면서도 매서운 눈, 단단히 다물린 입술, 묘하게 희온이 느끼는 곳을 피해 가는 움직임까지. 헤이븐은 지금, 단단히 화가 나 있었다.

"흐, 아! 이거 빨, 리 풀……어."

"내 말을 안 들었을 땐, 벌 받을 각오도 했어야죠."

헤이븐이 희온의 어깨를 세게 물자 희온이 또다시 앓는 소리를 뱉었다. 버둥거려서라도 발로 찰까 했지만 그러기엔 지금 헤이븐의 기세가 심상치 않았다.

게다가 애석하게도 당장 애타 죽을 것 같은 건 이쪽이라서, 희온이 고개를 돌리며 아랫입술을 물었다. 헤이븐의 손가락이 내벽을 멋대로 헤집을 때마다 찔꺽이는 소리가 울렸다. 완전히 발기한 희온의 성기 끝에 맺힌 선액이 애처롭게 뚝뚝 떨어졌다.

"훗, 아, 이제는, 안 돼. 빨⋯⋯리."

"내가 듣고 싶은 말만 해 주면 돼요. 그만둔다고 해요."

그럼 당신이 원하는 걸 넣어 줄게. 제일 깊은 곳까지 넣어서 갈 때까지 쑤셔 줄게. 그거 좋아하잖아. 헤이븐이 악마처럼 달콤한 목소리로 속삭이며 희온의 아랫배에 입을 맞췄다. 헤이븐의 얇은 앞머리가 살결에 가볍게 쓸리자 희온이 눈을 질끈 감았다.

단순한 견해 차이는 종종 있는 일이었고, 헤이븐도 희온도 끓는 점이 낮지 않았다. 애초에 두 사람은 서로의 성격을 잘 알고 있었다. 희온은 평온하고 조용하게만 지내게 해 주면 다른 건 딱히 상관하지 않았고, 헤이븐은 희온이 자신을 일 순위로 둔다면 다른 것들은 그가 바라는 대로 해 주고 넘어가려는 편이었다.

그러나 아주 가끔씩 희온이 해야만 하는 일과 헤이븐이 반대하는 일이 부딪힐 때가 있었다. 혹은 헤이븐이 하고 싶어 하는 일과 희온이 하기 싫어하는 일이 부딪힐 때도 마찬가지였다. 둘 다 무언가에 대해 뚜렷하게 주장하는 횟수가 낮다 보니, 한 번 고집을 부리기 시작하면 쉽게 물러서지 않았다.

"말 안 할 거예요?"

"싫……어, 흐읏."

하얀 몸을 붉게 물들인 채 들썩이는 게 애처롭기 짝이 없었지만 희온은 허리를 벌벌 떨고 있을지언정 도무지 입을 열 것 같지가 않았다. 몇 번의 경험으로 희온은 헤이븐이 화가 났을 때 자신에게 어떻게 구는지 알 수 있었다.

그리고 희온도 어떻게 대처해야 하는지 너무 잘 알고 있었다. 양손이 묶인 채 다리를 벌리고 있던 희온이 무릎을 세우는 대신 다리로 헤이븐의 허리를 바짝 당겼다. 덕분에 들러붙은 헤이븐의 바지 중심이 희온의 하체와 마주 붙었다.

"넣, 어 줘. 아…… 가고 싶, 어."

움직임을 멈춘 채 희온을 보던 헤이븐이 단숨에 희온의 무릎 뒤를 잡아 하체를 들어 올렸다. 바지 버클을 풀어 내리는 다른 손도 덩달아 급했다.

"너는, 진짜."

남들이 볼 땐 아무것도 아닌 그 말이 뭐라고 뇌가 홀랑 녹아내린 헤이븐이 이미 커다랗게 부푼 것을 입구에 눌러 대다 단숨에 쑤셔 넣었다. 희온의 흰 살결이 헤이븐의 몸 아래 엉망으로 짓눌렸다.

"히, 윽! 너무, 아……!"

배꼽까지 밀고 들어올 듯 깊이 파고든 성기에 희온이 자지러질 듯 울며 정액을 질질 쏟아 냈다. 희온의 종아리를 어깨에 얹은 헤이븐이 아랫입술을 적시며 가라앉은 목소리로 작은 한숨을 씹어뱉었다. 이 몸 앞에서는 어차피 지는 싸움이었다.

"오늘은 중간에 기절해도 안 봐줄 거예요."

그렇게 알아. 헤이븐의 경고를 끝으로 곧바로 시작된 움직임에 희온이 벌어진 입을 다물지도 못한 채 숨을 헐떡였다. 더 이상 자신에게 원하는 대답을 강요하지 않는 건 다행인 일이었으나 결과적으로 봤을 땐 좋은 게 아니었다. 승기를 잡자고 대놓고 지뢰를 밟은 꼴이나 다름없었다.

내벽이 꽉 차게 밀고 들어오는 굵은 성기에 희온의 뺨으로 눈물이 뚝뚝 떨어져 내렸다. 아침이 올 때까지는 아직 긴 시간이 남아 있었다.

* * *

해가 뜨기가 무섭게 집을 나선 리암이 향한 곳은 희온의 집이었다. 여기서 자리 잡은 지도 꽤 됐으니 이젠 같이 좀 살면 좋을 텐데 희온이 이 집을 고집하는 바람에, 매일 아침 헤이븐이 어디 있을지 가늠해야 하는 리암만 번거로웠다.

똑똑. 리암이 익숙하게 마당을 지나 하얀색 현관문을 노크했다. 잠시 뒤에 문을 연 사람은 헤이븐이었다. 역시 그의 집에 먼저 들렀다면 헛걸음이 될 뻔했다.

"이번 주 스케줄 가지고 왔습니다."

이제 막 샤워를 하고 나왔는지 물기가 가득한 머리카락을 수건으로 대충 헝클이는 헤이븐은 바지만 입은 채였다. 그의 복부에는 총상으로 인한 상처가 남아 있었다.

들어오라는 듯 문을 열어 둔 채 등을 진 헤이븐이 스케줄이 적힌 모니터를 체크하며 소파에 풀썩 앉았다. 리암이 따라 들어가 그 옆에 섰다.

"희온은."

"이번 주에도 신입 교육이 있어서 조금 들쑥날쑥합니다."

그 말에 고개를 끄덕인 헤이븐이 들고 있던 기기를 옆에 내려놓고 몸을 일으켰다. 희온이 마실 찻물을 끓이기 위해서였다.

달칵.

"리암?"

"네."

리암이 고개를 들었다. 2층에서 이름을 부르며 내려오는 희온 역시 흐트러진 차림이었다. 푸른 셔츠에 팔을 끼우는 동안 보인 희온의 상체는 얼룩덜룩했다. 벌레에 뜯기기라도 한 듯 성한 곳 하나 없는 피부가 안쓰러워 보였다.

"리암."

그럼 헤이븐이 벌레가 되는 건가. 멍하니 그런 생각이나 하며 보고 있던 리암이 상사의 날카로운 목소리에 서둘러 시선을 거뒀다. 물론 희온은 매력적인 사람이었다. 매번 무표정으로 있다가 한 번씩 보조개가 피어나는 미소를 지을 땐 가끔 리암도 놀랄 정도였다.

그러나 애초에 리암은 이성애자였다. 게다가 최근 약혼까지 한 자신의 상황을 아는 헤이븐이 굳이 이렇게까지 경계하는 걸 이해할 수 없었다.

"차 마셔요."

헤이븐이 희온에게 찻잔을 건넸다. 김이 피어나고 있는 잔을 든 희온이 한 모금을 마시는 동안 헤이븐이 희온의 셔츠 단추를 잠가 올라갔다. 막상 본인은 여전히 반나체 차림인 주제에 연인의 노출에 유난을 떨었다. 그사이 찻잔을 내려 둔 희온이 팔을 뻗어 수납장을 열었다.

"리암, 커피 한 잔 드릴까요."

"……네. 필요할 것 같네요."

오늘 헤이븐의 표정을 보니 하루가 꽤 길 것 같아 리암은 사양하지 않았다. 희온이 원두가 가득 담긴 봉투를 열자 부엌에 은은한 커피 향이 번졌다.

"지난주부터 타이는 안 하시네요."

머그컵을 받은 리암이 간단히 묻자 어쩐지 희온이 얼굴을 구기며 헤이븐을 쳐다봤다. 얕은 타박인 듯했다.

"내근 때까지 정장 차림일 필요는 없어서요. 헤이븐, 출근 준비 안 합니까?"

"하죠. 기다려요, 옷 입고 데려다줄게."

스툴에 앉으며 셔츠 소매를 정리하는 희온에게 헤이븐이 들러붙었다. 그는 희온을 뒤에서 끌어안고 머리카락에 입을 몇 번씩 맞추고 나서야 몸을 돌려 계단을 밟았다.

"어제 의원님하고 싸우셨어요?"

"……쟤 성질 때문에 리암도 고생이죠?"

어떻게 알았냐는 반응이었다. 그러나 헤이븐이 리암에게 희온과의 다툼을 꼬집어 말한 적은 없었다. 다만 희온이 지난주부터 신입 교육을 담당하게 되면서, 헤이븐이 유독 예민해졌다. 오늘 아침 문을 열었을 때의 표정도 그랬고.

말없이 고개를 젓는 리암을 조금 딱하다는 얼굴로 보던 희온이 테이블 위에 있던 담배를 들었다. 싱크대 옆으로 난 작은 문을 열자 바로 보이는 뒷마당 앞에는 희온이 좋아하는 흔들의자가 놓여 있었다. 잠시 아침 풍경을 둘러본 희온이 담배 끝에 불을 붙이며 리암 쪽으로 고개를 돌렸다.

"아마도 지금 업무 끝날 때까지는 그럴 겁니다."

도대체 내가 남 경호하는 건 어떻게 참나 몰라요. 그렇게 말하며 하얀 연기를 뱉는 희온의 얼굴이 아침 햇살을 받았다. 제대로 정리하지 못한 머리카락을 넘기며 헤이븐을 떠올리는 희온의 얼굴에는 애정이 묻어났다.

"아, 리암. 약혼식 때 못 가서 미안했어요."

"출장이셨잖아요, 괜찮습니다. 의원님이 챙겨 주셨어요."

"……헤이븐이요?"

"돈으로요."

그럼 그렇지. 고개를 끄덕인 희온이 짧게 웃었다. 품이 남는 푸른색 셔츠의 맨 윗단추는 풀려 있었고, 팔목 절반까지 접어 올린 소매는 시원해 보여 희온의 하얀 얼굴과 잘 어울렸다.

두 나라가 종전 선언을 한 뒤 몇 년 사이에 헤이븐은 첫 선거에서 원하던 하원 의원 자리를 꿰찼고 희온은 어느새 꽤 많은 아래 직원들을 데리고 있었다.

하얀 숲에서부터 희온을 봐 왔던 리암은 그가 사람들을 부리는 데 꽤 소질이 있다는 걸 알고 있었다. 회사 측에서도 그걸 알고 희온에게 신입 교육을 맡긴 거 아닐까 싶었지만, 바로 그게 헤이븐을 거슬리게 만든 듯했다.

"약혼 선물로 생각해 둔 거 있으면 말씀하세요."

"두 분이서 이제 그만 싸우시는 걸로 하겠습니다."

"그건 내 마음대로 되는 게 아니라서."

리암의 말이 농담인 줄 아는 듯 희온이 피식 웃으며 필터를 뺐았다.

어젯밤만 해도 헤이븐이 억지를 부려 왔다. 정확히는 회사 신입이 희온에게 따로 연락한 걸 보고 화를 낸 거였지만, 어쨌든 애초에 신입 교육 자체를 싫어했다. 회사를 관두라는 말이 나오기 전에 잘라 낼 수는 있었지만 대신 희온은 오늘 내내 허리와 엉덩이가 얼얼할 예정이었다.

구름 한 점 없이 맑은 하늘을 올려다본 희온이 어느새 제법 긴 앞 머리카락을 헝클였다.

"현장엔 언제 복귀하세요?"

"조만간이요. 내근만 하는 건 나도 좀 답답해서."

"의원님이 좋아하시겠네요. 아, 저 내일부터 모레까지 휴가입니다."

리암의 말에 담배를 버리던 희온이 조금 의외라는 표정을 했다. 여태까지 한 번도 리암이 휴가 가는 걸 본 적이 없었다.

"결혼식 준비 때문에요. 근데 휴가 이틀 안에 다 처리해야 돼서 일할 때보다 더 바쁠 것 같네요."

"쉬는 김에 한 일주일 쉬죠. 설마 헤이븐이 이틀밖에 안 줬습니까?"

당장이라도 연인을 타박할 것 같은 말에 리암이 손을 내저었다. 그런 게 아니라는 대답에도 여전히 의심스러운 얼굴을 지우지 못한 희온이 다시 부엌으로 돌아와 찻잔을 정리했다.

"갈까요."

어느새 1층으로 내려온 헤이븐이 희온에게 다가왔다. 희온을 끌어안고 뺨에 입을 맞춘 헤이븐이 싱그러운 미소를 지어 보였다.

두 사람을 모르는 이가 봤더라면 어제 싸운 연인들이라고는 생각할 수 없는 모습이었지만, 헤이븐은 희온 앞에서면 저 미소가 평균이었다. 희온의 건강에 문제가 있거나, 희온이 그를 밀어낸다거나 하는 문제가 아니라면 보통은 그랬다.

"온아."

"네."

헤이븐이 입을 맞추고 있음에도 동요 없이 나갈 준비를 위해 시계를 차던 희온이 고개를 들었다.

"오늘도 그 신입들하고 노느라 늦어요? 그런 거면 미리 말해요."

"지금 비꼬는 겁니까?"

"그럼 진심이겠어요?"

유치하기 짝이 없는 사랑싸움에서 피하고 싶어진 리암이 머그잔을 싱크대 안에 내려놓고 먼저 현관으로 향했다.

뉴스에서 여름이 올 거라고 예고했던 대로, 날씨는 오전부터 후텁지근했다. 하늘을 잠시 올려다보던 리암이 운전석으로 돌아가 시동을 걸자, 머지않아 두 사람이 뒷좌석에 올랐다.

"그 셔츠 너무 야해 보이는데요."

"칭찬이면 칭찬답게 하죠."

빠르게 움직이는 차 뒷좌석에 앉아 트랜스퍼로 업무를 확인하고 있던 희온이 헤이븐의 말에 대꾸했다. 의원이 된 헤이븐은 최근 높은 지지도를 얻으며 펄펄 날고 있었다.

희온의 앞에서는 유치하게 굴거나 섹스에 관한 농담을 하거나, 그것도 아니면 질투를 하며 소유욕을 부리기 바빴으나 그건 언제까지나 희온과 함께 있을 때의 얘기였다.

"도착했습니다."

부지런히 달리던 차가 희온의 사무실 앞에 멈춰 섰다. 그제야 트랜스퍼를 내려놓은 희온이 안쪽에 앉은 헤이븐쪽으로 몸을 틀었다.

두 사람이 같은 차로 출근을 하게 되면서 생긴 루틴이었다.

헤이븐의 셔츠 깃은 반듯했고, 타이도 잘 어울렸다. 여름용 슈트는 옅고 촘촘한 체크 패턴이 들어가 있었는데, 그것마저 헤이븐의 옅은 금발과 더해지니 완벽했다.

"오늘도 예쁘네요."

그의 차림새를 훑어본 희온이 짧은 감상평과 함께 헤이븐의 타이에 손을 댔다. 조금 비뚤어져 있던 매듭을 반듯하게 다듬어 준 희온이 고개를 가까이해 입술을 살짝 마주 붙였다. 보조개가 들어가는 미소와 함께였다.

"다녀올게요."

헤이븐이 따라 웃었다.

"다녀오세요."

전날 싸웠든, 출근길에 싸웠든 두 사람은 아침만 되면 이렇게 눈을 마주 보고 미소 지으며 인사했다. 꼭 돌아올 거라던 언젠가의 작별 인사는 이제 매일같이 이어졌고, 저녁이 되면 새로운 마음으로 서로를 반겼다.

탁.

차에서 내려 건물 안으로 들어가는 희온의 뒷모습이 사라질 때까지 보던 헤이븐이 다시 웃음 지었다. 뒤는 돌아보지도 않으면서 손만 흔드는 희온의 모습도 아침마다 빼먹지 않고 봐야 하는 광경이었다. 희온이 더 이상 보이지 않을 때가 되어서야 차는 다시 출발했다. 무표정한 얼굴로 돌아온 헤이븐이 오늘 해야 할 일들을 곱씹었다.

"타이는 늘 그렇게 매시네요."

"귀여워서."

스스로에게 엄격할 만큼 틈이 없는 헤이븐이 유독 타이를 흐트러지게 매는 건, 자신의 매무새를 다듬어 주는 희온의 손길을 기다리기 때문이었다. 더 이상의 대화 없이 조용해진 차가 도로를 빠져나갔다.

오늘은 조금 중요한 일이 있어서, 일정을 서둘러야 저녁에 늦지 않게 희온과 식사를 할 수 있을 것이었다. 벌써부터 보고 싶어진 그 얼굴을 떠올린 헤이븐이 창문을 조금 내렸다. 빠르게 지나가는 가로수에는 초록이 가득했다.

* * *

"팀장님, 오셨어요."

"좋은 아침."

사무실로 들어선 희온이 먼저 인사해 오는 직원들에게 대답했다. 팀장으로 진급한 게 엊그제 같은데 이제는 제법 연차가 쌓여, 사무실에는 아는 얼굴들뿐이었다.

희온이 자리로 돌아와 의자를 빼고 앉았다. 현장에 자주 나갔을 때에는 먼지만 가득했던 책상은 요즘 반질반질했다. 헤이븐이 그렇게 싫어하는 신입 교육 때문이었다.

"팀장님, 제 메시지 받으셨어요?"

"어."

그쪽은 쳐다도 보지 않고 대답한 희온이 모니터를 켰다.

"근데 왜 답장 안 해 주세요?"

"왜겠냐."

희온이 피곤한 얼굴로 답했다. 눈 앞에 서 있는 이 남자가, 어제 싸움의 원인이었다.

퇴근 후 밤 열 시쯤, 헤이븐과 누워 영화를 보고 있던 그때, 테이블 위에 놓여 있던 희온의 트랜스퍼에 메시지가 도착했다. 아무렇지 않게 기계를 가져와 메시지를 읽던 희온이 얼굴을 구겼고, 그 표정을 본 헤이븐이 트랜스퍼를 가져갔다.

[오늘 제 처음을 팀장님께 바쳤습니다.]
[진짜 황홀했어요.]

".........."
".........."

두 사람 사이에 맴돈 잠깐의 침묵이 무거웠다. 그 뒤로는 더 볼 것도 없이 싸움이었다. 희온이 그를 붙잡고 침착하게 설명했지만, 애초에 신입들과 온종일 붙어 있어야 하는 교육을 싫어했던 헤이븐에게 불이 붙었다. 어제 생각만 해도 허리가 쿡쿡 쑤시는 것 같아서 희온이 상체를 반듯하게 폈다.

"그치만 어제 제 첫 현장이었단 말이에요."

"그럼 그렇게 정확히 써. 아니, 다음부턴 그냥 연락을 하지 마."

"네?"

상대하기도 귀찮아진 희온이 손을 휙 저어 직원을 멀리 보냈다. 그러나 그러기가 무섭게 근처 직원들이 희온을 발견하고 옹기종기 모였다.

"팀장님, 빵 드실래요?"

"아니."

"팀장님, 어제 처음 현장 나간 애들 얘기 들으셨어요?"

"안 궁금해."

"아, 맞다. 팀장님 제 친구가 진짜 예쁜데."

"연애 안 해……."

예전에도 분명히 이런 적이 있었다. 하얀 숲에서였다. 팀원들이 떠올라 입이 마른 희온이 손바닥으로 얼굴을 문질러 쓸었다. 그때는 그때고, 지금은 지금이었다. 더 이상 자신이 어쩔 수 없는 일에 스스로를 몰아붙이고 싶지 않았다.

그러나 멀리 밀어 두며 방치할 생각도 없었다. 그런 일이 다시 생겨선 안 되겠지만, 만약 비슷한 일이 생긴다면 두 번 다시 동료들을 잃고 싶지 않았다. 귀찮은 일투성인 데다 헤이븐이 싫어한다는 걸 알면서도 신입 교육을 꾸준히 담당하는 이유였다.

"5분 뒤에 회의실에서 보자."

그 말은 이제 여기서 사라지라는 뜻이었으나 직원들은 여전히 희온을 에워싼 채 수다를 떨고 있었다. 아직 아홉 시까지는 4분이 남아 있었다. 나는 왜 팀장실을 안 주지. 기가 빨리는 느낌에 영혼이 빠져나간 희온에게 익숙한 이름이 들려왔다.

"기사 봤어?"

"봤어. 헤이븐?"

"팀장님, 이거 보셨어요?"

바로 옆자리에 있던 모니터가 희온을 향해 빙글 돌았다. 의자에 등을 편히 기댄 희온이 고개를 돌리자, 모니터에는 사진과 함께 기사가 떠올라 있었다. 수도의 하원 의원인 헤이븐이 바시트록스의 여왕 가족의 초청으로 간단한 조찬을 했다는 기사였다.

입헌군주제인 바시트록스에서 현재 군주 자리에 있는 건 여왕이었다. 실질적인 통치를 하지는 않았으나 오래 이어진 세습 제도에서 그의 위치는 뚜렷했다. 정치적 권력의 정점에 이안 총리가 있다면, 정신적 권력에는 여왕이 있었다.

"관심 없어."

"하긴, 팀장님은 일에 관련된 거 아니면 흥미 없으시죠."

그 말이 맞기도 했다. 이 회사에서는 총리 및 주요 정치 인물들을 경호했으나 여왕의 직계들은 공무원들이 경호했다. 일 년에 한두 번씩 큰 행사가 있을 땐 협업하기도 했지만 그때가 아니라면 신경을 쓸 만한 존재가 아니었다. 특히 입헌군주제라는 제도에 익숙하지 않은 희온이라면 더욱 그랬다.

"근데 갑자기 웬 조찬? 또 왕실 결혼 얘기 나오는 거 아니야? 여왕 손자가 스캔들 엄청 뿌리잖아, 이번에 입국했던데."

"아니지. 벌써 정치 때려치우고 왕실에 들어가겠어?"

"그런가."

직원들의 대화를 듣고 있던 희온이 다시 모니터로 시선을 돌렸다. 정치색을 띠지 않는 것이 원칙인 왕실에서 현 총리 아들이자 국회의원을 초대했다는 것 자체가 특이한 일이긴 했다. 정치적인 일과는 전혀 상관없다는 왕실 측의 해명 기사를 가만히 보던 희온이 몸을 일으켰다.

"회의합시다."

희온의 말에 그제야 자리로 돌아간 직원들이 하나둘 회의실로 들어오기 시작했다. 헤이븐이 자신에게 조찬에 대한 이야기를 하지는 않았지만 가벼운 얘기겠거니 생각했다.

조금 궁금하긴 해도 딱히 그의 일에 왈가왈부하고 싶은 마음도 없었다. 테이블 가장 안쪽에 앉은 희온이 한쪽 벽으로 홀로그램을 켜며 회의를 시작했다. 달칵거리는 소리와 함께 오늘 교육할 내용들이 화면에 차기 시작했다.

"기본적인 건 지난주에 다 끝났고, 오늘은 위급시 동선에 대해서 설명합니다. 이따 훈련실 가서 실습할 거니까 외우세요."

필기하기 시작한 신입 직원들을 보던 희온이 잠시 말을 멈췄다. 중요한 일이면 헤이븐이 말할 거고, 이따가 퇴근한 이후에도 계속 생각이 난다면 먼저 물어보면 그만이었다. 떠오르는 생각을 억지로 무시한 희온이 본격적으로 설명을 시작했다.

* * *

지이이잉.

"아……."

그날의 늦은 밤.

평소처럼 퇴근하자마자 덤벼든 헤이븐과 섹스를 하고 저녁을 먹은 뒤 잠이 들었던 희온이 문득 침대 옆 협탁에서 울리는 진동 소리에 흠칫 놀라 앓는 소리를 냈다. 뿌연 시야로 시간부터 확인하니 새벽 네 시였다.

"……좀."

이 시간에 올 메시지는 급한 일밖에 없어서, 희온이 협탁으로 팔을 뻗으려고 했다. 그러나 자신의 허리를 꼭 끌어안고 있는 헤이븐의 힘이 지나치게 셌다.

"잠든 지 얼마 안 됐잖아요. 그냥 자요."

헤이븐 역시 진동 소리에 깬 듯 목소리가 잠겨 있었다. 사실 그 누구보다 무시하고 싶은 게 희온이었지만 혹시 모를 일 때문에 그럴 수 없었다.

그를 달래듯 아예 양손으로 그를 마주 안은 희온이 귓가에 입을 맞추자, 허리를 감고 있던 팔에 마법처럼 힘이 빠진다. 작게 미소 지은 희온이 몸을 반쯤 일으켜 트랜스퍼를 가져왔다.

"......."

밝은 스크린에 떠 있는 메시지에 희온이 눈을 의심하듯 눈썹을 구겼다. 그래도 글자는 바뀌지 않고 그대로였다.

[근무지 긴급 변경 건.

A팀 전원 오전 8시 테오 해스윈 개인 자택 앞 집결. 하기 주소 확인 요망.]

테오 해스윈은 현 여왕의 손자로, 남자 여자 상관없이 수많은 상대와 염문설을 뿌리고 다니는 남자였다. 아까 사무실에서 분명 왕실의 경호와는 전혀 상관없을 거라고 생각했는데, 이렇게 엮이 려는 모양이었다. 어쨌든 자신들까지 부르는 걸 보면 꽤 급한 일 인 듯해서, 희온이 알람을 다시 맞췄다.

"뭔데요."

희온이 스크린에서 한참 눈을 떼지 못하고 있자 헤이븐도 덩달 아 눈을 떴다. 그러나 그가 몸을 일으키기 전에, 희온이 헤이븐의 눈앞으로 기기를 내밀었다.

"아는 거 다 말해 보세요."

가만히 글자를 읽은 헤이븐이 고개를 저었다.

"내가 왕실 일을 어떻게 알아요."

"어제 초대받아서 갔잖아요."

"그건 그거고."

분명히 모를 리가 없을 텐데 그는 영 시치미를 떼고 있었다. 여전히 의심스러운 얼굴을 하고 있는 희온을 끌어안은 헤이븐이 입을 열었다.

"여덟 시에 거기 도착하려면 지금 당장이라도 더 자야죠."

"진짜 모릅니까?"

"내가 아는 건, 지금 눈 뜨면 또 섹스하고 싶어질 거라는 거밖에 없어요."

희온을 끌어안은 채 이불 속으로 파고든 헤이븐은 어느새 눈을 감고 있었다. 모른다는데 뭐. 가 보면 알게 되겠지. 확인 메시지까지 보낸 희온이 기기를 머리맡에 두었다.

지금의 몽롱한 상태에서 조금 더 벗어나면 다시 잠들기 힘들다는 걸 아는 희온이 서둘러 눈을 감았다. 더 이상 불을 켠 채 잠들지 않는 방 안은 창밖의 하늘만큼이나 어두웠다.

새벽에서 아침이 되는 시간은 유독 빨랐다. 특히 얼마 자지 못했을 때는 더욱 그랬다. 새벽에 한 번 깼던 희온이 짙은 피로를 지우며 출근길에 올랐다. 헤이븐과의 관계나 이곳의 생활이 안정에 접어들면서는 불면이 나아, 이젠 하루에 여섯 시간씩 자는 게 평균이 된 덕분이었다.

"팀장님, 주차 여기다 하시면 됩니다."

"어."

헤이븐이 데려다주겠다고 했으나 곧장 현장으로 가는데 그의 차를 타고 올 수는 없었다. 도로 한편 주차 라인에 차를 세운 희온이 운전석에서 내리자, 부하 직원인 릭이 그를 반겼다.

입사 시절부터 희온을 괴롭히던 케이가 작년에 내근직으로 인사이동을 당하면서 맞교환 되다시피 들어온 직원이었는데, 처음에는 꽤 말썽을 부린다 싶더니 지금은 희온의 충실한 직원이 되어 있었다. 간단히 상황을 살핀 그가 희온에게 무전기와 총을 건넸다.

"여기요."

"사무실 들렀어?"

"네."

"잘했네."

희온에게 칭찬을 받고 뿌듯하게 웃는 릭은 언젠가의 오웬을 떠올리게 했다. 아마 뺨에 올라와 있는 주근깨가 비슷한 이미지를 풍겨서 그렇기도 했고, 오웬만큼 자신을 잘 따르기 때문이기도 했다.

이어폰을 귀에 꽂아 무전을 연결한 희온이 눈앞의 집을 올려다보며 한숨을 내쉬었다. 입국하자마자 어제 이곳으로 이사했다는 테오 해스윈의 집은 허름하기 짝이 없는 아파트였다. 비상계단은 녹이 슬어 있었고, 창문의 블라인드들은 죄다 삐뚜름했다.

"도대체 무슨 일이냐, 이게."

"이번에 테오 해스윈이 왕실에서 독립하겠다고 하면서 난리 났잖아요. 여왕님이 독립할 거면 근위대도 쓰지 말라고 했대요."

"……그래서 대체자가 우리야?"

"일단은 사설이니까요."

왕실 경호를 도맡아 하는 근위대를 제외하면, 총리 가족과 주요 인사를 보호하는 희온의 회사가 가장 크긴 했다. 아무리 그래도 그렇지 뭐 이렇게 예고도 없이.

"팀장님, 현장엔 오랜만에 나오셨네요."

"덕분에 피곤한 상태야."

오전 여덟 시가 다 되어 가자, 직원들이 하나둘씩 모였다. 시간을 확인한 희온이 인원 체크를 마치고 동선을 배치했다. 이러니저러니 해도 밖에 나와서 직접 몸을 움직이는 게 훨씬 적성에 맞긴 했다.

"확인 다 했지? 이해 못했다가 나중에 사고치지 말고 궁금한 건 지금 물어봐."

"확인했습니다."

"확인했습니다, 팀장님."

지시를 끝낸 희온이 고개를 내려 테오 해스윈의 정보를 읽기 시작했다. 의뢰인에 대해 참고할 만한 게 있나 싶어 한참 기사들을 뒤적이다 문득 한 웹페이지 속 사진을 본 희온은 눈을 의심할 수밖에 없었다. 정말 그 고고한 왕실 핏줄 사람이 이렇게 생겼다고?

한참 사진을 들여다보던 희온이 부랴부랴 더 자세히 검색해 봤지만 최근 모습들은 더욱 믿을 수 없을 지경이었다. 열심히 손가락을 움직이던 그때 마침 귀에 꽂힌 이어폰에서 목소리가 들렸다.

-공작님 곧 나가십니다.

"그냥 의뢰인이라고 해."

-팀장님 냉정해.

―난 팀장님이 그렇게 말할 줄 알았지.

"너네 머릿속 내 이미지가 어떤지 아주 잘 알겠다."

희온의 무덤덤한 대꾸에 직원들이 웃는 소리가 이어폰을 통해 번졌다. 테오 해스윈은 태어나자마자 공작 작위를 받았다.

현대 사회에서 그 명예에 뚜렷한 이점이 있는 건 아니었으나 어쨌든 왕실 핏줄이라는 명분이나 다름없었는데, 그곳에서 벗어나 혼자 살겠다고 몸부림치는 그는 어제부로 그 작위마저 박탈되었다. 덕분에 지금 이 시간에 희온과 팀원들이 여기 와 있는 것이기도 했다.

달칵. 현관문이 열리자, 언제 농담을 했냐는 듯 희온을 포함한 팀원들이 입을 다물었다. 곧이어 삐걱거리는 아파트 문을 열고 나타난 남자는 기사 속에서 봤던 모습 그대로였다.

푸석푸석한 갈색 머리가 인상적인 남자의 뺨과 턱, 코 아래에는 연갈색 수염이 꼬불거렸다. 이 여름에 새까만 가죽 자켓을 입고 있었고, 한 손에는 커피 자국이 덕지덕지 남은 컵도 함께였다.

성별을 가리지 않고 사람을 홀리고 다니는 왕실의 반항아라더니, 빼어난 왕자님이라더니. 지금 저 외모와 차림새조차 반항의 일부인 건가 싶었다. 저대로 이마에 두건만 쓰면 오토바이를 타고 고속도로를 내지르는 게 더 어울릴 것 같았다.

"진짜 근위대가 아니네?"

첫 마디를 그렇게 뱉은 테오가 주변을 여러 번 두리번거렸다. 그가 움직일 때마다 가죽 자켓 소매에 길게 달린 긴 수술이 팔랑거렸고, 컵에서는 커피가 찰랑이며 넘치기 직전이었다.

"이쪽으로 타시죠."

"응, 잠깐만."

차를 앞에 두고도 재차 주변을 두리번거리던 테오는 무언가를 찾는 듯 보였다. 뒤차에 타기 위해 조수석 문을 열던 희온이 테오를 따라 멈췄다.

─뭐 찾으시는 것 같은데요.

"그러게."

그렇게 대답한 희온이 잠시 등을 돌려 목적지를 확인했다. 시내에 있는 식당이었다. 그것을 제외하고는 다음 스케줄도 없었다. 오로지 식당에 다녀오는 것뿐이었다. 희온의 입장에서는 고작 아침 먹으러 가는데도 이 많은 경호원들을 부를 거면 도대체 왕실에서는 왜 뛰쳐나온 건지 이해할 수 없었다.

─……팀장님?

"어."

부디 이른 오전부터 식당에 사람이 많이 없기를 바라던 희온이 이어폰 속 목소리에 대답했다. 그러나 다음 인기척은 바로 코앞에 있었다.

탁.

"희온이구나!"

순식간에 테오에게 꽈악 끌어안겨진 희온이 어안이 벙벙한 얼굴을 했다. 갑작스런 접촉에 곧장 상대의 턱을 후려칠 뻔한 손이 허공에 붕 뜬 채였다.

"얼굴 보자마자 당신인 줄 알았어!"

까만 가죽 자켓과 새하얀 구두, 덥수룩한 수염을 한 남자의 목소리가 발랄했다.

─……팀장님, 의뢰인이랑 아는 사이셨어요?

이어폰 속으로 릭의 당황한 목소리가 들려왔지만 희온은 아무 말도 할 수 없었다. 희온의 어깨를 간질이고 있는 테오의 수염 때문이었다.

"나는 희온이랑 같은 차 탈래."

간신히 품에서 놓아준다 싶었더니 이젠 아예 희온의 손을 잡은 테오가 앞차로 끌었다.

─그럼 제가 뒤의 차로 가겠습니다.

"……어."

여전히 이게 무슨 상황인지 알지 못하는 희온이 어정쩡하게 끌려가 차 뒷좌석에 올라탔다. 기어이 희온을 차에 넣고 그 옆에 탄 테오는 기분이 좋은지 유쾌한 얼굴로 흥얼거리고 있었다.

자신을 어떻게 아는지부터 물어보는 게 좋을까 희온이 잠시 고민하는 사이에 차는 부드럽게 출발했다. 운을 뗀 건 테오가 먼저였다.

"조만간 너를 만날지도 모른다고 생각하긴 했는데."

마치 오랜 친구를 만난 것처럼 반가운 목소리였다.

"왜 그렇게 생각하셨습니까?"

'저를 어떻게 아세요?'보다는 훨씬 나은 질문일 거라고 생각했던 희온의 생각이 맞아떨어졌다. 테오가 당연하다는 얼굴로 어깨를 으쓱였다.

"헤이븐이 그렇게 말했거든."

"……."

'내가 왕실 일을 어떻게 알아요.'

지난밤, 아무것도 모르는 척하던 그 얼굴이 빠르게 스쳐 지나갔다. 이 새끼가 이제 거짓말도 해? 차오르는 배신감을 눌러 삼키느라 잠시 말이 없자, 갑자기 화들짝 놀란 테오가 희온을 향해 몸을 돌렸다.

"아! 헤이븐이 아는 척하지 말랬는데."

"……그랬습니까."

이젠 할 말도 없어진 희온이 팔을 앞으로 뻗었다. 앞좌석 가운데의 콘솔 박스를 열어 안에 있던 손수건을 테오에게 건넸다.

"커피 다 흘립니다."

"아…… 고마워. 내가 커피 머신을 처음 써 봐서."

그런 것 같았다. 언뜻 보기만 해도 컵 속의 액체는 뿌옇고 밍밍해 보였다. 희온은 여전히 테오와 헤이븐이 어떻게 아는 사이인지, 어떻게 그가 자신을 한번에 알아봤는지는 알 수 없었지만 지금은 일을 해야 할 때였다.

물론 영 답이 안 나온다 싶으면 그땐 집에 돌아가 헤이븐의 목을 조르거나 고문하면 될 일이었다. 왕실에서 쫓겨난 이 남자를 벌써 손 많이 가는 유형으로 분류한 희온이 트랜스퍼를 꺼내 뒤차 직원에게 간단한 내용을 지시했다.

"식당에는 혼자 가시는 겁니까?"

희온이 고개를 들며 묻자 테오가 고개를 끄덕였다.

"한동안 타지에서 입에 안 맞는 것들만 먹었더니 아침부터 잼에 푹 담근 토스트가 먹고 싶어졌거든."

그러고 보니 아까 차에 타기 전에 확인했던 테오의 정보 중 대부분이 불투명했다. 일 년 중 절반 이상을 해외에서 보낸다는데, 뚜렷한 이유나 목적도 없었다. 가끔씩 파파라치에게 찍힌 모습이라곤 술에 거나하게 취해 있거나, 어느새 갈아 치운 연인들과 있는 것들이 전부였다. 왕실의 유일한 흠이라는 말이 심심찮게 떠돌 정도로 방탕한 생활들이었다.

"나는 우리 형이나 할머니처럼 그렇게 못 살아. 왕실에서 나오는 음식엔 탄수화물이라곤 오트밀뿐이야."

테오는 어느새 희온에게 불평불만을 쏟아 내고 있었다. 장남인 형이 얼마나 충실한지, 입국하자마자 아버지에게 무슨 소리를 들었는지 빠짐없이 토로하던 그가 한숨을 네 번쯤 쉬었을 때 차가 식당 앞에 도착했다.

새벽부터 급하다는 연락이 오기에 어디 중요한 곳에 행차라도 하는 줄 알았는데, 정말로 작은 식당이 전부였다. 때가 탄 하얀 간판에는 붉은색 글씨로 '할아버지의 집 요리'라고 적혀 있었다.

"희온아, 같이 먹자."

"아침 먹고 왔습니다."

거짓말이 아니라 정말로 새벽부터 일어나 준비하는 희온의 입에 토마토가 들어왔다. 헤이븐이 부지런히 넣어 준 것들이었다.

"나 혼자 먹게 두진 않을 거지? 일단 앉아."

테오가 희온보다 십 센티는 더 큰 키와 덩치로 불쌍한 강아지 같은 표정을 했다. 그러거나 말거나 희온은 고개를 돌려 고작해야 피곤에 쩌든 직장인 한두 명이 전부인 식당을 둘러보고는 그의 맞은편에 자리잡고 앉았다. 귀에 꽂은 이어폰은 빼지 않은 채였다.

"식사는 됐습."

"잼 가득 바른 토스트 두 개 주세요. 난 커피는 괜찮은데, 희온은?"

희온이 거절하기도 전에 음식을 주문한 테오가 뿌듯한 얼굴로 들고 있는 컵을 흔들어 보였다.

"따뜻한 차 한 잔 주세요."

직원이 돌아가자 희온이 잠시 고개를 돌려 식당 앞에 자리하고 있는 직원들을 확인했다.

"직업병이야? 별일 없을 거야."

"새벽부터 저희를 부른 건 테오 님이신데요."

희온이 무덤덤한 얼굴로 대답하자, 문득 그 얼굴을 빤히 보던 테오가 크게 웃음을 터뜨렸다. 정작 희온은 뭐가 그렇게 웃긴지 알지도 못하는 상태였다.

"미안, 미안. 아무튼 그냥 테오라고 부르고 말도 편하게 해. 그리고 이건 형이 부른 거야. 나 봉사 활동 다닐 때 테러가 있었거든. 그때부터 유난이야. 난 이제 왕실 사람이 아닌데도."

테러라는 말에 희온이 대답 없이 쳐다보기만 하자 테오가 황급히 손을 저었다.

"테러 위협, 위협. 성공했으면 진작 죽었지. 그리고 이건 비밀이야. 언론에 말하면 안 돼!"

"네."

그제야 고개를 끄덕인 희온의 앞에 찻잔과 함께 티백 박스가 놓였다. 차는 헤이븐이 우려 준 게 아니라면 잘 먹진 않지만 그래도 상대가 권해 준 거니 시도는 해 볼 생각이었다.

"그거 노란색 먹어 봐. 레몬에…… 민트인가? 아무튼 향이 꽤 괜찮아. 지난번에 왔을 때 먹어 봤어."

차분하고 조용한 걸 좋아하는 희온의 입장에서 테오는 산만하다 싶을 정도로 말이 많았다. 헤이븐과 어떻게 알게 됐냐고 물어보면 첫 만남부터 줄줄 뱉을 것 같았으나 굳이 그러진 않았다.

헤이븐 몰래 그의 얘기를 듣는 것 같은 느낌이 싫었다. 같은 결로, 헤이븐이 자신에게 거짓말을 했다는 것도 불쾌했다. 김이 폴폴 나는 찻물을 보던 희온이 노란색 포장지를 뜯어 티백을 잔에 담갔다.

끼익.

"팀장님, 여기 말씀하신 거요."

"어. 고마워."

자신을 부르는 목소리에 입구 쪽으로 고개를 돌린 희온이 릭에게서 작은 박스를 전달받았다. 맞은편에서 빨대로 커피를 마시던 테오의 흥미로운 시선이 희온의 손끝에 머물렀다. 뭐냐고 물어보기도 전에 희온이 그 안에서 꺼낸 것을 테오 쪽으로 내밀었다.

"다쳤잖아요."

코앞에 놓인 연고와 밴드를 본 테오가 눈을 동그랗게 뜨며 입을 벌렸다. 어떻게 알았냐는 목소리가 들리는 듯했다.

"아까 차 타기 전에 봤습니다."

차에 오르면서 시트를 짚는 테오의 손가락 끝이 빨갛게 부어 있었다. 아마 커피로 얼룩진 저 컵과 연관이 있는 상처 같아서, 희온이 릭에게 미리 부탁해 둔 것이었다.

"……어, 고마워."

어떻게 다쳤는지 궁금하지 않은 정보들까지 줄줄 쏟아 낼 줄 알았는데, 그 대신 테오는 수줍은 표정을 짓고 있었다. 풍성한 수염과는 조금도 어울리지 않았다.

"원래 의뢰인한테 이 정도는 합니다."

그사이 맑게 우러난 찻잔을 본 희온이 티백을 빼서 내려놓고 한 모금을 삼켰다. 그의 말대로 민트와 레몬 향이 섞인 향은 나쁘지 않았지만 그래도 썩 마음에 차지는 않았다.

"……헤이븐 말이 맞았어."

뜬금없이 들려오는 테오의 중얼거림에 희온이 고개를 들며 곧바로 무전기 전원을 껐다. 사적인 이야기가 이렇게 흘러가는 것도 충분히 어이없는데, 헤이븐이 어디서 무슨 얘기를 하고 다닌 건지는 짐작할 수도 없었다.

자신은 알지도 못하는 남자가 달려와서 끌어안지를 않나, 맞은 편에 당사자를 두고 저런 말을 하지를 않나. 게다가 이 남자는 자신과 헤이븐의 관계를 알고 있는 것 같았다.

희온이 대꾸 없이 차를 한 모금 더 삼켰을 때, 토스트 두 접시가 두 사람 앞에 사이좋게 놓였다. 그러나 희온은 업무 도중에 의뢰인과 한가로이 노닥거리며 식사를 할 만큼 태평한 사람이 아니었다.

"안 먹어?"

"식사하고 왔습니다."

"……."

"아까 말씀 드렸는데요."

"원래 성격이 그래?"

자신이 지금 욕을 먹고 있는 건지 아니면 칭찬을 받고 있는 건지 가늠할 수가 없어서, 희온이 살짝 미간을 찌푸렸다. 그러나 이번에는 되묻기 전에 테오가 빨랐다. 포크를 드는 대신 양손으로 토스트를 집어 든 테오가 한 입 크게 베어 물며 웅얼거렸다.

"다정했다가 무심했다가 계속 반복하잖아. 주변에 당신 좋다고 하는 사람 많지? 나 지금 무의식적으로 꼬실 뻔한 거 알아? 내가 헤이븐 몰랐으면 큰일 났을……."

"관심 없는데요."

무전을 잠깐 꺼 놓기를 잘했다. 그게 아니었다면 이 모든 대화가 직원들에게도 흘러 들어갔을 테니. 테오의 말을 끊은 희온이 찻잔을 소리없이 내려놓았다. 이걸 마시고 나니 헤이븐이 자신에게 얼마나 좋은 차를 먹였는지 새삼 알 것도 같았다.

"……진심이야? ……왜?"

테오는 충격을 받은 듯했다. 꼬셔도 넘어가지 않을 거라는 말이 그렇게 놀랄 일인가 싶었다.

"취향이 아니라서요."

테오가 멍한 표정으로 들고 있던 토스트를 내려놓은 반면 희온은 도대체 지금 이 대화에 무슨 의미가 있는지를 재차 의문하는 중이었다. 사실 애초에 맞은편에 앉은 것 자체가 잘못이었다.

"……어디가 취향이 아닌데?"

"회사에 컴플레인 안 건다고 약속하시면 말씀드리겠습니다."

"……나 그렇게 비열한 사람 아니야."

그럴 것 같기는 했다. 희온의 대답은 고민할 것도 없이 간단했다.

"그런 수염은 취향이 아닙니다. 그렇게 부스스한 색깔의 머리카락도, 옷 입는 스타일도, 외모도 별롭니다. 근데 애초에 이 대화에 의미가 있습니까?"

직설적으로 쏟아지는 희온의 말에 말문이 막힌 듯 멍하니 보던 테오가 양 손바닥으로 얼굴을 가렸다. 마치 부끄러워하는 마흔 살 같다고 생각할 무렵 그가 문득 잼 나이프를 들어 얼굴을 비춰 보기 시작했다. 기스가 많은 싸구려 나이프로는 잘 보이지도 않을 것 같은데 꿋꿋하게 이리저리 돌려보던 그가 별안간 나이프를 내려 두었다.

탁.

"알았어, 무슨 말인지. 어쨌든 나도 당신을 꼬시겠다는 건 아니야. 나는 헤이븐이 무섭다고."

"의미 없는 대화 맞았네요."

"······그렇게 얘기할 때 악의 없는 거지?"

그 말에 희온이 고개를 끄덕였다. 비록 그는 왕실에서 혹독한 교육을 받은 사람치고 허술하고 해맑았지만 그것대로 나쁘지 않았다. 국왕 대신 대통령이 있는 나라에서 자라, 왕실이라는 개념 자체가 먼 얘기 같았는데 테오를 보면 꼭 그런 것만은 아닌 듯했다.

희온을 빤히 보던 테오가 눈을 몇 번 깜빡이더니 다시 토스트를 욱여넣기 시작했다. 그 모습을 가만히 보면서 희온이 시간을 체크했다.

"이제 아예 왕실 근위대는 안 부르시는 겁니까?"

"응, 독립 선언 했으면 세금도 쓰지 말래."

맞는 말이었다. 왕실 업무가 싫어 독립했다면 그 혜택 역시 받지 말아야 했다. 벌써 토스트를 다 먹어 가는 그를 본 희온이 제 몫의 접시까지 앞으로 밀었다.

"진짜 안 먹어?"

"네. 일하는 중에는 안 먹습니다."

"음, 알았어."

희온의 토스트까지 먹어 치운 테오가 식당을 다시 나선 건 한 시간 쯤 뒤였다. 몇 걸음 떨어진 거리에서 걷던 희온이 문이 열린 차 안으로 테오를 먼저 태웠다.

"집으로 가시는 거죠?"

"응. 내일은 두 시쯤 집에서 나올 거야."

"네."

며칠 뒤 다시 해외로 나간다고 했으니, 아마 바시트록스에 있을 때에는 계속 희온이 붙어야 하는 모양이었다. 회사에서 온 메시지를 확인하는 동안 테오의 시선이 한참 희온의 손에 닿았다.

"희온, 손 잠깐 봐도 돼?"

"왜요?"

"……안 만져. 보기만 할게."

경계 어린 반문이라고 생각했겠지만 애초에 희온은 정말 그 이유를 물어본 것뿐이었다. 손을 들어 보여 주자 테오가 무언가를 생각하듯 살짝 얼굴을 기울였다.

"손도 예쁘네?"

"관심 없습니다."

"……꼬시는 거 아닌데?"

"아뇨, 제 손에 관심이 없다고요."

합이 제대로 맞지 않는 대화에 서로 의아해하는 사이, 차에 오르며 다시 켜 둔 이어폰으로 무전이 들렸다.

─팀장님, 집 앞에 기자들이 있습니다. 보이는 것만 여섯 명이에요. 전력 공급 차량도 와 있는 거 보니까 리포터도 있는 것 같은데.

"어, 확인."

어지간히 맛이 없었는지 테오가 들고 있는 컵에는 여전히 커피가 한가득 남아 있었다. 희온이 팔을 뻗었다.

"기자들이 좀 있다네요. 집에 올라가서 돌려드릴 테니 주세요. 흘립니다."

"괜찮아, 버리지 뭐. 고작 커핀데."

"처음 내린 거라면서요, 손까지 다쳐 가면서."

"……애인도 있는 사람이 왜 그렇게 세심해?"

"원래 그렇습니다."

스스로를 세심하다고 생각해 본 적은 없었지만 대충 맞춰 주듯 대답한 희온이 그의 손에서 컵을 받아 들어 조수석에 앉아 있던 직원에게 건넸다. 자신의 양손은 비어 있어야 했다.

─팀장님, 애인 있어요?

─말도 안 돼…….

─팀장님 연애 안 하신다면서요!

대화를 전부 들었는지 이어폰 속에서 뒤차 직원들의 목소리가 들려왔으나, 일단 지금은 모른 척할 뿐이었다.

"도착 2분 전. 기자들 차 가까이 세웠어? 건물 바로 앞에 차 댈 수 있는지 봐 봐."

─제 차 빼 두겠습니다. 일부러 입구 앞에 댔어요.

"어, 확인."

역사상 최초로 왕실에서 빠져나와 살기로 한 테오가 매번 해외에만 머물다가 간만에 입국했으니, 아직 관심이 쏟아지는 시기였다.

시야에 아파트가 들어오기 시작하자 희온이 뒷 차를 먼저 보냈다. 골목 끝에 세워진 차에는 익숙한 로고가 붙어 있었다.

"바시트록스 저널 왔네. 언제 덤빌지 모르니까 내려서 길 좀 만들자."

−확인.

앞차가 먼저 도착해 직원들이 내리고 뒤이어 희온과 테오가 내리자마자 기다렸다는 듯이 기자와 리포터가 달려왔다. 여러 사람들의 목소리가 시끄럽게 섞여 고막으로 파고 들어왔다.

"여기 한 번만 봐 주세요!"

"이봐! 테오!"

"지금 여기는 왕실의 천덕꾸러기, 테오 해스원의 집 앞입니다! 저 지독한 떠돌이 차림은 버려진 강아지 신세와 연관이 있을까요? 테오 씨, 이번에 여왕님께 완전히 깨지고 근위대 사용도 금지당했다던데 이건 사설 경호원인가요? 비용은 얼마죠? 무슨 돈으로 고용하신 건가요?"

찰칵거리는 기자들의 카메라 소리와 동시에 들려오는 리포터의 목소리가 시끄러웠다. 테오 근처로는 더 이상 다가오지 못하게 막은 희온이 그를 안쪽으로 이끌었다. 희온이 지시한 대로 이미 길을 내고 있던 직원들 덕분이었다.

자극적인 질문에 테오가 금방이라도 대답하고 싶어 하는 듯 입술을 움찔거리며 두리번거렸지만 조심스럽게 그를 안쪽으로 이끄는 희온의 행동에 걸음을 옮길 수밖에 없었다.

"올해 들어 처음으로 왕실에 들어간 이유가 그 조찬 때문이라던데, 헤이븐 의원과는 무슨 사이인가요? 혹시 새로운 연인인가요? 그래서 정치적인 의심을 피하려고 왕실을 나온 거 아닌가요?"

흠칫.

이번에야말로 테오가 어깨를 굳히며 희온을 돌아봤으나 희온은 별 반응 없이 아파트 1층을 지나 엘리베이터 버튼을 누르고 있었다.

드르륵.

오래된 건물답게 허름한 엘리베이터 문이 열리는데도 시끄러운 소리가 들렸다. 직원 세 명과 테오가 엘리베이터에 오르자 그 좁은 공간이 금방 꽉 찼다.

ㅡ집 앞엔 아무도 없습니다.

"올라가는 중이야."

드르륵.

엘리베이터에서 사람이 내릴 때마다 바닥에서 삐걱거리는 소리가 들렸다. 문 앞까지 가 테오가 문을 열기를 기다린 희온이 시간을 확인했다. 입국 첫날에는 꽤 고생을 했다더니, 오늘은 기자들이 줄어서 그나마 빨리 들어온 듯했다.

달칵.

열쇠로 집 문을 연 테오가 안으로 들어가는 대신 주춤거리며 희온을 살폈다.

"저기, 있잖아."

"커피요."

옆에 서 있던 직원에게서 받은 컵을 테오에게 건네자 서둘러 받은 그가 또다시 무언가를 말하고 싶은 표정을 했다. 그러나 주변에 듣는 귀가 많았다.

"쉬세요. 내일 시간 맞춰 오겠습니다."

"……응."

탁.

문이 닫히자마자 뒤를 돈 희온이 아파트를 나섰다. 테오가 집 안으로 들어갔으니 더 이상 볼 일이 없다고 생각했는지, 몰려왔던 기자들은 어느새 하나둘씩 돌아가고 있었다. 길가로 걸음을 옮기는 희온의 옆으로 릭이 바짝 붙어오며 말을 걸었다.

　"팀장님, 사무실로 돌아가실 거죠?"

　"어."

　"저도 같이 타고 갈래요, 차 가지고 오셨잖아요. 가는 길에 팀장님 연애사 얘기도 좀 듣고요."

　"그 예고를 했는데 잘도 태워 주겠다. 회사 차 타고 와."

　너무하다는 릭의 말에도 희온은 손을 한 번 들어 보이는 것을 끝으로 차에 올랐다. 물론 그와 사적인 얘기를 하고 싶지 않은 것도 있었지만, 사무실에 가기 전에 들를 곳이 있었다.

　아직 귀에 꽂혀 있던 이어폰을 빼 내려 둔 희온이 시동을 걸고 차를 출발시켰다.

* * *

　「지금 왕실의 천덕꾸러기, 테오 해스윈의 집 앞입니다! 저 지독한 떠돌이 차림은 버려진 강아지 신세와 연관이 있을까요? 테오 씨, 이번에…….」

　듣기 싫을 만큼 자극적인 목소리가 모니터를 통해 들려왔다. 리포터를 비추던 카메라가 돌아가자 테오 옆, 희온이 보였다. 흔들리는 앵글 때문에 제대로 보이진 않았으나 헤이븐의 시선에는 또렷하게만 보였다. 때마침 울리는 전화에, 헤이븐이 모니터를 껐다.

―헤이븐! 나 방금…….

"기자한테 들키지 말랬잖아."

―여기 주소는 모를 줄 알았지. 그리고 분명히 출발할 때는 없었
단 말이야.

기어 들어가는 테오의 목소리에 헤이븐이 혀를 찼다.

"총리 경호진이야. 내가 움직이기 전에 네가 먼저 방송국에 연락
해서 모자이크 처리를 요청하든 편집을 시키든 알아서 처리해."

―알았어. 네 부탁으로 입국한 건데 너무해.

"부탁 아니고 고용."

테오가 무어라 더 말을 하려고 했지만 용무가 끝난 헤이븐이 전
화를 끊었다. 그리고 다시 영상을 재생하려고 할 때, 노크 소리가
먼저 들렸다.

"의원님, 1층에 손님이 찾아오셨는데요."

"선약 없어."

"네."

테오에게 처리하라고 하긴 했으나 정부 쪽에서 요청을 하는 게
더 빠르고 정확할 게 뻔했다. 기기를 들던 헤이븐이 일시 정지된
모니터 속 희온에게로 시선을 돌렸다. 그가 이런 일을 좋아한다는
걸 알아 여태 관두게 하지는 못했는데, 아무래도 조만간 종용을
해야 할 것 같았다.

"의원님 안 계신다니까요!"

"있는 거 압니다."

탁. 소란스러운 소리와 함께 사무실 문이 벌컥 열리더니, 직원과
함께 들어온 사람은 희온이었다. 엘리베이터에서부터 내내 말렸는지

직원이 거의 희온을 끌어안아 당기는 상태였다.

"괜찮으니까 나가."

희온임을 확인하자마자 헤이븐이 몸을 일으키며 직원을 내보냈다. 문이 닫히기도 전에 곧장 그의 앞으로 다가간 헤이븐이 반갑게 미소 지으며 희온의 팔과 등을 자연스럽게 감싸 문질렀다. 직원이 방금까지 손을 댔던 곳이었다.

"뭐예요, 갑자기. 나 보고 싶어서 왔어요?"

"헤이븐."

"미안해요. 리암이 휴가거든요. 당신을 알아볼 사람이 없어서."

헤이븐이 희온의 손을 잡아끌어 소파로 당겼다. 그러나 그대로 앉히려던 움직임이 희온에 의해 저지당했다.

"나한테 왜 거짓말했습니까?"

"내가 언제요?"

희온의 질문이 뱉어지기가 무섭게 헤이븐이 숨도 쉬지 않고 대답했다. 눈까지 동그랗게 뜬 그 표정이 지나치게 순해 보여서, 희온은 하마터면 '그치? 아니지?' 하고 돌아설 뻔했다.

"아는 거 없다면서요, 왕실에 대해서."

"아는 거 없는데요?"

이번에도 마찬가지였다. 미소 지으며 하는 반문에 희온이 얼굴을 구겼다.

"테오랑 원래 알던 사이 아닙니까?"

"맞아요."

"근데 거짓말이 아니라고요?"

"테오 해스윈은 더 이상 왕실 사람이 아니니까."

"……지금 나랑 말장난이 하고 싶습니까?"

"난 지금 당신이랑 섹스가 하고 싶어요."

어떻게 된 게 대화를 하면 할수록 답답해지는 느낌에 희온이 한숨을 내뱉었다. 그저 자신을 만난 것만으로도 좋은지 방긋 방긋 웃음을 짓고 있는 헤이븐에게 약이 바짝 올랐다.

"갑니다."

희온이 몸을 돌리자 헤이븐이 곧바로 그를 당겨 끌어안으며 소파 위에 앉았다. 졸지에 그의 무릎 위에 앉게 된 희온이 헤이븐의 어깨를 짚어 포옹할 수 없도록 만들었다.

"화났습니다."

"왜요. 내가 테오 해스원을 모른 척해서?"

부드러운 헤이븐의 목소리에 희온이 입을 다물었다. 테오에게서 헤이븐의 이름이 나왔을 때는 분명 거짓말을 한 그에게 화가 솟기는 했다. 그러나 이렇게 갑자기 달려올 정도는 아니었다. 그러니까, 자신이 화가 난 건.

'헤이븐 의원과는 무슨 사이인가요? 혹시 새로운 연인인가요? 그래서 정치적인 의심을 피하려고 왕실을 나온 거 아닌가요?'

"……."

별안간 리포터의 말이 회상되며, 동시에 갑자기 들이닥친 자아 성찰에 놀란 희온이 손으로 얼굴을 문질렀다.

"왜 그래요, 머리 아파?"

희온은 분명 공과 사가 흐려지는 걸 세상에서 가장 싫어했다. 단순한 섹스 파트너라고 생각했던 헤이븐이 하얀 숲에서 나타났을 때는 세상이 무너지는 줄 알았고, 훈련 도중에 헤이븐이 플러팅을 던질 때면 한숨이 절로 터졌다.

그런데 평일 오전 열한 시에, 그것도 사무실로 들어가 보고서를 써야 하는 마당에, 이곳으로 쳐들어왔다. 심지어 건물 앞에 대어 둔 차는 삐딱한 채였다.

"……저 지금 스트레스 받는 중이니까 건들지 마시죠."

희온이 눈치 없이 자신의 허리와 엉덩이를 매만지며 걱정스러운 얼굴로 보고 있는 헤이븐을 타박했다.

"그냥 얼굴만 아는 사이가 다예요. 말할 것도 없었어."

"그게 문제가 아니라."

"아니라?"

"……아닙니다. 가야 돼요, 사무실 들어가던 길이라서."

희온은 나름대로 충격을 받고 있었다. 비록 명의뿐일지라도 그와 집을 합치지 않은 건 혹시 생길지도 모를 루머가 그의 일에 방해가 될까 봐 구멍을 만든 것이었고, 그가 이 사무실로 온 지 꽤 됐음에도 한 번을 오지 않았던 건 그에게도 공적인 공간을 주고 싶어서였다.

그런데 오늘 자신이 먼저 이런 식으로 쳐들어왔다. 심지어 조금이나마 커버해 줄 리암도 없는데, 문 앞까지 쫓아와 말리는 직원을 뿌리쳐 가면서.

"알았어요. 근데 그런 표정은 하지 말죠, 그럼 못 보내잖아."

헤이븐의 말에 희온이 가만히 시선을 맞췄다. 조금도 조급할 게 없는 사이였다. 서로가 서로에게 더 없을 만큼 진심이라는 것도 알고 있었다. 그런데 헤이븐이 자신에게 무언가를 숨겼다는 사실과, 다른 사람과의 관계가 사실인 양 떠돌 수도 있다는 걸 들으니 입이 바짝바짝 말랐다.

헤이븐의 금발을 살살 매만진 희온이 고개를 숙여 그의 이마에 입을 맞췄다. 소중한 것을 대하기라도 하는 듯 조심스러운 움직임이었다.

"헤이븐, 내가 지금 무슨 말을 할 것 같습니까?"

희온의 말에 헤이븐이 생각도 하지 않고 대답했다.

"당신도 섰어요? 늘 사무실에서 해 보고 싶긴 했어요."

"……."

내가 당신을 꽤 많이 사랑하는 것 같다고 말하려던 희온이 입이 절로 딱 붙었다. 정말로 엉덩이 사이에 딱딱하고 커다란 게 느껴졌기 때문이었다.

"……미쳤습니까?"

"괜찮아요, 내 허락 없이는 아무도 안 들어와."

아무리 자신이 헤이븐 때문에 생전 처음으로 공과 사를 부쉈다고 해도, 사무실에서 붙어먹을 만큼 정신머리가 없지는 않았다. 헤이븐의 이마를 뒤로 꾹 밀어낸 희온이 그 무릎 위에서 일어섰다.

"더 늦게 들어가면 안 됩니다. 집에서 봐요."

"데려다줄까요?"

"차 가져왔어요."

고개를 저은 희온이 문 쪽으로 향하자 바로 뒤에서 쫓아오던 헤이븐이 허리를 감아 안았다. 입맞춤은 희온의 어깨와 뒤통수, 그리고 목덜미에 이어졌다.

"너무 열심히 일하지는 말고."

"그러다 잘립니다."

"그러라고 하는 말이죠."

헤이븐의 말에 짧게 웃은 희온이 사무실 문을 열고 밖으로 나갔다. 팔짱을 끼운 채 문틈에 기대어 한참 희온의 뒷모습을 보던 헤이븐은, 그가 아래로 내려가고 나서야 고개를 내렸다. 문 앞에 있던 직원을 향한 시선이었다.

"의원님, 뭐 준비해 드릴까요?"

"어. 사직서."

"……네?"

"내일까지만 나와."

툭.

성의 없는 해고 통보와 함께 사무실 문이 닫혔다. 왜 잘린 건지 이해를 못 한 직원만 덩그러니 서서 억울한 얼굴을 할 뿐이었다.

* * *

─그게 연애예요, 캡틴.

아직 해가 지기 전의 이른 저녁. 들려오는 목소리에 희온이 멈칫하며 들고 있던 맥주 잔을 내려 두었다. 도대체 저게 무슨 말이냐는 듯한 희온의 표정에 맞은편의 페트로프가 어깨를 으쓱였다.

평소보다 유독 이른 퇴근 후, 희온은 마침 연락이 온 페트로프를 집으로 불렀다. 헤이븐이 싫어하는 걸 알지만 집이라고 해 봤자 앞마당의 테이블에서 맥주를 마시는 게 전부였다.

─내가 죽기 전에 캡틴 연애하는 걸 보는구나.

그리고 테이블 위에 놓인 작은 모니터 속 오웬이 종알거리고 있었다. 종전 이후 가족들과 다함께 다른 나라로 이민을 갔다는 오웬은 이런 식으로 가끔씩 페트로프와 통화를 하는 듯했다. 그는 희온과도 자주 통화를 하고 싶어 했으나, 그럴 만한 시간이 잘 나지 않아 이렇게 페트로프를 만날 때나 가능했다.

"그러니까."

희온이 말문을 열자, 오웬이 기다렸다는 듯 뒷말을 이었다.

─질투죠.

아까 전, 집에 도착하자마자 맥주를 찾는 희온에게 페트로프가 먼저 이것 때문이냐며 영상을 보여 주었다. 아까 테오를 찍어 간 리포터의 영상이었는데, 희온을 비롯한 경호 팀 모두의 얼굴에는 뿌옇게 모자이크 처리가 되어 있었다. 그러나 페트로프가 그를 못 알아볼 리가 없었다.

"단순히 관계가 안정적이지 않아서 그럴 수도 있지."

페트로프가 투박한 어조로 부정했으나 오웬은 마치 그게 정답이라는 듯 손뼉을 쳤다.

─원래 그렇게 불안함을 느끼는 게 연애의 묘미라니까요? 질투하고, 속상하고, 가슴 저릿저릿하고.

이제 희온은 더 이상의 의견을 듣고 싶지 않았다. 이게 무슨 감정인지는 희온도 이해하고 있었고, 그래서 충격받은 상태였다. 굳이 그 위에 시멘트를 발라 굳건하게 확신 짓지 않아도 되었다. 희온이 페트로프를 향해 눈짓했다.

"네가 말했냐."

"설마요. 진작 눈치챘던데요."

차라리 소문을 내지 왜. 희온과 헤이븐의 관계를 오웬까지 눈치챘다면 주변 인물들은 거진 다 알고 있는 거나 다름없었다. 희온이 쓸쓸하게 맥주를 삼키며 화제를 돌렸다.

"너 일은."

페트로프는 최근 스턴트맨 일을 시작했다. 키와 덩치가 워낙 큰 놈이라 액션 영화의 주연을 맡은 주인공들과 견줄 만할 테니 그게 천직일 수도 있었다. 한때 실컷 입사 시험들을 가르쳤던 게 무용지물이 되긴 했지만, 어디로 보나 사무직보다는 훨씬 어울리는 일이었다.

"일은 할 만한데, 캡틴이 없어서 죽을 맛이에요. 이러다 진짜 일찍 죽을 거야."

"몇 번 죽을 뻔했던 주제에 그런 말이 나오냐."

페트로프가 울상을 지으며 약한 척을 했으나 희온은 징징거리는 걸 너그럽게 받아 주는 편이 아니었다. 그러나 페트로프는 그가 얼마나 다정한지 잘 알고 있었다. 그러니까 진작 끝났어야 할 짝사랑을 이렇게 오래 앓고 있는 것이었다. 희온은 후유증이 큰 사람이었다.

─근데 캡틴, 왕실 사람은 어때요? 자기 손으론 아무것도 안 하고 거만하고 그렇죠?

오웬의 질문에 희온이 테오를 떠올렸다. 그는 전혀 그런 이미지가 아니었다.

"아니. 다른 사람은 모르겠는데 오늘 만난 사람은 별로. 손은 많이 가도 성격이 나쁘진 않던데."

─혹시……, 그 사람이 캡틴한테 반해서 친절한 거 아니에요? 왜 하얀 숲에서도 캡틴은 섹션이 달랐잖아요.

"개소리할 거면 끊어."

－진짜데요? 모두의 마음속에 애인 자리 따로, 이상형 자리 따로, 그리고 한편에 캡틴을 하나씩 품고 있었다고요. 그레이슨만 해, 도…….

팀원의 이름이 불리자, 별 생각 없이 언급한 오웬을 비롯한 세 사람 모두 순식간에 침묵했다. 아마도 같은 생각을 하고 있는 게 분명했다. 희온은 말없이 빈 잔을 테이블 위에 올려 두었고, 맞은편의 페트로프 역시 묵묵히 맥주를 따랐다.

－어……. 아무튼요.

어색한 공기가 테이블 위를 스치고 지나가자 희온이 먼저 헛웃음을 지으며 생각의 방향을 틀었다. 예전 같았다면 술을 마실 때 오웬이 옆에서 조잘거리는 게 시끄러워 진작 치웠을 텐데, 지금은 나쁘지 않았다. 이민 생활이 잘 맞는다더니 토실토실 볼살이 오른 것도 제법 반가웠다.

－그러니까 제 말은, 질투를 해도 그분이 더 할 거라는 거죠. 그분이 엄청 잘생기기는 했어도 뭔가, 다가가기가 조금 무섭고 범접하기 어렵고 그렇잖아요? 그에 비하면 캡틴은…….

"난 뭐."

희온의 날카로운 질문에 오웬이 입을 딱 다물었다.

"난 쉽냐."

－아뇨? 아뇨? 그게 아니라…….

얼버무린 오웬이 페트로프에게 구조 사인을 보내자, 페트로프가 알맞은 단어를 찾듯 눈을 빙글 돌리더니 헤실헤실 웃었다.

"놀리기 좋죠."

－그치?

회온이 반갑다고 생각했던 마음을 취소했다. 다시 채워진 맥주
잔은 아직 무거웠지만 미련 없이 몸을 일으켰다.

"가라."

ㅡ캡틴! 캡틴, 그게 아니라 친밀하다는 거죠.

"쉴 거야. 페트로프 너는 이제 가고, 오웬 너는 사라져."

예쁘다 예쁘다 했더니, 아주. 얼른 가라는 듯 손짓까지 더한 희
온이 테이블을 치우기 위해 맥주병을 들었다. 시계를 보니 벌써
헤이븐의 퇴근 시간이 되어 가고 있었다. 모니터를 끈 페트로프가
테이블에 푹 엎어져 우는 소리를 했다.

"집에 언제 가요. 캡틴, 저 오늘 재워 주시면 안 돼요?"

"되겠냐."

페트로프가 엎어진 그대로 희온을 향해 고개를 돌렸다. 이제
슬슬 마음을 접을 때라는 건 알고 있었다. 몇 년이 지났음에도
희온과 그 남자가 아직 잘 만나고 있다는 것 또한 알고 있었다.
그가 아니더라도 희온이 자신의 마음을 받아 주는 일은 없을 거
라는 것도.

"캡틴."

"언제까지 캡틴이야."

테이블을 닦던 희온이 쳐다도 보지 않으며 대꾸했다.

"저 당분간 바빠요."

"그래서."

"얼마간은 연락 못 드릴지도 몰라요."

"돈 많이 벌어라."

페트로프는 자신이 지금 무슨 얘기를 하는지 그가 눈치챘을지도

모른다고 생각했다. 이미 그에게 무수한 마음을 들킨 다음이었다. 물론 그와 만나지 않을 생각은 아니었다. 연애 감정을 떼어 놓고 보더라도 희온은 좋은 사람이었다. 그 연은 놓고 싶지 않았다.

그러나 시간이 조금 필요했다. 그를 좋은 사람, 오랜 친구. 그렇게만 볼 수 있는 시간이. 오늘 먼저 희온에게 연락한 것도 그 전에 마지막으로 얼굴을 보고 싶어서였다.

"혹시 저 보고 싶으시면 연락하셔도 돼요."

"바쁘다며."

"그래도요."

기어이 조금의 여지를 남기게 되는 건 어쩔 수 없는 미련이었다. 하루아침에 훌훌 털어 낼 수 있는 감정이라면 좋았겠지만, 그러기엔 그의 다정함을 선물받은 날들이 너무 많았다. 희온이 자신의 꿈에 들어왔던 것을 말하는 게 아니었다. 말 그대로 희온은 지치고 힘들었던 수많은 날의 위안이었다.

매번 귀찮다고 툴툴대면서도 부상당했을 때 가장 먼저 달려오는 사람은 늘 희온이었다.

쏟아지는 햇볕에 살갗이 타들어 갈 것 같을 때 마시지도 않은 자신의 수통을 건네주는 것도, 고된 훈련에서 뒤처진 팀원 옆에서 말없이 발을 맞추는 것도, 윗선에 쉼 없이 까일 때 스스럼없이 앞으로 나서서 변호해 준 것도 희온이었다.

"캡틴."

"왜 자꾸 불러."

희온은 그 누구보다 강했다. 체력이나 싸움의 우위를 말하는 게 아니었다. 며칠 밤 잠들지 않는 훈련으로 다 같이 예민해졌을 때,

삼 일 밤낮 시체 더미 속에 갇혀 있는 훈련에 이성을 잃을 것 같을 때, 그럴 때마다 중심을 잡는 건 언제나 희온이었다.

그는 말 대신 행동으로 팀원들을 위로했고 이끌었으며, 페트로프는 그런 희온을 동경했고 또 사랑했다. 아까 오웬의 말이 맞았다. 모든 락테아 팀원들의 마음속에 희온은 다른 어떤 자리도 아닌 희온만의 그 자리가 있었다.

"제가 캡틴 많이 좋아하는 거 알죠?"

"빌려줄 돈 없다."

"……조금도 없어요?"

장단을 맞추는 페트로프의 대답에 희온이 피식 웃었다. 빈병을 한데 모아 두는 그의 뒷모습까지 보던 페트로프가 몸을 일으켰다. 마음을 단단히 먹기는 했지만 아마도 며칠, 아니 몇 달간은 여전히 그의 모습을 상상하며 자위를 할지도 몰랐다. 거리를 두는 일에 실패해서 먼저 연락을 할지도 몰랐다.

그러나 일단 시도는 해 봐야 했다. 짝사랑도 이 정도면 할 만큼 했고. 페트로프가 마당을 가로질러 가며 손을 흔들었다.

"저 가요, 캡틴."

"어."

"나중에 봐요."

"그래, 나중에 보자."

현관 옆에 있는 의자에 앉은 희온이 담배를 꺼내 물며 고개를 끄덕였다. 다행히 이번에는 시선을 맞추고 있었다. 걸음이 영 떨어지지 않아 아예 희온을 보며 뒤로 걷던 페트로프가 한 번 발을 접지를 뻔하고 나서야 몸을 돌렸다.

오늘 희온과 함께 마신 맥주의 맛도, 당분간 그리울 게 뻔했다. 정말, 정말로 나중에 봐요, 캡틴.

치익.

손이 젖어 있어서, 담배 끝에 불을 붙일 때 타는 소리가 크게 들렸다. 연기를 뱉은 희온이 멀어지는 페트로프의 뒷모습에서 시선을 떼었다. 그에 대한 모든 생각을 하고 싶지 않았다. 방금 나눈 작별 인사가 무엇을 뜻하든 길게 생각하지 않는 것이 페트로프를 위한 것이라고 판단했기 때문이었다.

희온은 슬슬 해가 기울기 시작하는 노란 하늘이나, 떼 지어 몰려가는 새들이나, 줄을 그리듯 피어 올라가는 담배 연기를 보고 있었다. 이것만큼 머리를 비우는 데 도움이 되는 것도 없었다.

끼익.

"천천히 좀 오지."

덕분에 희온은 골목 끝에서부터 들어오는 헤이븐의 차를 볼 수 있었다. 여유로운 속도로 오던 차가 갑자기 빠르게 속도를 내어 주차를 대충하는 것 또한 전부 보고 있었다. 그 이유는 아마도.

탁.

"왜 나와 있어요."

자신이 집 앞에 나와 있다는 걸 봤기 때문이겠지. 차 문도 제대로 잠그지 않고 보폭을 넓힌 헤이븐의 얼굴에는 반가운 미소가 가득 담겨 있었다. 그건 전부 내 몫이었다. 나를 위한 것들뿐이었다.

"보고 싶어서요."

희온의 말에 헤이븐이 크게 미소 지으며 허리를 끌어안았다. 소문이 무서워 같이 살고 있지도 않는데 밖에서 이러지 말라며 타박했을 희온도 지금은 가만히 그의 머리를 쓰다듬었다.

"안 추워요? 겉옷 좀 챙겨 입지."

"괜찮습니다. 아직 해도 안 졌고 이제 여름인데."

"그럼 들어갈까요."

희온의 손에 들린 담배를 가져가 한 모금을 빨고 버린 헤이븐이 그를 높이 안아 들었다. 희온이 자연스럽게 다리로 그의 허리를 감았다. 문이 닫히자마자 입맞춤이 이어지는 건 당연한 수순이었다.

* * *

다음 날 아침. 오늘은 점심쯤에 곧장 현장으로 출근하기로 한 희온이 헤이븐을 배웅하기 위해 현관 앞에 섰다. 손에는 헤이븐이 들려 준 찻잔을 쥔 채였다.

"오늘은 슈트 안 입어요?"

"네. 티가 안 났으면 하나 봅니다."

사실 희온도 테오가 정확히 무슨 생각으로 경호 팀에게 사복을 요구한 건지는 알 수 없었다. 그저 월급을 주는 회사에서 그렇게 하라니까 할 뿐이었다.

"음."

무언가 마음에 안 드는 듯 살짝 얼굴을 구긴 채 희온을 보던 헤이븐이 진지하게 말을 이었다.

"너무 사랑스럽게는 입지 말고요."

"혹시 미쳤습니까?"

타박이 아닌, 진심으로 걱정하는 듯한 희온의 목소리에 헤이븐이 웃었다. 고개를 숙여 희온에게 입을 맞춘 그가 현관문을 열었다.

"다녀올게요, 이따 보자."

"다녀와요."

헤이븐의 인사에 희온이 고개를 끄덕이며 대답했다. 그가 차에 타는 것까지 보고 현관문을 닫고 돌아온 희온이 소매를 걷었다. 간만에 오전에 시간이 났으니 청소를 해 둘 생각이었다. 이 집에 남을 들이기 싫어하는 헤이븐이 매일같이 직접 청소를 했지만, 이제는 자신이 직접 대청소를 할 시기가 되었다.

"……음."

희온이 옷장 문을 열어 걸려 있는 옷을 전부 끄집어내서 버리고, 한쪽 서랍에 담긴 새 옷을 꺼내 하나씩 걸었다. 그렇게 세 시간 동안 대청소를 하고 난 뒤에야 만족스러운 얼굴을 한 희온이 샤워를 한 후 옷을 갈아입었다.

사복을 지시받긴 했지만 얼마나 캐주얼하게 입으라는 건지 알 수 없어서, 셔츠와 맨투맨을 놓고 잠시 고민하던 희온은 결국 맨투맨을 끼워 입었다. 어제 봤던 테오의 옷에는 이게 덜 튈 것 같았기 때문이었다.

시계까지 차고 나서야 준비를 마친 희온이 차키를 들고 집을 나섰다. 오늘도 혹시 집 앞에 기자가 와 있다면 조금 빨리 가서 현장을 정리해 두는 게 나을 것 같아서였다.

[팀장님, 의뢰인 벌써 밖에 나와 있다는데요?]

희온의 차가 빨간 불에 멈췄을 때 확인한 기기에는 릭의 메시지가 도착해 있었다.

"……."

나도 빨리 나왔는데, 이거보다 더 빨리 출발했다고? 아무리 생각해도 이 일의 문제는 기자가 아니었다. 경호를 해야 하는 당사자가 제일 큰 문제점이었다. 도대체 이렇게 멋대로 굴 거면 경호 의뢰를 왜 했으며, 문제라도 생기면 누굴 탓을 하려고 이러는지. 혼자 복잡한 희온의 머리가 띵 울렸다.

[주소 나한테 보내고, 가까운 애들이 먼저 가서 한쪽에 처박아 놓고 있어.]

추가 메시지에 답을 보내기 위해 차를 한쪽에 세웠다가, 릭의 회신이 도착하고 나서야 다시 기어를 바꿔 출발했다. 정말로 기자들이 아니라 이 망아지가 어디로 튈지를 걱정해야 할 판이었다.

끼이익.

주소지에 도착하자마자 급한 마음에 차를 거칠게 세운 희온이 차 문을 세게 닫으며 내렸다. 근처에 있던 직원이 희온에게 달려왔다.

"어디 있어?"

"식당 안에 들어가 계십니다. 아무 일도 없기는 했습니다."

희온이 총과 무전기를 받아 들어 꽂으며 눈앞의 식당까지 내달렸다. 집에서 만나기로 했으면 집에 얌전히 있어야지, 또 무슨 구설수에 휘말리려고. 희온이 문을 열고 안으로 들어섰다. 이번엔 지난번보다 훨씬 고급스러운 식당이었다.

"……어디 있어?"

그러나 안에 들어와도 그는 보이지 않았다. 다른 손님 한 명만 앉아 있을 뿐, 그 어디에도 테오가 없었다. 다급한 희온의 목소리에 릭이 대꾸했다.

─네? 식당 안에 의뢰인 혼자 계신데.

"무슨 소리야, 없는……."

두리번거리던 희온이 움직임을 멈췄다.

"짠!"

"……."

방금 전까지 '다른 손님'이라고 파악했던 그 사람이 테오였다. 그러나 희온이 못 알아본 것도 무리는 아니었다. 귓속으로 릭의 목소리가 들려왔다.

─팀장님, 확인하셨습니까? 오늘 그, 좀, 차림새가 달라지셔가지고 저도 몰라봤습니다.

분명히 어제까지만 해도 푸석푸석한 갈색이었던 그의 머리카락은 밝은 은발이 되어 있었다. 게다가 반듯하게 다듬어진 채 굵은 펌이 들어간 스타일은 세련되게 보이기까지 했다.

그게 전부가 아니었다. 인중과 턱, 뺨을 덥수룩하게 가리고 있던 풍성한 수염이 흔적도 없이 사라진 데다, 셔츠를 입고 있었다. 새하얀 셔츠에 노타이 차림은 이제야 그를 희온 또래로 보이게끔 만들어 주고 있었다.

"희온아, 놀랐어? 놀랐지?"

그의 발랄한 목소리를 듣고 나서야 그가 테오라는 것을 확신한 희온이 안도의 한숨과 함께 직원들에게 먼저 대답했다.

"확인. 각자 위치 잡고 보고해."

−네, 알겠습니다.

앉으라는 듯 맞은편을 톡톡 두드리는 테오의 손짓에 희온이 그 자리에 앉았다.

"멋대로 집에서 나오면 어떡합니까?"

"그게 첫마디야? 걱정 마, 나 당당하게 집 밖으로 나왔는데 기자 들도 못 알아봤어."

그건 또 그럴 만도 했다. 기자는커녕 그의 아버지가 와서 봐도 못 알아볼 게 분명했다.

"이렇게 멋대로 하실 거면 다음부터 의뢰 안 받습니다."

"······그게 다야? 나보고 할 말 없어?"

변화가 놀랍긴 했지만 지금 당장은 어디로 내뺄 줄 알았던 그를 찾은 것에 대한 안도가 먼저였다. 바로 앞에 있던 물잔을 들어 목 을 축였다. 맞은편의 테오가 턱을 괸 채 그런 희온을 구경했다. 바 라는 말이 있는 듯 눈이 반짝거렸다.

"뭘 더요."

"잘생겨졌다거나? 멋있어졌다거나?"

확실히 그의 외모가 확 살아나기는 했다. 워낙 예전이 구질구질 한 것도 있었고, 호감형인 얼굴이 드러난 것도 한몫했다. 눈매가 깊은 편이라는 건 전에도 알았으나, 수염 때문에 보이지 않던 콧대 와 날렵한 턱선이 보이고 나니 정말 다른 사람이나 다름없었다.

"이제 좀 사람 같긴 하네요."

"······잘생긴 게 아니라?"

정말, 진심으로 희온도 어지간하면 좋게 대답하고 이 대화를 끝내 고 싶었다. 그러나 지금 거의 같이 살다시피 하는 연인이 지나치게 빼어난 수준이라, 잘생겼다는 판단의 기준이 하늘까지 치솟은 상태였다.

"제 취향이 아니라서요."

"또?!"

이번엔 테오가 갑자기 소리를 내지르는 바람에 희온이 한쪽 눈을 찡긋거렸다. 남들보다 고막이 약한 건 아직 남아 있는 후유증이었다.

"도대체 취향이 뭔데?"

이젠 거의 으름장이나 다름없었다. 어디 한번 말해 보라는 표정과 자세에, 이 대화가 지겨운 희온이 짧은 한숨을 내쉬었다.

"금발에, 아테네 신전에나 출몰할 것같이 생긴 얼굴이 취향입니다."

"……너 그거 혹시."

"말하지 마세요."

희온이 제 귀에 꽂힌 이어폰을 검지로 톡톡 두드렸다. 직원들이 들으니 입 닥치라는 뜻이었다. 원치 않게 흘러가는 대화 때문에 급하게 피로감이 몰려오자 희온이 관자놀이를 꾹 눌렀다.

─팀장님, 레스토랑에 손님 들어갑니다.

릭의 목소리를 듣고서야 희온이 시간을 확인했다. 점심시간이 조금 지나긴 했지만 그래도 사람이 많아야 하는 시간인데 레스토랑에는 아무도 없었다.

"여기 망해 가는 거 같은데, 식사하러 오신 겁니까?"

"아냐, 망한 게 아니라. 아, 저기 왔다."

문득 입구 쪽을 가리키는 테오의 손가락에 희온의 고개가 따라 돌아갔다. 문을 열고 직원의 안내를 받으며 들어오는 사람은, 금발을 하고 있었다. 그리고 아테네 신전에서나 출몰했을 것 같은…….

"……헤이븐?"

탁.

희온이 들고 있던 물 잔이 큰 소리를 내며 테이블에 놓았다.

―죄송해요, 팀장님. 의원님께서 모른 척하라고 하셔서. 두 분 아
시는 사이 맞죠?

"……어."

릭의 사과에 더 대꾸하지 않은 희온이 대화를 마무리했다. 직원
들이 이 지역구 의원인 헤이븐을 못 알아봤다면 돌아가서 한 소리
하려고 했더니, 헤이븐이 따로 말해 둔 모양이었다.

"여기 우리밖에 없으니까, 문제 생기면 안으로 들어와."

식당 밖에 배치되어 있는 직원들에게 지시한 희온이 귀에 있던
이어폰을 빼고 전원을 껐다. 셋의 대화를 직원들에게 그대로 들려
줄 순 없는 노릇이었다.

"희온아, 놀랐지!"

테오가 밝은 목소리로 두 팔을 위로 번쩍 들었다. 신나 보이는
테오의 얼굴과는 달리 희온은 어이가 없었다. 그사이 가까이 다가
온 헤이븐이 희온의 옆에 앉았다.

"여기서 점심 먹고 있다고 하길래요."

헤이븐이 희온을 향해 부드럽게 미소 지었다.

"……지금 두 사람 나 가지고 장난칩니까?"

한 놈은 연락도 없이 혼자 여기까지 삐죽 튀어나와 있지를 않나,
나머지 한 놈도 경호는커녕 비서진 하나 달지 않고 왔다.

"이따 보자고 했잖아요."

뻔뻔하게 미소 짓는 헤이븐의 말에 희온이 욕을 할까 말까 고민하는 동안, 직원이 다가와 테이블에 접시를 내려 두었다.

"기다릴 것 같아서 내가 먼저 시켰어. 잘했지?"

처음 만났을 때부터 느끼긴 했는데, 테오는 꼭 칭찬을 바라는 강아지 같았다. 그리고 헤이븐은…… 원래 자신의 관심에 목이 마른 사람이었고. 레스토랑 직원이 다시 돌아갈 때까지 입을 다물고 있던 희온이 헤이븐을 향해 고개를 돌렸다. 그러나 그가 먼저 말을 꺼냈다.

"집에서 점심 안 먹고 출근했죠."

"……일 안 합니까?"

"이것도 스케줄이라서요."

"세금으로 월급 받으면서 밖에서 노닥거리는 게 스케줄입니까?"

"밥도 안 먹고 일만 할 순 없잖아요. 근데 왜 화가 났지?"

맞은편에 앉아 두 사람의 대화를 가만히 지켜보던 테오가 입술을 삐죽거렸다. 두 사람의 대화 내용만 보면 연인이 맞나 싶었으나, 분위기나 표정이 대신했다. 투덜거리면서도 헤이븐은 생전 처음 보는 미소를 하고 있었고, 희온은 묘하게 분위기가 바뀌었다.

자신과 대화했을 때의 희온은 시종일관 무뚝뚝하기만 했다. 예상치 못한 곳에서 다정한 행동이 튀어나오긴 했지만 그건 그의 기본적인 성격으로밖에 보이지 않았다. 딱 그 정도였다. 그러나 확실히, 지금은 달랐다.

"네, 화났습니다. 미리 말 좀 하죠."

"내가 와서 싫어요?"

"안 싫어서 문젭니다."

"지금 이거 나 유혹하는 거죠?"

"배고파요? 왜 헛소립니까?"

헤이븐과 대화하는 희온은 묘하게 조금 더 감정이 드러났다. 매사 다 관심 없어 하는 사람인 줄 알았는데 연인의 앞에선 저렇게 바뀌는 모양이었다. 한참 가만히 두 사람의 대화를 듣고 있던 테오가 테이블을 노크했다.

"미안한데, 나도 있거든?"

테오를 돌아보자마자 미소를 지우는 헤이븐은 진심으로 사이코 같았고, 희온은 아차 싶었는지 가볍게 사과하며 이마를 문질렀다.

"업무 도중에 갑자기 사적인 일이 끼어들었어요. 죄송합니다."

"날 부른 건 당신이 아닌데, 왜 사과를 해요."

"맞아, 희온아. 사과하지 마. 난 그냥 즐겁게 식사가 하고 싶었을 뿐인데?"

정말로 헤이븐과 테오는 아무렇지도 않아 보였으나, 희온은 그게 아니었다. 어제는 일하는 시간에 헤이븐의 사무실로 찾아가질 않나, 오늘은 자신의 연인이 경호 대상과 함께 있지를 않나. 아무리 두 사람이 원래 알던 사이일지라도 마찬가지였다. 누군가 작정하고 망치를 들어 자신의 공과 사를 뚱땅거리며 망가뜨리는 기분이었다.

"일단 먹자! 나 배고파."

우는소리를 하던 테오가 포크를 들었다. 희온은 입맛이 싹 사라진 기분이었지만 옆에 있던 헤이븐이 꿋꿋하게 샐러드 접시를 당겨 희온의 앞에 놓았고, 그사이 레스토랑 직원이 본식 메뉴를 들고 왔다.

"있잖아, 근데 희온이는 왜 나랑 헤이븐에 대해서 안 물어봐? 어떻게 만난 건지, 친한지 그런 거 안 궁금해? 어제 리포터가 한 말도 있었잖아······. 난 엄청 눈치 봤단 말이야."

"필요하면 헤이븐이 말했겠죠."

짧지만 틀린 말은 아니었다. 물론 테오에 대한 이야기를 모른 척한 건 괘씸했고, 목을 졸라서라도 말하게 할까 했지만, 그냥 얘기할 때가 되면 알아서 하겠지 싶어 어제도 굳이 물어보지 않았다. 말을 마친 희온이 양상추를 쿡 찍어 입에 넣었다.

"아. 둘 보니까 나도 갑자기 연애하고 싶네."

"하세요."

희온의 무덤덤한 대답에 테오가 불퉁한 얼굴을 했다. 헤이븐은 희온을 보는 게 그렇게 즐거운지 한시도 그에게서 눈을 떼지 않고 있었다.

"희온아, 샐러드 그만 먹고 스테이크 먹어! 여기가 엄청 고급스러운 데는 아니어도 고기는 좋단 말이야."

달그락. 테오가 샐러드 때문에 멀리 밀려 있던 스테이크를 희온에게 밀었으나, 그 새하얀 접시는 헤이븐의 손에 의해 중간에 틀어막혔다.

"알아서 먹게 둬."

간단히 말한 헤이븐이 직원을 불러 다른 메뉴를 주문했다. 테오의 얼굴에 의문이 가득 떠오르자 하는 수 없이 희온이 대답했다. 구구절절 설명하는 것도 귀찮은 일이었지만 어쩔 수 없었다.

"고기를 별로 안 좋아해서요."

계란은 좋아하는 편이고 요리에 들어간 다진 고기 정도는 모른 척 먹을 수 있지만, 대놓고 놓인 것들은 잘 먹지 않았다. 어렸을 때부터 숱하게 피를 봐 와서 그럴 수도 있고, 단순히 체질일 수도 있겠지만 어쨌든 육즙이나 고기 냄새 자체를 즐기지 않는 편이었다.

"신기하네……."

테오의 입장에서 지금 제일 신기한 건 희온이 고기를 좋아하지 않는 것보다는 헤이븐이 당연하다는 얼굴로 연인을 챙겨 주고 있다는 사실이기는 했다.

"나랑 헤이븐은 어렸을 때부터 알았어. 헤이븐이 왕실 태생인 건 알지? 직위도 없고 피도 안 섞인 아주 아주 먼 친척이긴 한데 아무튼 그래."

"네."

불쑥 설명을 마친 테오가 고기를 커다랗게 썰어 입에 넣었다. 갑작스럽긴 했지만 언젠가 헤이븐에게 들었던 기억이 있어서 희온이 고개를 끄덕였다. 그러고 보니 왕실 친척이 모여 조찬을 한 거 가지고 왜 연애 이야기까지 도나 했는데, 피가 섞이지 않아 그런 모양이었다. 그래도 좀 징그럽지 않나. 희온이 작은 토마토를 포크로 찍으며 생각했다.

"그만 보고 먹죠."

희온이 헤이븐을 향해 말했다. 어차피 상황이 이렇게 벌어졌으니 먹기는 먹는데, 오히려 헤이븐이 식사도 하지 않고 이쪽을 보고 있었다.

"끝나고 일 없으면 내 사무실로 갈래요?"

그만 보고 먹으라는데도 헤이븐은 꿋꿋하게 할 말을 하기만 했다. 희온이 고개를 저었다.

"일해야죠."

"맞아! 오늘의 고용주는 나거든?"

갑자기 끼어드는 테오가 불쾌했는지 헤이븐이 그를 향해 시선을 돌렸다.

"희온아, 왜 쟤랑 만나? 피 마르는 느낌 안 들어? 나 금발로 염색할까?"

"관심 없습니다."

눈썹을 구긴 헤이븐이 입을 열기 전에 희온의 반복적이고 단호한 대답이 먼저였다. 금방 만족스러운 얼굴이 된 헤이븐이 몸을 옆으로 기울여 머리카락에 입을 맞췄다. 아니, 맞추려고 했으나 희온의 손에 의해 가로막혔다.

"밖이잖아요."

"여긴 실내인데요?"

"진짜 밖으로 나가는 수가 있습니다."

"불편해요?"

의뢰인과 연인이 함께 식사하는 지금 상황이 희온의 마음에 들지 않는다는 건 헤이븐도 알고 있었다. 그럼에도 꾸준히 무시할 수밖에 없는 건 테오가 희온에게 반할지도 모른다는 사실 때문이었다. 오늘 그가 하고 나온 꼴을 봤을 땐 꽤 가능성이 있는 이야기였다. 눈치 없는 테오만 신나게 조잘댔다.

"불편해하지 마, 희온아. 나도 조찬 때 헤이븐 본 게 거의 몇 년 만에 본 거야. 내가 평소엔 연락 한번 없더니 갑자기 나한테 시킬 게 있다면서 비서를 보내잖아? 재수 없게."

"뭘 시켰는데요."

"그……."

희온이 태연한 목소리로 묻자 테오의 말문이 딱 막혔다. 지금처럼 아무렇지 않게 떠보면 비밀이랄 것도 없이 싹 불 줄 알았던 남자가 눈치를 살살 보고 있었다. 고개를 옆으로 돌리니 헤이븐은 자신을 보며 웃고 있을 뿐이었다. 희온이 두 사람을 번갈아가며 보던 시선을 거뒀다.

"비밀이 많네요."

"어? 비밀? 비밀은 아닌데, 그……. 음. 어, 왕실 얘기라서."

거짓말인 게 뻔히 보였으나 희온은 그냥 고개를 끄덕이는 것으로 대화를 끊었다.

"이거 먹어요."

헤이븐이 방금 막 직원이 가져온 접시를 희온 앞에 두었다. 계란과 잘게 썬 토마토, 양상추가 가득 들어간 샌드위치였다.

"근데, 희온아. 너는 뭐 동생이나 형 없어? 누나도 괜찮은데."

"없습니다."

희온이 간단히 대답하자 테오가 아쉬운 얼굴을 했다.

"왜? 유전자가 너무 아깝잖아."

"사적인 얘기를 너무 많이 하는 것 같은데요."

"너무해. 아, 이거 봐. 네가 준 밴드 붙였어."

"봤습니다."

두 사람의 대화에 여태껏 맞은편은 제대로 쳐다보지도 않던 헤이븐의 시선이 테오의 손끝으로 향했다. 열 손가락 중 네 개의 손가락에 밴드가 감겨 있었다. 희온이 준 거라고. 마음에 들 리가 없었으나 당장 희온이 함께 있는 자리에서 쓸데없는 소리를 하고 싶지는 않았다.

"아 맞다. 헤이븐, 나 네가 부탁한 거."

"나중에."

저런 식으로 테오가 상황 파악 못 하고 쓸데없는 말을 할 것 같아서였다. 쓸모가 있어서 국내로 부른 것뿐이지 딱히 그와 친분이 깊은 건 아니었다. 이상하게 끊어진 두 사람의 대화에 샌드위치를 한 입 베어 물던 희온이 고개를 들었다.

"저 신경 쓰지 말고 대화하셔도 됩니다."

"별거 아니에요."

은근히 궁금함을 내비치는 희온이 사랑스러웠지만 그렇다고 해서 말해 줄 수 있는 건 아니었다. 말을 아끼는 헤이븐을 가만히 바라보던 희온이 다시 샌드위치를 우물거렸다.

"이제 해외는 다시 안 나가십니까?"

"……내가 빨리 갔으면 좋겠어?"

자신이 무슨 대답을 한다고 해도 그의 결정에 영향이 있는 것도 아닌데 테오는 그렇게 되물어 왔다. 물을 한 모금 마신 희온이 고개를 저었다.

"별생각 없습니다."

"그 말이 더 싫어!"

테오의 경호는 갑자기 생긴 스케줄이라 팀원을 나눠서 다시 구성했다. 예전에 총리를 구한 이후로 희온은 완전히 그 업무만을 담당하고 있었는데, 하필 신입 교육 때문에 그 업무에서 빠진 날 테오의 일이 생겼다. 아마도 다음 주면 다시 본 위치로 복귀하지 않을까 싶었다. 그러니까 테오가 언제 가든 별로 상관없다는 뜻이었다.

"이번 주 주말에는 출국할 거예요."

대답은 헤이븐에게서 나왔다. 자주 만난 것 같지는 않은데 테오의 출입국 스케줄을 다 알고 있는 듯했다.

달칵.

"팀장님, 잠시만요."

마침 레스토랑 문이 열리고 릭이 들어오자, 희온이 곧장 냅킨에 손을 닦으며 몸을 일으켰다.

"어디 가지 마세요."

두 사람에게 당부해 둔 희온이 레스토랑을 빠져나갔다. 헤이븐이 그 뒷모습에서 시선을 떼지 못하자, 리넨으로 입가를 정리한 테오가 턱을 괴며 물었다.

"왜 왔어?"

희온에게는 마치 자신이 불러 이루어진 점심 약속인 것처럼 얘기했으나, 정확히는 어제저녁 헤이븐에게서 온 일방적인 통보였다.

"알면서 묻네."

"과시야? 넘볼 사이가 아니다 이런 거?"

테오가 보기에 헤이븐은 자신이 있을 때 희온이 어떻게 바뀌는지를 보여 주고 싶어 하는 것 같았다. 그래서 경계를 하는 건가 했는데, 세상에서 협박을 가장 잘하는 그가 별말 않는 걸 보면 또 헷갈렸다.

"알아서 생각해."

헤이븐의 눈길은 레스토랑의 창 너머로 향해 있어서, 테오의 고개도 그쪽으로 따라갔다. 시비가 걸렸는지, 어떤 남자가 직원 중 한 사람에게 소리를 지르고 있는 게 보였다. 그 앞에서 희온은 덤덤한 얼굴로 이야기를 듣고 있었다.

짙은 남색의 티셔츠가 희온의 몸에 넉넉하게 맞았다. 사복 입은 게 괜히 궁금해서 억지를 부렸더니 정말 편하게 입고 온 그는 슈트를 입었을 때보다 훨씬 어려 보였다. 잠시 희온을 보던 테오가 다시 입을 열었다.

"너무 자만하지 마. 재수 없단 말이야."

그 말에 헤이븐이 서늘한 얼굴을 하며 눈을 맞춰 왔다. 그 입술에는 비웃음이 걸려 있었다. 차라리 자만이라도 할 수 있으면 좋을 것 같았다. 희온이 자신의 곁에서 평생 지금과 똑같은 마음으로 사랑할 거라는 확신을 가지게 된다면, 그것보다 행복한 일은 없을 거라고 생각했다. 매일 보는 얼굴임에도 매일 사랑에 빠졌다.

자다 일어나 부스스한 머리카락, 잠이 덜 깬 눈이나 기지개를 켜는 손끝, 잘 잤냐고 물어 오는 잠긴 목소리에 매일 아침 새롭게 반했다.

그래서 조급했다. 시간이 지날수록 갈증이 났고 마음은 끝을 모르고 깊어졌다. 가끔씩 이성을 잃고 그를 멋대로 탐할 때에도 희온은 기꺼이 자신을 받아 들였다. 그게 미칠 듯이 사랑스러우면서도 부족했다.

이건 누군가의 문제가 아니었다. 희온의 마음이 얕은 것도 아니었고 그가 다른 사람에게 눈을 돌릴 거라고 생각하는 것 또한 아니었다. 그렇기 때문에 그 어디에도 해결책 같은 건 없었다.

"아, 내일쯤이면 줄 수 있을 것 같은데. 가지러 올래?"

"리암 편에 보내."

그러든가. 테오가 턱을 괴고 있던 팔을 테이블에서 내렸다. 솔직히 말하자면 헤이븐만 아니었다면 희온에게 대시했을 스스로를 너무 잘 알고 있었다. 물론 외모도 한몫하긴 했지만 사람 자체가 매력적이었다. 딱히 사람을 유혹하는 것도 아니고 오히려 밀어내는 것에 가까운데도 그랬다. 만약 헤이븐만 없었다면 정말 모르는 일이었다. 어쩌면, 정말 어쩌면.

끼익.

상황이 얼추 마무리됐는지 희온이 레스토랑 안으로 돌아왔다. 그가 자리에 앉자마자 테오가 얼른 물었다.

"왜? 누구야? 기자?"

"몰래 숨어서 사진 찍고 있길래 잡았다는데, 기자는 아닌 것 같습니다. 사진은 지우고 보냈어요."

"피사체가 누구였어? 나야, 애야?"

"그게 중요합니까?"

"응."

"테오 씨였습니다."

들었냐? 들었지? 희온의 대답에 마치 승리자의 표정을 하고 있는 테오와는 달리, 헤이븐은 아무 관심 없다는 얼굴로 희온의 잔에 물을 채워 주고 있었다.

"마저 먹어요."

"다 먹었습니다. 나 말고 당신이 먹어야 될 것 같은데요."

반도 먹지 않은 헤이븐의 접시를 본 희온의 말에 헤이븐이 웃으며 입을 벌렸다.

"먹여 주세요."

"손 없습니까?"

"어젯밤에 너무 열심히 썼나 봐요. 손목이 좀 아프네."

질색하는 얼굴을 한 희온이 헤이븐의 접시를 가져와 스테이크를 먹기 좋은 크기로 잘라 두었다. 직접 먹여 주는 대신이었다.

"아! 이거 봐! 사람이 냉정하려면 냉정하기만 하든가, 다정하려면 다정하기만 하든가!"

앞에서 커플이 하는 짓거리를 보던 테오가 경악하며 소리를 질렀다. 이번에도 귓속이 욱신거린 희온이 한쪽 눈을 살짝 찌푸렸고, 타박을 한 건 헤이븐이었다.

"왕실에서 배운 매너도 직위랑 같이 반납했나."

"그래! 반납했다! 뭐 어때, 우리밖에 없는데."

이젠 거의 들으라는 듯이 소리를 내질렀다. 이번에는 헤이븐도 얼굴을 구겼다.

"같잖은 짓 좀 그만하지."

"부러워서 그런다, 부러워서."

툴툴거린 테오가 화장실을 가겠다며 벌떡 일어나 식당 안쪽으로 향했다. 덕분에 방해꾼이 사라진 두 사람의 대화가 이어졌다.

"언제까지 이 일 맡아요? 회사에 말해서 업무 바꿔 달라고 하죠."

"괜찮습니다. 조만간 바뀔 거예요."

헤이븐이 희온의 머리카락에 스치듯 입을 맞췄다. 테오도 자리에 없고, 레스토랑 안에도 아무도 없어서 희온은 가만히 입맞춤을 받았다.

헤이븐의 속내로는 그대로 영영 집에 가 버렸으면 했으나 꾸역꾸역 돌아온 테오 덕분에 더 정신없어진 식사를 끝내고 레스토랑을 나왔을 때는 이십 분 정도가 더 지난 다음이었다. 헤이븐을 혼자 보낼 수 없어 직원 중 두 사람을 따로 붙이기로 해서, 직원들이 희온의 지시를 듣고 있었다.

테오를 차에 먼저 태우고 릭과 얘기를 하던 희온이 무의식적으로 고개를 돌리자, 헤이븐이 자신의 차 안에 무언가를 넣어 두는 게 보였다. 뭔가 싶어 한참 보는데 헤이븐과 눈이 마주쳤다. 살짝 웃으며 손을 흔드는 모습에 희온도 잠깐 웃었다.

"팀장님, 사무실로 들어가실 거예요?"

"어, 두 사람 다 돌아가는 것까지는 확인해야지. 내가 사무실 들어가서 보고서 쓸 테니까 바로 퇴근해."

대충 손을 휘적거리며 들어 보인 희온이 걸음을 옮겨 차에 올라탔다. 룸미러로 헤이븐이 탄 차와 테오가 탄 차를 번갈아 지켜보다가, 이윽고 차들이 천천히 움직이기 시작하자 희온도 바로 시동을 걸어 출발했다.

조수석에는 종종 희온이 두통을 호소할 때마다 먹던 약이 놓여 있었다. 자주 먹는 건 아니었고 후유증의 일종으로 고막에 자극을 받으면 먹곤 하던 건데, 아마도 테오가 소리를 지른 것 때문에 걱정된 헤이븐이 가져다 둔 듯했다. 그걸 걱정할 때가 아닐 텐데. 희온이 액셀을 밟아 부지런히 테오가 탄 차를 쫓았다.

―팀장님, 벌써 퇴근하셨어요?

"어, 집에 거의 다 왔어. 왜."

―저희 지금 술 마시고 있는데, 팀장님이 보고 싶어서요.

"끊어."

직원들의 전화가 걸려 온 건 퇴근하고 사무실을 나서고 나서도 시간이 꽤 지난 다음이었다. 제발 퇴근 시간 지나면 연락하지 마.

차가운 목소리로 대답한 희온이 통화를 종료하고 현관문을 열었다.

탁.

그러나 평소에 비해 집이 너무 조용했다. 원래라면 헤이븐이 곧장 자신을 반기며 소파에서 일어났어야 하는데, 집은 비어 있었다. 기척 하나 없는 집을 둘러보던 희온이 불을 켜고 2층으로 향했다.

곧 돌아오겠지 싶어서 샤워를 마치고 잠시 서재에서 일을 마무리했으나, 그럼에도 현관문 소리는 들리지 않았다. 밤 열 시가 넘었을 때쯤 연락을 해 볼까 했으나, 바쁜데 굳이 방해하고 싶지 않아 트랜스퍼를 다시 내려놓았다. 메시지를 남긴 건 침대에 누운 뒤였다.

[먼저 잡니다.]

평소보다 조금 이른 시간에 보냈음에도, 희온이 완전히 잠이 들 때까지 답장은 도착하지 않았다. 그때부터 아침까지 헤이븐이 없는 반나절을 보내면서 희온이 새삼스럽게 깨달은 건, 그가 자신의 삶에 얼마나 관여되어 있었는지였다. 물론 곁을 깊게 내어줬으니 알고는 있었는데, 부재로 확인하는 건 확실히 달랐다.

[일이 조금 늦게 끝나서, 이제 집에 도착했어요. 오늘은 못 데려다줄 것 같은데.]

아침에 일어나서 씻고 나오니 헤이븐에게서 메시지가 도착해 있었다. 결국, 희온은 혼자 일 층에 내려와 찻물을 끓이고, 혼자 출근을 했다.

하얀 숲에서 헤이븐을 다시 만나기 전까지만 해도 인생은 혼자 사는 거라고 생각했는데 그게 아니었음을 알려 주는 그가 보고 싶었다. 도대체 어디에서 뭘 하고 있는 건지는 몰라도 꽤 바쁜 것 같아서, 답장하지 않고 출근길에 나섰다.

"오늘은 현장 안 나가세요?"

"어, 종일 안 나갈 것 같은데."

테오의 스케줄은 비어 있었다. 그가 정말 집에만 있는 건지, 아니면 다른 일이 있는데 경호를 고용하지 않는 건지는 알 수 없지만, 어차피 오늘 부르지 않았다면 굳이 알 필요는 없었다. 오전 회의를 마친 회온이 직원의 말에 대답하며 자리로 돌아와 앉았다.

사실은 어제저녁에 헤이븐을 만나면 그의 최근 일에 대해 물어보려고 했다. 선거에 당선된 뒤로는 그의 일에 관여하지 않기 위해 일부러 물어보지 않았는데, 지금은 그게 조금씩 답답해지고 있었다. 여태까지 계속 그래 왔던 건 아니고, 테오를 만난 뒤부터였다. 일에 관련된 무언가로 테오를 고용했다고 하는데, 자신이 그를 알게 되고 또 세 사람이 함께 만나는 자리까지 생기자 신경이 쓰였다.

정확히는 헤이븐과 관련된 일을 테오는 알고 있는데 자신은 모른다는 것, 그리고 그가 묘하게 무언가를 말해 주지 않는 것. 그 두 가지가 거슬렸다.

* * *

"팀장님, 다섯 시에 현장 일 생겼다는데요."

"갑자기 무슨 일."

"테오 해스윈이 움직일 거랍니다. 오래는 안 걸린대요."

"알았어."

분명히 오전에는 스케줄이 없다고 확인받았었다. 이거 또 무슨 식당이나 데리고 가는 거 아닌가 모르겠네. 그러나 어차피 자신은 고용인일 뿐이었으므로 따라갈 수밖에 없었다. 시간을 확인한 희온이 데리고 나갈 팀원들을 추렸다.

지이잉.

모니터를 보고 있던 희온이 방금 막 메시지가 도착한 트랜스퍼로 시선을 돌렸다. 헤이븐이었다.

[오늘 밖에서 저녁 먹을까요. 좀 오붓하고 싶은데.]

반가운 메시지에 살짝 미소 지은 희온이 답장을 보냈다.

[현장 업무가 저녁에 시작하는데 언제 끝날지 모르겠습니다.]

헤이븐과 만나서 얘기를 들어야 할 게 많기는 했으나 정말로 일이 언제 끝날지 알 수 없었다. 여태까지 테오의 행보를 봤을 땐 그의 말대로 일찍 끝날 것 같긴 했지만, 그렇다고 그렇게 장담하며 약속을 잡을 순 없는 일이었다. 잠깐 검지 끝으로 책상을 톡톡 건드리던 희온이 메시지 하나를 더 보냈다.

[혹시 무슨 일 있습니까?]

답장은 빨랐다.

[보고 싶어서요. 어제 못 봤잖아.]

희온의 얼굴에 희미한 미소가 피어올랐다. 보고 싶다는 말을 들으니 어제보다 훨씬 속이 편해지기는 했다.

[일 끝나는 대로 갈게요.]
[나도 천천히 가면 되니까 보낸 주소로 와요.]
[알겠습니다.]

트랜스퍼를 내려놓은 희온이 다시 모니터로 시선을 고정했다. 오후에 갑자기 생긴 일들까지 해결하려면 퇴근 전까지는 아직 할 일들이 많이 남아 있었다.

"팀장님, 제 차로 가실 거죠?"

"아니, 두 대로 가자."

릭의 질문에 시간을 확인한 희온이 몸을 일으켰다. 테오가 부른 장소는 집이었다. 헤이븐이 보낸 주소에서 멀지 않은 곳이니 갔다가 바로 퇴근하면 될 것 같았다. 그러나 원래 계획대로 되지 않는 게 인생이었다. 특히 희온의 인생은 더욱 그랬다.

"……."

테오의 집에 도착한 희온은 분노를 눌러 참아야 했다. 회사에서 듣기로는 그가 원할 때는 언제든 인원을 배치해 주는 대신 꽤 높은 의뢰금을 받았다고 했다.

그러나 그렇다고 해서 지금 이 헛짓거리도 눈감아 줘야 하나 싶어 머리가 다 아플 지경이었다. 집에만 있을 거면서 도대체 경호를 왜 부른 건지 따져 묻는 대신, 희온이 손가락으로 스스로의 미간을 꾹 눌러 짚었다.

"어디 가실 거 아니면 돌아가겠습니다."

"안 돼! 나 지금 살해 협박 받고 있단 말이야."

"누구한테요."

"몰라, 요즘 누가 자꾸 쳐다보고 있는 것 같아."

희온이 불신 가득한 얼굴을 했다. 성격 같았으면 자의식 과잉이라는 말로 저 가슴에 비수를 꽂아 비틀고도 남았겠으나, 일단은 사실관계를 파악해야 했다.

"일 층에 있다가 이상한 사람 있으면 바로 연락해. 혹시 모르니까 세워진 차 중에……."

"희온아!"

직원들에게 지시하며 엘리베이터 쪽으로 나가려던 희온을 다급하게 부른 테오가 열린 현관문 안쪽을 가리킨다.

"창문으로 사살당하면 어떡해! 한 명은 여기 있어야지."

저 말을 지금 진심으로 하는 건가 싶었으나 혹시라도 그가 받고 있다는 살해 위협이 진짜라면 그냥 두고 볼 순 없는 일이었다.

"……내가 일 층에 있을 테니까 릭, 네가."

"나 모르는 사람은 집에 안 들이거든?"

그러니까, 결국 희온 보고 집에 들어와 있으라는 뜻이었다. 불쾌하다는 표정 그대로 자신을 보고 있을 텐데 테오는 뻔뻔한 얼굴로 희온을 집 안으로 잡아당겼다.

탁.

"나 와인 마실 건데 한 잔 줄까?"

"업무 중에 술 안 합니다."

기어이 테오의 집으로 들어온 희온이 얕은 한숨을 내쉬며 집 구조를 파악하듯 시선을 훑었다. 어렸을 땐 귀하게 자랐을 텐데 이런 곳에서 어떻게 적응했는지 이해할 수 없었다.

현관에 들어가자마자 바로 보이는 창문은 한참 동안 안 닦았는지 밖이 뿌옇게 보였고, 흔한 소파 하나 없는 거실은 알 수 없는 종이 박스만 가득 쌓여 있었다. 부엌에는 식료품은커녕 커피 메이커와 함께 고군분투한 흔적이 보이는 컵들만 여러 개였다.

"밖에서 총을 겨눠도 안 보이겠는데요."

"……급하게 이사 나오느라 어쩔 수 없었어. 아직 정리 안 한 거야!"

다급한 목소리로 변명한 테오가 너저분한 물건들을 가리듯 가로막으며 식탁 의자를 잡아 뺐다.

"여기 앉아. 나 술 마시는 거 구경해."

희온에게 물 한 잔을 건네더니, 작은 소리와 함께 코르크 마개를 잡아 뺀 테오가 와인을 머그컵에 줄줄 따랐다. 와인 잔이라는 게 있을 것 같지도 않은 집이기는 했다. 의자에 반듯하게 앉아 가만히 그 모습을 보던 희온이 시간을 확인했다.

"원래는 집에서 나와 움직일 때만 동행하는 게 원칙인 거 아시죠. 지금 직원들이 둘러보고 있으니까 이상 없으면 돌아가겠습니다."

"이따가 누구 오기로 했으니까 두 시간만 더 있다 가면 안 돼? 너 없는 동안 나 스토커한테 살해당하면 어떡해!"

그는 희온의 과거를 모르는 사람이니 당연히 고의는 아니었겠지만,

그 말을 들은 희온은 락테아 팀원들을 떠올릴 수밖에 없었다. 물론 테오가 자신이 관리하는 직원은 아니었으나 그래도 잠시 자리를 비운 사이에 무슨 일이 벌어지는 건 사양이었다.

잠시 이것저것 따져 보느라 허공을 바라보던 희온이 고개를 끄덕였다.

희온은 그 뒤로 별다른 말을 하지는 않았다. 그저 테오의 말에 고개를 끄덕이거나, 아니면 좌우로 젓거나. 어차피 그와 이렇게 마주 앉아서 할 만한 이야기도 별로 없었다. 테오도 고작해야 왕실의 삶이 얼마나 복잡하고 따분한지, 왜 해외로 나돌기 시작했는지 그런 이야기들을 하는 게 전부였다.

와인 한 병 반을 그 자리에서 비운 테오가 기지개를 쭉 켜며 희온의 눈치를 몇 번 보더니 조심스럽게 운을 뗀다.

"연애하는 거, 좋아?"

팀원들에게 사적인 이야기를 들키고 싶지 않았던 희온이 얼굴을 찌푸렸으나 테오는 알고 있다는 듯 눈을 동그랗게 떴다.

"그래서 누군지는 말 안 하잖아."

"일단 그 주제 자체가 별롭니다."

"냉정해!"

정말 상처받았다는 얼굴을 하며 입술을 삐죽 내민 그가 조금 뜸을 들였다가 다시 이야기를 꺼냈다.

"나도 연애하고 싶어."

"하세요. 많이 하신 걸로 알고 있는데."

처음 만났을 때의 몰골에 비하면 못 알아볼 정도로 단정해졌지만, 이전의 그 모습으로도 그는 무수한 스캔들을 뿌려 댔었다.

"그런 거 말고. 희온이하고 희온이 애인이 하는 것 같은 그런 연애. ……언제 헤어질 거야? 나랑 연애 안 할래?"

"네. 안 합니다."

"대답이 너무 빠르잖아!"

"안 해요."

어디서부터 어디까지가 장난인지 모르겠지만 진심이라고 해도 사절이었다. 일단은 헤이븐과 헤어진다는 가정부터가 마음에 들지 않았다.

몰려오는 피로감에 콧대를 꾹 주무르던 희온이 시간을 확인했다. 그가 와인을 홀짝이는 사이 어느새 두 시간은커녕 세 시간을 훌쩍 넘기고 있었다. 마음이 조급해져서, 얼른 가든지 헤이븐에게 연락이라도 하든지 해야겠다 싶었다.

"오신다던 분은 언제 오십니까?"

"글쎄, 연락 없는 거 보니까 조금 늦을 모양인데."

희온이 한숨을 삼키며 무표정을 유지했다. 어제 헤이븐을 못 봤으니 오늘은 퇴근해서 실컷 볼 수 있나 했더니, 뜻밖의 방해꾼이 도무지 그렇게 놔두질 않는다. 일찍 끝나긴 무슨.

"걔 외모가 좋은 거야? 나도 다시 염색할까?"

"……."

희온은 자신이 헤이븐을 좋아하는 이유를 나열할 수 없었다. 단순히 섹스를 잘해서, 혹은 외모가 마음에 들어서. 그런 단순한 건 아니었다.

헤이븐은 자신의 기억 모든 곳에 있었다. 어렸을 때부터 그랬고 자라서도 그랬다. 그러나 그 모든 것을 타인에게 설명해 줄 친절함 같은 건 없었다.

"섹스를 잘합니다."

―흡.

이어폰 속으로 릭이 숨을 삼키는 소리가 들렸다. 팀원들이 듣는 곳에서 그런 말을 할 거라고는 스스로도 예상하지 못했다. 살짝 당혹스러운 마음에 컵을 들어 물을 한 모금 마시자 맞은편의 테오가 입을 반쯤 벌린 채 멍한 얼굴로 보고 있었다. 어느새 다시 태연한 얼굴로 돌아온 희온이 귀찮음이 역력한 투로 대꾸했다.

"문제 있습니까?"

"아니…… 생각보다 되게 밝히는구나?"

"네, 조금요."

"……섹스는 나도 좀 하는데. 잡지에 실린 내 기사 볼래? 몇 년 전 거긴 한데 내 예전 애인이 인터뷰 한 거 있을 텐데."

정말 찾아오기라도 할 듯 테오가 몸을 일으키자 희온이 질색하며 고개를 저었다.

"아뇨, 상상하기도 싫습니다."

"왜? 섹스 잘하는 게 좋다며. 나도 잘한다니까? 어디 가서 안 빠져."

―…….

―…….

희온은 순간 팀원들이 숨을 죽이고 이쪽 대화를 듣고 있는 것 같다는 생각이 들어서, 이번에도 이어폰을 빼고 전원을 꺼야 했다. 어디로 튈지 모르는 남자와의 대화는 꼭 이렇게까지 간다.

탁.

"아까부터 계속 진심으로 말씀하시는 겁니까?"

아예 희온이 진지하게 묻자 테오가 입을 꾹 다물었다. 마치 눈치라도 보듯 눈동자를 이리저리 돌린 그가 짧은 한숨을 뱉는다.

"진심이면 뭐가 달라져? 대답이 바뀌나?"

"아뇨, 진심이면 저도 진지하게 대답해 드려야 하니까요."

"대답이 바뀐다는 소리잖아."

"대답은 같고, 어투가 달라지는 겁니다."

"……."

테오의 말문이 막혔다. 다정과 냉정을 오가는 성격인 건 알겠는데, 만나는 날이 늘어날수록 조금씩 더 차가워지는 것 같았다.

"내가 그렇게 싫어?"

"싫은 건 아니고, 연애 상대가 아닌 거죠. 만난 지 얼마나 됐다고."

"그럼, 그럼 헤이븐이 되는 이유는? 그 뭐 신전에 나올 것같이 생겨서?"

"저는 제 애인이 예쁘고 섹스도 잘하고 돈도 많고 권력욕도 있었으면 좋겠습니다."

마치 해답지를 놓고 설명하듯 희온의 대답은 빠르고 덤덤했다. 사실 지금 당장 헤이븐에게 연락을 해도 모자랄 판에 왜 지난번과 똑같은 대화를 해야 하나 싶어 한마디 한마디 하는 게 귀찮기 짝이 없었다. 그러나 만약에, 정말 만에 하나 그의 말이 진심이라면 자신 역시 이 정도는 대꾸해야 하는 게 맞았다.

"……속물."

"속물인 저를 좋아하는 사람이 좋습니다."

결국 계속 약한 척만 하던 테오가 눈을 찌푸렸다.

"원래 그렇게 말을 잘해?"

"최대한 참고 있는 건데요, 공적인 자리라서."

"지금 내 말문 다 막히게 하고 있잖아!"

"성격대로 하면 우실 것 같은데 그래도 괜찮으면 그렇게 해 드리고요."

"이…… 이……."

헤이븐만 재수 없는 줄 알았더니, 그 연인도 만만치 않았다. 테오가 괜히 부글거리는 속을 진정시키듯 와인을 벌컥거리며 들이켰다. 머그컵이 둔탁한 소리를 내며 테이블 위에 놓였다.

"그럼 만약 내가 계속 왕실에 있었으면 나도 연애 대상이 되는 거야? 네 말대로라면 돈도 권력도 다 있는 거잖아."

"싫습니다. 나머지 조건이 충족이 안 돼서요."

"……."

바늘 하나 들어갈 틈이 없었다. 이렇게까지 도전 의식을 불태우게 하는 사람은 난생처음이었다. 어떻게 해서든 희온의 입에서 '그 정도라면 뭐……'라는 말을 듣겠다는 듯 테오의 눈이 더 빛났다. 그 전의마저 상실하게 만드는 건 희온의 말이었다.

"애초에 안 지 얼마 안 됐잖아요. 그런 사람을 상대로 연애 감정을 가지는 게 말이 됩니까?"

"얼마 보지 않아도 딱 오는 그런 게 있잖아."

테오의 대답에 희온이 잠깐 예전을 떠올렸다. 아주 어렸을 때 헤이븐을 처음 만난 순간, 그때 그 눈동자와 금발을 보면서 참 예쁘다고 생각했다. 당연한 이야기지만 그때에는 연인 같은 게 아니었다. 굳이 이름을 붙여 보자면 동료애, 아니면 우정.

"저와 헤이븐은."

희온이 조용한 어조로 말을 하다가 잠시 뜸을 들였다. 뭘 어떻게 말하면 좋을지 몰라서였다. 궁금한 표정의 테오를 보면서 한참 말을 골랐다.

"운명이었습니다. 어느 누구도 끼어들 틈이 없고, 틈을 내어줄 생각도 없어요. 더는 설명하기가 힘듭니다."

그렇게 말하면서 희온은 다시 한 번 자신과 헤이븐의 관계에 확신을 가졌다. 그가 자신에게 무언가를 숨긴다면 그건 정말 일을 위한 것이거나, 아니면 자신을 위한 일일 것이다.

굳이 모든 것을 알아낼 필요는 없었다. 기억도 못 하는 사이에 그가 자신을 이곳으로 데려왔던 것처럼, 헤이븐이 하는 모든 일은 우리 두 사람을 위한 것임을 알고 있었다. 그 말을 끝으로 입을 다문 희온을 보던 테오가 눈살을 찌푸렸다.

"……이러니까 내가 조금 더 심술을 부리고 싶잖아. 사람 승부욕 올리는 데 일가견 있는 거 알아?"

"사양합니다."

관심도, 흥미도 없다는 그 반응에 테오가 턱을 괸 채 짧은 한숨을 내쉬며 검지로 테이블을 톡톡 두드렸다.

"있잖아, 그럼 다른 거 하나만 물어볼게. 가족이 뭐라고 생각해?"

"저한테는 연인이 가족입니다. 남들 다 가진 부모나 형제 같은 게 없어서요."

테오가 말한 가족이라는 범주에 무엇이 속하는지 떠올려 보던 희온의 대답은 이번에도 간결했다. 불만족스러워 보이던 표정에서 예상 밖이라는 얼굴로 바뀐 테오가 손을 들어 보였다.

"……됐어, 이제 가도 돼."

"네?"

"이제 심술부리는 것도 힘들어."

여태까지 계속 붙잡고 있더니, 이렇게 갑자기? 희온의 미간이 살짝 좁아지자 어깨에 힘을 뺀 테오가 얼른 가라는 듯 손을 흔들었다. 아예 앞에 있던 물 잔을 가져가 싱크대에 넣는 것까지 보던 희온이 떨떠름하게 몸을 일으켰다.

"누가 지켜보고 있다면서요."

막상 스토킹 당한다는 남자를 혼자 두고 떠나긴 찝찝해서 물었더니, 희온의 뒤에서 걸어오던 테오가 현관문을 열어 주며 문틀에 몸을 기댔다.

"그걸 믿었어? 당연히 장난이지! 얼른 가기나 해. 난 간만에 내 사랑스러운 옛 연인들 다 불러서 파티를 해야겠으니까."

아까는 또 누가 올 거라고 해 놓고. 계속 바뀌는 말에 뭐가 진짠지 가늠하면서 복도로 나가자, 시간을 확인한 테오가 가볍게 윙크했다.

"그래도 내가 그렇게 오래 잡지는 않았어. 제발 살려 달라고 말해 줘."

"누구한테요."

설마 헤이븐과의 약속을 알고 있었나? 희온의 물음에 어깨를 으쓱인 테오가 말없이 이어폰을 건넸다. 꼬치꼬치 캐묻기에는 시간이 아까워서, 손바닥 위에 있던 이어폰을 집어 귀에 꽂아 넣은 희온이 몸을 돌렸다.

"끝. 집에 가자."

─네, 우리 섹스 좋아하는 팀장님······.

"나 아직 총 반납 안 했어."

ㅡ죄송합니다.

그 대화를 끝으로 서둘러 건물을 빠져나온 희온은 팀원들을 먼저 보낸 뒤에야 차에 올라 시동을 걸었다.

* * *

테오가 정말로 자신과 헤이븐의 저녁 약속을 알고 있었는지 모르겠지만, 그래도 그가 하는 말이 거슬리는 건 사실이었다. 또 내가 모르는 뭐가 있는 거지.

창문을 반쯤 내리고 담배를 입에 문 희온이 불을 붙이지도 못한 채 엑셀을 밟으며 골목을 빠져나갔다. 연락할 시간에 일단은 서둘러 가는 게 더 나을 것 같다는 판단이었다.

"하⋯⋯."

헤이븐이 메시지로 주소를 보냈던 레스토랑은 문이 닫혀 있었다. 되는 일이 하나도 없네, 오늘. 간판의 조명마저 완전히 꺼진 건물을 차창 너머로 보던 희온이 트랜스퍼를 들었다.

[일이 지금 끝났어요, 미안합니다.]
[어딥니까?]
[헤이븐.]

차에서 내려 담배 끝에 불을 붙이며 보낸 메시지에는 답장이 없었다. 퇴근 시간에 맞춰 기다렸다고 해도 두 시간 넘게 지났을 텐데,

집에 갔겠지. 유쾌하지 않은 표정으로 트랜스퍼를 손톱 끝으로 톡 건드린 희온이 다시 차에 올랐다. 기어를 바꾸고 핸들을 꺾는 움직임이 평소보다 급했다.

달칵.

그 길로 집 앞에 도착하니 어느새 날은 완전히 저물어 어두웠다. 길을 따라 세워진 가로등이 주는 노란 빛을 감상할 틈도 없이 차를 세운 희온이 마당을 가로질러 현관문을 열었다.

"헤이븐?"

거실에는 불이 꺼져 있었다. 차 키를 신발장 위에 내려 둔 희온이 보폭을 키워 아주 작은 조명 하나만 켜져 있는 부엌으로 향했다.

"……"

다이닝 테이블 위에 포장해 온 음식들이 그대로 놓여 있었다. 정갈한 종이박스에 놓인 것들은 희온이 좋아하는 것들뿐이었다.

탁.

마치 누가 앉아 있던 것처럼 하나만 삐죽 뒤로 나와 있는 의자를 반듯하게 집어넣고 위층으로 향했다.

"헤이븐."

그를 부르며 침실 문을 열어 봤으나 그 어디에도 찾던 얼굴은 보이지 않았다. 아직 답장도 오지 않은 트랜스퍼를 확인한 희온이 침대에 풀썩 걸터앉았다.

"화났나."

그러나 희온이 아는 헤이븐은 아무리 화가 났더라도 얼굴을 보고 이야기하는 사람이었다. 이런 식으로 회피하는 건 그의 성격이 아니었다. 자신이라면 몰라도.

아무래도 그의 집에 가 봐야 될 것 같았다. 어제부터 쌓인 답답함이 목 끝까지 치밀어서 어제처럼 이대로 잠들 순 없었다. 그 길로 침실을 나선 희온이 계단을 밟고 내려가 현관으로 향했다. 어제고 오늘이고 제대로 들어맞는 건 하나도 없었으나 그럴 때마다 피해 버리면 제대로 될 것도 안 될 게 분명했다.

달칵.

[왜 연락]

메시지를 입력하며 현관문 고리를 당겨 열고 밖으로 걸음을 옮겼을 때였다.

"또 일하러 가요?"

바로 앞에서 들리는 목소리에 희온이 고개를 들었다. 헤이븐이었다. 한쪽 손에는 쇼핑백을 들고, 다른 손은 주머니에 넣은 채 이쪽을 보며 미소 짓고 있는 그는 정말로 자신의 애인이었다.

그제야 안도의 한숨을 터뜨린 희온이 그를 집 안으로 잡아당기며 문을 닫았다.

"헤이븐, 찾았잖아요."

"날 찾았어요?"

어디 갔었는지, 오래 기다렸는지 물어보려는데 헤이븐이 먼저 질문하며 들고 온 쇼핑백을 내려놓고 등 뒤에서 희온을 끌어안았다.

"아. 위, 험하잖아요."

무게 중심이 앞으로 쏠리는 바람에 희온의 몸이 벽에 밀어붙여졌으나 헤이븐은 아무 말도 없었다.

"헤이븐."

등 뒤에서 느껴지는 존재감이 짙었다. 여전히 아무 말 없이 손가락으로 희온의 머리카락을 살살 쓸어 넘기던 헤이븐이 그의 뒤통수부터 목덜미, 어깨까지 차례로 입을 맞췄다.

"헤이븐?"

화가 난 건가 싶어 고개를 뒤로 조금 돌려 보려고 했으나 금방 헤이븐의 손바닥이 새하얀 목덜미를 덮어 눌렀다. 양쪽 손목마저 한 손에 잡혀 뒤로 붙들린 덕분에 희온의 몸은 꼼짝없이 그와 벽 사이에 짓눌렸다. 그제야 헤이븐의 목소리가 귓가에 가깝게 들려왔다. 더운 숨결이 귓바퀴를 데웠다.

"그래서, 테오 해스윈하고는 재밌게 잘 놀았어요?"

"논 게 아니라 일한 겁니다."

"집에서 단둘이?"

"어떻게 알았습니까?"

내가 당신에 대해서 모르는 게 어디 있어. 낮은 목소리로 속삭인 헤이븐이 목덜미를 누르고 있던 손으로 희온의 넥타이를 잡아 풀었다.

"그래서, 무슨 얘기 했는데요?"

헤이븐의 목소리는 상냥했고 넥타이로 희온의 손목을 묶는 손길 역시 조심스러웠다.

"……헤이븐, 알겠으니까 침대로 가죠."

불안함이 밀려온 희온이 부탁했으나 헤이븐은 희온의 바지 지퍼를 풀어 내리며 단호하게 대답했다.

"싫은데요."

바지 속에 단정히 밀어 넣어져 있던 새하얀 셔츠 끝에 연결된 셔츠 가터는 허벅지에 단단히 고정되어 있었다. 한 꺼풀만 벗겨 놓으면 이렇게 야했다. 새까만 가터를 손가락으로 훑어 내린 헤이븐이 희온의 매끈한 허벅지를 살살 매만졌다. 그 손길에 작게 움찔거린 희온이 소름을 걷어 내듯 고개를 털어 냈다.

"헤이븐, 그냥 일한 거라니까요."

"알아요."

희온을 못 믿는 건 아니었다. 그가 자신을 제외한 사람들에게 얼마나 단호하게 구는지 알고 있었고, 테오 해스윈이 일방적으로 방해한 것 또한 알고 있었다. 그러나 그렇다고 해서 그냥 넘어갈 수 있는 것도 아니었다.

"아."

희온의 귓바퀴를 조금 아플 정도로 깨문 헤이븐이 손으로 그의 엉덩이를 감싸 쥐었다가, 다리 사이로 흘렀다.

"팀장님, 단둘이 그 집에서 무슨 얘기를 그렇게 했는지 알려 주셔야죠."

"별, 말 안 했습니다."

실제로 정말 대단한 대화를 한 건 아니었다. 일반적으로 테오가 이야기를 하면 자신은 듣기만 했다. 가고 싶어서 간 것도 아닌데 혼나는 것만 같은 지금 이 상황이 답답했다.

"일단 이것 좀 풀고 얘기하죠."

"아직 분위기 파악이 안 되죠."

틱.

헤이븐이 희온의 셔츠 가터를 풀자 작은 소리가 들렸다. 새까만

드로즈가 그 손에 의해 아래로 밀려 내려갔다. 헤이븐의 긴 손가락이 마른 입구를 억지로 벌렸다.

"읏! 헤이, 븐."

그를 말리듯 뒤로 묶인 손을 꼼지락거렸으나 할 수 있는 반항은 그게 전부였다. 그사이 헤이븐이 손가락을 동그랗게 만들어 반쯤 선 희온의 성기를 가볍게 튕겼다.

"혼나는 중인데 여긴 왜 이래요."

"흐, 아!"

동시에 셔츠 위로 유두가 꼬집히자 희온이 허리를 뒤로 뺐다. 덕분에 뺨이 벽에 멋대로 문질러졌다.

"다리 더 벌려요."

정말 혼날 만한 일을 한 것도 아니었으나 이상하게 그의 명령에는 복종할 수밖에 없었다. 묘한 기대감에 떨리는 다리를 벌리자, 희온의 허벅지를 문질러 쓸며 몸을 숙인 헤이븐이 그의 엉덩이 사이에 혀를 내어 핥아 올렸다. 더운 숨결과 젖은 살덩이가 예민한 곳에 문질러지자 희온의 엉덩이가 발칙하게 떨렸다.

"히윽! 아!"

하체가 저절로 뒤로 빠지고, 다리는 더 벌어졌다. 잘 정돈돼 있던 머리카락이 벽에 문질러져 흐트러졌으나 몸을 멋대로 움직일 수 없다는 것이 갑갑하면서도 색다른 흥분감으로 뒤바뀌기 시작했다.

"아, 여기 빨아 주는 거 좋아하죠? 그럼 벌이 아닌데."

헤이븐이 낮게 속삭일 때마다 그 숨결과 입술이 닿아 희온이 움찔거렸다. 한 순간도 놔주지 않을 것처럼 골반을 틀어쥔 헤이븐의 손에 힘이 가득 들어찼다. 젖은 살을 빨아 올리는 소리가 현관에 울렸다.

"하으으, 아, 싫……어, 그만."

희온이 자극을 이기지 못해 하체에 힘을 줄 때마다 움찔거리는 구멍을 혀끝으로 마음껏 찌르고 핥아 올렸다. 허리를 떨어 대던 희온의 성기 끝이 사정할 것처럼 선액을 맺기 시작하자, 그제야 헤이븐이 젖은 입술을 떨어뜨렸다.

철썩.

"훗, 아……!"

"진짜 그만해?"

헤이븐이 희온의 엉덩이를 내려치자, 하얀 살결 위로 금방 빨간 손자국이 올랐다. 분명한 매질인데, 희온의 성기에 매달린 선액이 뚝 떨어져 내렸다.

"봐요, 아니면서."

뺨과 머리를 벽에 기대고 손은 뒤로 묶인 채 엉덩이를 뒤로 조금 내민 자세였으나 일어선 헤이븐에게 등이 완전히 끌어안기자 금방 안정감이 생겼다.

철썩.

"이대로 넣어 줬으면 좋겠죠."

그의 긴 성기에 그대로 꿰뚫려 사정하고 싶다는 욕구가 스멀스멀 피어올랐으나, 아직 희온에게는 건강한 미래를 희망하는 이성이 남아 있었다.

"흐, 으. 풀어야 됩, 니다. 손, 으로……."

희온이 손을 꿈지럭거리며 꼬리뼈 아래로 최대한 팔을 뻗어 봤으나, 대신 또다시 엉덩이에 손찌검이 닿았다.

철썩.

"아······!"

분명 따끔한 정도의 체벌이었으나 희온은 눈을 질끈 감았다. 엉덩이를 얻어맞느라 이미 흥분한 성기가 크게 흔들렸기 때문이었다.

"둘이 무슨 얘기했는지 제대로 말하면 풀어줄게요."

헤이븐이 희온의 목덜미를 씹었다. 물어 빨다기보다는 씹는다는 말이 정확했다. 움푹 팬 잇자국이 날 정도로 단단히 힘을 줘 물자 희온의 입이 반쯤 벌어졌다.

"하으, 그······. 가족, 들이 힘들게 한, 다고······."

"또."

반쯤 숨이 섞인 목소리로 말하는 희온의 옆구리를 길게 쓰다듬은 헤이븐이 바지를 벗어 완전히 발기한 성기 끝을 입구에 대고 문질렀다. 금방이라도 푹 찔러 넣을 것 같아서, 도드라진 귀두가 입구를 긁을 때마다 소름이 돋아 올랐다. 목소리가 급해지고, 빨라졌다.

"왕실, 일이 안······ 맞는다고."

"또."

워낙 성의 없었던 대화를 억지로 떠올리느라 희온의 머리가 핑핑 돌았다. 또 무슨 얘기를 했더라. 이러다 정말 삽입할까 봐 혀를 내어 마른 입술을 축였다.

"연애, 대상으로는 안, 봐 주냐고······ 힉!"

희온의 그 말을 기다리기라도 한 것처럼, 헤이븐이 곧바로 꽉 다물린 입구를 벌리고 성기 끝을 집어넣었다. 헤이븐의 침에 축축하게 젖었으나 그럼에도 한없이 벌어지는 근육에 고개가 절로 이리저리 틀어졌다. 꽉 쥔 희온의 손가락이 새하얗게 질렸다.

"아! 싫, 아으, 아아."

고작 귀두만 들어왔음에도 희온은 엄살이라도 피우듯 끙끙 앓았다. 할 수만 있다면 온 방을 거울로 만들어서 헤이븐의 성기가 얼마나 큰지 매번 자각할 수 있도록 해 주고 싶었으나 정작 그랬다간 그 커다란 것에 삽입되어 헐떡이는 스스로를 보며 수치심에 죽어 갈 게 분명했다.

"이제 진짜 일 그만둘 때가 된 것 같은데."

헤이븐은 꼭 이럴 때 원하는 걸 요구했다. 그러니까, 지금처럼 제대로 된 말을 구사할 수 없을 때.

"왜, 매번…… 흣, 그냥!"

제발 이런 식으로 사람 피 말리게 하지 말고 그냥 얼른 넣어 줬으면 했다. 늘 하던 대로, 그가 원하는 대로 마음껏 들쑤셔 줬으면 했다. 희온 스스로도 자기가 쾌락에 얼마나 약한지 알고 있었고, 그래서 그것을 무기로 삼아 덤비는 헤이븐이 더 괘씸하고 얄미웠다.

그러나 이번에는 헤이븐도 꽤 다급했던 건지, 아니면 희온이 안달 나 죽겠는 와중에도 줄기차게 스스로의 아랫입술을 물어 씹어서 그런 건지 더 이상 지체 없이 깊은 곳으로 들이닥쳤다. 희온의 골반을 아플 정도로 단단히 쥔 채였다.

"히윽! 아!"

커다란 것이 안을 긁어 들어오자마자 희온의 성기 끝에서 맑은 정액이 울컥 터졌다. 단정하게 넘긴 머리카락이 벽에 비벼져 멋대로 헝클어졌고, 허리는 뒤로 크게 빠져 있었다.

"나는."

귓가에서 낮게 들려오는 헤이븐의 목소리에는 소유욕과 성욕이 가득했다. 툭 건드리면 금방이라도 찰랑이는 감정이 엎어질 것 같기도 했고, 오히려 그래서 더욱 건조하게 느껴지기도 했다. 깊은 삽입과 동시에 맞이한 가벼운 절정에 희온의 몸이 가늘게 떨렸으나, 그 허리는 헤이븐의 커다란 손에 금방 붙들렸다.

"이러다가 당신을 상처 낼까 봐 겁이 납니다."

등 뒤에서 감싸 안은 헤이븐의 팔에 자신의 젖은 성기 끝이 닿아 문질러지자 희온이 눈을 질끈 감았다. 희온은 자신의 연인이 지금 무슨 말을 하는 건지 정확히 이해하고 있었다.

매사 여유로운 성격의 그는 언제나 자신의 앞에서 초조해했다. 조급증이 있는 사람처럼 굴었고, 당장 가지지 못하면 숨이 넘어갈 것처럼 굴기도 했다.

"흐, 윽."

몸 안을 가득 채운 성기에 금방이라도 이성이 날아갈 것 같았으나 희온은 지금 당장 하고 싶은 말이 있었다. 해야만 하는 말이기도 했다.

"그, 깟……."

몇 번의 큰 숨을 삼킨 다음 희온이 문장을 만들기 시작하자, 헤이븐이 몸을 바짝 붙여 귓바퀴를 핥아 올렸다. 온기가 그대로 느껴지는 더운 숨결에 소름이 돋아 오르는 바람에 희온이 고개를 흔들어 털어 냈다.

"그깟, 상처 좀 난다고 망가질, 거였으면……, 당신하고 시작도 안 했습니다."

당장이라도 귓불을 물어뜯을 기세였던 헤이븐의 움직임이 멈췄다. 희온이 숨을 몇 번이고 끊어 쉬면서도 기어이 하고자 했던 말은 그것이었다.

희온은 종종 헤이븐이 답답했다. 그의 감정이 깊고 크다는 건 알고 있었으나 자신의 것도 만만치 않았다. 헤이븐이 노아였던 시절에는 그의 미소와 눈빛을 좋아했고 그를 제대로 기억 못했을 때에도 마음을 빼앗겼다.

자신이 그에게 첫사랑이라는 건 알고 있었으나 애초에 헤이븐도 자신의 첫사랑이었다. 자신 혼자 절절한 척, 자기 혼자 깊은 감정을 가진 척 마치 짝사랑이라도 하는 양 할 필요는 없다는 뜻이었다.

희온이 하는 말을 가만히 듣고 있던 헤이븐이 별안간 희온을 끌어안았다. 현관문을 연 뒤 지금까지 자신을 대했던 손길과는 완전히 다른, 따뜻하기만 한 손길이었다. 그러나 이미 삽입되어 있어 그 포옹에 의해 조금 더 뿌리까지 깊이 처박히는 바람에 희온은 헛숨을 삼킬 수밖에 없었다.

"아, 웃!"

자극을 느낀 건 희온뿐만이 아니었다. 헤이븐은 지금 자신이 가진 이 지독한 감정이 혼자만의 것이 아니며, 그 무엇이라도 기꺼이 맞이해 주겠다는 희온의 마음을 온몸으로 느끼고 있었다.

지나치게 달콤한 이 순간을 더 여유롭게 누리고 싶었으나 포옹 때문에 조금 더 깊이 쑤셨다고 곧바로 엉덩이 사이를 꽉 조여 오는 이 야한 몸이 문제였다. 온화한 미소를 그린 헤이븐이 희온의 귓바퀴를 짓씹었다.

"지금 나 유혹한 거죠?"

속삭여 오는 말에 희온이 얼굴을 구겼다. 도대체 누가 누구를 유혹했다는 건지 이해를 하지 못한 탓이었다. 그러나 무슨 대답을 하기도 전에 갑자기 안에 들이닥친 성기가 뒤로 쑥 빠지는 바람에 희온의 입이 반쯤 벌어졌다.

"그게 아, 하읏! 아!"

그 뒤부터는 거침없는 움직임이었다. 뒤로 손이 묶인 희온을 완전히 벽에 처박은 헤이븐은 그대로 원하는 대로 깊이 쑤셔 박아 대기 시작했다. 희온의 발칙한 엉덩이가 뒤로 쭉 빠졌다가 또 벽으로 바짝 붙었다가 야단이었다.

아, 아아. 히으윽. 이미 삽입만으로도 가벼운 절정에 달했던 희온이 정신없이 울기 시작했다. 그나마 다행인 건 아까처럼 반 쯤 나간 사람처럼 들이닥치지는 않았다는 것이었으나 그렇다고 해서 헤이븐의 행위 자체가 부드러워졌다는 뜻은 아니었다.

애초에 헤이븐의 섹스는 대체로 이런 편이었다. 처음에는 부드러운 입맞춤으로 시작하기도 하고, 또 천천히 애무를 하기도 하지만 결국에는 격한 움직임으로 변해 갔고 마지막에는 희온을 벼랑 끝까지 몰아갔다. 지금이라고 해서 다를 건 없었다.

"싫, 어. 거기, 아! 힉!"

헤이븐이 희온의 엉덩이를 고쳐 쥐어 뒤로 조금 더 내밀게 만들었다. 자신의 성기를 품느라 붉게 물든 엉덩이 위에는 양손이 묶인 채였다.

"당신 몸이, 문제인 거 압니까?"

헤이븐이 마치 원망이라도 하는 목소리로 속삭였다. 헤이븐은 진심으로 그렇게 생각했다. 자신이 이런 섹스를 하는 데에는 다 이유가 있었다. 헤이븐이 희온의 등허리를 따라 손가락을 대어 쓸어 내리자, 그 몸이 바짝 경직되어 들어갔다.

그러면서도 삽입되어 있는 페니스는 놔주지 않겠다는 듯 구멍은 오물오물 헤이븐의 것을 물어 댔다. 눈앞에 드러난 자극적인 광경에서 눈을 뗄 수 없었던 헤이븐은 자신의 신경줄이 얇아지는 것을 느끼며 곧바로 속도를 내 깊이 처박기 시작했다.

제대로 옷도 벗지 못한, 현관 앞이었다. 주변에 푹신한 거라고는 아무것도 없었고, 비록 여기서 조금 더 걸어 들어가면 소파가 나왔으나 두 사람 다 그럴 만한 여유는 없었다. 애초에 희온은 양손이 묶이고 몸이 꿰뚫려 있으니 말할 것도 없었고, 헤이븐은 지금 당장 희온을 먹어 치워야만 했다.

"히, 윽! 아아, 싫, 천천, 히…… 헤이, 븐!"

희온의 목소리가 점점 애원으로 물들었다. 배가 아파, 너무 깊이 들어왔어. 섹스할 때만 엄살을 피우는 희온이 이번에도 벌어진 입으로 아이처럼 울었다.

"좋다고 조이는데."

거짓말. 헤이븐의 속삭임이 희온에게까지 번져 왔다. 아니야, 진짜야, 갈 것 같다고. 희온이 크게 소리를 내질렀으나 마치 그 말은 전달이 안 되기라도 한 것처럼 헤이븐은 정신없이 희온을 몰아가기만 할 뿐이었다.

구멍 밖으로 반쯤 빠져나온 페니스가 깊은 곳으로 푹푹 꽂혀 들어간다. 혼자 절정에 닿아 가는 희온의 성기 끝에서는 또다시 선액이 뚝뚝 흘러 바닥으로 떨어졌다. 앞으로 손을 두른 헤이븐이 그의 성기를 손으로 쥐어 귀두를 긁어 내렸다.

"흐아아! 아아!"

하지 마, 하지 마. 아파, 아니, 좋아. 희온의 말이 멋대로 끊어졌다가 이어졌다를 반복했다. 그러나 헤이븐은 그대로 희온의 성기를 단단히 감싸 쥔 채 요도구를 바짝 조이게 만들었다.

"조금만 더 참아요, 같이 가게."

더 이상은 안 돼. 싫어. 쌀 것 같아. 희온이 고개를 절레절레 저었으나 헤이븐은 원래 한번 손에 쥔 것을 쉽게 놓는 법이 없었다. 그것이 연인의 사정 직전의 성기라면 말할 것도 없었다.

"싫, 놔, 너 씨발!"

점점 끝으로 몰리기 시작하는 희온의 입에서 욕설이 뱉어졌다. 이 차례가 지나가면 이제 곧 저주가 나올 때였다.

"얌전히 있으면 놔주고."

예의 없는 말에 똑같이 반말로 응수한 헤이븐이 한 손으로 쥔 희온의 것을 조금 더 단단히 틀어쥔 채 속도를 바짝 올리기 시작했다. 살이 들러붙었다 떨어지는 소리가 크게 거실을 울리고 그 위로 희온의 울음소리가 겹쳐 울렸다.

지금 당장 죽을 것 같은 희온처럼 헤이븐도 슬슬 한계에 닿아가고 있었다. 단순히 성기를 조여 문 그의 구멍 때문만은 아니었다. 눈앞에 보여지는 모든 것이 그랬다.

동그란 뒤통수의 새까만 머리카락, 그 틈새로 보이는 귓등은 새빨갛게 달아올라 있었고 목덜미는 말할 것도 없이 탐스럽게 익었다. 그 위에 자신이 베어 문 자국이 짙게 난 것까지, 어느 것 하나 완벽하지 않은 것이 없었다.

뼈와 자잘한 근육이 섹시하게 도드라진 어깨선부터, 뒤로 바짝 꺾여 묶인 팔목에는 힘줄이 서 있었고 열 손가락에는 피가 몰려 있었다. 하얗거나, 새까맣거나 그것도 아니면 붉다. 희온이 가진 색은 그 세 가지밖에 없는 것 같았다.

자신이 만진 대로 손자국이 난 뽀얀 엉덩이와 주름 하나 없이 벌어져 자신을 삼키고 있는 구멍. 심지어 그것은 자신이 깊이 쑤시면 발발 떨었다가 뒤로 빠져나오면 나가지 말라고 애원하듯 따라오기 마련이었다.

"너무, 하으읏!"

헤이븐의 움직임이 점점 거세어지기 시작하자 한 번 깊이 쑤실 때마다 희온의 무릎이 푹푹 꺾이기 시작했다. 허벅지는 진작부터 떨리고 있었고, 옆구리는 헤이븐이 짓누르는 방향으로 뒤틀렸다. 아이처럼 울음을 터뜨리는 목소리는 희온이 정말로 절정의 끝에 몰렸다는 뜻이었다.

이런 자극을 앞에 두고 헤이븐도 오래 참을 생각은 없었다. 지금 희온과 같이 싸고 한 번 더 하는 게 좋겠다는 마음이 더 크기도 했다. 미간을 좁힌 헤이븐이 속도를 바짝 높이며 희온의 성기를 위아래로 크게 문지르기 시작하자, 얼마 가지 않고 희온이 자지러지며 소리를 내질렀다.

"히으, 아아아! 아!"

금방 헤이븐의 손바닥 위로 뜨거운 정액이 질질 쏟아져 내렸다. 그러면서도 멈추지 않는 움직임에 밀려 몸이 벽에 멋대로 비벼졌고, 이제는 거의 허리를 한 팔로 안고 있는 헤이븐의 팔과 벽에만 의존하듯 희온의 몸에 힘이 빠졌다.

"하, 읏! 흐으으."

차가운 벽에 열이 오른 이마를 눌러 비비며 헐떡이는 희온의 귓가에 헤이븐의 억눌린 신음 소리가 번졌다. 속도를 늦추는 대신 온 힘을 다해 처박아 넣던 헤이븐이 몇 번의 움직임 끝에 그의 몸 깊은 곳에 사정했다.

스륵.

기운이 전부 빠진 희온의 몸이 그대로 무너질 듯 흐르자 헤이븐이 얼른 그를 받쳐 안았다.

"온아."

일단 제대로 안아 옮기기 위해 헤이븐이 성기를 잡아 빼자 희온의 몸이 바르르 떨렸다. 뒤이어 손목까지 풀어준 헤이븐이 희온의 뺨과 목에 연신 입을 맞췄다. 하긴, 자신이 아는 희온이라면 자신이 주는 이 지독하고 비틀린 사랑도 전부 받아 줄 수 있을 것 같았다. 강한 사람이니까. 약해 빠진 자신보다 더.

소중한 것을 대하듯 희온을 조심스럽게 소파로 옮긴 헤이븐이 그 앞에 무릎을 꿇고 앉았다. 길어지는 여운에 아직 떨리는 눈꺼풀을 꾹 감고 있던 희온이 눈을 뜨자 자신을 보고 있는 녹색 눈동자가 보였다. 잡아 펼까 생각하며 눈썹을 구긴 희온이 툴툴대듯 말했다. 어느새 그 목소리는 건조하게 갈라져 있었다.

"사과 안 할 겁니까?"

희온의 말에 오히려 뻔뻔한 얼굴을 한 헤이븐이 어깨를 으쓱였다.

"내가 사과할 게 뭐가 있는데요."

헤이븐이 뻔뻔한 얼굴을 하며 희온의 손등에 입을 맞춰 왔다. 살짝 미소를 지은 희온이 다른 손을 들어 헤이븐의 이마를 뒤로 쪽 밀었다.

"나랑 섹스할 때마다 사과해야 되는 처지를 이제 알 때도 됐는데요."

"그럼 예쁘지를 말든가."

결국 희온에게서 헛웃음이 터졌다. 그 미소를 보고 나서야 헤이
븐이 따라 웃으며 몸을 일으켰다.

"침대로 가죠, 씻고 싶잖아."

"씻겨 주세요."

"얼마든지."

헤이븐이 희온을 안아 들자 희온이 양팔을 뻗어 그의 목을 끌어
안았다. 헤이븐에게 이런 식으로 들리는 건 꽤 편한 일이었다. 특
히 지금처럼 섹스한 다음에 아무것도 하지 못할 것 같을 때.

계단을 밟아 올라가던 헤이븐이 엉덩이를 살살 매만지자 얼굴을
일그러뜨린 희온이 헤이븐의 어깨를 깨물다 말고 눈을 꾹 감았다.
일단 이 섹스광을 혼내는 건 나중으로 미루고, 지금은 조금 쉬어야
할 때였다.

* * *

"……이게 뭡니까?"

이불에 파묻힌 희온이 눈을 의심하며 가라앉은 목소리로 물었
다. 섹스 뒤에 지쳐 나가떨어진 희온을 두고 잠시 침실을 나갔던
헤이븐이 들고 돌아온 건, 아까 현관에서 봤던 쇼핑백이었다. 꽤
커다란 부피를 보며 묻자, 헤이븐이 침대 한편에 걸터앉으며 쇼핑
백 안에서 박스를 꺼냈다.

짙은 청색의 벨벳과 금장으로 고급스럽게 장식된 케이스는 양손
으로 들어야 될 만큼 컸다. 도대체 저 비싸 보이는 박스에 뭐가 들었
는지 가늠할 수도 없어서 희온이 말없이 눈만 깜빡이자, 헤이븐이

그 케이스를 희온의 손이 닿는 곳에 놓았다.

"아까 저녁 먹으면서 주려고 했던 건데, 방해꾼이 생기는 바람에 조금 늦었네요. 열어 봐요."

사실 희온은 기대 반, 두려움 반의 감정을 가지고 있었다. 저 안에 돈이라도 가득 찬 건가 싶은 기대감과, 종잡을 수 없는 무언가가 있을 것 같다는 두려움이었다. 잠시 고민하던 희온이 상체를 일으키곤 천천히 고리를 당겨 케이스를 열었다.

끼익.

금장으로 된 경첩이 부드럽게 접히며 작은 소리를 만들어 냈다. 그러나 그 안에 든 것을 본 희온은 입을 벌릴 수밖에 없었다.

"……이게 다 무슨."

그 안에는, 수많은 다이아몬드 반지가 열을 맞춰 놓여 있었다. 모양도, 크기도, 장식도, 심지어는 색도 다른 반지들이 작은 칸마다 정갈하게 꽂혀 있었다. 작은 반지 케이스들을 서른 개 정도 붙여 둔 것 같았다.

"반지잖아요."

"그걸, 몰라서 묻겠습니까?"

애초에, 이것들은 희온이 하고 다니기엔 지나치게 화려했다. 물론 작은 다이아몬드가 촘촘히 박혀 있는 것도 있었으나, 대부분 대놓고 프러포즈용 반지라고 광고하는 것들이었다.

심지어 삼십 캐럿은 충분히 되어 보이는 커다란 다이아몬드 반지도 있었는데, 돈이나 재물에 관한 거라면 모르는 게 없는 희온의 눈에는 전부 경악할 만한 것들이었다. 도대체 이 수많은 다이아몬드 반지들이 어디서 났는지, 혼란스러워하는 희온의 표정에 헤이븐이 웃었다.

"주는 건 아니고요."

"뭐라고요?"

"가지고 싶어요?"

"그걸 지금 말이라고 합니까?"

주는 게 아니면, 자랑이라도 하려고 가지고 왔다는 건가? 희온이 쉰 목소리로 핏대를 세웠다.

"나랑 장난합니까? 약 올려요? 줄 것도 아니면서 왜 가지고 옵니까? 뭐 음식 냄새만 맡게 하고 배부르냐고 물어보게요?"

가지고 싶었다. 물론 심장이 떨려서 팔지는 못하겠지만 이걸 다 판다고 가정만 해도 마음 한편이 든든해질 것 같았다. 진짜 나 주는 거 아니야? 희온이 그 표정으로 헤이븐을 쳐다보자, 그가 헛웃음을 터뜨렸다. 하여튼 돈이라면 약했다. 가질 거 다 가진 지금에도.

"내 거예요. 줄 생각은 없고, 섹스 한 번 할 때마다 하나씩 바꿔서 끼워 줄게요."

"……."

도대체 뭘 위해서? 눈살을 찌푸린 희온이 도저히 이해가 안 간다는 얼굴을 했다. 그러나 헤이븐은 꿋꿋하게 희온의 손을 가져와 반지 하나를 끼워 주었다.

"그것도 빌려주는 거니까, 다음 섹스 때 반납하세요."

"……시비도 이렇게 걸면 전쟁 선포지."

정색하는 희온에게 가까이 다가온 헤이븐이 그 뺨에 입을 맞추고, 새하얀 손을 끌어 반지가 잘 어울리는 손가락에도 입술을 눌렀다. 따뜻한 온기를 품은 숨결이 손등 위에 번졌다.

"집 안 물건들도 때 되면 다 갈아엎으면서, 반지는 가지고 싶나 봐요?"

헤이븐의 그 질문 한 번에 희온의 손에 힘이 들어간다. 어이없고 기가 차는 지금 이 상황이 왜 벌어졌는지, 희온은 단번에 이해했다.

"아."

희온의 고개가 푹 떨어졌다. 바시트록스로 넘어온 뒤부터 희온에게는 남모를 특이한 습관이 있었다. 소유물을 만들지 않는 것. 남들이 대청소를 하듯이 희온은 최대한 소지품을 줄이고, 가지고 있는 것들을 자주 갈아 치웠다.

옷은 비슷한 것들을 여러 개 사서 한편에 쌓아 둔 뒤 한 번씩 새 것으로 꺼내 입었고, 컵이나 식기조차 일회용을 선호했으며 트랜스퍼도 새 것들을 구비해 두고 주기적으로 바꿨다. 심지어 서재에도 책이랄 것이 없었다. 보통 희온은 필요한 자료들을 종이에 따로 프린트해두었다가 주기적으로 폐기했다.

'내 것'이라고 할 만한 건 매일 확실히 차고 다니는 손목시계 하나였다. 그 시계도 하얀 숲의 생활을 추억할 만한 게 그것밖에 없어서 바꾸기 힘들었을 뿐이었다.

하프록스에 있을 때에는 연구소 목걸이를 이미 정부가 가지고 있었으므로 이럴 필요가 없었지만, 바시트록스에 온 뒤로는 말이 달랐다. 누군가 자신의 소지품을 가지게 된다는 것 자체에 거부감이 들었다.

그렇다고 매번 불안함을 가지고 사는 건 아니었다. 이곳에서 지내는 매일은 평온했고, 편안했다. 그저 한 번씩 물건들을 교체하는 것이 가장 완벽한 대청소일 뿐이었다. 어차피 이제는 습관이 된 일들이었으므로 강박이라고 해도 어쩔 수 없었다.

"다시 말하지만 주는 거 아니고, 빌려주는 거예요."

그러니까 헤이븐은, 일부러 이 수많은 반지를 준비해서 자신에게 때마다 바꿔 끼워 줄 생각이었다. 내 소지품이라는 생각이 들지 않도록, 빌려준다는 명목 하에.

"……."

어떻게 이런 생각을 했는지 어이가 없으면서도 동시에 지극히 그다운 발상이라 기가 막혔다. 말없이 가만히 쳐다보기만 하자, 헤이븐이 희온의 머리카락을 쓰다듬었다.

"고민했어요, 반지를 주고는 싶은데 신경 쓰이게 만드는 건 싫어서."

그런 것 같았다. 확실히 고민의 흔적이 덕지덕지 묻어나는 선물이었다. 세상에서 이렇게 커다란 반지 케이스를 받은 건 아니, 대여받은 건 자신밖에 없을 거라는 생각이 들었다.

"……이걸 다 어디서 구했습니까?"

"테오 해스윈이 해외에서 원석을 찾아다니는 일을 하거든요. 고용했다고 했잖아요."

갑자기 튀어나온 그 이름에 희온이 헛웃음을 터뜨렸다. 마냥 해외를 떠도는 백수인 줄 알았더니, 아무도 모르게 그런 일을 하고 있었던 모양이었다. 헤이븐이 그를 불렀다는 것도, 자신에게 말하지 않은 이유도 전부 납득 가능한 이유였다.

역시, 자신의 생각대로였다. 헤이븐이 자신에게 무언가를 숨긴다면 그건 역시 우리 두 사람, 아니면 나를 위한 일이었다. 이번에도 그랬다.

"……고맙긴 한데, 이건 평소에 못 끼고 다닙니다."

작은 것들도 십 캐럿은 족히 넘어 보이는데, 이걸 매일 끼고 다녔다간 무슨 일이 벌어질지 정신이 아득했다. 자신은 유명인도 아니고 일개 경호처의 직원일 뿐이었다.

"그럼 끼고 다닐 만한 것들로 다시 빌려줄게요."

"아뇨, 충분합니다. 그냥 잘 숨겨 두면……."

"또 벽장에 넣어 두려고요?"

"……남의 아픈 과거를 그딴 식으로 휘저으면 좋습니까?"

"이 반지 하나가 그때 그 돈보다 훨씬 비싸요."

"그래서 용서해 주는 겁니다."

이번엔 희온이 헤이븐의 손을 잡아당겼다. 그 손가락 끝에 입을 맞추며 어제부터 하고 싶었던 말을 꺼냈다.

"질투했습니다."

"……네?"

"질투했다고요, 당신하고 테오하고."

"잘 못 들었어요. 뭐라고요?"

"한 대 맞으면 잘 들리지 않을까요."

희온에게서 처음으로 듣는 질투라는 단어에 헤이븐의 미소가 피어올랐다.

"어떤 모습에서 어떻게 질투를 했는데요? 감정이 어땠어요?"

"나도 모르는 일을 그 사람이 알고 있다고 생각했으니까요. 일하던 와중에 당신 사무실까지 갔잖아요."

"아."

그때를 떠올리며 멍한 얼굴을 하던 헤이븐이 고개를 살짝 숙인 채 마음껏 웃음을 터뜨렸다. 행복했다. 행복해서 죽을 것 같았다.

그날의 희온이 이상하기는 했다. 당선되고 나서 한 번도 오지 않았던 사무실에 평일 대낮부터 들이닥쳤다. 무슨 일이 있는 건 아닌가 걱정하긴 했으나 그게 질투였을 줄은 상상도 못했다. 헤이븐이 희온의 손을 깍지 끼어 잡으며 살살 달랬다.

"더 말해 봐요. 뭐가 제일 거슬렸는지는 말해 줘야 고치죠."

"몰라서 묻습니까? 나한테 비밀을 만들었잖아요."

"앞으로 선물 줄 땐 말하면서 준비할까요?"

"네."

희온이 자신의 손가락 사이를 문지르던 헤이븐의 손을 털어 냈다.

"알았어요. 내일 주말이니까 나랑 데이트해요. 사죄의 의미로 좋은 곳에 데리고 갈 테니까."

"공항 갑니다. 테오 해스원 출국하는 날이잖아요."

"지겨운데요, 그 이름."

"내일이면 끝입니다. 누워요, 자자."

희온이 툴툴대는 헤이븐의 뺨을 감싸 가볍게 입을 맞추고, 케이스를 잘 닫아 협탁 위에 올려 두었다. 헤이븐이 자연스럽게 옆에 눕자 이불까지 잘 끌어 올려 준 희온이 조명을 껐다. 순식간에 사위가 어두워졌으나 희온은 이제 어둠 속에서도 괜찮았다.

"몇 시에 일어나는데요."

"오전 일찍이요. 알람 맞춰 뒀습니다."

"알았어요. 잘 자요."

헤이븐의 희온의 머리 아래 팔을 밀어 넣어 바짝 당겨 안았다. 곧은 등을 천천히 두드리자 작게 하품을 한 희온이 천천히 깜빡이던 눈을 내려감는다.

아직 반지를 끼우는 것 자체가 익숙하지 못해 손가락이 간지러운 듯했으나, 꽤 기분 좋은 감각이라는 생각을 끝으로, 의식이 차츰차츰 아래로 가라앉았다. 더 이상 내 꿈도, 남의 꿈도 꾸지 않는 일상이었다.

* * *

다음 날 이른 오전, 공항의 출국장은 유독 분주했다. 저마다의 목적지를 향해 오가는 사람들로 인해 조금 소란스러운 공간은 기대감과 생동감으로 들떠 있는 듯도 했다.

"왕실도 냉정하네요. 가는 날까지 근위대 없이 우리한테 맡기는 걸 보면."

옆에 서 있던 릭의 말에 희온은 그저 짧게 웃고 마는 게 전부였다. 사람 많은 곳이라 긴장을 하고 있어서 평소처럼 천연덕스러운 대꾸를 할 수 없었다. 이미 몇 명의 기자들이 차가 들어오는 곳에 기웃거리고 있었다.

테오가 도착하기 전에 먼저 길을 조금 터 두기 위해 일찍 도착한 희온은 미리 기자들의 동선을 파악하며 시간을 확인했다. 이제 슬슬 그가 도착할 때가 되었다 싶은 순간, 익숙한 차가 앞에 미끄러지듯 멈춰 섰다.

-팀장님, 의뢰인 내립니다.

"확인. 최대한 앞으로 가는 공간만 좀 확보하자. 다치지 말고.

-네, 확인.

-알겠습니다.

달칵. 희온이 차 문을 열자 그 안에서 테오가 내렸다. 그를 확인한 기자들이 달려들기 시작하자 희온이 직원들과 함께 그를 에워싸고 공항 안으로 이동했다.

말도 안 되게 펑퍼짐한 바지와 목이 다 늘어난 티셔츠를 입은 테오의 뺨과 턱에는 다시 갈색 수염이 삐죽 삐죽 솟아 있었다. 어제만 해도 말끔했는데 고작 하루 면도를 안 했다고 저렇게까지 까끌거릴 일인가 싶을 지경이었다.

"첫날 조찬 이후로 왕실 사람들과 조금도 접촉이 없었다는데, 이제 정말 남이 된 건가요?"

"작위도 왕실 일도 전부 사라졌으니 이젠 직업이 없는 건데, 해외에선 어떻게 생활하시나요?"

다양한 말투로 쉼 없이 쏟아지는 질문 속에서 희온은 꿋꿋하게 테오를 안쪽으로 이끌었고 테오는 가끔씩 희온을 힐끔거릴 뿐 얌전히 움직임에 따랐다.

"지나갈게요. 앞에 좀 비켜 주세요."

줄이 잔뜩 늘어선 곳 대신 직원들 출입소로 향한 희온이 그 입구에 멈춰 서자 테오가 여권을 꺼내다 말고 별안간 고개를 돌렸다.

"여기서부터는 나 혼자 가라고?"

"안쪽에는 공항 보안 팀과 우리 쪽 다른 직원들이 대기 중입니다. 훨씬 덜 분주해서 괜찮을 거예요."

"……"

아직 뒤에서는 플래시가 터지고, 여전히 그의 이름을 외치고 있는데 도무지 걸음을 옮길 줄 모른다. 혹시 뭐라도 놓고 왔나 싶어 보는데, 성큼거리는 걸음으로 다가온 테오가 희온을 꽉 끌어안는다.

찰칵, 찰칵.

평범한 작별 인사와 같은 짧은 포옹이었다면 괜찮았겠으나, 지금의 이 포옹은 쓸데없이 너무 길었다. 온 힘으로 끌어안은 덕분에 밀어내지도 못한 희온이 그 어깨를 가볍게 토닥였다.

"반지는 마음에 들었어? 작은 건 안 된다고 걔가 사람을 얼마나 들볶았는지 알아?"

"네, 비싸 보이던데요. 기자들이 사진 찍고 있는 건 알고 계시죠."

"어차피 조금 있으면 이별인데, 십 초만 더. 어제 둘이 저녁 식사 좀 방해했다고 욕을 바가지로 먹었어. 당분간 눈에 띄지 말래……."

기자들의 웅성거림과 쌓여 가는 플래시 소리를 들으며 스트레스를 받고 있던 희온이었으나, 그렇다고 발로 후려칠 수는 없는 노릇이었다. 희온은 체념 섞인 한숨을 뱉었다.

"얼른 들어가세요."

"나 다음 달에 다시 들어올 거니까 그때 다시 경호해 줘야 돼. 해 줄 거지?"

"회사에 돈 내고 의뢰하세요."

더는 이렇게 있을 수가 없어서 희온이 먼저 테오의 얼굴을 손바닥으로 밀어냈다. 덕분에 멀찍이 떨어진 그가 우는 표정을 해 보이며 손을 흔든다. 끝까지 진심인지 농담인지 헷갈리게 만드는 사람이었으나 나쁘지 않은 경험이었다.

테오가 안으로 들어가는 것까지 지켜본 다음에야 희온이 몸을 돌려 걸음을 옮겼다. 기자들 중 몇 명이 들러붙어 테오와 특별한 관계냐고 물었으나, 어차피 경호를 해 준 사이라는 것 말고는 딱히 말할 만한 것도 없어서 대꾸 없이 지나쳤다.

"팀장님, 사무실 들렀다 가실 거예요?"

"아니, 주말이잖아."

바쁘게 움직이는 사람들에게선 조금씩 설렘이 엿보였다. 어딘가로 떠난다는 게 그렇게 행복한 일이었나. 한 군데 정착할 일 없이 국가에서 보내는 대로만 움직였던 희온은 한곳에 머무는 게 가장 편했다.

공항 입구에서 직원들을 먼저 차에 태운 희온이 뒤를 돌았다. 내후년, 하프록스와의 직항을 유치하겠다는 포스터가 공항 입구에 크게 달려 있었다. 지금의 자신은 직업도, 진짜 신분도 있었다. 더 이상 모든 재산들을 꽁꽁 숨겨 놓지 않아도 되고, 비행기도 탈 수 있었으며 원한다면 어디든 떠날 수 있었다.

온기를 품은 여름 바람이 불어 희온의 머리카락을 가볍게 헝클었다. 만약 정말 내후년쯤 하프록스로 갈 수 있다면, 한 번쯤 가 보는 것도 괜찮지 않을까. 끔찍하고 지독했던 곳이지만 그곳에는 자신의 팀원들이 있었고 맥이 있으며 자신이 태어난 곳이기도 했다.

하프록스라는 단어를 한참 보고 있던 희온이 차에 타기 위해 뒤를 돌았다.

탁.

"수고했어요."

운전석 쪽으로 향하려던 희온의 몸이 뒤로 이끌렸다. 등에 닿는 건 단단한 품이었다. 왜 이렇게 멋대로 끌어안는 놈들이 많은가 했지만 지금 건 체향부터 달랐다.

"헤이븐?"

"다른 새끼랑 안아서 좋았어요?"

"……언제부터 있었습니까?"

"처음부터."

고개를 돌려 보니 편한 차림의 헤이븐이 선글라스를 끼운 채 반갑게 미소 짓고 있었다. 사실 하프록스를 가든 어디를 가든 헤이븐만 옆에 있으면 그곳이 집이었다.

연구소에서, 하얀 숲에서, 그리고 지금 이곳에서 손을 뻗으면 꽉 마주 잡아 주는 손이 있다는 건 그런 느낌이었다.

"⋯⋯보고 싶었습니다."

"테오 해스윈이랑 앉았잖아요. 그 말로 무마할 건 아니죠?"

보고 싶었다는데 돌아오는 대답이 영 곱지 않다. 그의 팔을 풀고 품에서 떨어진 희온이 금발에 손을 올려 가볍게 쓸었다. 옅은 색의 머리카락이 여름 햇빛에 반사되어 반짝이는 것만 같았다. 살짝 미소 지으며 손을 떼어 낸 희온이 조수석 문을 열고 차 천장에 팔을 대며 가볍게 기댔다. 운전하라는 듯 고갯짓을 한 뒤에는 헤이븐에게만 들릴 정도의 목소리도 함께였다.

"그럼, 벌을 받아야겠네요. 어떻게 혼낼 겁니까?"

"⋯⋯기대하세요."

명백한 의도가 담긴 희온의 말에 헤이븐이 입맛을 다셨다. 매번 섹스가 험하다고 힘들다고 울고 내빼는 건 자기면서, 이렇게 보면 은근히 즐기는 게 분명했다. 패여 들어간 저 보조개에 마구잡이로 입을 맞추고 싶어진 헤이븐이 서둘러 희온을 조수석에 태우고 문을 닫았다.

달칵. 희온이 보닛 쪽을 돌아 운전석에 타는 헤이븐을 보며 안전벨트를 채웠다.

"근데, 나 데리러 온 거 맞죠?"

"그럼 내가 여길 왜 옵니까?"

"테오한테 작별 인사 하려고 왔다든가."

헤이븐에게서 작은 웃음소리가 번졌다. 차는 천천히 공항 앞 도로를 벗어나고 있었다.

"질투하는 거 맞 들렸어요?"

"한 번 하니까 할 만하네요."

가볍게 대꾸한 희온이 창문을 내리고 창밖으로 시선을 돌렸다. 여름의 하늘은 깨끗했다. 푸름에 곁들인 새하얀 구름은 하얀 숲도, 시드엘도, 바시트록스인 이곳도 다르지 않았다. 청량하고 맑은 날씨. 앞으로 이 사람과 함께 지나갈 수많은 날들 중 하나.

"그런 질투는 얼마든지 환영이죠. 또 사무실로 쳐들어올 거예요?"

한 손으로 핸들을 쥔 헤이븐이 손을 내밀었고, 희온이 자연스럽게 겹쳐 쥐었다.

"어렵지 않죠."

그렇게 끔찍이 지키고 싶었던 공과 사의 벽을 넘는 건 어려웠으나 막상 한 번 하고 나니 두 번, 세 번은 또 괜찮을 것 같았다. 무엇보다 헤이븐에게 가기 위한 길이라면 열 번, 스무 번도 넘을 수 있었다.

업무를 끝내고 돌아가는 길에 그의 사무실에 들러 입을 맞추고 오거나 점심시간을 맞춰 한 번씩 같이 식사하는 정도로는, 세상이 무너지지 않는다.

그와 함께 이대로 오 년이 지나고 십 년이 지난다면 자신의 방식으로 하던 대청소의 횟수도 줄어들 테고, 그때쯤엔 빌린 반지 대신 온전히 내 것이라고 할 수 있는 게 생길지도 모른다. 그런 생각을 하던 희온이 헤이븐의 손을 이끌어 그 손등에 조심스럽게 입을 맞췄다.

"헤이븐, 집에 가는 길에 먹을 것 좀 사 갈까요?"

"섹스부터 하고 나서. 얼른 혼내고 싶어서 마음이 급해요."

헤이븐다운 대답을 끝으로 차의 속도가 올라가며 빠르게 도심으로 향했다. 조수석의 열린 창문으로 들이치는 여름 바람이 유독 상쾌해서, 희온이 편안한 미소를 지었다.

마주 잡은 손, 더 없이 좋은 날씨, 옆에 앉은 연인. 이 모든 게 평생 동안 그토록 바라던 평범한 일상이었다. 이제 그 어디에도 두 사람이 넘고, 헤쳐 나갈 건 없었다. 가끔씩 생기는 어려움은 아무것도 아니었다.

아니, 적어도 그렇게 생각했다. 국회의원과 경호처 팀장의 사적인 관계가 세간에 떠올라 희온이 세상에서 가장 귀찮아하는 일에 휘말린 건 조금 뒤의 일이었다.

당장은 한없이 여유롭기만 한 두 사람이 탄 차가 지나가는 도로 위 하늘에 경비행기가 긴 구름 줄을 만들고 있었다.

몇 시간만 지나면 금방 흩어져 사라질 선이었다.